KB036702

기커렐라

지은이

애슐리 포스턴 Ashley Poston

부업으로 글을 쓰는 전업 작가다. 원 없이 별을 볼 수 있는 사우스캐롤라이나 시골에서 나고 자랐다. 평소 《신데렐라》 동화 리메이크 작업에 관심을 가져왔으며 가상의 세계와 캐릭터에 푹 빠져 사는 현대인들의 감성을 건드리는 스토리를 만들어냈다. 그녀는 해외 언론 매체로부터 이 시대의 진정한 이야기꾼으로 인정받고 있으며, 이 책은 전 세계 6개국에 번역 출간 예정이다. "소설의 마지막 페이지가 다가오는 게 아쉬웠다." "같이 울고 웃어본 책이 얼마 만인지 모르겠다." "로맨스를 꿈꾸는 사람들이라면 누구나 공감할 소설이다." 등 아마존 독자들의 뜨거운 호평을 받고 있다.

옮긴이 **유혜인**

경희대학교 사회과학부를 졸업했다. 글밥아카데미 수료 후 바른번역에서 전문 번역가로 활동 중이다. 옮긴 책으로는 《나는 상처받지 않기로 했다》, 《나는 오늘부터 달라지기로 결심했다》, 《나는 스쿨버스 운전사입니다》, 《인어 다크, 다크 우드》, 《우먼 인 캐빈 10》, 《위선자들》, 《악연》, 《봉제인형 살인사건》 등이 있다.

GEEKERELLA

기커렐라

애슐리 포스턴 장편소설

유혜인 옮김

북픔

동지들에게 이 책을 바칩니다.
앞으로도 위대한 모험이 계속되기를.

"블랙 내뷸러가 세계를 하나씩 어둠 안에 삼키며 모든 희망이 사라지는 순간, 별보다 반짝이는 한줄기 빛이 사람들에게 희망을 줬다는 얘기가 있다. 우주선 프로스페로의 마지막 비행에 대한 얘기다. 별을 보라. 조준하라. 불을 붙이라."

-〈스타필드〉 54회 마지막 내레이션 중

1부

별을 보라

GEEKERELLA

엘
Elle Wittimer

새엄마가 또 시작이다. 복권, 할인 쿠폰, 잡지 경품응
모권이 식탁을 온통 뒤덮는다. 새엄마는 등을 곧게 펴고
삐걱거리는 나무 의자에 앉아 쿠폰을 한 장 더 조심스럽
게 자르는 중이다. 염색한 금발 머리를 위로 완벽하게 말
아 올렸고 입술에는 핏빛 립스틱을 발랐다. 블라우스는
순백색이고 검은 일자형 스커트도 주름 하나 없이 다림
질했다. 오늘 미팅 상대와는 거래가 성사될 가능성이 있
나 보다.

"얘, 오늘 아침은 조금 빨리 움직이자."

새엄마가 서두르라며 손가락을 튕긴다. 터덜터덜 조리
대로 걸어가 커피 통 뚜껑을 비틀어 열었다. 싸구려 커피
냄새가 코를 찌른다. 나는 살면서 이런 커피밖에 먹어보
지 못했다. 차라리 다행이다. 우리 집은 비싼 커피를 사먹
을 형편이 안 되니까. 새엄마는 그런데도 매일 아침 휘핑
크림 없이 에스프레소 더블샷을 추가한 차이 라떼를 주문
하고 10개가 넘는 신용카드 중 하나로 계산하겠지만.

캐서린(새엄마 이름이다)이 다른 잡지에서 쿠폰을 오리

기 시작한다.

"오늘 아침으로 탄수화물은 빼줘. 속이 영 더부룩하네. 오후에 고객 커플이랑 미팅도 있고. 결혼식을 성대하게 치르려나 보더라. 신부가 사교계에 데뷔한 아가씨래. 믿어지니?"

찰스턴에서? 못 믿을 이유는 없지. 여기 사람들은 다들 사교계 인사 아니면 남부연맹여성연합 회원 아니면 정치인 자식이다. 성은 하나같이 손힐, 피시번, 밴 노이, 피크니 등등 찰스턴의 뼈대 있는 가문들 이름이고. 그러거나 말거나 나는 관심 없다.

커피머신에 대충 커피 두 스푼을 넣는다. 혹시 모르니까 한 스푼 더 넣어야겠다. 오늘은 세 스푼으로 해야 할 것 같은 기분이다. 아침에 카페인을 더 섭취하게 만들면 새엄마와 쌍둥이가 9시 전에 나가지 않을까? 그 정도는 큰 욕심 아니겠지?

전자레인지 시계를 본다. 아침 8시 24분. 쌍둥이가 초광속으로 움직이지 않는 이상 아슬아슬한 시간이다. 소리 없이 기도한다. '제발 오늘만이라도 새엄마와 쌍둥이가 제시간에 집을 나가게 해주세요.'

오늘 아침 9시 정각 〈헬로 아메리카〉에서 〈스타필드〉의 새로운 역사가 공개된다. 그 순간을 놓칠 수 없다. 절대 놓치지 않을 것이다. 몇 년이나 제작이 지연되고 감독이 바뀌었으며 배급이 꼬였던 영화가 드디어 현실이 됐다. 오늘 사람들이 그토록 기다려온 공식 정보가 발표된다. 주연 배우부터 줄거리까지 전부. 그동안 캐서린과 쌍둥이 때문에 〈스타필드〉 전편 연속 관람 이벤트, 마지막 편 극장 상영회를 다 놓쳤고 행사에도 참가하지 못했다. 하지만 오늘은 무슨 일이 있어도 보고 말 것이다.

"분홀플랜테이션 목련나무 아래에서 결혼 서약을 하고 싶대."

캐서린이 말을 이었다.

"너도 알다시피 라이언 레이놀즈 부부가 결혼한 후로 거기는 항상 예약이 꽉 차 있잖니."

캐서린은 웨딩플래너다. 주말 내내 손바느질로 테이블보에 스팽글 장식을 달고 시내 인쇄소에서 청첩장을 직접 찍는다. 예식장에 쓰는 테이블보 종류며 화병에 꽂은 꽃 색깔을 보면 캐서린이 꾸민 결혼식은 꼭 유니콘이 뛰노는 마법 세계 같다. 모르는 사람은 본인이 평생 해로하지 못해 대리만족을 한다고 생각하겠지만 사실과 다르다. 캐서린은 자기가 계획한 결혼식이 〈보그〉나 〈인스타일〉 같은 잡지에 실리기를 원한다. 인스타그램과 핀터레스트에서 사람들이 100번은 넘게 사진을 퍼가는 그런 결혼식 말이다. 유명 웨딩플래너를 꿈꾸며 아빠의 생명보험금을 전부 사업에 쏟아부었다. 사업 외에 자기 '품위 유지'에 '필수적'이라고 주장하는 모든 것들에도.

"최소한 티파니에서 쇼핑하는 사람처럼 보이고 싶어."

캐서린이 말한다. 내게 하는 말보다는 혼잣말에 가깝다. 그러고는 언제나처럼 같은 말을 떠벌린다. 예전에는 정말로 티파니에서 쇼핑을 했다느니, 분홍플랜테이션에서 열리는 파티에 참석 했다느니, 남편과 행복하게 살며 예쁜 딸을 둘이나 뒀다느니. 의붓딸인 나는 절대 언급하지 않는다. 쿠폰을 다 자른 캐서린이 한숨을 쉰다.

"하지만 다 옛날 얘기지. 네 아빠가 나랑 우리 쌍둥이를 이 손바닥만한 집에 남겨두고 가기 전 말이야."

또 그 소리. 저금한 돈을 다 날린 게 내 탓이라고? 아빠 탓이라고? 아빠의 〈스타필드〉 머그잔(우리 집에 유일하게 남은 유품이다)을 꺼내 내 몫의 커피를 따른다.

바깥에서 운동복 차림으로 조깅하는 사람을 향해 이웃집 개가 컹컹 짖기 시작한다. 우리 집은 유명한 역사지구의 외곽에 있다. 관광객 눈길을 끌 만큼 오래되지는 않았지만 다 뜯어고칠 만큼 낡지도 않았다. 뭐, 어차피 보수할 돈도 없고. 두 블록만 지나면 찰스턴 대학교가 나온다. 내가 태어나기 전 사우스캐롤라이나 해안을 휩쓸며 수많은 사상자를 낸 허리케인 휴고가 지나간 자리에 마지막으로 남은 집들 중 하나가 우리 집이다. 여기저기 물이 새기는 하지만 역사 깊은 것들이란 원래 다 그렇지 않은가. 나는 여기서 평생을 살았다. 다른 집은 생각도 안 해봤다. 캐서린은 이 집을 죽도록 싫어한다.

커피 향이 진하고 고소하다. 한 모금 마시자 몸이 녹아내릴 것 같다. 천국이 따로 없네. 헛기침 소리를 듣고서야 캐서린이 가장 좋아하는 분홍 꽃무늬가 그려진 흰색 머그컵에 커피를 따라준다. 설탕 두 스푼(캐서린이 매일 섭취하는 유일한 당분이다)을 넣어 살짝 젓고 얼음 세 개를 넣는다. 잡지에서 눈을 떼지 않고 컵을 받아 든 캐서린이 옆집 개가 시끄럽게 짖는 소리에 컵을 내려놓는다.

"아무리 개라지만 언제 입 다물어야 할지 이제는 배울 때가 되지 않았나. 조르조는 개 짖는 소리가 아니어도 해결할 문제가 산더미라고."

캐서린은 모든 사람과 서로 친근하게 이름 부르는 사이인 척한다. 자기가 중요하다고 생각하는 사람들이라면 더 그렇다. 라미레스 씨(그러니까, 조르조)는 은행가다. 은행가는 곧 부자고, 부자는 곧 컨트리클럽에서 영향력 있는 인물이다. 고로, 라미레스 씨는 중요한 사람이다.

캐서린이 특유의 냉정하고 무심한 목소리로 말한다.

"계속 짖으면 내가 나서서라도 입마개를 씌워버리든 해야지."

"쟤 이름은 프랭코예요."

내가 알려준다.

"묶여 있는 걸 안 좋아하고요."

"포기하는 법도 배워야지."

캐서린이 그렇게 대답하고 커피를 한 모금 더 마신다. 핏빛 입술을 일그러뜨리더니 내 쪽으로 머그잔을 휙 민다.

"너무 써. 다시 타 와."

마지못해 얼음 한 조각을 더 넣는다. 캐서린이 커피를 받고 다시 한 모금 마신다. 어느 정도 연해졌는지 쿠폰 더미 옆에 머그컵을 내려놓고 다시 잡지 연예 칼럼을 읽는다.

"어떡할 거니?"

캐서린이 내게 묻는다. 머뭇거리며 커피와 캐서린을 번갈아본다. 뭘 빼먹었나? 이 짓을 7년이나 했다. 특별히 빠뜨린 건 없을 텐데. 밖에서 개가 가련하게 울부짖는다. 캐서린이 가느다란 눈썹 한쪽을 올린다.

"저런 소음을 듣고 어떻게 아침을 차분하게 보내겠어?"

언제나처럼 스트레스에 찌든 목소리로 세상만사를 통달한 듯 말한다.

"로빈이 살아 있었다면……."

캐서린을 돌아보고 입을 연다. 나도 아빠가 그립다고, 아빠가 여기 있기를 바란다고 말하고 싶다. 하지만 어떤 이유에서인지 못하겠다. 커피를 덜 마셔서 그럴 거다. 한 컵과 달리 한 모금만으로는 금방 용기가 솟지 않는다. 그리고 지금은 캐서린을 건드릴 때가 아니다. 카페인을 보충해주고 비위를 맞춰서 집 밖으로 내쫓아야 한다. 캐서린이 잡지를 넘기다 가위를 다시 들고 겨울 코트 쿠폰을 자른다. 6월 아닌가? 다른 데도 아니고 사우스캐롤라이나에서?

캐서린이 헛기침을 한다.

"엘, 가서 쟤 입 좀 다물게 해라."

"하지만……."

"당장."

그러면서 서두르라고 손짓을 한다.

"아무렴요, 여왕 마마."

들리지 않게 중얼거린다. 캐서린이 쿠폰을 내려놓고 제시카 스톤의 최신 레드카펫 스타일에 대한 기사를 읽는 동안, 어제 먹다 남은 스테이크 조각을 냉장고에서 슬그머니 꺼내 서둘러 뒷문으로 나온다.

가여운 프랭코는 개집 앞에 앉아 진흙탕에 꼬리를 치고 있다. 더러워진 빨간 목걸이를 한 황토색 닥스훈트가 망가진 울타리 널빤지 틈으로 나를 본다. 간밤에 내린 비로 개집에 홍수가 났다. 내가 라미레스 씨(아니, 조르조)에게 경고한 그대로다.

라미레스 씨는 두 번째 전 부인과 결혼하고 얼마 안 있어 프랭코를 입양했다. 아이를 갖기 전 시험 삼아 강아지를 키우기로 했던 것 같다. 하지만 몇 년 전 이혼을 하고 일에만 몰두하게 된 후로는 실패한 프로젝트인 프랭코를 잊고 살았다. 물에 잠긴 개집이 증거였다. 안됐지만 프랭코는 물에 뜰 수 있어 그나마 다행이다. 널빤지 틈으로 그릇을 밀어 넣고 프랭코의 머리를 쓰다듬자 손가락에 진흙이 묻는다.

"우리 강아지, 착하다! 어쩜 이렇게 착해! 내가 돈만 모으면 우리 같이 여기서 탈출하자. 어때, 부조종사?"

프랭코가 좋다고 진흙탕에 꼬리를 신나게 친다.

"커플 선글라스도 준비할게. 다 내가 준비할 거야."

프랭코가 동의한다는 표시로 혀를 한쪽 입가에 축 늘어뜨린다. 강아지 선글라스를 만드는 곳이 있을지 모르겠지만 한참 전부터 그런 상상을 했다. 머릿속에서 나는 프랭코와 작은 고물차를 타고 이 도시에서 나가는 유일한 고속도로에 올라(당연히 선글라스를 낀 채로) LA로 간다.

어렸을 때부터 나는 창작을 하고 싶어 손이 근질거렸다. 글을 쓰고 싶었다. 일기장을 가득 채워 팬픽을 완결한 순간, 종이 위에서나마 다른 사람의 인생으로 탈출했다. 아빠 말이 맞는다면, 내가 무엇이든 할 수 있고 누구든 될 수 있다면 〈스타필드〉 같은 프로그램을 만들어 나와 같은 별종들에게 혼자가 아니라고 말해줄 것이다. 내년이 지나 고등학교를 졸업하면 정말 그렇게 할 것이다. 최소한 시도라도 할 생각이다. 시나리오 작법을 공부해 시나리오를 써야지. 벌써 포트폴리오 비슷한 것도 있다. 지금은 내가 확실하게 안다고 자신하는 단 한 가지 주제인 〈스타필드〉를 다루는 블로그 '레벨거너'에 글을 쓰는 것으로 만족한다. 푸드트럭에서 일하며 한 푼 두 푼 돈을 모아서 여기서 나가고 말 테다. 언젠가는.

"엘!"

새엄마가 주방 창문에서 소리친다. 스테이크를 울타리 아래로 더 깊숙이 밀어 넣자 프랭코가 허겁지겁 그릇에 주둥이를 박는다.

"다른 세계에서나 가능한 얘기겠지."

내가 속삭인다.

"어쨌든 여기가 내 집이니까."

떠나고 싶어도 이 집에 너무도 많은 추억이 있어 떠날 수 없다. 아빠는 내게 법적으로 집을 남겼지만 성인이 되기 전까지는 캐서린이 맡아서 관리한다. 그러니 그때까지는…….

"엘!"

그때까지는 새엄마 가족과 여기 있어야 한다.

"네! 가요!"

마지막으로 프랭코의 머리를 한 번 더 긁어주고 작별 인사를 한다. 나중에 그릇 찾으러 오는 것을 잊지 말자며 속으로 다짐하고 주방으로 달려간다.

"애들아!"

캐서린이 구찌 핸드백을 어깨에 메며 다시 외친다.

"빨리 움직이자. 이러다 크레이그 선생님 수업에 늦겠다! 얘들아? 얘들아! 안 일어나 있기만 해. 내가……."

쿵쿵대며 쌍둥이 방으로 향하는 발소리를 듣고 시계를 본다. 8시 36분. 제시간에 나갈 리가 없다. 내가 나서서 시간을 줄여주는 수밖에. 마뜩찮지만 케일과 딸기와 아몬

드밀크를 섞어 쌍둥이의 아침 식사용 스무디를 만든다.
캐서린은 역시나 잡지를 조리대에 펼쳐두고 갔다. 대리엔
프리먼이 나를 보고 웃고 있다. 비웃음이 절로 나온다. 그
가 〈스타필드〉 리메이크에 출연 계약을 했다는 소문이 있
지만 말도 안 되는 소리다. 스케이트보드 타는 퍼그가
'카민도어'를 연기하는 것이나 마찬가지다. 일일드라마
주인공 손에 은하계를 맡길 수는 없지.

휴. 블렌더의 '작동' 버튼을 누르고 그 생각을 애써 떨
쳐낸다. 위층에서 캐서린이 쌍둥이를 침대에서 끌어내는
소리가 어렴풋이 들린다. 매일 아침 정확히 같은 시간에
이런 난리가 일어난다.

여름철 내 아침 일과는 이렇다. 일어나자마자 커피를
만든다. 월요일에는 특별히 한 스푼 더 넣고. 캐서린은 식
탁 앞에 앉아 조간신문에서 쿠폰을 자른다. 지갑과 예쁜
원피스가 나오면 페이지를 넘기지 못하고 한참 바라보며
자기 과거에 대해 빙빙 돌려 얘기한다. 내게 아침을 차리
라고 명령하지만 나는 무시하고 프랭코 밥을 주러 간다.
캐서린은 위층으로 올라가 알람을 '깜빡' 하고 설정하지
않은 쌍둥이에게 고함을 지른다. 그때까지도 나는 아침을
차리지 않는다. 10분 후, 쌍둥이가 먼저 샤워를 하겠다고
싸우는 동안 캐서린은 집문서가 자기 손에 있다는 사실을
일깨워준다. 캐서린이 이 집을 판 돈으로 고급 맨션을 사
지 못하게 하려면(이 집을 팔아봐야 그 정도 값이 나오겠냐마

는) 아침을 차려줘야 한다. 그래서 초록색 구토물 같은 스무디를 만들어준다. 쌍둥이는 스무디가 든 커플 텀블러를 하나씩 들고 캐서린에게 등 떠밀려 테니스 수업을 받으러 나간다.

나머지 하루도 비슷하다. 5분 지각을 하지만 같이 일하는 세이지(푸드트럭 주인의 딸이다)는 하라주쿠 패션 잡지를 읽느라 내가 온 줄도 모른다. 그로부터 8시간은 '매직 펌킨'에서 보내며, 말끔하게 정장을 차려 입은 은행원들과 아기를 안은 극성 엄마들에게 몸에 좋은 프리터(밀가루 반죽을 고기, 채소, 생선 등에 입혀 튀기는 음식－옮긴이)를 판다. 퇴근하면 쿠폰으로 무장하고 슈퍼마켓에 가서 사람들을 밀치며 장을 본다. 계산대에 줄을 선 나를 보고 점원이 눈치를 준다(누가 쿠폰을 좋아하겠냐고). 집으로 돌아와서는 다 같이 먹을 저녁을 준비한다. 내 요리를 놓고 얄미운 평을 쏟아낸 쌍둥이는 위층으로 모습을 감추고 완벽한 고양이 눈매를 만드는 방법, 루비 같은 붉은 입술에 가장 잘 어울리는 아이섀도 같은 주제로 뷰티 브이로그(비디오와 블로그의 합성어－옮긴이) 영상을 촬영한다. 나는 설거지, 잔반 처리까지 하고 마지막으로 한 번 더 프랭코를 확인하고 나서 침대로 간다.

그렇다고 자는 건 아니다. 방구석에 있는 아빠의 구형 TV로 〈스타필드〉 심야 재방송을 본다. 내키면 그날 본 편에 대한 감상을 블로그에 쓰기도 한다. 새로운 소식이 있는지 스타거너 팬사이트를 전부 둘러보고 페더레이션 왕자의 목소리를 들으며 잠이 든다.

"별을 보라. 조준하라. 불을 붙이라."

다음 날 아침 일어나면 처음부터 다시 시작한다. 하지만 이번에는(반전 스토리!) 정시에 출근한다. 세이지가 한 번이라도 내게 말을 걸지도 모른다. 쌍둥이가 착하게 행동할지도 모른다. 누군가 팁으로 LA행 비행기 표 두 장을 줄지도 모른다. 식민지가 폭발하며 캐릭터가 이상해졌다고 비판하지 않고 43회가 정말 좋았다는 글을 쓸지도 모른다. 꿈에 아빠가 나올지도 모른다.

블렌더가 어디 아픈 것처럼 이상한 소리를 낸다. 버튼에서 손을 떼 고통을 덜어주고 케일 스무디를 흔들어 텀블러 두 개에 나눠 담는다. 초조하게 전자레인지 시계를 살핀다. 아침 8시 41분. 베테랑 음식점 종업원답게 조리대 건너편으로 쌍둥이의 아침 식사를 가볍게 밀어 보내고 어젯밤 숨겨둔 땅콩버터를 찾으러 간다. 스미골이 절대반지를 지키듯 나는 땅콩버터를 지켜야 한다(내 보물!). '우리' 집에서 어떤 다이어트를 하든 상관없다. 지금은 캐서린이 원시인 다이어트를 시작했지만 지난달에는 생식이었다. 그 전에는 사우스비치 다이어트였다. 아니, 황제 다이어트였나? 아무튼 베이컨을 먹는 다이어트였다. 다음 주에는 저지방이나 저염…… 뭐든 자기가 원하는 거겠지. 무슨 음식이든 이 집을, 우리 아빠 집을 팔겠다는 협박으로 내게 만들라고 시키면 그만이다.

병 밑바닥에 남은 땅콩버터를 긁어 혀에 닿는 맛을 음미한다. 이렇게라면 어디서든 승리감을 만끽할 수 있다.

위층에서 파이프 삐걱거리는 소리가 나며 샤워기가 멈춘다. 이제야 끝나다니. 쌍둥이는 오늘 아침따라 늑장을 부리고 있다. 보통은 자기 친구들이 있는 컨트리클럽에서 하는 테니스 레슨을 좋아한다. 컨트리클럽은 돈 많고 인기 많은 애들이 어울려 노는 곳이다. 나? 캐서린은 클럽에서 내가 다른 사람 골프채를 나르는 일밖에 할 수 없다고 늘 대놓고 말하곤 한다.

땅콩버터 병을 쓰레기통에 던지고 살인무기 수준인 벽돌 휴대폰을 확인한다. 돌아가신 아빠의 '유산'이다. 허리띠를 졸라매기 위한 방법으로 새엄마가 내놓은 또 하나의 멋진 아이디어다. 쌍둥이는 새로 나온 휴대폰을 턱턱 사지만 나는 전화기가 필요하면 집 안에서 찾아 써야 한다. 무지막지하게 크지만(약탈자로 가득한 배의 공격도 막아낼 수 있다) 최소한 시간은 표시해준다.

아침 8시 43분. 더 빨리 나갈 수는 없어? 한 번만. 오늘 한 번만이라도 9시 전에 집을 나가줘. 아직 위층에 있지만 클로이의 콧소리가 또렷하게 들린다.

"하지만 엄마, 대리엔 프리먼이 오늘 아침 TV에 나온다고! 그건 꼭 봐야 돼."

가슴이 내려앉는다. 클로이가 TV를 차지하면 내가 〈헬

___
21

로 아메리카〉를 볼 가능성은 제로다.

"몇 분 늦어도 돼."

캘도 거든다. 캘은 무조건 클로이와 같은 편이다. 둘도 나처럼 2학년이지만 나와 다른 행성에 살고 있다 해도 이상하지 않다. 클로이와 캘은 학교 테니스 대표팀 선발 선수다. 동창회 조직위원회 준비위원이고, 학교 댄스파티에서도 인기를 독차지한다. 그리고 내가 얼마나 무가치한 사람인지 전교생에게 알리기 위해서라면 자기들 인기를 이용하는 것도 마다하지 않는다. 자기네가 없었더라면 나는 고아였을 거라나. 고맙기도 해라. 내가 그 사실을 잊었을까 봐?

"못 보면 안 돼."

클로이가 말한다.

"이걸 보고 방송을 해야 한다고. 안 그러면 다른 애들이 먼저 리액션 비디오를 올릴 거란 말이야. 그러면 우리 죽어, 엄마. 진짜 죽을 거야."

"얘들아, 너희 테니스 가르친다고 크레이그 선생님한테 드리는 강습료가 얼마인지 아니? 겨우 TV 프로그램 때문에 내년 대표팀 자리를 버릴 수는 없어!"

계단을 내려온 캐서린이 주방에 돌아와 핸드백을 뒤진다.

"엘, 내 휴대폰 못 봤니?"

조리대 너머 벽으로 손을 뻗어 충전기에서 휴대폰을

꺼내준다.

"여기요."

"왜 거기다 놨어?"

캐서린은 나를 보지도 않은 채 휴대폰을 받아들자마자 페이스북 피드를 훑어본다. 그러다 한마디 덧붙인다.

"아, 까먹지 마. 내일은……."

"네, 알아요."

우리 아빠 기일을 딸인 내가 잊을까.

"올해는 난초를 준비할까요? 아니면……."

"얘들아!"

캐서린이 시계를 보며 외친다.

"당장 내려오지 못해!"

"알았어!"

쌍둥이가 하얀 테니스복을 입고 쿵쿵거리며 계단을 내려와 조리대에 있는 스무디를 하나씩 집어 든다. 쌍둥이는 캐서린을 빼닮았다. 색이 옅은 머리카락부터 녹갈색 눈, 남자들의 마음을 애타게 하는 뽀로통한 입술까지. 클로이와 새엄마는 성격까지 똑같지만 캘은 조금 다르다. 약간 조용한 편이다. 쌍둥이가 어릴 때 집을 나가 애틀랜틱시티에 있는 카지노 주인의 딸과 결혼했다는 자기 아빠를 닮았기 때문인 듯하다.

지금도 둘 다 금발을 하나로 깔끔하게 묶어 누가 누군지 분간이 가지 않는다. 하지만 캘은 언제나 보라색 안경을 쓰고 같은 색깔 귀걸이를 한다. 클로이는 매일 다른 색으로 바꿔가며 매니큐어를 칠한다. 오늘은 파스텔톤 하늘색이네. 악마도 가끔은 변장을 하고 나타나는 법이지.

"불공평해! 재미없는 레슨을 엘은 왜 안 받는데?"

클로이가 투정을 부린다.

"얘들아."

새엄마가 혀를 차며 참을성 있는 미소를 짓는다.

"엘은 자기가 갖고 있는 재능으로 만족하고 살아야지."

캐서린을 애써 무시하며 출근 준비를 하는 척 현관에 놓인 접시에서 현관문 열쇠를 꺼내 가방에 넣는다. 캐서린은 한 번씩 내가 같은 공간에 있다는 사실을 까먹는 것 같다.

"엄마가 우리 앞길을 망쳤어."

클로이가 그린스무디를 마시며 따진다.

"여기서 1등을 해야 한단 말이야."

"다들 트위터로 얘기할 거야."

캘이 덧붙인다.

"〈시사이드 코브〉 메이크업 강좌 영상이 조회 수 10만을 찍은 후로 사람들이 우리한테 거는 기대가 얼마나 큰데!"

"얘들아!"

캐서린의 분홍색 손톱이 현관문을 찌른다.

"400달러짜리 수업이야. 어서!"

캘이 못 이기겠다는 표정을 짓고 현관 옷걸이에서 자기 핸드백을 꺼내 든다. 그러고는 집 밖으로 나가 빨간 미아타(이것도 캐서린의 '품위 유지'를 위한 '필수품'이다)에 올라탄다. 캐서린은 남은 쌍둥이를 쏘아본다. 천하의 클로이도 엄마의 반대는 이기지 못한다. 클로이가 핸드백을 들고(캘의 핸드백과 똑같지만 색깔은 분홍색이다) 발을 쿵쿵 구르며 동생을 따라간다. 저 차를 타고 연습하러 간다고 생각하니 전혀 부럽지 않다.

새엄마가 현관 거울을 보며 마지막으로 의기양양하게 머리에 뽕을 넣는다.

"클럽에 너 잘 봐달라는 말 정말 하지 마, 엘? 작년에…… 네가 그 사고… 쳤지만 다시 받아줄 거야. 너도 그일로 교훈을 얻었잖아, 안 그래?"

다시는 남자를 믿지 말라는 교훈? 당연하지. 억지로 예의 바른 미소를 짓는다.

"고맙지만 됐어요."

"너 같은 애들이 일하기 가장 좋은 곳이야."

캐서린이 고개를 젓는다.

"내 말이 맞다는 걸 너도 언젠간 알게 되겠지."

그 말을 남기고 캐서린은 문을 닫는다. 미아타가 진입로를 빠져나갈 때까지 기다렸다가 거실로 달려가 TV를 켠다. 8시 57분. 완벽하다. 10시에 집 앞에서 푸드트럭을 타고 도시 반대편에 있는 리버독스 야구장으로 향할 예정이다. 그러니 시간은 많이 남았다. 앞으로 1시간 동안은 〈스타필드〉 역사상 가장 큰 뉴스만 생각할 것이다.

대단원의 막이 내리는 순간이다. 아니, 막이 다시 오르는 순간일까? 새로운 세대를 위한 새로운 〈스타필드〉라. 마음에 드는 시나리오다.

커피테이블에 놓인 리모컨을 들고 54인치 TV 앞에 책상다리를 하고 앉는다. 검은 화면이 깜빡이자 가슴에서 기대감이 피어오른다. 아빠가 이 자리에서 같이 볼 수 있다면 얼마나 좋을까? 아빠가 내 옆에 앉아 있었으면 좋겠다. 아빠도 나만큼 흥분했겠지? 아니, 나보다 더 흥분했을 것이다. 하지만 현실에는 나와 함께 팬질할 사람이 한 명도 없다. 페더레이션을 상징하는 스타윙을 달고 원조 카민도어 왕자였던 데이비드 싱의 전설적인 발자취를 따르게 될 사람은 누가 될까? 지난 몇 달 동안 나만의 작은 공간에서 그것에 대해 글을 썼지만 읽는 사람은 없다. '레벨거너'는 블로그라기보다는 정신 건강을 위한 일기장에 가깝다. 내가 그나마 친구라 할 수 있는 사람들은 〈스타필드〉 인터넷 커뮤니티 회원들이다. 다들 캐스팅에 대해 예측하고 있었다. 〈스파이더맨〉 신작에 나왔던 남자일까? 텀블러 움짤에 빠지지 않고 등장하는 귀여운 발리우드 스타? 누구가 됐든 우리 왕자님을 백인으로 만들지는 말아야 한다.

TV를 보니 애완동물들이 우스꽝스러운 행동을 하는

인터넷 영상들을 보여주는 코너가 막 끝났다. 카메라 조명이 활짝 웃는 〈헬로 아메리카〉 사회자와 관중석을 번갈아가며 비춘다. 관중석을 꽉꽉 채운 여자들(셀 수 없이 많다)이 환호한다. 손에는 플래카드를 들었다. 티셔츠에는 플래카드에 적힌 이름이 새겨져 있다. 그 이름을 보자 기대감이 싸늘하게 식고 원자폭탄처럼 아래로 내려앉는다.

대리엔 프리먼. 여자들이 카메라를 향해 양손을 치켜들고 그의 이름을 외친다. 한 사람의 이름밖에 들리지 않는다. 몇 명은 가슴이 벅차서 말 그대로 기절할 것처럼 보인다. 나는 벅차오르지 않는다. 설렜던 마음이 두려움으로 갑자기 바뀐다. 아니야…… 아니, 그럴 리 없어. 내가 채널을 잘못 틀었겠지.

리모컨의 '정보' 버튼을 누른다. 자막에 〈헬로 아메리카〉라고 분명히 나와 있다. 블랙 네뷸러가 나를 통째로 삼키기만을 바랄 뿐이다. 가능성이 얼마나 되지? 같은 날 아침 토크쇼에 출연할 가능성 말이다. 〈스타필드〉 캐스팅을 발표할 프로그램에 그 인간이 게스트로 출연할 가능성이 얼마나 되냐고?

하지만 사회자가 웃으며 대본에 적힌 몇 마디를 하는 순간, 두려움은 현실이 된다. 사회자 뒤에 있는 스크린에 〈스타필드〉 로고가 번쩍이며 떠오른다. 열차 사고를 보고도 차마 고개를 돌릴 수 없는 기분이다. 내가 속한 팬덤이 산산이 부서져 불길에 휩싸이고 절망의 구렁텅이로 추락하고 있다. 말도 안 돼. 아니야, 안 된다고. 그럴 수는 없어. 대리엔 프리먼은 내 페더레이션 왕자 카민도어가 아니야.

대리엔

Darien Freeman

관객석이 괴물들로 가득하다. 그래, 실제 괴물은 아니다. 하지만 쓴 커피와 자몽 반쪽으로만 끼니를 때우고 야간 비행편을 타고 뉴욕으로 날아와 스타일리스트가 곱슬머리를 '똑바로' 펴는 동안(겨우 머리 갖고 이 난리다) 메이크업 의자에 30분 동안 앉아 있다고 생각해보라. 이른 시간이라 아직 깨지 않은 신체 부위를 불편하게 쪼이는 명품 청바지를 입은 채로 사회자 질문에 어떻게 대답할지 기억하려고 하고 있단 말이다(그러니 내내 잠은 3시간밖에 못 잤다). 이런 상황에서 팬들을 보면 흥분되겠냐고. 심호흡하자. 괜찮아. 외부 무대 뒤를 서성인다. 아직 나를 본 사람은 없지만 감시를 당하는 것처럼 소름이 끼친다. 예상했던 일이기는 하다.

비서인 게일이 방송 시작 전에 애드빌 두 알을 먹으라고 한 이유를 이제 알겠다. 나도 록 가수 콘서트에 가봤지만(예전에는 코스프레 행사도) 여기 온 사람들은 미쳤다. 게일 말로는 오늘 새벽 4시부터 줄을 서 있었다고 한다. 제정신이 박힌 사람이 나 따위를 보겠다고 그렇게 이른 시간부터 줄을 설까?

게일은 옆에서 낡은 운동화를 신고 몸을 들썩인다. 〈시사이드 코브〉 2회 이후로 저 신발 끈을 풀 틈이 있었을까? 게일이 이메일 수신함을 훑으며 고개를 끄덕인다.

"다 준비됐다. 오늘 밤 비행기 예약했고, 공항으로 가는 차랑 저쪽 공항에서 탈 차도 예약했어. 파파라치를 따돌릴 보조 두 명……."

그러더니 나를 올려다보고 웃는다.

"완벽해."

게일이 건넨 물병을 받아 목덜미에 댄다. 게일은 붉은 기가 도는 금발 곱슬머리를 하나로 꽉 묶어 말아 올렸다. 게일도 나만큼 스트레스를 받고 있다는 확실한 증거였다.

"심호흡해. 괜찮을 거야. 오늘 같은 일은 매스컴 홍보 중에서도 초급 수준이야. 너는 할 수 있어."

"'레벨업'이라고 할 수도 있죠."

내가 농담한다. 게일이 멍한 표정으로 나를 본다.

"비디오게임 안 해봤어요? 경험치를 충분히 쌓으면…… 그냥 입 다물게요."

병뚜껑을 열고 물 한 모금 마신다. 백스테이지 커튼 사이로 팬들이 안절부절못하고 있는 모습이 보인다. 눈을 가늘게 뜨고 더 유심히 본다.

"저 여자가 입은 셔츠에 저거 내 얼굴이에요?"

"너무 신경 쓰지 마."

게일이 대답한다. 그러다 알림음을 듣고 다시 휴대폰을 꺼내 보더니 인상을 쓴다. 슬쩍 곁눈질을 해본다.

"무슨 문제 있어요?"

게일이 이메일 내용을 훑어본다.

"저기요, 게일?"

반응 없음.

"게일 모건 오설리번 씨."

"뭐라고? 아!"

게일이 휴대폰을 뒷주머니에 넣는다.

"미안, 미안해. 너도 뭔가 잊어버렸다는 느낌 들 때 있니?"

"속옷이요. 항상 그래요."

내가 진지하게 말한다.

"가끔은 바지를 올려서 속옷을 입었는지 확인한다니까요."

게일이 걱정하던 표정을 지우고 작게 미소를 짓는다.

"웃기네."

게일은 나보다 나이가 많다(스물다섯쯤?). 뺨에 흩뿌려진 주근깨는 여름만 되면 색이 짙어지고, 당황할 때면 얼굴에서 거의 빛이 난다. 내게 친한 친구는 게일뿐이다. 나 같은 사람은 진정한 친구를 쉽게 사귀지 못한다. 아니, 아예 사귈 수 없다. 전에는 나도 친구가 있었지만 뼈아픈 경험으로 달라진 현실을 배웠다. 특히 유명인일 때는 불가능한 일이다.

무대 담당자가 와서 마이크를 채워준다. 재킷 아래로 선을 빼고 수신기를 청바지 뒤에 끼운다.

"2분 남았습니다."

그렇게 말할 후 그 남자는 서둘러 나간다.

"좋…아!"

게일이 말한다.

"잊지 말고 항상 웃으면서 최선을 다하기만 해."

게일이 매의 눈으로 나를 보며 머리카락 한 가닥을 뒤로 넘겨주고 티셔츠 위에 걸친 재킷 매무새를 다듬는다. 이건 내가 가진 옷 중 제일 비싼 물건이다(티셔츠가 아니라 재킷 말이다). 에이전트의 요구 사항이었다. 에이전트는 내가 친근하고 수더분한 듯하면서 버버리를 입는 〈시사이드 코브〉 주연 배우로 보이기를 원한다. 내 생각에 그 두 가지는 절대 만나서는 안 되는 평행선이다.

"별을 보라. 조준하라. 불을 붙이라."

게일이 구호를 외치고 나를 꼭 껴안는다.

"네가 정말 자랑스러워, 대리엔. 아버지도 그러실 거야."

"돈이 자랑스러운 거겠죠."

내가 중얼거린다. 게일의 입 꼬리가 실룩거린다.

"그런 이유만은……."

게일이 말을 맺을 새도 없이 귀가 찢어지는 함성이 터져 나온다. 완전히 미친 사람들의 비명이다. 동료 배우 제시카 스톤(귀엽고 인기도 많으며 〈시사이드 코브〉를 찍은 나와 달리 독립영화계에서 훨씬 인상적인 성적을 거뒀다)을 보러 온 관객은 훨씬…… 차분할 것이다. 남자 추종자들은 티셔츠에 'I ♥ JESSICA'라고 쓰지 않겠지. 다만…… 아니다, 생각을 말자. 제시카 스톤 팬들이 구글에 입력할 소름 끼치는 검색어는 정말 생각하고 싶지 않다. 아무튼 우리의 팬은 다르다. 거대 로봇 영화로 유명해진 〈스타필드〉 감독 에이먼 윌킨스는 제시카를 캐스팅하면 탐내던 상을 타고 호평 받을 가능성이 높아질 거라 기대했겠지. 곧 알게 되겠지만. 내일이면 촬영 시작이다.

그렇다면 나는? 전설적인 인기 팬덤에 괴물 군단을 불러오는 역할이다. 내 팬들은 자기들끼리 '시코스'라 부른다. 오늘 이 자리도 팬들을 언론에 과시하려는 의도다. 매니저와 홍보팀의 작품인 셈이다.

문제는 또 있다. 나는 사람들이 사랑하는 캐릭터를 연기하는 후발 주자다. 크리스 파인도 새로운 커크가 됐다는 이유로 싫어하는 사람이 있을 것이다. 하지만 나는 다르다. 나는 겨우 18세다. 크리스는 스물 몇 살로, '네가 뭐라든 나는 내 갈 길을 간다'라는 태도를 갈고닦을 시간이 있었다. 나는 아직도 양말을 짝 맞춰 신었는지, 〈스타워즈〉 팬티를 누가 보지 않았는지 걱정하는 나이다. 게다가 지금 당장은 손이 차가워지고 곧 땀을 흘릴 것만 같다. TV 인터뷰 도중에 땀을 흘리는 행동이야말로 최악이다.

숨을 들이마시고, 숨을 내쉬고. '너는 할 수 있어, 대리엔.' 무대 담당자가 다시 오더니 나를 무대 계단 위로 보낸다. 이어서 손가락으로 카운트다운을 시작한다.

재킷 주름을 펴고 불안감을 삼킨다.

"이제 다음 손님을 무대 위로 모셔볼까요?"

사회자가 말하자 관중석이 조용해진다.

"일명 〈시사이드 코브〉의 왕으로 유명한 젊은 배우죠."

참, 사람 자존심을 죽이는 데 일가견이 있으시군.

"이제 우리가 가장 사랑하는 별에서 온 왕족으로 돌아왔습니다. 페더레이션 왕자 카민도어…… 대리엔 프리먼!"

숨을 들이마시고, 숨을 내쉰 후 얼굴에 미소를 짓자. 가면을 쓴 슈퍼히어로처럼 나를 감추고 대리엔 프리먼이 된다. 10대 소녀 500명의 비명 소리가 나를 집어삼킨다.

엘

Elle Wittimer

대리엔 프리먼의 짜증나도록 아름다운 얼굴(앞으로 10년간 온갖 향수 광고와 옥외광고판을 장식하며 잊고 싶어도 잊을 수 없는 얼굴이 되겠지)이 새엄마의 54인치 플라즈마 TV 화면을 꽉 채운다. 그는 여유롭게 미소를 짓고 있다. 갈색 피부에 긴 속눈썹과 곱슬머리는 배역에 어울린다고 할 수 있다. 하지만 너무 밝게 웃어서 눈이 멀 지경이다. 무게 있고 생각이 많은 페더레이션 왕자감은 아니다. 흉내도 내지 못한다.

카민도어는 54회 전편을 통틀어 단 한 번 웃었다. 53회에서 아마라 공주에게. 그 직후…….

아니, 아니야. 마지막 회 언급은 물론 생각해서도 안 된다. 존재 자체가 없다. 내 블로그에서는 마지막 회를 언급하는 코멘트를 무조건 차단한다.

록펠러센터가 〈스타필드〉의 상징인 파란색과 은색으로 뒤덮여 있다. 맨 앞줄에서 한 무리의 팬들이 '안아 줘!', '우리 같이 부비부비'라고 적힌 플래카드를 흔든다. 다들 녹스를 무찌르려는 항성 간의 우주 비행을 직접 봤다는 것처럼. 봤을 리가 없다. 나도 못 봤는걸.

하지만 아빠는…… 아빠는 처음부터 지켜봤다. 우리 아빠가 바로 원조 팬이었다. 아빠 같은 사람들을 위한 행사 '엑셀시콘'도 아빠가 직접 만들었다. 우리는 매년 참가했다. 이제 나이가 든 출연진들을 만나고 스타건에 사인을 받았다. 학기 중에는 책가방에 숨기고 항상 들고 다녔다. 매일 아침 아빠의 알람시계에서 〈스타필드〉 주제가가 들리면 잠에서 깬다. 아침밥으로는 콘프로스트를 먹는다. 여름에는 별을 관찰했고, 뒷마당에서 녹스를 무찌르는 놀이를 했다. 은하계가 블랙 네뷸러에 빨려 들어가지 못하도록……. 아빠와 사는 세계는 페더레이션 왕자 카민도어가 존재하는 세계 같았다. 그러나 그 세계는 눈 깜빡할 새 사라졌다.

손가락이 리모컨 '전원' 버튼 위를 맴돈다. 하지만 화면에서 눈을 뗄 수 없다. 〈시사이드 코브〉 팬들이 우리 스타거너들과 어떻게 어우러질까? 레이스카 두 대가 서로 맞은편에서 전속력으로 달려와 충돌하려는 현장 같다. 그 모습을 꼭 봐야만 한다.

대리엔 프리먼은 사회자들의 환영 인사를 받고 안락의자에 앉아 수많은 팬에게 손을 흔든다(조금 놀란 듯 수줍어 보인다). 자기가 귀엽다고 생각하는 게 분명하다.

"초대해주셔서 감사합니다."

대리엔 프리먼이 입을 열자 팬들은 구급차 사이렌 같

은 소리로 비명을 지른다.

"사랑해요, 대리엔!", "나랑 결혼하자!"

으으, 토 나온다. 턱이 엄청 큰 남자 사회자가 말한다.

"저희도 가슴이 벅찹니다! 이런 말하면 옛날 사람 같겠지만 늦게까지 잠도 안 자고 〈스타필드〉를 봤던 기억이 나요. 고전 중의 고전이잖아요! 카민도어처럼 큰 역할을 맡게 된 기분이 어때요?"

대리엔이 미소를 짓는다. 치아가 너무 하얗고 입술은 너무 대칭이다. 거울을 보고 웃는 연습을 하겠지?

"당연히 영광이죠."

페이저 대포를 맞아도 뭐가 고전인지 구분하지 못할 거면서.

"오래 전부터 카민도어를 연기하고 싶었어요. 원조를 따라 잡으려면 많이 노력해야겠죠."

"노력한다고 되겠니."

내가 혼잣말을 한다.

데이비드 싱은 신드롬이었다. 유색 인종이 공상과학 드라마 주인공을 하는 경우가 없던 시절에 장벽을 부순 사람이다. TV에서는 물론 실생활에서도 열심히 인권 운동을 했다. 〈스타필드〉의 철학을 진심으로 믿는다고 말하는 그런 사람이었다.

"음, 릭과 달리 저는 〈스타필드〉를 한 번도 안 봤어요."

아담한 여자 사회자가 말한다. 흰색 바지 정장이 의도

와 달리 꼭 스톰트루퍼(〈스타워즈〉에 나오는 보병 부대―옮
긴이)처럼 보인다.

"그런데 주위에서 난리더라고요! 모토가…… 뭐였죠?"

"별을 보라. 조준하라. 불을 붙이라."

대리엔이 대답한다.

"팬이 돼보세요. 〈스타필드〉는 모든 사람이 조금씩은
공감할 수 있는 얘기예요. 최고의 우주선 프로스페로호와
승무원들이 은하계를 지키고 평화와 평등의 깃발을 세우
기 위해 싸우는 얘기죠."

이어서 씩 웃으며 덧붙인다.

"아, 외계인하고도 싸우고요."

"듣기만 해도 무시무시한데요!"

사회자가 놀라서 말한다. 기가 막혀. 나라면 녹스 킹과
의 대결을 '외계인하고도 싸운다'라고 묘사하지 않을 것
이다. 엄밀히 말해 〈스타필드〉에서는 인간이 외계인이다.
하지만 뭐, 진짜 스타거너인 나와 다르겠지.

"미리 사과 말씀 드릴게요."

여자 사회자가 진행을 계속한다.

"저희 방송에서는 작은 게임을 좋아하거든요. 〈스타필
드〉에 대해 많이 아시는 것 같은데 물탱크 게임에 도전해
보실래요?"

카메라가 줌아웃하며 한쪽에 과녁이 달린 수조를 비춘
다. 다시 카메라가 대리엔을 비췄을 때 그는 충격을 받은

듯한 표정을 짓고 있다(당연히 연기일 것이다).

"맙소사! 진짜요?"

"당연하죠!"

여자 사회자가 의자 뒤에서 물총을 꺼낸다.

"대리엔이 우리에게 〈스타필드〉를 얼마나 가르쳐줄 수 있는지 봅시다! 오답이 나올 때마다 제가 총을 쏠 거예요."

이거 재미있겠다. 〈스타필드〉 제목 말고는 하나라도 알 턱이 없다. 관객들이 큰소리로 요란하게 외치기 시작한다.

"빠져라! 빠져라! 빠져라!"

대리엔이 관객석을 향해 과장스럽게 두 팔을 들어올린다.

"정말요? 진심이에요? 제가 물에 빠지는 걸 보고 싶어요?"

"빠져라! 빠져라!"

관객의 연호에 나도 동감한다.

"어떻게 할래요, 대리엔?"

여자 사회자가 미소를 지으며 묻는다.

대리엔은 한숨을 쉬고 고개를 푹 숙인다. '아, 좋습니다, 빨리 해치워버리자고요'라는 식으로 연기를 하더니 의자 양옆을 손바닥으로 철썩 치고 일어나 값비싸 보이는 재킷을 벗는다.

"좋아요! 도전 받아들이겠습니다."

그러셔? 어떤 문제를 틀리는지 두고 보자, 대리엔 프리

———
39

면. 나는 팔짱을 끼고 의자에 몸을 기댄다. 화면 속에서 대리엔은 물탱크 위로 올라가 물안경을 쓰고 양손 엄지를 치켜든다.

여자 사회자는 물총을 겨누고 손에 든 카드를 본다.

"첫 번째 질문! 카민도어가 속한 정부 이름은?"

"네? 너무 쉽잖아요!"

대리엔이 외친다.

"페더레이션!"

정답이라는 버저가 울리자 관객은 야유하며 물에 빠지라고 소리친다. 무언가 대리엔의 머리 위로 날아간다. 속옷인가? 대리엔은 전혀 당황하지 않은 표정으로 입이 귀에 걸려서는 널빤지에 앉아 다리를 앞뒤로 흔든다.

"좋아요, 조금 더 어렵게 가보죠!"

턱주가리 사회자가 다음 문제를 읽는다.

"카민도어와 가장 친한 친구는?"

"유시! 조금 더 어렵게 내주시죠!"

대리엔이 약을 올린다.

"유시가 배에서 하는 일을 묻는 건 어때? 자기 별을 지키려고 카민도어를 녹스에게 넘긴 게 몇 편이냐고 물어봐! 그랬는데도 별이 폭발한 건 몇 편이지?"

내가 투덜댄다.

"그런 질문은 어떠냐고, 응?"

관객이 아까보다 더 크게 연호한다.

"빠져라! 빠져라! 빠져라!"

"우주선 이름은?"

"프로스페로!"

"페더레이션 경례는 뭐라고 부르죠?"

"약속의 맹세!"

여자 사회자가 웃으며 마지막 카드를 꺼내든다. 회심의 일격을 날리려는 모양이다. 내가 의자 끄트머리에 걸터앉는다.

"마지막 회에서 카민도어가 상대역을 뭐라고 불렀을까요?"

대리엔이 마지막 질문을 듣고 망설이며 관객석 쪽을 바라본다.

"커닝 안 돼요!"

사회자가 외친다.

"너무 어려운가요? 10, 9…….."

대리엔이 볼 안쪽 살을 깨물며 널빤지에서 앞뒤로 몸을 흔든다. 코웃음이 나온다. 이 질문을 알 리가 없지. 살면서 〈스타필드〉를 단 한 편도 안 봤을 텐데.

"5! 4! 3!"

관객들도 카운트다운을 시작한다. 사회자가 양발을 벌리고 한 손으로 총을 겨눈다(아주 과장된 봄짓이지만 물총을 겨눈다고 생각하면 어울리지 않는다). 그러는 내내 대리엔은 어리둥절한 표정으로 뒷목을 벅벅 긁는다.

여자 사회자가 총을 쏘고 과녁에 정통으로 명중한다. 사이렌이 울리며 완벽하게 다듬은 대리엔 프리먼의 머리 위에서 불빛이 번쩍거리며 돌아가더니 그가 앉아 있던 널빤지가 내려간다. 대리엔이 물에 빠지자 관객석은 아수라장이 된다. 다들 좋아서 죽으려 한다. 이상하게도 나는 즐겁지 않다.

"답은 '아블레나' 야."

내가 중얼거린다. 하지만 그는 물속에 있어 듣지 못한다. TV로밖에 볼 수 없는 사람이고 절대 내 말을 들을 수 없다. 나는 플라즈마 평면 스크린에 대고 말을 할 뿐이다. 그래도 카민도어를 연기하려면 그 정도는 알아야 한다. 물에 빠지든 말든 그건 중요하지 않다.

"'아블레나' 라고 불러."

흠뻑 젖은 대리엔이 수조에서 나와 관객석으로 젖은 머리를 털자 관객들이 비명을 지르며 손을 뻗는다. 대리엔은 그들을 보며 웃는다.

내가 얼굴을 찌푸린다. 지금 이 영화를 살리려면 완벽한 악역을 발표하는 수밖에 없다. 당연히 녹스 킹이겠지. 얼마나 멋질까? 녹스족은 페더레이션의 천적이었지만 안타깝게도 90년대 초반 특수효과는 한계가 있었다. 그래서 원작 드라마 녹스는 커다란 귀 때문에 그리 멋져 보이지 않았다. 리부트는 훨씬 잘생기게 만들 수 있지 않을까? 그리고 솔직해지자. 앞으로 나올 동성 팬픽도 생각해야지. 시간을 확인하려고 휴대폰을 힐끗 본다. 근무 시작까지 아직 20분은 남았다.

화면 속 대리엔은 촬영보조에게 수건을 받고 몸을 말린다. 그때 누군가 셔츠를 벗으라고 소리친다. 대리엔이 동작을 멈추고 관객석을 돌아보며 웃는다.

"정말요?"

그들은 대답 대신 비명을 지른다.

대리엔이 젖은 셔츠의 밑단으로 손을 뻗자 비명 소리는 더욱 커진다. 벌써부터 옷 너머로 가슴 윤곽이 보인다. 안 보일 수가 없다. 못 살아, 인생에는 왜 빨리감기 버튼이 없는 거야?

쌍둥이들과 달리 나는 대리엔 프리먼을 좋아하지 않는다. 십대 소녀들이 열광한다는 〈시사이드 코브〉 드라마는 더더욱 좋아하지 않는다.

하지만 대리엔 프리먼이 셔츠를 벗는 순간, 입이 떡 벌어진다. 캐서린의 플라스마 TV 화면을 가득 채운 복근과 가슴이 무감각한 이 세계에서 한줄기 희망의 빛처럼 잠이 덜 깬 내 뇌를 꿰뚫는다.

"정…… 정말 페더레이션 왕자를 한다고 몸을 키웠나 봐."

내가 중얼거린다.

"그건 인정해야겠네."

마음과 달리 좀처럼 시선이 떨어지지 않는다. 절대 인

정할 수 없지만 계속 쳐다보게 된다. 대리엔은 이 순간을 즐기는 듯 양팔을 벌리고 있더니 잠시 후 관객석으로 꾸벅 인사를 한다. 여자 사회자가 물총으로 부채질을 한다.

"와우. 그 정도면 게임에서 진 걸 만회하겠어요! 만져봐도 돼요?"

집 밖에서 우르릉 소리가 크게 울리며 벽에 걸린 액자까지 떨린다. 깜짝이야. 망할, 저 소리는 어디서든 알아들을 수 있다.

매직펌킨이 오고 있는 소리다. 얼른 TV로 고개를 돌리고 기도하는 사람처럼 리모컨을 움켜쥔다.

"빨리, 악역이 누구인지만 발표하라고!"

내가 애원한다.

"제발 녹스 킹이어라! 제발! 제발!"

"자, 은하계 페더레이션의 영웅에게는……."

턱주가리 남자가 여자 사회자를 정신 차리라는 표정으로 보면서 말하고 대리엔은 다시 티셔츠를 입는다.

"적이 필요할 텐데요……."

"내레이션을 생각해! 팬픽을 생각하라고!"

내가 혼자 외친다.

"뭐든 좋으니까 그냥 알려줘!"

턱주가리는 내 제안에 아랑곳하지 않고 말을 계속 늘어놓는다.

"악역이 누구인지 쉬쉬하고 있다고 들었어요. 듣자하

니…… 소문……이 돌고 있던데요. 그게…… 여자라고요."

소리 없이 입이 벌어진다. 여자라면 녹스 킹이 아니다. 그렇다면…….

펌킨의 요란한 소리 위로 귀를 쫑긋 세우고 고개를 TV 쪽으로 더 가까이 기울인다. 그러면서 커피테이블에서 마구 흔들리는 촛대를 붙잡고 있다. 대리엔 프리먼이 재킷 소매 끝을 매만지며 무슨 말인가 한다. 조금만 더…… 조금만 더…….

입술 모양을 읽으려고 눈을 찌푸린다. 입술은 예쁘네. 입술이 만들어내는 음절을 알아차린다. 그의 입이 소리를 따라 입술을 움직이고 혀를 말며 악역의 이름을 뱉는다.

집 앞에서 펌킨이 경적을 울리고, 옆집 프랭코도 짖기 시작한다. 경적이 또 울리지만 세이지는 기다려야 한다. 어차피 자기가 일찍 온 건데도 놀라서 의자에 기대앉는다. 그들은 내가 생각조차 하고 싶지 않은 악역 캐릭터를 골랐다. 원조 〈스타필드〉에서 카민도어 왕자는 주먹을 떨며 분노에 차서 그녀의 이름을 하늘에 대고 외쳤다. 인터넷을 하다 보면 '영혼이 부서지는 분노의 외침'이라는 제목으로 저 장면 이미지를 봤을 것이다.

하지만 악역 중에 그녀만큼 영화 리부트에 잘 어울리는 캐릭터도 없다. 나약한 인간의 심장을 가슴에서 꺼내 갈기갈기 찢으며 아프고 괴로워 몸부림치게 만들 유일한 인물이다. 카민도어 왕자의 단 하나뿐인 연인, 아마라 공주.

턱주가리가 화면을 본다.

"페더레이션 왕자의 실물을 영접하고 싶은 행운아가 되고 싶은 분들은 주목하기 바랍니다. 올해 미드라이트 엔터테인먼트가 엑셀시콘과 손을 잡고 코스프레 행사를 주최합니다! 가장 좋아하는 〈스타필드〉 캐릭터로 분장하고 엑셀시콘 무도회에 참가할 수 있는 일생일대의 기회! 수상자들은 우리의 주인공 대리엔 프리먼과 단둘이 만나는 '밋앤그릿(MEET & GREET, 스타와의 팬미팅)'을 선물로 받게 됩니다. 뿐만 아니라 〈스타필드〉 LA시사회 티켓까지 드립니다!"

고개를 젓는다. 내가 원하는 상품은 LA시사회 티켓뿐이다. 대리엔 프리먼이 연기하는 바보 같고 재미없는 카민도어를 어떻게 생각하는지 바보 같고 재미없는 그 얼굴에 대고 직접 얘기하는 기회도 나쁘지는 않겠다.

대리엔 프리먼이 묘한 표정으로 사회자를 본다.

"저…… 뭐라고요?"

사회자는 입을 벌리고 그를 멍하니 바라본다. 어색한 침묵이 흐른다. 대리엔 프리먼이 다시 TV 화면 쪽을 본다. 나와 눈이 마주친다. 미국인 수백만 명이 지켜보는 가운데 알 수 없는 감정이 그의 얼굴을 스친다.

"알잖아요, 대리엔. 엑셀시콘요!"

대리엔이 심란한 듯 고개를 끄덕인다.

"네, 맞아요. 죄송합니다. 당연하죠."

여자 사회자가 대리엔의 무릎을 만진다.

"대리엔, 오늘 저희 방송에 나와주셔서 감사합니다. 내년 봄 개봉할 〈스타필드〉도 기대할게요!"

갑자기 화면 밖이 시끄러워진다. 고함소리다. 그러더니 누군가 무대로 올라와 대리엔에게 돌진한다. 집에서 만든 〈시사이드 코브〉 티셔츠와 비키니 팬티만 입은 여자다.

여자가 엄청난 힘으로 대리엔에게 입을 맞추며 두 사람은 소파 뒤로 넘어간다. 경비원이 달려들고 화면은 하기스 기저귀 광고로 넘어간다.

캐서린의 푹신한 의자에 몸을 더 깊숙이 묻는다. 이게 〈스타필드〉라고? '시코스', '대리에나이츠'가 죄다 나의 〈스타필드〉로 몰려드는 거야? 영원한 약속의 맹세와 각자 개성을 찬양하는 정신보다 복근이나 금빛 석양을 더 중요하게 생각하는 인간들이?

좋다 그거야. 〈스타필드〉를 망칠 수 있다고 생각하나 본데 내가 반격해주지. 자리에서 벌떡 일어나 발을 쿵쿵 구르며 계단을 올라 방으로 돌진한다. 노트북을 거칠게 여는 동시에 세이지가 우리 집 앞에 매직펌킨의 경적을 울린다.

소리를 무시하고 블로그에 접속한다. 솔직히 클로이와 캘 말이 맞다. 인터넷 세상에서는 리액션을 최대한 빨리 올려야 한다. 다른 건 몰라도 〈스타필드〉가 앞으로 겪게 될 참사에 대해서는 써야겠다. 40년을 버틴 우리 스타거너들에게 할리우드가 한다는 보답이 고작 이거야? 대리엔 프리먼?

"배우인가, 배우병인가?"라고 쓰며 '제목' 란을 단숨에 채운다. 완벽해.

떨리는 손가락이 키보드 위를 날아다닌다. 글이 그냥 쏟아져 나온다. 어디서 나오는지도 모르겠다. 인정받지 못한다는 분노가 쌓여서일까? 몇 년간 중고 TV로 재방송을 보며 기다린 대가가 HD 화질로 보는 멍청한 연예인 얼굴이라서? 그것도 우리 아빠가 가장 좋아하는 캐릭터를 망가뜨리는 놈? 카민도어는 나도 가장 좋아하는 캐릭터다.

다시 경적이 울린다. 이웃들은 푸드트럭이 주택가에서 왜 있는지 궁금해할 것이다.

"가!"

내가 외치며 마우스를 클릭해 글을 인터넷 세상으로 보낸다. 30초 후, 유니폼을 입고 백팩을 멘 채로 요란한 주황색 흉물 조수석에 올라탄다. 여기가 내 직장이다.

"늦었어."

세이지의 목소리는 흐린 초록색 머리카락과 어울린다. 무미건조하고 이상하다. 나와 대화할 생각이 없는 목소리다. 머리카락이 한때는 짙은 초록색이었을 것이다. 세이지는 머리카락을 자기 이름(세이지는 약이나 향료로 사용하는

———
48

허브 이름이기도 하다－옮긴이)으로 염색할 성격은 아니다.

"기다리다가 죽는 줄 알았어."

"미안."

얼른 사과를 한다.

세이지가 후진을 하며 백미러에 달린 섬뜩하게 웃는 호박 장식을 조정한다.

"급하게…… 할 일이 있어서."

수백 년이 지나도, 아니 수백 세기가 지나도 세이지에게 내가 스타거너라고 실토할 일은 없다. 세이지는 분명 비웃을 거다.

"잠깐, 리버독스 경기장은 반대편 아니야?"

트럭이 찰스턴의 악명 높은 일방통행 길로 들어서고 있었다.

"계획 변동."

"저……."

내가 지나가는 표지판을 보고 말꼬리를 흐린다.

"이 일방통행 도로는 방향이 반대 같은데."

세이지는 말 없이 운전대만 더 꽉 움켜쥔다. 핫핑크색 립스틱을 칠한 입술이 미소를 짓는다. 평소에는 무표정한 얼굴이 어쩐지…… 이상하다. 피 웅덩이 한가운데에 있는 동물 봉제인형 같다. 왠지 사악한 느낌마저 든다.

세이지가 "쉭쉭!"이라 외치며(소리가 너무 커서 내가 움찔한다) 변속기를 홱 잡아당긴다.

황급히 안전벨트를 맨다. 나도 운전면허가 있지만 이 트럭 주인은 세이지의 엄마(즉, 우리 사장님이다)기 때문에 운전은 세이지가 한다. 문제는 세이지가 운전대만 잡으면 미친 사람이 된다는 것이다. 운전대를 놓아도 마찬가지지만. 솔직히 할 수만 있다면 다른 직장을 알아봤을 것이다. 하지만 내 이력서에는 컨트리클럽에서 잠깐 일한 경력밖에 없다(캐서린이 뭐라고 하든 절대 그곳으로 돌아갈 생각은 없다). 펌킨이 나를 받아준 것만으로도 행운이었다. 이보다 끔찍한 직업도 있겠지, 뭐. 불쌍한 미소년 대리엔 프리먼처럼 소녀팬들의 공격을 받을 수도 있잖아?

대리엔

Darien Freeman

"진짜, 진짜 미안해."

대기실에 들어가자마자 게일이 얼음팩을 건넨다.

"방금 뭐였어요?"

얼음팩을 받아 뒷목에 대자 얼굴이 찌푸려진다.

게일이 고개를 젓는다.

"나는 경비원이 막은 줄 알고……."

"막기야 했어요."

내가 말한다.

"그 여자가 땅바닥에서 나를 덮친 후에 말이죠. 혀로 나를 질식시키는 줄 알았네."

젖은 머리가 해초처럼 목에 감긴다. 그 팬은 너무 빠르게 돌진해왔다. 무슨 상황인지(아니, 그 여자가 누구인지) 알 새도 없이 나는 돌처럼 단단한 소파 뒤로 넘어가 안 그래도 좋지 않은 허리로 바닥에 떨어졌다. 그래, 우스운 소리다. 겨우 열여덟 살이 허리가 안 좋다고? 하지만 2년간 〈시사이드 코브〉에서 상대 배우를 안고 다녔다(로맨틱한 설정으로 팬들은 좋아한다). 지압사는 과격한 스턴트 연기를 잠시 중단하라고도 했다. 과격한 연기에는 〈헬로 아메리카〉 방송에 난입한 여자와 키스하는 것도 포함된다고 확신한다.

게일이 초조하게 양손을 문지른다.

"다시는 이런 일 없을 거야. 미안해. 다 내 잘못이야. 경비를 더 불렀어야 하는데. 미리 말을 할 걸 그랬어."

"게일."

내가 말을 자르고 게일의 팔에 부드럽게 손을 올린다.

"게일 잘못 아니에요. 이 복근이 범인이라는 거 우리 둘 다 알잖아요."

게일은 언짢은 표정을 지으면서도 웃는다.

"웃기려고 하지 마! 나는 네 비서야. 생방송 중에 너를 급습하기 전에 내가 처리했어야 한다고. 이번 일로 마크가 나를 죽이려 할 거야."

대기실 소파에 주저앉았다. 마크는 내 매니저다. 최고의 응원단이자 후견인이기도 하다. 그리고 그의 무수한 역할이 적힌 목록에서 한참 아래로 내려가면 우리 아빠가 나온다. 마크는 요즘 들어 게일을 못마땅하게 보고 있다. 게일이 덤벙거리는 멍청이라나. 게일이 실수하는 때도 있지만 안 그러는 사람이 어디 있겠나. 게일이 덤벙거리는 멍청이라면 나는 뭐라고 생각할까? 알고 싶지도 않다.

게다가 게일은 〈시사이드 코브〉 이전부터 있던 스탭 중 유일하게 남은 사람이다. 내 조수들, 조수의 조수들, 게일

의 조수들이 마크의 착취를 못 이기고 떠날 때도 게일만
은 남아줬다. 게일은 지금의 내가 되기까지 전 과정을 지
켜본 산증인이다. 〈헬로 아메리카〉 무대에서 팬에게 태클
을 당하리라고는 상상도 할 수 없었던 시절부터 옆에 있
었다.

〈스타필드〉 질문을 고의로 틀리는 날이 올 거라는 생
각도 그때는 해본 적 없었다. 당연히 답을 알았다. 너무
쉬운 문제였다. 하지만 '아블레나'를 못 맞혀 물에 빠지
고 복근을 보여준다는 대본이 있었다. 이제는 익숙해진
일이다.

게일이 내 목을 가리킨다.

"많이 다쳤어?"

"감각은 있어요. 괜찮다는 뜻이겠죠."

게일이 고개를 끄덕이며 옆자리에 앉는다. 경비원이
팬을 떼어낸 후 PD들은 내가 부상으로 자기들을 고소할
까 봐 다친 데 없는지 확인한다. 그리고 방송 출연 전에
서명한 서류를 살펴보라며 나를 분장실로 보냈다. 물론
나라면 고소하지 않을 것이다. 하지만 마크는 상황을 전
해들은 즉시, 도착할 때까지 스튜디오에서 꼼짝도 말라고
명령했다. 마크라면 당장 〈헬로 아메리카〉를 고소하고도
남는다.

하지만 내 걱정은 따로 있었다.

"그래서……."

내가 게일을 돌아보며 말한다.

"엑셀리콘 얘기는 누가 할 생각이었어요?"

"미안해. 나는 그냥……."

게일이 보통 때와 달리 내 눈을 보지 않고 휴대폰을 꺼낸다.

"할 일이 많아서 내가 깜빡했어."

"게일?"

게일이 이메일을 확인한다. 오랫동안 같이 일해서 좋은 점은 또 하나 있다. 게일이 언제 거짓말을 하는지 알 수 있다는 것.

"여기 덥지 않니?"

게일이 부채질을 한다.

"너무 덥다. 에어컨 좀 켜달라고 내가 가서……."

게일이 일어나지 못하게 어깨를 잡고 내 얼음팩을 내민다. 게일은 달아오른 뺨에 얼음팩을 댄다.

"나는 이 일에 맞지 않아."

"농담해요? 게일 없으면 나는 아무것도 못 해요. 그거 알잖아요."

"다 내 잘못이야."

게일이 고개를 저으며 얼음팩에 얼굴을 묻는다.

"내가 다 망쳤어."

"아니에요."

내가 대답한다.

"문어 입술을 누가 예상했겠냐고요."

"문어 입술? 너무 끔찍한 별명이다, 대리엔."

나는 어깨만 으쓱한다.

"아니, 자기 소개할 시간도 안 줬잖아요. 키스를 하려면 적어도 이름을 먼저 알아야 하는데…… 그 남자 표정 봤어요?"

"릭 데일리?"

"얼굴을 진짜 빨리 가리지 않았어요? 턱에 50만 달러짜리 보험을 든 줄 알았다니까요."

이 말은 하지 말았어야 한다. 게일이 놀라서 얼음팩을 떨어뜨리고 나를 다시 살펴본다. 이번에는 흘러내린 머리카락을 들어 올리고 팔까지 확인한다.

"어떡해, 어떡해, 어떡해! 네 얼굴! 얼굴 괜찮아? 멍은? 내일 촬영이야! 그래서 방송에서 옷 벗으면 안 된다고 마크한테 말했던 건데. 그러면 안 된다고 했단 말이야! 마크가 나를 죽이려고……."

게일의 양손을 붙잡는다.

"괜찮아요."

이건 거짓말이다.

"하…하…지만……."

"나 괜찮다고요."

다시 말하며 게일을 조심스럽게 소파에 앉히고 얼음팩을 다시 들려준다. 게일은 내게 친구나 마찬가지인 사람이다. 진짜 친구들이 개자식들로 바뀐 뒤로는 그렇게 됐다. 게일을 알고, 게일을 믿는다. 내가 해리슨 포드에게서 비행 훈련을 받는다거나, 저스틴 비버와 같은 동네에 집을 산다거나 하는 허튼 생각을 했을 때 머릿속에서 지적해주는 작은 목소리의 주인이 바로 게일이다. 게일은 광팬 무리나 스토커 파파라치로부터 항상 때맞춰 나를 구해준다.

"하지만 행사 얘기를 까먹었잖아!"

게일이 외친다.

"엑셀시콘 말이야. 완전히 잊고 있었어."

그 이름을 듣자 얼음 조각으로 배를 찔리는 느낌이다. 내가 얼굴을 찌푸리자 게일이 다시 조바심친다.

"오, 이런…… 안 돼, 네가 예전에 갔던 데지. 그 친구……."

"난 괜찮아요."

다시 거짓말을 한다.

"여기 앉아 있어요. 금방 돌아올게요."

천천히 대기실을 나와 문을 살짝 닫는다. 입술을 만져보니 문어 입술의 치아와 부딪친 입술 안쪽에 상처가 있다. 마크 말이 맞을지도 모르겠다. 팬들을 적당히 막아줄 수 있는 사람이 필요한 걸까? 혹시 모를 경우를 대비해 체격 건장한…….

"아니야."

생각을 바로잡는다.

"그만하자. 많은 사람이 너를 믿고 있어. 팬들을 사랑하잖아. 너는 멋지고 재미있고 쿨한 사람이야. 제니퍼 로렌스라고."

말은 그렇게 해도 가슴이 내려앉는다. 엑셀시콘도 따지고 보면 일개 행사에 불과하지만 그렇게 단순하지 않다. 엑셀시콘은 내가 친구 브라이언과 비행기를 타고 나라 반대편까지 날아갔던 그 행사다. 물론 얼굴을 가리지 않고도 레스토랑에서 데이트를 할 수 있던 시절의 얘기다. 언론플레이가 아닌 진짜 데이트를 할 수 있었던 시절. 복근이 얼굴보다 화면에 더 자주 나오기 전의 얘기다.

그 생각을 하며 배를 긁었다. 에어브러시 메이크업(일명 '컨투어링')을 하면 살이 미친 듯이 가려웠다. 다시 엑셀시콘에 간다고 생각만 해도 속이 쓰리다. 다시 참석해도 이제 그때의 대리엔은 없다.

그래서 그런 행사에는 참석하지 않는다고 누누이 말했다. 다들 아는 사실이다. 게일, 홍보 담당자 스테이시, 마크도 알고, 내가 배우 생활을 하며 마크가 해고한 수많은 조수도 안다. 절대 비밀이 아니다. 에이전시에 있는 내 프로필에도 그 부분을 향기 나는 마커로 밑줄 쳐서 강조했을 거다. 그래서 지금 상황이 짜증스러웠다. 대기실 문에 등을 기대려는데 기차 화통을 삶아 먹은 소리가 나를 놀라게 만든다.

"대리엔!"

아버지다. 목이 꽉 막힌다.

"영감님!"

농담을 던져본다. 마크가 3년 전부터 '아빠'라는 호칭을 금지시켰기 때문이다. 내 이미지 관리를 위해서라나? 만나서 반갑다는 투로 목소리도 꾸며낸다. 거짓말도 이런 거짓말이 없다.

"드디어 LA에서 기어 나오셨네요?"

마크의 얼굴이 어두워진다. 교도소 같은 저전압 조명 탓에 긴장하고 냉담한 표정으로 보인다. 마크가 뻗었던 팔을 내린다. 이제는 사람보다 성형 인간에 더 가까웠지만 주름을 못 견디는 사람들은 시간이 흐르며 로봇이 되기 마련이다.

"게일은 어디다 두고 혼자 있어? 내가 진작 보디가드를 붙였어야 하는데."

"안에 있어요."

엄지로 문을 가리킨다.

"보디가드는 필요 없어요. 내 팬들이…… 음, 열정적이기는 하지만……."

"복도에서 만난 사람이 내가 아니었으면 어쩌려고 그래? 이제는 아무데나 막가면 안 돼. 너무 위험하다고. 너도 알잖아."

마크가 강조한다.

"특히나 앞으로 그 무슨 왕자냐……."

뒷말이 생각이 안 나는지 손을 흔든다.

"카민도어요."

"그래!"

마크가 씩 웃는다.

"주인공. 모든 사람이 원하는 배역이지. 너도 이제 중요한 인물이야. 몸값 백만 불짜리 남자란 말이다."

"그 배역은 돈 안 줘도 맡았어요."

내가 혼잣말로 투덜거린다.

마크가 내 얼굴에 대고 손가락을 튕긴다.

"그런 말 마라. 어디 가서도 그런 말은 하지 마."

그러고는 내가 그 배역에 목을 메고 있다는 말을 누가 엿들었까 걱정하는 듯 복도 이쪽저쪽을 살핀다.

"그나저나 여기서 뭐 하는 거야?"

내가 망설인다. 엑셀리콘에 안 간다고 그냥 터놓고 말해야 한다. 말도 안 되는 얘기다. 행사장을 돌아다니며 사인 받으려고 줄을 서는 대신, 남들과 사진을 찍어줘야 할 것이다. 너무 많이 웃어서 근육이 얼얼해지겠지. 플래시 세례에 앞이 보이지 않을 것이다. 손목터널증후군은 또 어떻고. 아는 척하는 가짜 친구들, 스멀스멀 떠오르는 끔찍한 기억들…… 그런 행사에는 가고 싶지 않다.

"저……."

내가 말을 꺼낸다.

"의논하고 싶은 게 있는데요……."

"게일은 어디 있어?"

다시 문을 엄지로 가리킨다.

마크는 작은 소리로 중얼거리고는 커프스단추를 매만진다.

"저렇게 발작하라고 돈 주는 건 아닌데."

"게일은 오늘 일이 많았어요."

"일은 나도 많았어. 너도 일이 많았지. 아직 월요일도 아닌데 말이야."

"사실……."

"큰일은 촬영 후에 있을 기자간담회지, 이런 건 아무것도 아니야."

마크는 입을 다물지 않는다.

"오히려 쉬운 축에 속한다고."

"문어 입술이 무대에 올라오기는 쉬웠죠."

내가 지적한다.

"사실, 드릴 말씀이……."

"기다려볼래?"

마크가 말을 자르고 휴대폰을 꺼낸다. 알림음이 다시 울린다. 이메일인지 문자인지는 모르겠다.

"이 문제는 내가 처리하마. 일단 점심부터 먹을래? 이따가 다시 얘기하자, 약속."

힘이 빠진다. 약속의 맹세에 반대말이 있다면 바로 마

크다. '이따가'는 아무리 기다려도 오지 않는다.

"네."

"좋아. 아…… 대리엔?"

"네?"

"다이어트하자. 잊지 마. 3층에 카페테리아가 있더구나."

내가 얼굴을 찌푸린다.

"카페테리아 음식을 먹으라고요? 그건 음식도 아니에요."

"가서 샐러드 먹어."

입을 꾹 다문다. 새로운 운동과 더불어 식이 요법과 개인 트레이너(겉모습은 울버린을 닮았고 성격은 물에 젖은 고양이 같은 사람이다. 한마디로 그냥 울버린이다) 덕분에 나는 단백질 셰이크와 토끼밥으로 연명해왔다. 닭고기도 있구나. 닭고기를 너무 많이 먹어서 몸에 털이 돋아날 지경이다. 양념도 하지 않은 고기를 먹어야 했다. 오로지 수백만 달러 가치가 있는 몸매를 유지하기 위해서다.

데이비드 싱(원조 페더레이션 왕자)은 윗몸일으키기, 유산소운동, 에어브러시, 생방송 중 팬의 기습 공격 따위를 걱정할 필요가 없었다. 〈스타필드〉 드라마는 겨우 시청률이 나오는 수준이었다. 그런데 종영 이후 광적인 팬들이 붙었다. 데이비드 싱은 연기도 잘하고, 지구를 벗어나 생각을 넓게 하고 별에 불을 붙이라는 메시지를 던져 인기를 모았다.

나는 복근으로 팬을 만든다. 내가 데이비드 싱이었다면, 진정한 카민도어였다면 마크에게 꺼지라고 말했을 것이다. 물론 그것보다는 예의를 갖춰 표현했겠지만. 마크도 내 말에 수긍했을 것이고, 나는 쉐이크쉑에 가서 햄버거를 먹었을 것이다. 하지만 나는 카민도어가 아니다. 적어도 이 세계에서는.

3층의 카페테리아는 생각보다 더 끔찍했다. 테이블 전체가 폭식과 죄악의 집결지였다. 문제는 도넛이다. 도넛밖에 없었다. 어디를 봐도 도넛밖에 보이지 않는다. 그나마 과일컵 하나가 고등학교 매점의 아웃사이더처럼 한쪽 구석에 외롭고 처량하게 놓여 있다.

"우리 둘뿐이네, 친구."

과일컵을 들고 앉을 자리를 찾는다. 아침 식사(아니, 도넛)를 하는 사람이 몇 명 더 있지만 전부 지나쳐 카페테리아 구석으로 간다. 여기서는 록펠러센터가 내려다보인다. 파란색과 은색으로 장식한 〈스타필드〉 팬들은 거의 다 흩어졌다. 전부 나를 보러 왔다니 믿기 힘들었다. 나를? 속이 뒤틀린다. 과일컵과는 전혀 상관없는 현상이다.

파인애플 조각을 포크로 찍는다. 저쪽에서 한 남자가 다가오고 있다. 조금 전만 해도 황홀하게 생긴 초콜릿 스프링클 도넛을 먹고 있던 남자. 나보다 나이가 많고 테가 두꺼운 안경을 썼다. 콧수염은 땀으로 젖어 있었다.

"안녕하세요."

그가 말한다.

"대리엔 프리먼 맞죠."

유명인들은 늘 이런 말을 듣는다. 무슨 대답을 해야 하는 걸까? '네, 들켰네요.' 라고? 그 대신 손을 내밀어 악수를 청한다.

"안녕하세요. 반갑습니다."

그는 내 손을 잡지 않는다.

"오늘 방송 죽이던데요."

들으면 빈정거리는 말인지 다 안다.

"고맙습니다."

그렇게 대답하고 어색하게 미소를 짓는다.

"마침 촬영보조 친구들과 그 얘기를 하고 있었어요."

남자가 조금 더 가까이 다가온다.

"질문 하나 해도 돼요? 비밀로 할게요."

대화가 흘러가는 방향이 마땅치 않지만 싫다고 말할 방법이 없다. 게일이 있다면 게일이 그를 상대하는 동안 문 밖으로 도망칠 텐데 지금은 불가능하다. 불편하게 자세를 바꿔 앉는다.

"음, 그러세요."

"〈스타필드〉에 대해 알기는 합니까?"

내가 눈썹을 치켜세운다.

"〈시사이드〉 팬들은 속일 수 있을지 모르지만 그 사람들은 죽었다 깨어나도 잘 만든 드라마가 뭔지 모르겠죠. 댁도 카민도어와 커크 선장을 구분 못하지 않나?"

질문이 아니다. 혼자만의 추측일 뿐이다.

"저기요, 우리처럼 〈스타필드〉를 진심으로 좋아하는 사람들이 많아요. 잠깐 스쳐지나가는 유행이 아닙니다. 돈줄도 아니고요. 그쪽한테야 광고판에 얼굴을 올릴 기회겠지만 그게 전부는 아니라는 말입니다. 우리 같은 사람들에게 의미 있는 작품이에요. 그러니까 망치지 말라고요."

돌아서서 걷던 그가 다시 반쯤 몸을 튼다.

"아, 알려주자면 이런 생각 하는 사람은 나 혼자가 아닙니다. 다들 그쪽이 웃기다고 생각해요."

"웃기는 데는 소질이 없어요."

억지로 미소를 지어 보인다.

"그 정도로 웃기지는 않죠."

그는 웃지 않는다.

"〈스타필드〉는 오락거리가 아닙니다. 프랜차이즈가 아니라 가족이라고요. 인터넷 검색 한번 해보시죠."

내가 영화배우답게 정중한 대답을 할 새도 없이 남자는 가버린다.

포크를 움켜쥔다. 빳빳한 셔츠 깃을 쥐고 남자를 돌려 세워 약속의 맹세 인사법(검지와 새끼손가락을 들고 엄지와 가운데 두 손가락은 내리는 동작)으로 눈알을 찌르고 싶었다. 그렇게 관심을 얻고 나면 LA 교외에 사는 청소년들과 달리 내가 종교처럼 봤던 〈스타필드〉 54편의 줄거리를 전부 자세히 늘어놓고 싶었다. 녹스 킹부터, 아마라 공주, 갤럭시 식스의 궤도를 도는 모든 달 이름까지 전부. 헬릭스 네뷸라부터 안드로메다까지 모든 왜소행성을 설명하고 싶었다. 마지막 독백이 내게 어떤 의미였는지 말하고 싶었다. 나와 비슷하게 생긴 사람이 프로스페로선을 지휘하는 모습을 보는 게 어떤 의미였는지 알려줘야 했다. 내 심장을 갈라서 다른 스타거너들과 같은 피를 흘린다는 사실을 증명하고 싶었다. 페더레이션 왕자 카민도어가 내 인생을 구원했다고 말하고 싶었다.

하지만 그러지 않는다. 머릿속에서 마크가 이렇게 말하기 때문이다.

"이성을 잃지 마. 감독 말대로만 해. 계산은 수표로 하는 거다. 스타가 되라고."

가장 중요한 말이 또 있다.

"신문 1면에는 절대 나오지 마."

"인터넷 검색 한번 해보시죠."

자칭 '진정한 팬'은 그렇게 말했다. 과일컵을 옆으로 밀고 대체 무슨 말인지 검색하려고 휴대폰을 꺼낸다. 유명한 사람이 나에 대해 트윗을 했나? 연예 사이트에서 벌써 기사를 냈나?

찾는 데 오래 걸리지 않는다. 〈스타필드〉 관련 해시태

그를 몇 개 검색하자 그 글이 나왔다. 대규모 소셜미디어 플랫폼에 링크된 블로그 글 제목은 "배우인가, 배우병인가?"였다. 안 된다는 것을 알면서도 링크를 클릭한다.

고귀한 카민도어 역에 십대 소녀의 가슴에 불을 지피는 대리엔 프리먼을 선택했다면 진정한 〈스타필드〉 팬은 외면했다고 밖에 생각할 수 없다.

리트윗 수가 1,000개를 넘어섰다. 글에 달린 코멘트도 수백 개였다. 대단하군. 게일에게 문자로 보내려고 링크를 복사한다. 엑셀시콘에 가지 말아야 하는 이유라고 주장할 생각이었다. 팬들은 나를 산 채로 잡아먹을 것이다. 그러다 동작을 멈췄다. 마크가 게일 옆에 있다가 안 좋은 기사(단순한 블로그 글이라도)가 있다는 사실을 들으면 24시간 내내 나를 감시할 것이다. 게다가 행사에 참석하라고 강요하겠지. 만약 조금 전에 만난 진정한 팬과 이 '레벨거녀' 블로그 주인 같은 사람으로 가득한 행사라면 나는 끝장이다. 얼마나 수치스러울까. 물탱크에 빠지는 것보다 더 끔찍하다. 하지만 게일이 스케줄을 빼줄 수 없고 마크는 그럴 생각조차 없다면…… 카민도어는 어떻게 했을까?

짜증스럽게 휴대폰을 테이블에 두드린다. 카민도어라면 자기 문제로 남을 원망하지 않았을 것이다. 그건 확실하다. 자기 힘으로 문제를 해결했을 것이다. 내가 직접 엑셀시콘에 전화를 할까? 매니저인 척 연기하자. 명색이 배우잖아? 행사 주최자와 통화하면 문제를 해결할 수 있다. 구글에 엑셀시콘을 검색하고 웹사이트를 둘러본다. 이벤트 관리하는 협력업체에 전화를 걸어보지만 자동전화로 넘어간다. 살아있는 인간과 통화해야 했다. 화면을 조금 아래로 내리니 'About Us' 페이지가 보인다. 전화번호는 없지만 엑셀시콘 창립자 이름은 있었다. 일단 전화번호부 검색을 하자마자 정보가 나온다.

좋아. 목을 가다듬고 전화번호를 누른 다음 통화연결음을 듣는다. 팬들은 그 블로거가 아주 유창하게 표현한 대로 내가 '재능보다 헤어젤을 더 많이 바른 골 빈 드라마 배우'라고 생각할지 모르겠지만 나도 배우다. 배우라면 연기를 해야겠지?

엘

Elle Wittimer

세이지는 공용 주차장 끝에 트럭을 세웠다. 아일오브 팜스호텔이 '푸드트럭 주차 금지'로 지정한 구역과는 멀찍이 떨어져 있었다. 해변에 사람이 많았지만 오늘은 시간이 느리게 흘러간다. 찰스턴의 6월은 와플하우스의 시럽처럼 끈끈하고 묵직하다. 바닷바람으로도 습기가 날아가지 않아 다들 움직이지 않으려 한다. 관광객들은 백사장에 고깃덩어리처럼 누워 뜨거운 태양에 살만 태우고 있다.

나는 펜 끝을 씹으며 일기장을 내려다본다. 세이지는 옆에서 공책에 낙서를 하고 있다. 연필이 종이 위에서 부드럽게 슥—슥—슥 소리를 낸다. 슬쩍 훔쳐보니 어떤 여자를 그리고 있다. 아니, 여자에게는 얼굴이 없었다. 사람이 아니라 드레스 그림이다.

"우와, 그림 정말 잘 그린다."

내 말에 세이지가 고개를 들고 검게 염색한 눈썹을 찡그린다.

"의외라는 말은 아니야."

내가 얼른 덧붙인다. 귀가 불타는 것만 같다.

"그렇게 그림을 잘 그리는지 몰랐다는 뜻…… 아니, 내 말은, 나는 그림을 못 그려서……."

직장 동료 사이의 대화가 참 멋지다. 나는 모든 사람에게 친절하게 대하려고 노력하는 데도(쌍둥이와 컨트리클럽 일당만 빼고) 인간관계에 서툴다. 어떤 생각을 하면 귀신에 홀린 것처럼 입에서 전혀 다른 말이 나온다. 그것도 아주 바보 같은 말만.

세이지는 나를 한참 보더니 다시 스케치북으로 고개를 돌리고 드레스의 곡선을 따라 길게 선을 그린다.

"트럭 옆면에 보이는 호박은 누가 그렸다고 생각해?"

세이지가 고개도 들지 않고 묻는다. 대답하려 하지만 세이지가 선수를 친다.

"스포일러하자면 나야."

그러고는 트럭으로 다가오는 손님을 향해 고개를 까딱한다.

"네 차례다."

한숨과 함께 일기장을 덮고 주문 창구로 몸을 돌린다. 젊고 키가 큰 남자다. 다듬을 시기가 한참 지난 텁수룩한 머리카락이 귀 근처에서 말리기 시작했다.

우리는 동시에 서로를 알아본다.

"아, 안녕. 엘."

나는 입을 꾹 다문다.

"제임스."

뒷목이 땀으로 따끔거린다. 조금은 당황스럽다. 제임스 콜린스는 쌍둥이의 컨트리클럽 친구다. 내가 죽을 때까지 남자를 믿지 않기로 맹세한 이유이기도 하다. 제임스 같은 애가 나를 좋아한다고 생각한 건 내 잘못이었다. 하지만 문제의 컨트리클럽 만남을 '촬영' 해 유튜브에 올리고 링크를 학교 전체에 뿌린 사람은 내가 아니었다. 아니, 그건 우리 매력적인 의붓동생들 소행일 것이다. 그 일 아니어도 내 인생을 충분히 비참하게 만들지 않았나? 제임스는 쌍둥이들이 꾸민 계획의 일부였을 뿐이다.

제임스는 짙은 파란색 수영복 위에 '차라리 프로스페로를 타겠어' 라 적힌 티셔츠를 입었다. 마지막 글자 주위를 우주선 프로스페로의 실루엣이 빛의 속도로 빙글빙글 돌고 있었다. 목을 가다듬고 티셔츠를 가리키며 말을 건다.

"이맘때 전망대가 근사하다고 들었어."

"뭐?"

세이지를 보던 제임스가 내게 시선을 돌리지만 세이지는 관심조차 보이지 않는다. 제임스가 티셔츠를 내려다본다.

"아, 이거? 우리 형이 입던 거야. 바보 같은 오타쿠 드라마에 빠져 있거든."

"바보 같다고."

내가 그 말을 되새긴다. 차갑고 맛없는 채식 프리터를 목구멍에 쑤셔넣고 싶다. 새빨간 거짓말이다. 지난 여름에는 그렇게 말하지 않았다.

"뭐가 그렇게 바보 같은……."

카운터 아래에서 세이지가 나를 발로 찬다. 내가 째려보자 세이지도 반짝이는 인조 속눈썹을 단 눈으로 나를 째려본다. 다시 제임스를 돌아본다.

"주문할래?"

내가 어색하게 웃으며 말한다.

"치미창가(또띠야에 고기, 치즈 등의 재료를 넣어 튀긴 멕시코 요리-옮긴이) 먹는대."

세이지가 스케치북을 내려놓으며 말한다.

"맞지?"

"어……."

제임스는 채식 음식을 먹고 싶다는 마음보다는 미친 〈스타필드〉 팬과 화려한 피어싱으로 뒤덮인 친구에게서 벗어나고 싶은 마음이 더 큰 것 같다.

"물론이지."

제임스는 계산을 한 후 세이지에게서 치미창가를 받아들고 빛의 속도로 사라진다. 아이스박스에 앉아 다시 일기장을 펼친다. 아직도 제임스에게 분이 풀리지 않는다. 끓어오르는 분노를 이용해 블로그 글 초안을 잡는다. 대리엔 프리먼의 완벽한 몸의 다른 용도를 시원하게 꼬집을 생각이다.

용도 하나: 빨래판으로 쓴다.

용도 둘: 범죄자용 쫄쫄이 수트로 만든다.

용도 셋: 틀로 만들어 실물 크기의 인형을 찍어낸다.

용도 넷: 카민도어 역을 하지 않는다.

맞은편에서 세이지의 연필이 종이 위를 빠르게 탁-탁-탁 움직인다. 세이지는 한 가닥 흘러내린 초록색 머리를 무심히 넘긴다.

"아까 그 남자 찌질해보이더라."

세이지는 지금껏 이렇게 긴 문장으로 말을 한 적이 없었다. 어떻게 대답할지 말문이 막힌다.

"둘 사이에 무슨 사연이라도 있어?"

대답이 없자 세이지는 어깨만 으쓱한다. 내가 제임스 쪽으로 턱짓을 하며 말한다.

"나랑 같은 학교 다니지 않아? 영상 봤을 거 아냐."

세이지는 얼굴을 찌푸릴 뿐이다. 주황색 고리 피어싱을 단 분홍색 아랫입술을 깨무는 모습만으로는 영상을 봤는지 알 수 없다. 하지만 생각이 어쨌든 세이지는 그 일을 캐내려 하지 않는다. 다행이다. 지난 여름은 블랙 네뷸러에 던져버려야 한다. 잊고 사는 편이 나았다.

고맙게도 카운터에 올려둔 휴대폰이 때맞춰 진동한다. 하지만 휴대폰을 들고 보니 모르는 번호가 찍혀 있다. 놀랄 일은 아니다. 아빠 번호를 물려받은 후로 모르는 사람의 전화나 문자를 받곤 한다. 대개 엑셀시콘이 용건이고 나는 대개(사실은 매번) 무시한다. 어차피 상대는 제대로 된 연락처를 알아낼 것이다. 그리고 기억하고 싶지 않은 일은 무시하는 것이 상책이다. 아빠가 떠올라서 싫다는 말은 아니다. 엑셀시콘을 생각할 때면, 그곳에 가지 않는 다고 생각할 때면 아빠를 실망시키는 기분이다.

전화가 음성사서함으로 넘어가자 왠지 미안해진다. 이 사람 잘못으로 엑셀시콘 사이트에 여태 아빠 프로필이 남 아 있는 건 아니다. 엑셀시콘 사람들도 나만큼이나 아빠 를 그리워한다. 평소에는 무시하지만 마음 한구석에서는 아빠가 다른 세계에서 내게 전화를 걸었을지도 모른다는 생각도 든다. 그래서 다시 진동이 울렸을 때는(이번에는 문자다) 휴대폰을 집어 들었다.

✉ (알 수 없음) 오전 11시 36분
- 안녕하세요. 혹시 페더레이션 왕자를 일정에서 빼주실 수 있나요?
- 정말 죄송한데 급한 일이 생겨서요.

짜증은 순식간에 호기심으로 변한다. 코스프레 패널 중 한 명인가 보다. 오늘 공식 발표 이후 너도 나도 카민 도어로 변장하려 할 것이다. 전문 코스플레이어라면 다른 인물로 바꾸고 싶을 만도 하다. 내가 대답할 새도 없이 다시 알림이 온다.

✉ (알 수 없음) 오전 11시 39분
- 부탁합니다. 그분은 정말 피곤할 거예요. 할 일이 쌓여 있거든요.

오늘은 정말 하루 종일 〈스타필드〉뿐이네. 별다른 생각 없이 답장을 쓴다.

✉ 오전 11시 40분.
- 일이라고요? 무슨 일요? 카민도어는 핑계를 대지 않는 분으로 알고 있는데요.

같은 번호로 곧바로 답장이 온다.

✉ (알 수 없음) 오전 11시 41분
- 그렇지 않습니다.
- 제가 번호를 잘못 입력했나요? 엑셀시콘 아니에요?

✉ 오전 11시 42분
- 아닌데요.
- 그 대신 둘이 먹다 하나가 죽어도 모를 만큼 맛있는 채식 치미창가는 어때요?

✉ (알 수 없음) 오전 11시 42분

- 군침 도네요. 나중에 시간 봐서요.

- 그럼 어디에 연락해야 하는지 아시나요?

네, 아마도요. 어디로 연락하면 되는지 알려줄 수는 있다. 아빠의 엑셀시콘 동료들과 마지막으로 연락한 때가…… 음, 그렇게 최근은 아니다. 하지만 한 사람이라도 연락이 닿을 수 있다. 그쪽에서 연락하자고 한 적 없다. 나도 딱히 원하지 않았다.

✉ 11시 43분

- 아니요.

- 생각보다 괜찮을지도 몰라요.

- 그냥 용감하게 도전해요.

✉ (알 수 없음) 오전 11시 43분

- 잘못 짚었지만 어쨌든 감사합니다.

- 그리고 포스가 치미창가와 함께하길.

"야, 봐봐!"

세이지가 호들갑을 떤다. 휴대폰에서 고개를 들고 보니, 제임스가 수영복 가게에서 뛰쳐나와 트렁크 수영복을 입은 털복숭이를 밀치고 공중 화장실로 전력 질주를 한다. 내가 놀란 눈으로 세이지를 바라본다.

"설마……."

세이지가 악마 같은 미소를 짓는다.

"그게 새로 반죽한 치미창가였을까? 아니면 지난주에 팔다 남은 치미창가였을까?"

세이지가 과장스럽게 어깨를 으쓱한다.

"누가 알겠어? 시간은 흔들흔들 왔다갔다하지."

세이지가 손가락을 흔들자 주렁주렁 찬 팔찌가 달그락거린다.

세이지가 나 대신 식중독으로 복수해준 건야? 고마워해야 할지, 무서워해야 할지 알 수 없었다. 휴대폰이 다시 울린다.

"미안……."

내가 휴대폰을 들어 보인다.

"모르는 번호로 자꾸 문자가 와서……."

하지만 다시 문자를 보자 심장이 철렁 내려앉는다.

✉ 새엄마 오전 11시 44분

　─ 자치회에서 우리 집 앞에 푸드트럭이 있다고 전화했다.

　─ 밤에 집에 가서 얘기하자.

　─ 오기 전에 장부터 보고.

　─ [첨부파일 1]

고개를 들었을 때, 세이지는 다시 스케치북에 빠져 아무 말도 하지 않는다. 이후로 4시간 동안 수수께끼 번호로 문자도 오지 않는다. 또 다시 외톨이가 됐다.

▲ ▲ ▲

알고 보니 라미레스 씨가 소음 때문에 평화로운 휴일을 망쳤다며 불평했다고 한다. 즉, 캐서린에게 나를 고자질한 셈이었다. 세이지는 캐서린이 트럭 소리를 못 듣게 거리 끝에 나를 내려줬고 나는 벌로 다락방을 치워야 했다. 또 다음 달 내내 쿠폰을 잘라야 한다. 설거지도, 장보기도 하라고 한다. 기본적으로 내가 매일 하던 집안일이 이제는 '벌'이 됐다.

캐서린이 고무장갑과 마스크를 건네며 말한다.

"남은 여름 방학 동안 외출 금지 시키지 않은 걸 다행으로 알아. 조르조에게 사과하는 기분이 얼마나 수치스러웠는지 아니! 이제는 필라테스에서 눈도 못 마주치게 생겼어. 여기는 품격 있는 동네야, 흉측한 트럭을 집 앞에 아무렇게나 세우고 다니면 어쩌라는 거야. 너희 아빠가 뭐라고 생각하겠어?"

아빠는 궂은 날씨에 불쌍한 닥스훈트를 집 밖에 방치하는 사람 편을 드는 당신이 괴물이라고 생각했을 걸. 아빠라면 당장 닥스훈트를 입양했을 것이다. 무엇보다도 아빠 물건을 버리고, 우리 돈을 탕진하고, 그럼에도 완벽한 척 연기하는 캐서린을 비난했을 것이다.

애초에 이 여자와 사랑에 빠진 이유를 이해할 수 없다.

"그렇게 피어싱을 많이 한 애랑 일하는 건 또 뭐니! 보나마나 그 초록 머리 여자애한테 물들고 있겠지."

이 말에 고개를 든다. 푸드트럭 일을 그만두라고 할까 봐 두렵다.

"저는 그 일이 좋아요."

하지만 캐서린은 내가 아무 말도 하지 않은 듯 계속한다.

"네가 크면 사고치고 다닐 거라고 로빈한테도 말했지. 어떻게 손 쓸 도리가 없나 보다."

손이 떨린다.

"일하러 가는 거였어요! 직장이라고요! 제가 할 일이란 말이에요!"

"말대답하지 마."

"내가 무슨 범죄자인 것처럼 대하잖아요!"

캐서린이 놀란 표정으로 나를 본다.

"올라가."

계단을 가리키며 침착하게 말한다.

"늦기 전에 네 다락방 치우라고."

알았다고. 주방을 씩씩거리며 나와 위층으로 돌아간다. 마스크를 쓰며 쌍둥이 방을 지나가자 빠른 리듬의 노래가 스테레오에서 터져 나온다. 그 소리를 듣고 멈춰서 뒷걸음질 친다. 열린 문틈으로 들여다보니 클로이와 캘이 방 한가운데 컴퓨터를 마주보고 서서 노래가 다시 나오기를 기다리고 있다. 입을 벌리고 멍하니 구경한다. 빗을 들고 립싱크를 하는 클로이는 턱에 괴상망측한 분홍색……물건……을 썼다. 뭔지는 모르겠지만(쌍둥이는 한국 뷰티 제품에 열광한다) 클로이는 입을 움직이지도 못하면서 엉덩이를 튕기고 머리를 흔든다. 캘도 뷰티 브이로거보다는 레슬링 선수처럼 보이는 보라색 마스크를 쓰고 클로이를 따라 한다.

노래가 반쯤 지났을 때 슬라이딩을 하던 캘이 얼핏 나를 보고 동작을 멈춘다. 클로이가 부딪치며 둘은 비틀거린다.

"깜짝이야! 왜 그래?"

클로이가 쏘아붙인다. 아니, 쏘아붙이는 것 같다. 턱을 움직이지 못해 말을 해도 웅얼거리는 소리로밖에 들리지 않는다.

"미쳤어!"

캘이 얼른 문에서 눈을 돌리지만 너무 늦었다. 이런.

클로이가 캘의 시선을 빼앗긴 곳으로 고개를 돌리고 나를 발견하자 얼굴이 창백해진다. 그녀가 컴퓨터로 몸을 날려 영상을 멈춘다.

"변태야? 사생활이라는 거 몰라?"

클로이가 내게 달려든다.

"문이 열려 있었어."

내가 반박한다.

"스파이스 걸스 노래가 들리던데 연습하고 있었어?"

클로이가 인상을 쓴다.

"으으, 새 집으로 이사하면 얘랑 다른 층 쓰게 해달라고 엄마한테 부탁해야지."

"맘대로 해."

그렇게 말하고 내 방 쪽으로 돌아서던 내가 클로이의 말을 이제야 이해하고 다시 돌아본다.

"방금 뭐라고 했어?"

클로이는 의기양양하게 팔짱을 끼고 문가에 몸을 기댄다.

"엄마한테 못 들었나 보네."

뒤에서 캘이 마스크를 벗고 걱정스러운 표정을 짓는다.

"클로이, 그냥 놔 둬."

"아니, 누군가는 말해줘야지."

"무슨 말?"

클로이가 문 밖으로 몸을 기울인다. 쌍둥이는 키가 크고 다리가 길다. 그래서 클로이는 마음만 먹으면 사우론의 눈처럼 나를 굽어볼 수 있다.

"엄마가 왜 너보고 다락방을 치우라고 할까?"

"지저분하니까."

내가 당황해서 대답한다.

"7년 동안 아무도 손대지 않았을……."

"이 집을 판대요, 천재님."

눈이 휘둥그레진다. 클로이에서 캘로 시선을 옮긴다. 캘은 절대 거짓말을 하지 않는다. 클로이와는 성격이 다르다. 마스크를 벗으면서 얼굴 솜털을 전부 뜯긴 캘은 나와 눈을 맞추지 못한다. 클로이가 히죽거린다.

"이제 알겠지?"

우리 부모님 집? 이 집을? 내가 한 발 뒤로 물러난다. 거짓말이다. 그래야만 한다. 돌아서서 황급히 계단을 내려가 주방으로 간다. 벽이 뿌옇게 보인다. 캐서린이 쿠폰을 자르다 말고 고개를 든다.

"팔 거예요?"

마스크를 벗고 숨을 들이마시려 하지만 어쩐지 그럴 수가 없다.

"이…… 이 집을 판다고요?"

새엄마는 무슨 말인지 도통 모르겠다는 듯 고개를 갸웃한다. 잠깐이지만 좋은 징조로 받아들인다. 그렇게 끔찍한 짓을 했을 리 없잖아. 하지만 캐서린이 말한다.

"오, 엘. 그게 최선이야. 너도 이해하렴."

목이 메인다. 목이 꽉 막혀서 말이 나오지 않는다.

캐서린은 말을 계속한다.

"여기는 너무 넓고 휑해. 쌍둥이가 대학 가면 이 공간을 다 뭐에 쓰겠니? 파는 게 제일 좋아."

"언제 팔 건데요?"

캐서린이 딱하다는 듯 나를 본다.

"얘, 그래서 다락방을 치워달라고 부탁한 거야. 벌써 부동산에 내놨어."

쓰러질 것 같아 문틀에 몸을 기댄다. 사방에 벽이 나를 감싸면서 녹아내린다. 세계가 다시 변하는 기분이다. 아빠가 돌아가셨을 때도 이랬다. 문이 닫히고 빗장이 걸린다. 길이 사라진다. '몇 개의 가능성'이 바람에 날리는 모래처럼 흩어진다.

내가 한 걸음 뒤로 물러난다. 한 걸음 더. 캐서린이 참을성 있는 표정으로 나를 본다.

"살다보면 희생이 필요해. 고생을 해야 사람이 된다는 말도 있잖니."

눈물을 참으려고 눈을 깜빡거리며 등을 돌리고 다시 계단을 오른다. 오늘 밤은 다락방이고 뭐고 관심 없다. 다락방은 기다릴 수 있다. 지금까지 그 상태로 7년을 있었으니 우리가 떠날 때까지 내버려둬도 된다. 방으로 가는 길에 클로이를 지나친다.

"내가 뭐랬어."

클로이가 말한다.

몸을 틀고 클로이를 유심히 본다.

"저기, 턱이 조금 갸름해진 것 같아."

클로이가 눈을 반짝인다.

"정말?"

"아니."

그러고는 방문을 닫고 잠근다.

이제 어떡하지? 어디로 가야 해? 여기는 내 집이다. 이 집, 이 벽은 내 것이다. 울지 말자고 마음 먹으며 코를 닦고 낡은 데스크톱 컴퓨터 앞에 앉는다. 내 방은 좁아서 트윈베드와 책상만으로 꽉 찬다. 쌍둥이는 절대 들어오지 않고 캐서린은 좁은 공간을 견디지 못한다. 이 세상에서 온전히 '내 것'인 유일한 공간이다.

하지만 이곳조차도 얼마 있으면 내 손을 떠난다. 마우스를 움직여 컴퓨터에 전원이 들어오기를 기다리며 서랍장 밑에 숨겨둔 초콜릿을 꺼낸다. 그 아래에는 지난 여름 컨트리클럽에서 번 돈과 올 여름 푸드트럭에서 번 돈을 합쳐 721달러가 있다. 안전한 곳은 여기밖에 생각나지 않았다. 여기라면 쌍둥이나 캐서린이 보지 않는다.

잠시 프랭코를 데리고 그레이하운드 고속버스 첫 차를 타는 모습을 상상한다. 개가 고속버스에 탈 수 있나? 회사명부터 개 이름인데 안 될 게 뭐야. 구글 검색을 하려다 쌓여 있는 이메일 알림을 발견한다. 블로그를 통해서 온 메일들이다.

못 산다. 스팸만 더 늘었네. 오늘 하루는 갈수록 태산이구나. 일괄 삭제할 각오를 하고 로그인 한다. 처음에는 알아채지 못했지만 뭔가 다르다. 최근 글에 달린 코멘트는 스팸이 아니었다. 대리엔 프리먼의 카민도어에 대한 글 말이다. 하지만 내 블로그에는 아무도 코멘트를 달지 않는다. 블로그의 존재를 아는 사람조차 없는데 코멘트가 200개를 넘었다. 초콜릿을 하나 더 꺼내고 글을 클릭한다. 두려운 마음으로 스크롤을 내려 코멘트를 본다.

"적어도 백인으로 바꾸지는 않았잖아."
"그래도 발연기야."

글 조회 수를 확인하고는 초콜릿에 질식할 뻔한다. 10만이 넘었다. 게다가 뉴스 사이트에 링크되어 있다. 진짜 뉴스 사이트다. 한 헤드라인은 이렇게 말한다.
"스타필드 캐스팅 발표에 한 팬이 보내는 뜨거운 반응"
다른 기사는 이렇게 묻는다.
"팬인가, 안티팬인가?"
그러면서 내 블로그 글을 인용했다.
"뭐야…… 어떻게 이런 일이? 이건 꿈이야, 엘."
구독자를 확인한 후(1만 명이다) 혼잣말을 한다. 다른 글 조회 수는? 2만 7,000, 1만 3,000이다. 코멘트도 수없이 달렸다.

"시사이드는 최악!"
"어떻게 쟤를 엑콘에 보내냐 ㅋㅋㅋ"

"맞아. 자기들 행사에서 저 새끼를 보고 좋아할 사람은 없을 걸."

"내 SF 소장품에 사인하게 두나 봐라!!!! 말도 안 돼지."

심장이 이상하게 두근거린다. 우리 부모님은 27년 전 사인회 줄에서 만났다. 아빠가 출연진(원조 카민도어, 아마라, 유시, 클로이를 연기한 데이비드 싱, 엘렌 노스, 칼 톰슨, 키키 산체스)의 사인을 받으려고 줄 서서 기다리고 있을 때 엄마가 다가왔다고 한다. 아빠 말에 따르면 엄마는 아빠를 보고 웃으며 이렇게 말했다.

"이맘때 전망대가 근사하다고 들었어요."

그게 시작이었다. 둘이 손을 잡은 후로는 아무도 막을 수 없었다. 아빠는 코스프레 의상 제작은 고사하고 바지도 꿰맬 줄 몰랐다고 한다. 하지만 엄마는 프로였다. 사람들 사이에서 코스프레 여왕으로 알려져 있었다. 엄마는 기념일 선물로 아빠에게 페더레이션 왕자 제복을 만들어 줬다. 그 옷은 아빠와 정말 잘 어울렸다(그때는 머리카락이 남아 있었다). 아빠는 키 작은 남자들 중 자기가 제일 매력적이라고 말하곤 했다. 그 말에 나는 웃었지만 캐서린이 버린 사진들 속의 아빠는 정말 미남이었다. 1980년대 마티 맥플라이(〈백 투 더 퓨처〉 시리즈 주인공—옮긴이) 느낌이 났다. 〈스타필드〉 팬덤에서 엄마와 아빠는 나름대로 유명했고, 아빠는 나중에 엑셀시콘까지 만들었다.

스크롤을 계속 내린다. 코멘트가 더 많았지만 당황스러워서 다 읽을 수 없었다. 컴퓨터 앞에서 일어나 잠옷으로 갈아입고 침대에 엎드려 누웠다. 내 글을 저렇게 많은 사람이 봤을 리 없다. 이건 속임수다. 누가 장난을 치는 거다. 하지만 클로이의 친구들은 그렇게 똑똑하지 않다. 주변에 그렇게 할 수 있는 사람도 없다.

다락방 창밖에서 바다에 소리 없는 번개가 번쩍인다. 다락방의 습기 찬 나무에 비 냄새가 스며든다. 아빠는 천둥 번개를 좋아해서 앞 베란다에 앉아 천둥 번개가 치는 모습을 구경하곤 했다.

"저건 별들이 싸우는 거야, 작은 별."

아빠는 그렇게 말했다. 아빠는 나를 동요에 나오는 '작은 별'이라는 별명으로 불렀다.

"반짝반짝 작은 별, 아름답게 비추네……."

우리는 얼마나 자주 창문을 함께 내다보았던가? 하늘을 보지 않으려고 고개를 돌려 베개에 얼굴을 묻는다. 이 집이 없으면 여기 머물 이유도 없다. 캐서린은 나를 원하지 않고, 쌍둥이도 마찬가지다. 하지만 달리 갈 곳이 없다. 내가 필요한 것은 나를 태워갈 프로스페로선이다. 다른 세계로 가는 티켓이 필요하다. 바깥에서 천천히 바다를 건너는 비구름이 하늘의 별들을 다 집어삼킨다.

대리엔

Darien Freeman

호텔 매트리스는 너무 물렁거린다. 항상 그렇다. 가끔
은 그 안에 빠져 죽는 꿈을 꾼다. 그것도 악몽이지만 추락
하는 꿈만큼 끔찍하지는 않다. 전에는 그런 악몽을 꾸지
않았다. 〈시사이드 코브〉 시즌 1의 클라이맥스 장면을 촬
영하다 스턴트가 잘못되어 추락하기 전까지는. 안전띠가
끊어지며 나는 6미터 아래로 떨어졌다. 매트리스 위였지
만 추락은 추락이다. 2초 동안은 시멘트가 아닌 매트리스
라는 사실을 알아차리지 못했다.

6미터 추락 사고를 극복하지 못한다면 안전띠를 매고
'깊은 우주'를 누벼야 하는 〈스타필드〉는 어떻게 촬영하
겠는가? 게다가 매점에서 만난 그 남자 말이 맞는다면?

다시 베개를 주먹으로 때리고 돌아 눕는다. 그를 잊어
야 한다. 천장에는 티가 하나도 없다. 이곳이 얼마나 비싼
호텔인지 증명하는 부분이다. 마크가 나를 5성급 호텔에
재우지 않은 때도 있었다. 처음 〈시사이드 코브〉 오디션
을 봤을 때가 그랬다. 차를 타고 오디션이 열리는 산타바
바라로 와서 바퀴벌레가 천장을 기어 다니는 낡은 모텔을

예약했다.

아무리 노력해도 소용 없다. 잠을 잘 수 없다. 일어나 앉아 에어브러시 메이크업으로 피부가 민감해진 배를 긁으며 미니 냉장고로 걸어간다. 저칼로리 맥주, 생수뿐이다. 열여덟 살 이상 남자들이 내게 손가락질하겠지만 맥주는 마시고 싶지 않다. 여기 있는 생수는 전해질이 첨가된 이상한 물이다.

사실은 오렌지 탄산음료가 마시고 싶다. 오렌지크러시는 내 유일한 약점이다. 다이어트든 그냥이든 상관없다. 어느 층이든 호텔에는 음료수 자판기가 있을 것이다. 호텔방에 갇혀 있느니 복도라도 걷자.

후드티를 입고 있을 때 도어락이 초록색으로 빛나더니 마크가 불쑥 들어오며 에이전트인지 프로듀서인지 하는 사람과 통화를 끝낸다.

"어이! 노크 몰라요?"

짜증스럽게 후드티를 내리며 투덜댄다.

"알지."

마크가 미니 냉장고에서 맥주를 꺼내 조리대에 놓고 캔을 딴다.

"방 좋지?"

"음료수 뽑으러 가려고요."

"룸서비스 시켜."

마크가 거실 테이블에 놓인 전화기 뒤에서 메뉴를 꺼

낸다. 그렇다, 이 호텔방에는 거실까지 있다.

"뭐 마시고 싶은데? 내가 대신……."

"됐어요. 그냥 물 마실게요."

뚱한 채로 냉장고에서 물을 꺼낸다. 전해질 생수는 내 영혼만큼이나 밍밍하다.

"왜 왔어요?"

"뭐야, 아버지가 아들과 오붓한 보내면 안 된다는 거냐?"

그를 쳐다보기만 한다.

"알았다."

마크가 맥주를 한 모금 더 들이켜고 테이블에 내려놓는다. 나는 마크가 앉은 푹신한 벨벳 의자 맞은편에 앉는다.

우리는 다갈색 피부부터 검은 머리카락까지 똑같이 생겼다. 하지만 코는 엄마를 닮고 성격은 외할아버지를 닮았다는 것 같다. 마크가 말하기로는 그렇다. 우리 부모님은 내가 〈시사이드 코브〉를 찍기 한참 전에 이혼했다. 엄마는 런던의 사교계 집안으로 돌아갔다. 엄마를 탓하지는 않는다. 마크의 아들로 살기가 이렇게 힘든데 아내의 삶을 얼마나 팍팍했을까. 요즘 엄마는 인도에서 새 남편과 자선 사업을 하거나 이탈리아 잡지 모델로 활동하며 산다. 전에는 외가 사람들을 만나게 해주려고 가족 모임에 나를 초대하기도 했다. 한 번 참석했지만 우리 아버지 밑에서 자란 나는 조부모님을 대하는 예절이나 테이블 매너

(오른손을 사용한다, 자기 물은 직접 따르지 않는다, 연장자가 식사를 시작한 후에 포크를 든다)를 알지 못했다. 다얄 가족은 팔 벌려 나를 환영해줬지만 왠지 바보가 된 것만 같았다. 큰 그림에 맞지 않는 직소 퍼즐이 된 느낌이었다.

재앙과도 같은 가족 모임 이후 외가에 발을 끊었고 언제부턴가 엄마도 나를 초대하지 않았다. 나는 할리우드 출세주의자(아니, 매니저)의 아들일 뿐이었다. 이제는 프리먼이라는 성으로 뭉친 나와 마크만 남았다.

"좋아, 이렇게 하자."

마크가 말한다.

"촬영이 끝나면 그 다음 주말로 휴가를 옮기는 거야."

"그것 참 놀라운 얘기네요."

무표정한 얼굴로 다음 말을 기다린다. 빨리 엑셀시온 얘기나 하지. 그와 관련해서는 아직 입도 뻥끗하지 않았다. 오늘 아침 모르는 사람에게 전화(아니, 문자)를 했지만 보기 좋게 실패하고 말았다. 행사 관계자와 연락이 닿지 않았고 하마터면 정체가 들통날 뻔했다. 내 인생 최악의 아이디어라고 자신 있게 말할 수 있었다.

"막판에 일이 조금 늘었어. 〈엔터테인먼트위클리〉 화보 촬영을 하고 미국 BMW 꼭두각시들이 계약 내용을 조금 다듬으면 자동차 광고도 찍을 거야. 또 참석할 데가…… 너도 알지? 그거."

마크가 손을 소용돌이 모양으로 흔든다.

"엑셀시콘요."

내가 짧게 말한다.

마크는 발끈한다.

"적당히 해. 〈헬로 아메리카〉가 갑자기 터뜨려서 놀란 거 아는데……."

"갑자기 터뜨렸다고요? 나 바보 아니에요, 마크. 일부러 말 안 했잖아요. 그 사람들이 나를 몰아붙이는데 카메라 앞에서 안 가겠다고 할 수 있겠냐고요!"

마크가 한숨을 쉰다.

"왜 그래. 너 그런 행사 좋아하잖아, 아니야? 늘 그 친구랑 같이 갔지. 빌리인지 버키인지……."

"브라이언요."

"맞아, 걔. 한동안 갈 기회가 없었잖아. 그래서 생각했지. 아! 녀석이 정말 좋아하는 걸 하게 해주자!"

내가 콧대를 문지른다.

"마크, 내가……."

"그래, 그래. '행사는 참석하지 않는다' 는 원칙 아는데……."

"방금 내 말 비꼈어요?"

"……하지만 그거 알아? 늦여름에 하기 때문에 네가 〈스타필드〉에 출연한다는 사실을 다시 광고할 타이밍으로 딱이야. 촬영이 끝난 직후 아니냐! 몸 상태 또 얼마나 좋겠어! 홍보하기에도 좋고 팬들도 만날 수 있어."

"팬들이라고요."

'레벨거너' 블로그 주인 같은 사람들 말이지. 그들은 카민도어의 명예를 더럽히는 죄로 내 얼굴을 언제든 후려칠 것이다.

"그러지 말고. 밖에 나가서 평범한 활동을 하면 너한테도 좋을 거야."

마크가 나름대로 논리를 펼치며 설득하려 든다. 적어도 그 점은 칭찬해줘야겠다.

"그냥 얼굴만 비추고……."

"싫어요."

"밋앤그릿을 하고……."

"싫다고요."

"……운 좋은 우승자 한 명만 보면 돼. 그 다음에 이상한 무도회에 참석하면……."

내가 자리를 박차고 일어난다.

"몇 번을 말해야 돼요? 싫다니까요."

"이런 말 하기 싫지만 생방송 중에 네가 네 입으로 간다고 했다. 지금 와서 취소하면 이미지가 안 좋아질 거야. 얼마나 변덕스럽게 보겠어. 제멋대로라고 하겠지."

마크가 목소리를 낮춘다.

"같이 일하기 힘든 사람으로 찍힌다."

"상관없어요."

마크가 충격 받은 표정이다.

"대체 무슨 바람이 든 거야? 이런 일이 이미지에 얼마나 중요한지 몰라서 그래?"

이내 목소리가 누그러진다.

"너 SF 행사 좋아하잖아."

"좋아했죠. 과거 일이에요. 내 일은 내가 알아서 하기도 좋아했고요. 그렇게 하면 좋은 기사가 못 나온다는 거죠?"

뒤를 돌아 카운터에서 키 카드를 들고 뒷주머니에 넣는다.

"어디 가려고?"

"음료수 뽑으러요."

이를 악물고 대답한 다음 문을 연다.

"다이어트 잊으면 안……."

문을 쾅 닫는다. 복도는 고요하다. 최신식 호텔이 다 그렇듯 새하얗고 티 하나 없이 깨끗하다. 이곳 복도는 왠지 〈시사이드〉 세트장 같다. 벽이 다 하얗고 텅 빈 공간을 할로겐 전구가 비추고 있다. 하지만 세트장은 가짜라는 차이점이 있다. 우리 '집'을 구성하는 합판을 뜯으면 그 뒤에 있는 기술팀이 보였다. 여기는 도망칠 곳이 없다.

내가 묵는 층에는 자판기가 없다. 비상 계단으로 10층까지 내려갔다가 또 9층으로 내려간다. 8층에도 자판기는 없다. 게다가 사람도 없다. 솔직히 지금은 사람이 적을수록 더 좋다. 하지만 7층에서 사람 목소리가 들린다. 목소리가 계단과 가까워지자 얼른 한쪽 벽에 몸을 바짝 댄다. 그들이 떠날 때까지 기다리려고 가장 밑에 있는 계단에 주저앉는다.

그냥 평범한 사람인지도 모른다. 나를 몰라볼 수도 있다. 내가 미쳐서 신경쇠약에 걸린 걸까? 하지만 이 세상에는 우리 아빠처럼 유명세를 이용해 정상에 오르게 도와주려는 사람이 있다. 브라이언처럼 세트장 초대를 받고 와 나를 망가뜨리는 사진을 찍어 파는 사람도 있다. 요트에서 떨어졌다는 사실보다도 브라이언의 행동이 더 상처였다. '추락하는 시사이드 코브의 대리엔 프리먼?' 이라는 기사가 뭐라고 하든 나는 술에 취하지도, 마약을 하지도 않았다. 내 발에 걸려 넘어졌을 뿐이었다. 언론플레이가 아니었다.

그걸 증명할 상처도 있다. 초조해져서 얼굴을 손에 묻는다. 오렌지크러시만 마시자. 딱 한 캔만. 오늘은 힘든 날이었다. 그럴 자격이 있었다. 정말로.

계단에서 일어나 후드를 뒤집어쓰고 문을 열자…… 복도를 배회하던 인간들과 딱 마주친다. 남자 셋, 여자 하나다. 내 또래 아니면 한두 살 연하. 샌들과 백팩으로 보아 관광객이다.

"죄송합니다."

내가 중얼거리며 고개를 숙이고 지나간다. '알아보지 마, 알아보면 안 돼.' 라며 속으로 기도를 한다. 모든 사람이 주머니에 고성능 카메라를 들고 다니는 요즘 시대에는 파파라치를 조심한다고 끝이 아니다. 왜 플립폰이 있던 시절에 활동할 수 없었던 거야? 휴대폰이 든 주머니를 만져보지만 비어 있다. 뒤를 돌아보니 관광객들은 아직 움직이지 않았다.

"이봐요."

한 사람이 나를 부른다. 다시 몸을 틀고 반대편으로 빠르게 걸어간다.

"잠깐만요!"

여자의 말투에 약간 억양이 들어가 있다. 프랑스 사람? 아니면 캐나다? 그래, 여자니까 나를 알아보겠지. 복도를 달려오는 소리가 들린다.

"저기요…… 휴대폰 떨어뜨렸어요."

무례하게 보이지 않으면서도 눈을 맞추지 않으려 애쓰며 그녀가 내민 휴대폰을 받는다.

"고맙습니다."

작은 소리로 인사를 한다. 여자가 얼굴을 찌푸린다.

"어디서 본 것 같은데……."

"그런 말 많이 들어요."

대답만 하고 뒤를 돈다. 빨리 복도에서 나가야 한다.

"이상한 놈이네."

남자가 중얼거린다.

"됐어, 뉴욕이잖아. 안 이상한 사람이 어디 있냐."

그런 표현으로는 부족하지. 그들의 대화는 끊이지 않는다. 듣지 않으려 노력하며 자판기 표지판을 따라간다. 문을 열자 형형색색으로 빛나는 음료수 자판기가 캄캄한 방을 으스스하게 밝힌다. 빙고. 불도 켜지 않고 주머니에서 잔돈을 꺼내 기계에 넣는다.

"이거나 먹어라."

오렌지 음료 버튼을 누른다. 자판기 화면에 '품절'이라는 글자가 뜬다. 다시 버튼을 누르지만 똑같다.

"이러지 마, 나오라고."

내가 애원하며 사형수처럼 간절하게 버튼을 찌른다. 한숨을 쉬며 음료수 대신 물을 선택한다. 자판기는 신음을 내며 작동하더니 아무것도 들어 있지 않은 생수를 뱉는다. 그 사실 아는가? 자판기에 생수는 절대 떨어지지 않는다.

벽에 등을 기대고 물을 마신다. 아직은 방에 돌아가고 싶지 않다. 그 관광객 무리를 다시 지나치고 싶지도 않다. 그들은 계단과 엘리베이터로 가는 길을 다 막고 있다. 친구가 있었다면, 아니 여자친구가 있었다면(참 웃기는 생각이다) 딱 문자를 보낼 타이밍이다. '안녕'이라고 인사하며 오늘 하루 일을 하소연했을 텐데. 자판기실 바닥에 앉아 멍하니 문자함을 아래에서 위로 훑어본다. 연락처가 끝없이 나온다. 지난 3월부터 〈시사이드〉 출연진과도 어쩌다 한 번씩 문자를 주고받았지만 친하게 지내지는 않는다.

다 스물다섯 살 정도이고 나라 반대편에 살기 때문이다. 〈시사이드〉 홍보 담당, 내 홍보 담당 스테이시, 게일, 마크…… 전부 같이 일하는 사람 아니면 나를 위해 일하는 사람이다.

나는 혼자가 아니다. 정말이다. 맨위로 올리니 잘못 걸었던 그 번호가 보인다. 치미창가를 파는 여자…… 아니면 남자인가? 하지만 왠지 몰라도 그 사람은 여자 같다.

밍밍한 물을 홀짝인다. 그 번호에 다시 문자를 보낼 이유는 없다. 전혀. 하지만 여기 갇혀 있으니 심심하다. 머리로 생각할 새도 없이 손가락이 짧은 메시지를 쓰고 '전송' 버튼을 누른다.

엘

Elle Wittimer

침대에 돌아누워 뒷주머니에서 휴대폰을 꺼낸다. 금
간 화면을 엄지로 밀어서 켜고 문자를 확인한다. 모르는
사람이다. 아까 그 코스플레이어. 카민도어다.

✉ (알 수 없음) 오후 9시 42분
 - 치미창가는 어때요?

입술을 깨문다. 이 남자는 스토커일 수 있다. 카민도어
페티시가 있는 괴짜 영감이거나. 아니면 그냥 내 우주선
'엘 펌킨'의 멕시코 요리가 궁금한 사람인가?

✉ 오후 9시 47분
 - 채소 맛이죠.
 - 찾던 사람과는 연락했어요?

✉ (알 수 없음) 오후 9시 48분
 - 아직요.

– 찾을 시간이 없었어요.

일어나 앉는다. 아빠가 돌아가신 후로 마음 한구석에서는 엑셀시콘을 외면해왔다. 더는 참여하고 싶지 않았다. 유리문을 통과해 들어가면 아빠가 빳빳한 카민도어 코트를 늘어뜨리고 스타일을 반짝이며 로비에 서 있을 것만 같았다. 그런 환상은 보고 싶지 않았다. 어차피 엑셀리콘 사람들도 내게 연락을 하지 않았잖아? 아빠가 돌아가셨다고 나를 끊어낸 거나 다름없었다. 참 의리 있는 커뮤니티다.

하지만 아빠는 무슨 일이 있어도 남을 도와줘야 한다고 믿었다. 착하게 살면 보답을 받는다고 했다. 내가 아빠의 반만이라도 닮았으면 좋았을 텐데. 하지만 아빠는 그런 정신을 엄마에게 배웠다고 말했다. 엄마가 착한 사람이었고 아빠는 엄마의 반을 닮았다면 내게는 몇이나 남는 거지? 4분의 1? 내가 왜 안 하던 짓을 하는 걸까 생각하며 답장을 한다.

✉ 오후 9시 48분

– 내가 도와줄까요?
– 물론 진짜 카민도어라면 핑계를 대지 않겠지만 말이죠.

✉ (알 수 없음) 오후 9시 48분

- 26회 안 봤어요?

✉ 9시 48분

- 무슨 소리예요, 그때는 녹스한테 세뇌 당했던 거 아니에 요??

- 제가 틀렸다면 답을 알려주시죠, 페더레이션 왕자 전하.

✉ (알 수 없음) 오후 9시 48분

- 그쪽한테 스타필드에 대해 가르치는 건 왠지 미친 생각 같 네요.

- 내가 원래 미친 생각을 잘하는 편이긴 하지만.

✉ 9시 50분

- 미친 생각을 안 하면 카민도어가 아니죠.

- …기분 나빴다면 미안해요.

✉ (알 수 없음) 오후 9시 51분

- 괜찮아요. 내 지배를 받을 은하계가 불쌍하죠.

- 음하하.

- 그래서… 그쪽도 스타거너?

✉ 9시 51분

- 이 몸에는 페더레이션 피가 흐른답니다.

- 그쪽은요?

✉ (알 수 없음) 오후 9시 52분

- 브릭스 데바스테이션에서 태어났습니다. 약속의 맹세!

- \ ㅇ /

약속의 맹세라고 믿을 수 있나…… 누구인지도 모르는데. 하늘에서 번개가 또 번쩍인다. 이번에는 더 가까운 곳이다. 곧 천둥이 치겠군. 1초, 2초, 3초…… 왔다. 노래처럼 부드러운 소리가 천천히 울려 퍼진다. 아빠는 천둥 번개를 좋아했다. 가슴에서 쿵쿵 뛰는 심장처럼 집을 울리게 만드는 느낌이 좋다고 했다.

✉ (알 수 없음) 오후 9시 59분

- 이상한 질문 하나 해도 돼요?

✉ 오후 10시 00분

- 음…

✉ (알 수 없음) 오후 10시 00분

- 새 카민도어 어떻게 생각해요?

이런. 내 블로그 글을 떠올린다. 그 글은 일파만파로 퍼
져나갔다. 진실이 아닌 말은 거짓말이겠지?

✉ 10시 00분
- 대리엔 프리먼 말이에요?

✉ (알 수 없음) 오후 10시 00분
- 네.

고개를 젖히고 폭풍우가 몰아치는 창밖을 본다. 내 블
로그 글 링크를 보낼까? 하지만 이 사람도 스타거너라면
내가 어떻게 생각하는지 알 것이다. 그 글을 쓴 사람의 생
각도 알겠지. 어떤 세계에서든 대리엔 프리먼은 절대 카
민도어가 될 수 없다. 하지만 나는 대답을 피하기로 한다.

✉ 오후 10시 01분
- 왜요? 시사이드 코브 팬이에요?

✉ (알 수 없음) 오후 10시 01분
- 그걸 보느니 〈길모어 걸스〉가 낫죠. 커피도 나오고 말장난도
  재미있고.
- 못할 것 같아요?
- 대리엔 말이에요.

다음 말을 왜 했는지 나도 모르겠다. 이런 질문을 한다면 캐스팅이 진심으로 마음에 들었다는 뜻이기 때문일까?

✉ 오후 10시 01분
- 노력만 하면 못할 건 없겠죠.
- 카민도어라면 그렇게 하지 않을까요. 가능성이 없어 보일 때도 카민도어는 노력할 거예요.
- 하지만 또 모르죠. 대리엔 프리먼은 관심이 없어서 노력을 안 할 수도.

✉ (알 수 없음) 오후 10시 01분
- 잘할 가능성은 있다는 거죠? 팬으로서 생각하기에?

✉ 오후 10시 01분
- 그 대답은 나중에 해도 돼요?

✉ (알 수 없음) 오후 10시 01분
- 얼마나 나중에요?

창밖을 내다본다. 밤하늘에 빗물이 채찍질을 하고 있다. 평생 대답할 일이 없을 거라 말하고 싶다. 하지만 다른 말로 답장을 보낸다.

✉ 오후 10시 02분

  – 내 마음이 바뀔 때?

  – 노력한다는 걸 보여주면 그때 대답할게요.

대리엔

Darien Freeman

마크는 아직도 그 자리에 앉아서 맥주를 홀짝이고 있다. 내가 슬그머니 안으로 들어가자마자 눈썹을 치켜올린다.

"탕아가 돌아오셨군."

마크가 환영 인사를 한다.

"머리 좀 식혔어?"

"네, 괜찮아졌어요."

거실로 가서 맞은편 의자에 앉는다. 침묵 속에서 마크가 오래된 블랙베리를 들고 엄지로 타자를 치는 소리만 들린다. 나는 〈스타필드〉 주제가에 맞춰 반쯤 비운 물병을 허벅지에 두드린다.

스타거너들은 내가 그들의 카민도어라는 것을 나 스스로 증명하기를 원한다. 나도 그들과 같다는 사실을 증명해야 한다(〈헬로 아메리카〉에서 '아블레나' 문제를 틀리긴 했지만. 그 일은 분명 언젠가 내 발목을 잡을 것이다). 그러려면 나도 팬이 돼야 했다. 그리고 팬이 되는 방법은 하나뿐이다.

문어 입술, 매점에서 만난 남자, '레벨거너' 같은 블로

거의 목소리가 너무 커서 다른 사람들 생각은 듣기 힘들다. 하지만 문자를 보낸 그 사람 같은 팬도 있다. 그들도 작은 소리로나마 꾸준히 의견을 낼 것이다. 나는 그 사람들을 위해 계약서에 서명을 했다. 그들의 감정을 알기 때문이다. 거지같은 부모님과 거지같은 친구들이 없을 때도 〈스타필드〉는 내 곁에 있었다. 그래서 이 배역을 맡은 것이다. 팬이기 때문에.

"행사 참석할게요."

내 말에 마크가 블랙베리에서 고개를 든다.

"간다고?"

"방금 그렇게 말했잖아요."

마크가 의자에서 일어나려 한다.

"잘 생각했다! 그렇게 말하니 아주……."

"조건이 하나 있어요."

내가 손을 들어 올리자 마크가 다시 앉는다.

"그럴 줄 알았다. 두 개는 아니고? 세 개는?"

마크가 천장 쪽으로 눈을 굴린다. 빈정거리는 표정 같지만 판단하기 애매하다.

"그래, 뭔데?"

자, 간다. 조준하라. 불을 붙이라.

"저도 코스프레 대회 심사할래요. 사진 찍는다고 포즈나 잡는 도도한 영화배우는 되고 싶지 않아요. 팬덤에 저도 들어가고 싶어요."

"뭐……에 들어간다고? 팬덤?"

지나칠 정도로 미끈한 이마에 미세한 주름이 잡힌다. 마크에게는 감정을 최대한 드러낸 표정이다.

"그건 계약에 없는 일이야, 대리엔."

"제발 이번 한 번만요. 나도 같은 팬이라는 걸 증명하게요."

"하지만 넌 아니야."

입을 다문다.

"지금 가요. 가서 계약서에 쓰자고요."

마크가 의자에서 자세를 바꿔 앉는다. 보나마나 머릿속으로 계산을 하고 있겠지. 크리스 파인이 무대의상 대회 심사위원 같은 하찮은 일을 할까? 크리스 에반스는? 크리스 햄스워스는?

"힘들 거야."

마크가 결론을 내린다.

"하지만 시켜만 주면……."

"하지만."

마크가 손가락을 들고 내 말을 자른다.

"어떻게든 되게 해보자. 엑셀시콘도 좋다고 할 거야."

마크가 맥주를 한 모금 더 마신다.

"그래…… 그렇게 계약을 해보자. 네가 중심이 되는 거야. 천재적인데?"

서서히 떠오르는 표정이 불길하다. 의기양양하면서도

계략을 꾸미고 있는 것만 같다. 무슨 생각이지? 알고 싶지도 않다. 어쨌든 마크도 찬성하지 않았는가. 처음으로 내 의견을 받아줬다.

"고마워요."

순간이지만 '아빠' 라고 덧붙이고 싶었다.

엘
Elle Wittimer

마지막 문자를 보내고 언제 잠이 들었는지 모르겠다. 하지만 언제 일어났는지는 정확히 안다.

"엘!"

새엄마가 날카롭게 외치며 이불을 잡아당긴다.

"엘, 일어나!"

"뭐야……."

중얼거리며 내 얼굴을 비추는 손전등 불빛에 인상을 쓴다. 억수 같은 비가 창문을 때리고 번개는 하늘에 지그 재그 모양으로 번쩍인다. 시간을 보려고 눈을 가늘게 뜨지만 사방이 캄캄하다. 폭풍우 때문에 전기가 끊긴 모양이다. 울부짖는 바람 소리에 캐서린 목소리가 거의 묻히지만(완전히 묻힌다고는 하지 않았다) 캐서린은 이 세상에서 자기 목소리가 제일 커야 하는 사람이다.

"일어나라고!"

캐서린이 악을 쓴다. 머리에 만 두꺼운 헤어롤과 터무니없는 실크 목욕 가운을 볼 새도 없었다. 팔을 잡아당기는 손에 이끌려 침대에서 나온다. 졸린 눈을 비비며 캐서린을 따라 비틀거리며 걷는다. 내 팔에 손톱까지 박은 손은 복도 끝에 이르러서야 떨어진다.

"뭔데요?"

캐서린이 분홍색 매니큐어를 칠한 손톱을 위로 찌른다. 나는 잠이 덜 깬 눈을 깜빡인다. 천장에 짙은 얼룩이 퍼지고 있었다. 가슴이 내려앉는다. 다락방에 물이 새고 있다.

"저번에 고쳐놓으라고 했지!"

복도 끝에 있는 쌍둥이 방에서 얼굴 두 개가 나온다. 이제 구경꾼까지 생겼군.

"뭐 하나 제대로 하는 일이 없어!"

캐서린이 씩씩대며 팔짱을 낀다. 몇 군데가 젖어 있다. 아마 캐서린 방까지 물이 샜던 모양이다. 그렇지 않았다면 굳이 일어나 나를 깨우지 않았을 것이다.

"고쳤어요."

내가 작은 소리로 말한다. 그런다고 뭐가 달라지겠냐마는. 어차피 이 집 판다고 하지 않았어?

"바람 때문에 지붕이 다시 헐거워졌……."

"지금 보기로는 안 고친 거 같은데."

캐서린이 엉거주춤 서 있는 나를 째려본다.

"응?"

나는 무슨 소리인지 몰라 멀뚱히 쳐다만 본다. 캐서린이 다시 천장을 손가락으로 가리킨다.

"올라가서 고치라고!"

얼굴에 핏기가 가신다.

"지금요?"

"더 심각해지기 전에 고쳐야지!"

그러면서 손전등을 건넨다.

"오늘 저녁에는 삐딱하게 굴더니 이런 사고까지 치니? 정말이지, 엘. 내가 마음 넓은 사람인 게 네 복이다."

폭풍우 치는 밤중에 나보고 누수 지점을 찾으라는 건 미친 소리라고 말하고 싶다. 나는 내일 아침 일찍 일하러 가야 하지만 당신들은 아니잖아.

"자, 올라가서 막아. 피해 비용도 네가 내야겠지? 이런 상태로는 집을 좋은 값에 팔 수 없어."

입이 떡 벌어진다.

"말도 안 돼요! 이런 일은 어느 집에서든 일어날 수 있 잖아요! 천둥 번개가 미친 듯이 치는데!"

"그래? 처음 물이 샜을 때 안 고친 것도 천둥 번개 때문 이야?"

내가 조개처럼 입을 다문다. 이런 헛소리에는 어떻게 반박을 하겠는가?

"내 말이 맞지?"

캐서린이 몸을 휙 돌리고 자기 방으로 돌아간다.

"들어가 자라, 얘들아. 엘이 알아서 고친대."

쌍둥이는 서로를 보더니 문을 닫는다. 한숨을 쉬며 줄

을 당겨 다락방 계단을 내린다. 다락방으로 가는 검은 입구가 머리 위에서 입을 쩍 벌린다. 유령을 쫓아내려고 어둠에 손전등을 비추고 계단을 오른다.

이 집에서 평생을 살았지만 다락방은 왠지 금지 구역 같다. 이제는 우리 집이 낯설게 느껴진다. 페더레이션 왕자가 녹스에서 구출된 직후에 이런 느낌이었을까? 익숙하지만 한편으로는 낯설다. 내 기억과도 달라졌다. 이제는 거실에서 카드 게임을 하지 않는다. 벽난로 위를 장식한 검과 방패도 사라졌다. 새엄마와 결혼하면서 아빠가 상자에 넣어 치운 물건들을 새엄마는 아빠가 돌아가시자마자 전부 기부했다. 내게 남은 역사를 마지막까지 다 지워버렸다. 아니, 그렇게 하려고 했다. 이 집, 이 벽 안에 존재하는 얘기는 지워지지 않으니까.

하지만 캐서린은 방법을 찾아냈다. 집을 팔면 되잖아? 캄캄한 다락방은 덥고 습하다. 어딘가에서 분명 물이 새고 있다. 의외로 잡동사니도 많다. 생각해보면 이해가 간다. 캐서린은 쓸모없어진 물건을 몰래 쌓아둘 사람이다. 아래에서는 '완벽'한 집을 과시하고, 망가진 물건은 죄다 눈에 보이지 않는 다락방에 처박아둔 것이다.

천장까지 쌓인 플라스틱 상자를 손전등으로 비추는데 천둥에 집이 흔들린다. 놀라서 심장이 터질 것 같다. 빗발이 너무 거세서 소리만 들으면 사방에서 물이 새는 것만 같다. 이렇게 비가 많이 오는데 물 새는 곳을 찾으라고?

나무 바닥을 기어가며 '겨울 코트'와 '아기 장난감'이라 적힌 종이 상자들을 밀치고 젖은 부분을 찾는다. 앞으로 기어갈수록 나무가 더 축축해진다. 이건 미친 짓이다. 꼴이 이게 뭐야. 한밤중에 물 새는 곳을 찾아서 다락방을 기고 있다니. 찾는다 해도 어떻게 막지? 해결될 때까지 그냥 소리를 지르면 되지 않을까? 캐서린에게는 그 방법이 통하던데.

그림자가 드리워진 구석에 상자 하나가 보인다. 쇠로 된 경첩이 번쩍인다. 그쪽으로 손전등을 비춰본다. 트렁크다. 아니, 평범한 트렁크가 아니다. 내가 아는 트렁크다. 오래돼서 기억이 가물가물하지만 아주 오래 전부터 알고 있었다.

트렁크로 기어가 손전등을 입에 물고 자물쇠 아래를 손톱으로 판다. 손이 떨린다. 잠금장치가 '텅' 소리를 내며 열린다. 지붕을 때리는 빗소리보다 이상하게도 크게 들린다. 천둥이 또 치며 지붕을 뒤흔드는 가운데 트렁크 뚜껑을 연다. 손전등 불빛이 아름다운 파란색 재킷을 비춘다.

만지지 않아도 알 수 있었다. 그 촉감을 기억한다. 아빠가 이 옷을 입고 걸었을 때 뒷자락이 망토처럼 바닥을 스치는 소리를 기억한다. 아빠의 페더레이션 왕자 무대의상이다. 다시 현실로 데려오는 것처럼 조금씩 재킷을 트렁크 밖으로 꺼낸다.

먼지로 변할까 내심 두려워하며 천천히 몸에 걸쳐본다. 당연한 얘기지만 내게는 너무 길다. 단추는 다시 꿰매야 하고, 술도 다시 달아야 한다. 옷깃에 코를 묻고 숨을 들이마신다. 지금도 아빠 냄새가 난다, 아빠가 뒷자락에 먹인 풀 냄새도 섞여 있다.

그때 손전등 불빛이 반짝이는 짙은 보라색 옷을 발견한다. 그럴 리가…… 캐서린이 다 버렸을 텐데. 자기 입으로 그렇게 말했다. 쌍둥이 옷과 못 쓰는 물건이랑 함께 기부했다고 했다.

트렁크에 손을 넣어 밤하늘로 만든 듯한 드레스를 잡는다. 짙은 보라색 천이 실크처럼 부드럽다. 들어 올리자 얇은 실크가 손가락 사이로 빠져 나간다. 어둠 속에서 한 폭의 은하수처럼 반짝인다.

눈물이 고인다. 엄마 드레스다. 아마라 공주 드레스. 아빠만큼 엄마를 잘 알지는 못한다. 하지만 엄마를 알고 싶은 마음은 간절했다. 드레스를 안고 눈을 질끈 감는다. 잠깐이지만 다락방이 쓸쓸하지 않다. 엄마와 아빠도 여기에 있는 것만 같다.

문득 이런 생각이 든다. 집을 팔 테면 팔아 보라지. 우리 부모님의 추억을 빼앗아 상자에 넣어둬도 괜찮다. 내게 집안일을 시켜도 좋다. 푸드트럭에서 일한다고 무시해도 상관없다. 하지만 여기 트렁크에 있는 물건들을 빼면 나는 아빠가 이 세상이 마지막으로 남긴 존재다. 나는 특별하지 않을지도 모르지만 우리 아빠는 특별한 사람이었다. 그리고 아빠는 누구보다 나를 사랑했다. 그런 아빠를 사라지는 모습을 두고 볼 거야? 하지만 내가 가진 것은 부모님의 예전 무대의상밖에 없다. 그런 상황에서 무슨 방법이 있을까?

해답이 번개처럼 나를 내리친다. 엑셀시콘에 가서 대회에 참가하자. 거기서 우승할 거다. 캐서린과 쌍둥이에게서 탈출하는 티켓을 손에 넣을 것이다. 새로운 세계를 만들고 내가 되고 싶은 사람, 남이 생각하는 나와 다른 사람이 될 것이다. 아빠의 딸이 될 것이다.

그러려면 할 일이 있다. 무대의상을 세탁하고 내 몸에 맞게 수선해야 한다. 행사가 열리는 애틀랜타에 가는 방법도 찾아야 한다. 하지만 오래 전 아빠는 페더레이션 휘장에 부끄럽지 않은 코스프레를 하려면 잘 만든 무대의상보다 준비할 것이 더 많다고 가르쳐줬다. 지금도 느껴지는 아빠의 긍정적인 기운이 낡은 무대의상에 필요하다. 은하수 드레스에서 느낄 수 있는 엄마의 다정한 마음도 필요하다. 두 분의 도움으로 나는 부모님의 자랑스러운 딸이 될 것이다. 별에 불을 붙일 것이다.

"싸움에서 이길 수 없으면 더 큰 총을 들어야지."

─14회, '그래도 우주가 좋다' 중

2부

조준하라

GEEKERELLA

대리엔

Darien Freeman

망했다. 아직 아침도 먹지 않았는데. 2미터가 넘는 키에 어깨는 뉴욕 제츠 라인배커만큼 떡 벌어졌고 소시지 같은 손가락은 나를 반으로 꺾고도 남을 것처럼 생겼다. 박박 민 옆머리를 따라 부족을 상징하는 듯한 문신을 새겼다.

올려다보면 코털까지 다 보이겠네. 마크는 만면에 뿌듯한 미소를 머금고 나와 파괴의 신을 번갈아본다. 훔친 우량 돼지로 지역 대회에서 우승한 사람 같은 표정이다.

"어때?"

마크가 내 옆구리를 찌르지만 좋은 말을 할 생각은 없다. 마크는 내가 심통을 낸다고 말할 것이다. 내가 철이 없어서 그렇다고 말할지도 모른다. 상관없다.

"어떻게 생각하니, 대리엔?"

"나는 보디가드 필요 없어요."

팔짱을 끼며 대답한다. 최대한 키를 늘려보려 하지만 파괴의 신은 나보다 최소 15센티미터가 더 크다. 근육만 으로 100킬로그램이 넘어 보인다. 내가 허리를 펴자 그도 똑같이 따라 한다. 잘난 척은.

"너 때문이 아니야."

마크가 웃으며 대답한다. 하지만 이는 악물고 있다.

"보험회사에서 보디가드를 꼭 붙이라지 뭐냐."

"내가 복근에 보험을 들었어요? 그렇게 해달라고 부탁한 적 없어요. 〈헬로 아메리카〉에 나가서 멍청한 짓을 하게 시키지 않았더라면……."

"네 미래를 생각해서야, 대리엔. 더 망치고 싶어?"

마크가 그러면서 내 턱을 툭툭 친다. 내가 배우 인생을 말아먹을 상처가 있는 곳이다. 문제의 보트 추락사고 이후, 마크는 볼을 패스하는 NFL 쿼터백처럼 성형외과 의사들 이름을 내게 던져댔다. 내 눈에는 꿰맨 흉터가 그렇게 나쁘지 않았다. 하지만 제작진은 자연스러운 연결을 위해 기존 촬영분을 엎고 마지막 회의 거의 모든 장면을 다시 찍어야 했다. 어쨌든 흉터로 내 배우 인생이 끝장나지는 않았다. 끝난 것이 하나 있다면 하나뿐인 친구와의 우정이었다.

테리 크루스 닮은꼴에서 눈을 떼고 마크를 노려본다.

"그렇게 보지 마라, 대리엔."

마크가 한숨을 쉰다.

"다 너 잘되라고 하는 일이야. 네가 이 바닥에서 성공하기를 바랄 뿐이다. 내 마음 알지?"

"알았어요. 알았다고요."

말씨름할 이유가 없다.

"언제까지요?"

"어디 보자, 그게 문제인데……."

"언제까지냐고요? 게일은 뭐라고 해요?"

"게일도 좋은 생각이라고 하지. 기간은 아직 안 정했어."

마크가 진동하는 휴대폰을 꺼내 수신 번호를 확인한다.

"이건 받아야겠다. 서로 인사하고 있어. 모험을 해보자고, 알았지?"

대답을 기다리지도 않고 마크는 뒤를 돌아 어깨로 휴대폰을 받친다.

"여보세요? 네, 마크입니다. 해리슨! 잘 있었어? 발목은 좀 어때?"

문이 참 빨리도 닫힌다. 보디가드와 눈빛을 주고받으며 상대가 먼저 얘기하기를 기다린다. 나는 빳빳한 검은 정장과 깔끔한 넥타이와 은색 롤렉스시계(보디가드 월급이 대체 얼마길래?)를 훑어보고 인상을 쓴다. 하지만 그는 움찔도 하지 않는다. 포기하고 어제부터 입고 있던 티셔츠를 벗어 발을 쿵쿵거리며 방구석에 놔둔 수트케이스로 간다.

우리는 어제 밤늦게 애틀랜타에 도착했다. 비행기가 폭풍우를 뚫고 오는 바람에 한숨도 자지 못했다. 호텔에 도착하는 순간 옷을 갈아입지도 않고 잠이 들었다. 아직도 피곤이 가시지 않았다. 테이블에 놓인 빨간 시계의 번쩍이는 숫자는 오전 8시 31분을 알린다. 겨우 4시간 잤다는 거네.

"그럼 비밀은 잘 지키겠네?"

보디가드에게 하는 말보다는 혼잣말에 가깝다. 너무 딱 붙지 않는 티셔츠를 찾아 수트케이스를 뒤진다.

"CIA 요원처럼 말이에요. 보디가드는 보디가드 학교를 나와요? 영화 〈히트맨〉 주인공 같은 건가?"

그가 커프스단추를 매만진다.

"파이트클럽 규칙이 뭔지 압니까?"

내가 놀란 표정을 짓는다.

"말할 줄 아네요!"

보디가드가 한쪽 눈썹을 세운다.

"문 앞에 대기하고 있을 테니 필요하면 불러요. 20분 후에 주차장으로 내려가야 하니 서두르시죠."

그러고는 건장한 몸을 돌리고 위풍당당하게 방을 나간다. 깨끗한 셔츠를 머리부터 입고 팔을 빼고 있을 때 휴대폰이 울린다. 문자가 한 통 도착했다. 아니, 두 통이다.

✉ 게일 오전 8시 36분

　- 이름은 로니야. 잘 대해줘.

"로니?" 135킬로그램짜리 살인병기와 어울리는 이름은 아니지만 어쨌든 됐다. 세탁한 운동복 바지와 양말을 찾는데 휴대폰이 다시 울린다. 다른 문자가 그제야 생각난다.

✉ (알 수 없음) 오전 8시 44분

　　– 귀찮게 해서 미안한데 혹시 아나 싶어서요. 유시족이 우주

　　　선 총을 어떻게 했죠? 교정? 수정?

　　– 으악.

맞다. 모르는 번호. 피식 웃으며 답장을 한다.

✉ 오전 8시 44분

　　– 아침부터 팬픽 써요?

✉ (알 수 없음) 오전 8시 44분

　　– 아니거든요.

　　– 너무 세게 말했나?

✉ 오전 8시 44분

　　– 조금요. 내가 힌트 줄게요.

　　– C로 시작해요.

✉ (알 수 없음) 오전 8시 44분

　　– 망할, C인 줄 알았어! 그렇다면…

　　운동복 바지를 입고 양말까지 신은 후 휴대폰을 주머
니에 넣고 욕실 거울을 보며 손으로 머리를 빗는다. 환한

불빛 아래에 서자 턱에 난 흉터가 더 선명하게 보인다. 갈색 피부에 새하얀 선이 그어져 있다.

마크 말이 맞다. 카민도어에게는 상처가 있으면 안 된다. 캐스팅 디렉터가 미쳐서 나를 골랐다는 증거가 또 추가된 셈이다. 내가 데이비드 싱의 업적을 이어받을 수 있다고 생각했다면 더 미친 사람이고.

불안하게도 문자가 하나 더 온다. 나는 문자를 싫어해서 더군다나 모르는 사람과는 문자를 주고받지 않는다. 하지만…… 모르겠다. 이 사람은 왠지 편안하다. 철저하게 이름 없는 사람이 될 수 있다. 누구인 척 연기할 필요도 없다. 이 사람은 내 이름을 묻지도 않았다. 나도 마찬가지다. 왜 보디가드를 두는지, 왜 이상한 다이어트를 하는지, 겨드랑이에 구멍이 난 티셔츠를 왜 입겠다고 고집하는지 변명할 필요가 없었다.

우리는 그냥…… 그냥 대화를 할 뿐이다.

✉ (알 수 없음) 오전 8시 45분

- 교정(correcting)? 계산(calculating)?

- 알려줘요, 카민도어!

- 수집(collecting)? 제공(catering)? 도저히 모르겠다.

- 잠깐.

- 맞아, 측정(callibrating)

- 최악이다.

✉ 오전 8시 46분

    – 그러고도 팬이라니…

✉ (알 수 없음) 오전 8시 46분

    – 진짜 최악!

    – 죽을 때까지 나를 용서 못 할 거예요.

    – 감사합니다, 왕자 전하.

"10분 남았습니다, 보스."

파괴의 신 로니가 복도에서 얼굴을 불쑥 내민다.

"뭐야, 타이머 일도 해요?"

"뭐가 됐든 돈 받는 대로 합니다."

"내가 돈 주면 여기서 사라져줄래요?"

로니가 무표정으로 나를 본다.

"농담이었어요."

휴대폰을 주머니에 넣고 열쇠를 든다. 방에서 꾸물거리며 신발도 신지 않는다. 방을 빠져나가기 전에 마지막으로 문자 한 통을 보낸다.

✉ 오전 8시 56분

    – 그냥 편하게 카민도어라고 불러. :)

엘

Elle Wittimer

측정.

죽을 때까지 나를 용서할 수 없다.

"유시는 총을 측정하잖아, 엘."

공책에 휘갈겨 적으며 자책한다.

"무슨 생각으로 계산이라고 한 거야?"

높게 뜬 화요일의 태양이 머리를 뜨겁게 달군다. 나는 경기장 주위를 어슬렁거리는 관광객들을 구경한다. 그늘에 놓아둔 벽돌 같은 핸드폰은 옷감에 주름을 잡으려면 어떻게 치수를 재고 바느질해야 하는지 설명하는 유튜브 동영상을 낡은 화면으로 보여주느라 간신히 돌아간다. 알아듣지 못하는 바느질 용어가 쏟아지고 영상 속 여자는 재봉틀까지 사용하고 있다. 내게는 재봉틀이 없거니와 살 돈도 없다. 저축한 돈을 재료에 거의 다 투자했고 남은 돈으로는 버스표와 행사 입장권을 사야 한다. 바느질하는 법을 배우는 건 문제가 아니다. 바늘과 실을 살 돈이 남으면 그나마 다행이게.

"차라리 팬픽 대회를 열지."

내가 불평한다. 글을 쓰기는 쉽다. 내가 시나리오를 쓰면 원하는 대로 대사를 쓰고 캐릭터를 묘사할 수 있다. 무대의상은 다른 사람보고 만들라 하지.

하지만 지금은 혼자 다 해야 한다. 어리석은 선택일지 몰라도 카민도어로 대회에 나가려 한다. 내 몸에는 엄마의 아마라 드레스가 더 잘 맞겠지만 어쩐지 손을 대기가 힘들다. 그 드레스를 입으려면 허락을 받아야 했다. 아빠는 옷장 꼭대기에서 드레스를 꺼내주며 내게 약속을 받았다. 조심해서 걷지 않으면 바느질로 이어붙인 은하수에 빨려 들어간다고 경고했다. 하지만 사실은 엄마의 추억이 담긴 무대의상을 망가뜨리지 말라는 부탁이었다. 금실로 만든 옷처럼 입으면 조심스럽게 걸어야 했다. 그리고 코스프레의 취지는 내가 되고 싶은 캐릭터로 분장하는 것이다. 나는 어렸을 때부터 카민도어가 되고 싶었다.

하지만 아빠 재킷은 너무 커서 나를 거의 잡아먹는다. 아빠가 얼마나 컸는지 잊고 있었나 보다. 기억은 시간이 흐름에 따라 이상하게 변한다. 내 머릿속의 아빠는 어깨가 넓은 영웅과도 같다. 부드럽게 미소 지을 때면 한쪽 입꼬리가 더 올라가고 눈은 대서양처럼 깊고 푸르다. 나는 엄마의 갈색 눈을 물려받았다. 아빠는 거실에서 '갈색 눈의 소녀'를 흥얼거리며 엄마와 춤을 추곤 했다. 엄마의 머리는 열쇠와 자물쇠처럼 아빠 어깨에 딱 맞았다.

캐서린과도 거실에서 왈츠를 췄을까? 캐서린의 눈은

파란색이다. 파란 눈의 여자가 나오는 행복한 노래가 있는지 생각해봐도 떠오르지 않는다. 아빠와 캐서린은 행복했을까? 한때는 그랬겠지. 캐서린을 처음 만난 날(흰색 미니 원피스를 입고 예쁜 토트백에 와인 한 병을 들고 우리 집 문앞에 나타났다) 아빠는 내 생각을 물었다. 그때 나는 여덟 살이었다. 엄마가 돌아가신 지 4년밖에 지나지 않은 때였다. 아빠를 흔들고 아마라 공주가 죽는 것이 결말이라고 얘기해주고 싶었다. 엄마가 죽은 게 이야기의 결말이라고. 그런 이야기는 후속편이 나올 수 없다. 나와도 백이면 백 망한다. 비평 사이트 평점이 바닥을 기는 영화가 된다.

하지만 생각대로 행동하지 않았다. "좋은 사람 같아"라고 말했다.

7개월 후 아빠는 재혼했다. 그러다 불가능한 일이 터졌고 캐서린과 나는 서로에게 발목이 묶이고 말았다. 아빠가 존재하지 않는 세계에 둘이 함께 갇힌 것이다. 그동안 아빠가 여기 없다고 생각했지만 이 코트에서는 아빠를 느낄 수 있다. 주름과 단추와 견장에서 아빠가 부르는 '갈색 눈의 소녀' 노랫소리가 들린다.

모든 것은 죽는다. 하지만 죽어서도 언젠가는 다시 돌아올지도 모른다.

푸드트럭 문이 열리는 동시에 휴대폰을 공책 아래 숨긴다. 세이지가 아이스크림 컵 두 개를 들고 올라탄다.

"어휴, 내가 다음에 점심 먹고 반대편에 있는 아이스크림 가게로 뛰어가려고 하면 말려줘."

세이지가 숨을 몰아쉬며 녹고 있는 아이스크림을 내민다. 아이스크림에 꽂은 스푼은 벌써 한쪽으로 기울어졌다.

"버터스카치 맛 먹을래? 아니면 프랄린?"

어안이 벙벙해서 그녀를 본다.

"나…… 먹으라고?"

세이지가 답답하다는 표정으로 컵 두 개를 카운터에 올려놓는다.

"아니, 다른 직원 먹으라고 샀다. 나 참, 내가 버터스카치 먹을게."

그러고는 물통에 앉아 아이스크림을 먹기 시작한다.

"줄이 장난 아니게 길더라. 나 없는 동안 손님 왔어?"

고개를 저으며 프랄린 아이스크림 컵을 든다. 실제로도 프랄린 맛을 좋아한다. 하지만 뭔가…… 이상하다. 세이지가 내게 말을 걸어서가 아니다.

"아이스크림 샀네."

내가 바보처럼 말한다.

"어, 그래. 밖에 더우니까."

세이지가 수프로 변한 아이스크림을 휘휘 젓는다.

"하지만 아이스크림에는…… 크림이 들었잖아."

세이지가 보라색 섀도를 바른 눈을 깜빡인다.

"그래서 뭐? 아하."

그러더니 활짝 웃는다.

"내가 채식주의자인 줄 알았어? 그럴 리가. 그건 사장님 얘기. 나는 절대 아니야."

"나도 그래."

내가 맞장구를 친다.

"채식을 하기에는 베이컨을 너무 좋아해."

"오, 베이컨 맛 아이스크림. 그거 진짜 채식주의 트럭에서는 죄악이겠다."

세이지가 웃는다.

"우리는 채식주의자 지옥으로 떨어질 거야. 여기가 이미 지옥인데 또 지옥이 나올지는 모르겠지만."

"여기서 일하기 싫어?"

세이지가 찔린다는 듯 눈을 피한다.

"글쎄, 싫다고 하면 못됐다고 하겠지? 사장님의 기쁨이자 자랑을 물려받기 싫다고 한다면 말이야."

세이지가 강아지에게 '착하지, 나 나쁜 사람 아니야'라고 말하듯 카운터를 쓰다듬는다.

"그럼…… 넌 뭐가 되고 싶은데?"

세이지가 어깨를 으쓱한다.

"생각 안 하려고."

"너 그림 그리지? 옷도 직접 만들고?"

세이지가 자기 치마를 내려다본다. 색이 다른 천 일곱 장을 이어붙이고 아래에 레이스 속치마를 덧댄 치마다. 세이지가 즐겨 읽는 일본 패션 잡지에서 튀어나온 것만 같다.

"티가 나?"

"나쁜 뜻으로 한 말 아니야!"

내가 얼른 변명한다.

"볼 때마다 멋있다고 생각했어."

코웃음 치는 세이지에게 다시 말을 걸어본다.

"패션 디자이너 되고 싶어?"

세이지가 아이스크림을 한 스푼 더 먹고 '흠' 소리를 낸다.

"내 소원은 이 아이스크림이랑 결혼하는 거야. 타히티로 함께 도망쳐야지."

순간 세이지에게 바느질 영상을 설명해달라고 부탁할까 하는 생각이 든다. 하지만 생각을 말로 꺼낼 틈도 없이 방해하는 목소리가 들린다.

"어머, 우리 상스러운 언니가 자기랑 딱 어울리는 곳에 있네."

클로이와 캘이 주문 창에 대고 비웃는다. 펌킨에서 3주간 일하면서 아직 쌍둥이에게 들키지 않았다. 하지만 그것도 오늘로 끝이다. 둘은 언제나처럼 컨트리클럽 일당을 거느리고 왔다. 가장 친한 친구인 에린과 에린의 남자친구, 부모들이 항구에 요트 몇 채씩 갖고 있다는 풋볼팀 선수들이 뒤에 서 있다. 그보다 조금 뒤에는 제임스가 보인다. 미치겠네.

세이지가 아이스크림 컵을 내려놓고 일어나 입가에 스푼을 꽂은 채로 말한다.

"주문하게?"

클로이는 들은 척하지 않는다. 금발을 하나로 대충 올려 묶고 분홍색 핫팬츠와 칼스턴 칼리지 티셔츠를 입고 있다. 내년에 클로이가 가고 싶어하는 대학이다. 같이 온 덩치 큰 남자애(머리를 짧게 깎은 풋볼팀 라인배커로 걔네 아빠 돈처럼 구린 냄새가 난다)가 세이지에게 고갯짓을 한다.

"둘이서만 일해?"

세이지가 그들이 있는 카운터 너머로 몸을 기울인다.

"그게 뭐?"

"쟤 조심하라고. 미쳤거든."

놈이 나를 돌아보며 말한다. 일당 뒤에서 제임스는 어깨를 으쓱하게 고개를 돌린다. 수치심으로 귀 끝까지 열이 오른다.

세이지는 그 말을 무시한다. 못 들은 건가?

"호박 프리터, 두부 호박 샌드위치, 호박 타코, 호박 튀김 있어."

그녀가 무미건조하게 메뉴를 읊는다.

"치미창가는 다 나갔는데 먹고 싶으면 특별히 만들어줄게."

라인배커가 이번에는 세이지의 초록색 머리카락에서 입술 피어싱까지 뜯어본다.

"잠깐, 너 우리 반이지?"

"너는 줄을 막고 있고."

세이지의 말에 놈이 뒤를 돌아본다.

"아무도 없는데."

세이지가 억지로 미소를 짓는다.

"손님들이 무서워서 접근을 못하잖아. 이제 꺼져. 수작은 다른 데 가서 부려라."

클로이가 눈을 가늘게 뜬다.

"잠깐만, 네가 뭔데 그런 말을 해?"

세이지는 충격 받은 연기를 한다.

"미안, 내가 소개를 안 했구나?"

그러더니 한참이나 뜸을 들인다. 다들 세이지가 자기 소개 하기를 기다릴 때, 세이지가 드디어 입을 연다.

"아, 그럴 생각 없거든."

클로이 뒤에서 캘이 웃음을 참으려 아랫입술을 깨문다.

"미쳤나."

클로이가 화를 내며 제임스의 팔을 붙잡고 끌고 간다. 제임스도 웃고 있었다(클로이를 바보로 만든 사람은 세이지가 처음이었다). 나머지 패거리도 소 떼처럼 뒤를 따른다. 캘은 대체 어떤 사람인지 궁금하다는 듯 잠시 세이지를 빤히 보고 있다가 언니의 부름을 받고 서둘러 자리를 뜬다.

세이지가 눈을 굴리며 내 쪽으로 몸을 튼다.

"네 동생들은 악의 축이다. 빨리 졸업하고 싶겠어."

"그러게."

그렇게 대답하면서도 입 안이 씁쓸하다. 학교를 졸업한 후 어떻게 살아야 할지 모르기 때문이다. 아니, 사실은 안다. 이번 대회에서 우승해 곧장 LA로 떠날 것이다. 다시는 여기로 돌아오지 않을 것이다.

세이지가 다시 아이스크림을 들고 나를 돌아본다.

"아무튼, 아까 하려던 말이 뭐야?"

"아…… 아무것도 아니야."

차마 바느질 영상에 대해서 물을 수가 없었다. 세이지는 다른 사람과 달랐다(내가 지금까지 보기에는 그랬다). 그렇다 해도 이유를 물어볼 것이고 세이지 같은 애가 〈스타필드〉에 관심을 가질 턱이 없다. 실패하더라도 세이지 같이 멋진 사람을 시궁창으로 같이 끌어내리고 싶지는 않다. 세이지가 어깨를 으쓱한다.

"마음대로 해."

그리고 나 혼자서도 할 수 있다. 지금까지 모든 일을 내 힘으로 해내지 않았던가.

대리엔

Darien Freeman

눈을 찌푸리고 분장실 거울을 보며 옷깃에 금색 스타 윙을 붙였다 뗐다 한다.

"게일, 이 의상 완전히 잘못 만들었어요."

게일은 '별에 불을 붙이라' 후드티 끈을 잘근거리며 딱딱한 붉은색 의자에 앉아 이메일, 일정표, 팬레터를 훑어보고 있다(전부 내가 하기 싫은 일이다).

영화 촬영 장소는 조지아주 애틀랜타 외곽에 있는 스튜디오다. 암호명은 '왕위Kingship'. 본 촬영을 하는 23일 동안 이곳이 내 집이다. 감독은 가능한 특수효과를 쓰기보다는 실제 연기로 하자고 고집했다. 그래서 나는 방음 스튜디오에 세운 다리에서 촬영을 하고 스턴트 연기를 하며, 또…… 아까 말한 방음 스튜디오 다리에서 스턴트 연기를 하면서 제시카 스톤과 키스를 해야 한다. 그게 가장 긴장된다. 스턴트 연기가 아니라 키스 말이다. 뭐, 스턴트 연기도 조금은 긴장되고.

"응?"

게일이 휴대폰에서 고개를 들고 내가 입은 페더레이션

135

왕자 의상을 뚫어져라 본다.

"뭐가 이상해?"

"색이 다르잖아요. 파란색이…… 더 파래요."

"의상팀에서 피팅했을 때랑 같은 색이야."

"아니, 더 파랗다니까요. 확실해요."

"아니야."

메일을 보낸 게일이 휴대폰을 내려놓고 내게 집중한다.

"조명 때문에 그렇게 보이는 거야. 나 믿어."

"로니에 대해서는 거짓말 했으면서. 그나저나 같이 있으면 재미있는 사람이더라고요. 말도 많고."

게일이 귀까지 빨개지며 의자에서 몸을 들썩인다.

"마크가 엄명을 내렸어. 깜짝 선물로 하라고."

"안 그랬으면 내가 싫다고 했을 테니까요."

"선물 받고 놀랐지?"

게일이 실없이 농담을 한다. 그러다 내가 눈을 부라리자 얼른 휴대폰으로 시선을 피한다.

"이 일은 나중에 따지자, 응? 10분 있으면 메이크업하러 가야 돼. 뭐 필요한 거 있어? 물 줄까? 아니면 기다리는 동안 오늘 촬영할 대본 보자. 긴장이 풀리게……."

대기실 문이 벌컥 열린다.

쏟아지는 햇살에 얼굴을 찌푸린다. 처음에는 메이크업 아티스트 도나가 늦었다고 야단치러 온 줄 알았다. 하지만 마지막으로 봤을 때만 해도 메이크업 아티스트 도나는 긴 검은 머리를 왕족처럼 완벽하게 땋지 않았다. 다리가 끝없이 뻗어 있지도 않았다. 여성용 페더레이션 제복을 입지도 않았다.

게일이 벌떡 일어난다. 이렇게 당황한 모습은 처음이다.

"어머! 안녕하세요!"

"잠깐 여기 숨어도 될까요?"

눈부시게 아름다운 여자가 게일이 일어난 자리에 털썩 앉아 구릿빛 다리를 꼰다. 나는 일부러 눈을 다른 데로 돌린다. 다리가 선탠 자국도 없이 매끈하다.

"쉬는 시간인데 밖에 파파라치가 진을 쳤어요."

그녀가 거울로 다가가 립스틱을 수정한다.

"귀가 따가워서 도저히 못 참겠더라고요. 그래서 도망쳤죠. 여기 있어도 되죠?"

게일이 머뭇거리며 나를 본다.

"그게, 사실 저희는······."

"괜찮아요."

내가 불쑥 말하며 게일을 노려본다. 이 여자가 누구인지 몰라서 그래? 제시카 스톤. 그 유명한 제시카 스톤이다. 내 상대역. 인디영화계의 공주님이자 섹시하고 귀여우며 유쾌한 매력으로 네티즌들의 사랑을 독차지하는 배우다. 언젠가 아카데미상을 거머쥘 제시카 스톤이란 말이다. 가장 최근에 개봉한 영화는 극장에서 15번쯤 봤다. 단지 그래픽노블 원작이라서가 아니었다.

'호들갑 떨지 마. 팬이라고 티 내지 말라고.'

게일이 놀라서 나를 본다.

"하지만 대리엔, 우리……."

내가 기침을 두 번 한다. 나와 제시카 스톤을 번갈아보던 게일이 마침내 이해하고 눈을 크게 뜬다. 가뜩이나 빨간 귀가 더 빨개진다.

"아, 그래."

게일이 가방을 들고 황급히 물러난다.

"나는…… 음. 근처에 있을 테니까 필요하면 불러, 대리엔."

문이 닫히자 제시카 스톤이 유별나게 새파란 눈으로 나를 본다.

"방해할 생각은 없었어요."

입 안에서 혀가 굳는다. 제시카 스톤이라면 언제든 방해해도 좋다. 아니, 방해가 아니지. 예의 바르게 있을 테니 평생 옆에 있게 허락만 해줘도 좋겠다. 원한다면 얼마든 내 일을 방해해도 된다. 내 인생에 참견해도 된다.

그렇게 말하면 이상할까? 이상하겠지. 하지만 제시카 스톤이라고!

제시카가 말을 잇는다.

"아무데나 들어가는 나쁜 습관이 있어요. 치료사 말로는 개인 공간에 대한 개념이 없어서 그렇대요. 불편하면 나갈게요. 참, 나는 제시카라고 해요."

"아…아…아니……."

말을 더듬다 볼 안쪽을 깨문다. 침.착.해. 이번에는 〈시사이드 코브〉에서 내가 맡은 캐릭터인 세바스찬에게 빙의한다.

"아, 게일이 원래 나가려던…… 나가려던 참이었어요."

제시카가 눈을 크게 뜬다. 〈여자 사냥꾼〉에서처럼 하이힐 한 짝을 벗어서 내 눈을 찌르려는 것 아니야? 한순간 걱정하지만 갑자기 제시카가 고개를 젖히고 웃는다. 거리낌이라고는 전혀 없는 웃음이다. 계속 저렇게 웃다가는 콧방귀 소리가 날 게 분명하다. 제시카가 웃을 때면 눈가에 주름이 잡힌다. 그녀는 전통적인 미녀의 조건을 다 갖춘 배우였다(특히 다리). 하지만 성격도 좋고 연기력까지 최고였다. 내 주위를 빙빙 돌며 셰익스피어 대사를 읊어도 나는 이해하지 못할 것이다. 단지 팬으로서 좋아하기 때문이 아니라 존경하기 때문이다.

웃음을 그친 제시카가 고개를 젓는다.

"귀엽네요. 그래서 주인공으로 선택된 거군요. 어수룩하면서도 섹시해요. 성공을 보장하는 조합이죠. 내가 남자였다면 긴장했을 거예요. 좋은 배역을 다 빼앗길 테니까요."

다시 거울을 보며 의상 옷깃을 매만진다.

"긴장이라고요? 긴장할 사람은 저죠. 제시카 옆에 있으면 저는 얼뜨기로 보일 텐데요. 〈여자 사냥꾼〉에서 연기 정말 대단했어요. 실비아가 만화에서 튀어나온 줄 알았어요."

제시카가 어깨를 으쓱한다.

"고마워요. 그런데 만화책은 안 읽어봤어요."

"안 읽었다고요?"

"시간이 없어서요."

짧게 대답한 그녀가 고개를 갸웃하고 내 의상을 살핀다.

"왜 남자들은 바지를 입는데 나는 이 불편한 걸 신어야 하죠?"

그러면서 하이힐을 가리킨다.

"남녀차별인 걸까요?"

내 말에 제시카가 웃는다. 이번에는 비웃는 게 아니라 정말 웃겨서 웃고 있다.

그녀가 말한다.

"애석하지만 사실이에요. 기가 막히는 일이죠."

"맞아요."

내가 동감한다.

"페더레이션에서 여자 승무원한테 높은 구두를 신길 리가 없어요. 그러니까 공식 설정이 아닌 거예요. 그 말이죠?"

제시카가 멍한 표정으로 나를 본다.

"아니요."

따지는 말투는 아니다.

"이걸 신고 달리라니까 기가 막히다고요."

"아, 그렇네요. 당연하죠."

"하이힐이라니! 스턴트 연기는 또 어떻고요! 안 그래도 니키한테 골든글러브 못 봤다고 물어봤다니까요."

니키는 우리 영화의 의상 감독이다.

"하이힐은 나랑 잘 맞지 않는다고요. 그래도 그냥 신으래요."

제시카가 매니큐어 칠한 손톱을 내려다보며 어깨를 으쓱한다.

"끔찍하겠지만 알고 계약한 거니 어쩌겠어요. 목표를 이루려면 어쩔 수 없죠, 안 그래요?"

"목표라면……?"

내 질문에 제시카가 고개를 든다.

"더 좋은 작품 말이에요."

"〈스타필드〉보다 좋은 작품이요?"

나도 모르게 말이 튀어나온다. 제시카가 입을 열었다가 다문다.

"팬이군요?"

내가 어깨를 으쓱한다. 하지만 내가 팬이라는 사실은 들킨 거나 마찬가지다.

"제시카는 아니고요?"

제시카가 코웃음을 친다.

"나는 출연료 팬이에요."

내가 실망한 눈치를 보이자 서둘러 덧붙인다.

"그렇다고 〈스타필드〉 팬들을 무시하는 건 아니에요! 이 영화를 이끌고 나갈 사람들인데요."

그녀가 눈부시게 완벽한 미소로 나를 홀린다.

"또 이렇게 제작비가 많이 드는 작품은…… 뭐, 예술은 아니지만 재미있잖아요? 적어도 처음은요. 새롭고 화려하며 흥미진진하죠. 그러다 지겨워지면 다음으로 넘어가는 거예요."

제시카가 강렬한 눈빛으로 나를 빤히 본다. 우리 지금 같은 얘기하고 있는 거 맞는지 확인하는 듯하다.

"내 말 이해하죠, 대리엔?"

내가 불편하게 자세를 바꾼다. 영화 홍보를 위한 빛나는 아이디어 말이지. 우리는 제시카와 내가…… 그렇고 그런 관계라고 소문을 퍼뜨리기로 했다. 그러니 내가 제시카를 만나서 긴장을 안 하겠냐고.

"게일이…… 제 비서한테 우리가 사귄다는 말을 듣기는 했어요, 네."

"촬영하는 23일 동안만이에요."

제시카가 내 말을 바로잡는다.

"그걸로 끝이에요. 이후로는 절대 안 돼요, 알겠죠? 뭐, 서로 좋은 친구가 되면 시사회 때 키스 정도는 할 수도 있지만요."

"스타거너가 아닌 사람과는 키스 못 할 것 같은데요."

내가 농담한다.

제시카가 자주색 입술로 피식 웃는다.

"그럼 나를 개종시켜 봐요."

"페더레이션의 스타윙에 걸고 노력해볼게요."

내가 약속의 맹세를 한다.

"뭐야."

그녀가 웃는다.

"이 역에 캐스팅될 만하네요. 타고났어요."

타고났다. 그 말을 듣자 속이 뒤틀린다. 이 얘기는 이제 지겹다. 얼른 제시카의 시선을 피한다.

"하, 설마요."

제시카가 눈을 가늘게 뜨더니 꼬고 있던 다리를 풀고 똑바로 앉는다. 그러고는 진지한 눈으로 나를 본다.

"대리엔, 잠깐 솔직한 얘기해도 돼요?"

눈빛이 너무 강렬해 고개를 돌릴 수 없다. 촬영하려면 콘택트렌즈를 껴야 할 텐데. 아마라 공주는 눈이 초록색이다. 과열된 우주의 퀘이사에서 내뿜는 방사선과 같은 초록색 말이다.

"음, 그래요."

제시카가 숨을 들이마신다.

"대리엔은 전에 큰 역할을 안 해본 것 같은데……."

〈시사이드 코브〉는 뭐라고 생각하는 거지? 방과 후 특별활동?

"……하지만 나는 경험이 있어서 가끔은 팬들 때문에 괴롭다는 걸 알아요. 고마운 사람들이지만 정말 힘들게 하는 사람들이기도 하죠. 그런데 대리엔은 본인이 팬이란 말이에요. 결국 스스로를 괴롭게 될 거예요. 누구보다 자신을 혹독하게 비판하겠죠. 조언하자면…… 그렇게 하지 마요. 이건 그냥 역할이에요. 이 역으로 본인을 정의할 필요는 없어요. 본능을 믿고 감독님만 따라 가면 돼요. 그런 다음 더 스케일 크고 좋은 작품으로 넘어가요. 이 영화에 묶이지 말고 발판으로 삼으라고요. 내 말 이해해요?"

"음."

하지만 제시카는 내 말을 기다리지 않고 일어나 고개 숙여 내 뺨에 입을 맞춘다. 뺨에 끈적끈적한 립스틱이 닿았다 떨어진다.

"세트장에서 봐요?"

"그럼요, 공주님."

내가 중얼거린다.

제시카가 미소를 짓는다.

"메소드 연기 하는 타입은 아니죠?"

웃고 싶지 않지만 나도 따라서 미소를 짓는다.

"아니에요. 정말 캐릭터에 몰입했으면 '아블레나' 라고 불렀을걸요."

"그 문제 틀리지 않았어요?"

내가 상처받은 표정을 짓는다.

"그거 안 본 사람이 없는 거예요?"

"유튜브는 평생 남아요. 골든글로브 역사상 움짤을 가장 많이 만들어낸 장본인이 여기 있잖아요."

제시카가 얼굴을 찌푸리며 하이힐을 본다.

"나중에 봐요, 대리엔."

그 말과 함께 제시카 스톤(동료 배우이자 내 아마라이자 앞으로 23일 동안 사귈 가짜 여자친구)은 손가락을 흔들며 인사하고 내 트레일러에서 나간다. 제시카는 나갔지만 그녀의 말은 끈끈한 타르처럼 벽에서 떨어지지 않는다.

"더 스케일 크고 좋은 작품으로 넘어가요. 이건 발판이에요."

거울을 돌아본다. 다른 색조의 파란색 의상을 입은 카민도어 흉내쟁이를 가만히 응시한다. 궁금해진다. 나라고 제시카와 다를까? 달라야 하나? 나도 오직 출연료를 위해 연기하는 걸까?

마크가 그렇게 되기를 원한다. 돈 냄새를 맡지 않았더라면 마크는 오디션에 지원하지 않았을 것이다. 내 얼굴이 광고판에 걸린 가능성이 없었더라면 보디가드를 고용하지 않았을 것이다.

테이블에 놓인 휴대폰이 울린다. 쳐다보지도 않고 손을 뻗어 잡는다. 제발, 다른 행사에 참석하라는 마크 전화만 아니어라. 하지만 마크가 아니다.

✉ (알 수 없음) 오전 8시 32분

　　- 외팔이 녹스를 나무에서 떨어뜨리는 방법은?

　　- 나무에 바람을 불게 한다!!!

　　웃음을 참으려고 아랫입술을 깨문다. 〈스타필드〉가 단지 돈줄이 아니라는 사실을 믿는 사람이 최소한 한 명은 더 있었다. 거울을 보며 어깨를 펴고 휴대폰을 카민 도어의 코트 주머니에 넣는다.

　　이 영화가 발판일지도 모른다. 나는 팬이기 때문에 이 역할을 맡으면 안 될 사람일지도 모른다. 〈스타필드〉에 별로 관심 없는 사람보다 작품을 망칠 수도 있다. 제시카는 예술 작품, 심오한 역할을 원한다. 장식장에 금색 트로피를 일렬로 세워두기를 원한다. 그리고 아마라로서도 괜찮은 연기를 할 것이다. 잘 어울리고 누가 봐도 아름답다. 팬들은 제시카를 인정할 것이다. 나는 일곱 살 때부터 벽에 〈스타필드〉 포스터를 붙였다. 페더레이션 우주에 속한 은하계와 행성을 전부 안다. 페더레이션 왕자의 특징을 속속들이 알고 있다. 마지막 독백도 외우고 있다. 빌로우게이즈에 가면 바텐더에게 무슨 술을 주문하는지도 안다.

　　아카데미상 후보에 지명된다거나 시상식에서 수상 소감을 말하고 싶은 마음은 없다. 아직은 아니다. 지금은 연기를 잘하고 싶을 뿐이다. 팬들을 만족시키고 싶을 뿐이다. 세상 사람들이 생각하는 대리엔 프리먼을 연기하며 조용히 촬영을 마칠 수도 있다. 하지만 팬으로서 그럴 수 없다. 무엇보다도 속편이 나올 만큼 잘 해내고 싶다.

엘

Elle Wittimer

퇴근 후 수선화 꽃다발을 안고 프랭코와 함께 묘지로 간다. 오늘이 바로 그날이기 때문이다. 그리고…… 글쎄, 허가를 받아야 할 것 같은 기분이다. 허락인가? 아무튼.

사람이 없는 묘지는 고요하다. 찰스턴에서도 규모가 작은 곳이다. 귀신이 나온다는 오래된 묘지처럼 관광객의 발길이 많이 닿지는 않지만 여기도 관광지 못지않게 아름답다. 수양버들은 가지를 늘어뜨리고 오크나무에서는 커다랗고 울퉁불퉁한 뿌리가 엉키며 뻗어나간다. 야간 경비원을 제외하면 방문객은 나와 프랭코뿐이었다. '위티머'라 적힌 화병에서 시든 꽃을 꺼내고 샛노란 수선화를 꽂는다.

축축한 잔디에 앉는다. 옆에서 프랭코가 헐떡이며 내 팔에 머리를 비빈다. 정자체로 '릴리 위티머'와 '로빈 위티머'라고 쓴 고풍스러운 회색 묘비는 주변의 묘비들보다 새 것이다. 아빠 장례식은 분위기가 더 밝았고, 엄마 장례식은 기억이 가물가물하다. 하지만 깊고 어두운 계곡에서 되돌아오는 메아리처럼 목사의 말은 기억에 생생하다.

"젊은 나이에 너무도 아깝게 떠났습니다."

너무 일찍 떠났다. 아깝고도 아깝다. 모든 것이 그랬다. 같이한 시간이 너무도 짧아 아까웠다. 우리의 추억이 아까웠다. 엄마와 아빠에게 전한 '사랑해'라는 말도 턱없이 부족했다. 아빠가 더 심했다. 물론 엄마도 그립다. 하지만 엄마에 대한 그리움은 먼 곳이라 한 번도 가본 적 없는 아름다운 장소를 그리워하는 느낌과 비슷하다. 얼굴은 흐릿하고 웃는 모습도 지워졌다. 목소리는 기억조차 나지 않는다.

하지만 아빠 목소리는 아직 머릿속에 존재한다. 나는 시간이라는 비바람에 휩쓸려 사라질까 두려워 그 목소리를 부표처럼 붙잡고 있다.

"아빠 무대의상을 찾았어."

묘비에 대고 말을 한다.

"잠깐 그런 생각했다? 아빠가 물을 새게 만든 건 아닐까 하고. 아빠가 꼭 거기 있었던 것 같아서. 아직도……."

손등으로 눈물을 훔친다. 프랭코가 내 무릎에 베고 땅에 꼬리를 치며 머리를 쓰다듬어 달라고 조른다. 부탁을 들어주려는데 후드티 주머니에서 휴대폰이 울린다. 휴대폰을 꺼내자 프랭코가 칭얼거린다. 휴대폰을 반대편 손으로 바꿔들고 녀석이 시키는 대로 머리를 쓰다듬는다.

✉ (알 수 없음) 오후 8시 36분
  ― 프로스페로 사람들도 향수병에 걸릴까?

149

엄지로 화면 잠금을 해제한다. 첫 번째 문자 이후로 저쪽에서 먼저 문자를 보낸 건 처음이다.

✉ 오후 8시 36분

　- 집이 그리워, 카민도어?

✉ (알 수 없음) 오후 8시 36분

　- 우리 집 폭발한 거 몰라? 43회 마지막 시간 여행 편에서.

✉ 8시 37분

　- 그렇다고 그리워할 수 없다는 뜻은 아니지.

✉ (알 수 없음) 오후 8시 37분

　- 조금은 그리워. 실제로 그곳이 그립지는 않아. 기억만큼 좋을 리가 없으니까.
　- 미안, 내가 무슨 말을 하는지 모르겠다. 바보 같지.

그렇게 바보 같은 말로 들리지는 않는다.

✉ 오후 8시 37분

　- 그 기분 알겠다고 말하면 이상할까?

✉ (알 수 없음) 오후 8시 38분

- 그럼 우리 둘이 같이 이상하자.
- 너는 어디로 돌아가고 싶어?

특이한 질문이다. 그곳은 기억만큼 좋을 리가 없다면서. 내가 아는 한 돌아가고 싶은 곳은 하나뿐이다. 모르겠다고, 어려운 질문이라고 답장하고 싶다. 하지만 거짓말이다. 나는 어디로 가고 싶은지 안다. 정확히 7년 전 그순간이다. 베란다 계단에 앉아 그날 쓴 소설을 들고 아빠가 집에 돌아오기를 기다리던 그 순간. 그 소녀에게 안으로 들어가라고 말할 것이다. 문을 잠그고 나쁜 소식을 듣지 말라고 할 것이다.

휴대폰이 다시 울린다.

✉ (알 수 없음) 오후 8시 43분

- 내가 맞혀 볼게. 스타필드가 아직 TV에서 방송하던 때지?

웃음이 나온다.

✉ 오후 8시 44분

- 실시간으로는 한 번도 못 봤어. 너무 어려서.

뒤늦게 정신이 든다. 방금 생판 남에게 내가 십대라는

사실을 고백한 거야? 절대 해서는 안 되는 말이다. 하지만 알림음이 또 울린다.

✉ (알 수 없음) 오후 8시 44분
  – 나도 그래. 너도 사이파이 채널 재방송으로 봤어? 11시에서
    자정까지? 다음 날 조례 시간에 졸고?

✉ 오후 8시 45분
  – 하루도 빠짐없이.

모르는 번호가 누구인지 몰라도 낯설지 않다. 꼭 아는 사람 같다. 잘 안 먹히는 숫자 패드로 '연락처 저장'을 누르고 이름을 한 번에 한 글자씩 꾹꾹 '카민도어'라고 입력한다.

나무 뒤로 해가 지는 동안에도 나와 프랭코는 자리를 뜨지 않는다. 날이 어둑해지자 야간 경비원이 순찰을 돌기 시작한다.

경비원이 나를 보고 모자를 살짝 든다.

"문 닫을 시간이다, 엘."

"조금만 더 있으면 안 돼요?"

찡그렸던 얼굴이 부드러워진다.

"저 덩치 큰 쥐새끼가 묘비에 쉬하면 못하게 해."

"묘비에 쉬하지 않을 거지?"

경비원이 가고 난 후 프랭코에게 묻는다. 녀석은 대답 대신 꼬리를 마구 흔들며 내 뺨을 핥는다.

"캐서린 묘비라면 몰라도 다른 데는 안 된다? 혼나!"

프랭코가 낑낑대며 내 무릎으로 올라온다. 우리는 조금 더 오래 머문다. 솔직히 말해서 경비원 아저씨는 내가 원할 때까지 있어도 좋다고 허락할 것이다. 나도 할 수 있으면 몇 시간 더 있고 싶다. 묘비 옆에 웅크리고 누워 흙에 대고 얘기를 할 것이다.

하지만 오늘 밤은 그러지 않는다. 오늘 밤 처음으로, 내 마음을 이해해주는 사람을 찾았다.

대리엔
Darien Freeman

처음에는 로니라는 보드가드가 나타나더니, 내가 할리우드에서 가장 섹시한 여자와 앞으로 23일 동안 사귄다는 소식을 듣는다. 이제는 죽음을 맞으려 한다. 아마도.

복근에 든 보험금을 현금으로 바꾸기는 너무 늦은 걸까?

"잠깐 시간을 주세요."

내가 스턴트 코디네이터에게 말한다. 눈에 불을 밝힌 이 검은 머리의 30대 여성은 미친 사람이 분명하다. 그녀가 내 왼쪽 거시기를 파고드는 끈을 조정한다. 스턴트 연기를 할 때 제일 기대되지 않는 부분이다.

"뭐야, 무서워서 그래, 슈퍼맨?"

그러면서 내 어깨를 친다. 그녀는 나를 '슈퍼맨'이라는 별명으로 부른다. 나 같은 겁쟁이에게는 아이러니한 별명이다. 로니를 보고 '꼬마'라고 부르는 것과도 같다. 다시 말해, 내 비위를 맞추려고 하는 소리라는 뜻이다.

"어, 유서 먼저 쓰려고요."

내가 대답한다. 아니, 그렇게 대답한 것 같다. 심장 뛰는 소리가 너무 커서 다른 소리는 들리지 않는다. 내가 떨어져야 할 15미터 아래의 그린스크린을 내려다본다.

지금 떨어지면 팬케이크보다 더 납작해질 것이다. 그나마 카메라맨과 함께한다니 안심이 된다.

"저기, 잠깐 쉬죠. 배고픈 사람 없어요? 배 안 고프세요?"

카메라맨에게 묻는다. 카메라맨은 풍선껌을 터뜨리며 헛소리 말라는 눈으로 무덤덤하게 나를 본다. 나만 이게 미친 짓이라고 생각하는 거야?

"할 수 있어, 슈퍼맨."

스턴트 코디네이터가 안전장치의 와이어를 잡아당기며 내가 팬케이크처럼 납작하게 떨어지지 않도록 세 번 확인한다.

"저기…… 아직 안전어를 안 정했어요."

머리에서 명령을 내린다. 시간을 끌어! 살고 싶으면 버티라고!

"우리 아직 서로 잘 알지도 못하는데 나 때문에 저분이 위험해지면 어떡해요!"

그녀가 눈을 굴리고 조감독에게 무전을 친다.

"스턴트는 루이스에게 시키랬죠."

"루이스요?"

"네 대역 말이야."

"잠깐, 루이스가 하고 싶대요?"

"가서 데려올까, 슈퍼맨?"

그녀가 마지막 단어를 일부러 강조한다.

"아니요."

내가 힘없이 말한다.

"좋아."

스턴트 코디네이터가 돌아서서 카메라맨의 안전장치도 확인한다. 스턴트맨은 촬영할 장면에 대해 얘기하면서 카메라 설정을 계속 바꾸고 있다. 옷깃을 당기고 사람들이 모여 있는 발밑을 내려다본다. 왜 스턴트 연기를 대부분 직접 하기로 했는지 후회가 밀려온다.

설명만 들으면 쉬워 보였다. 카민도어가 위험을 피해 달리는 장면이다. 영화에 이 장면이 나오는 시점에서, 녹스족이 의회 청문회장을 포위했고 안드로메다 지구(페더레이션의 고향별)의 건물이란 건물은 다 화염에 휩싸인다. 카민도어(나)는 녹스 기사단 7명에게 쫓기며 복도를 빠르게 달린다. 향하는 곳은 막다른 벽이다. 카민도어가 유전적으로 타고난 특수 능력을 이용해 복도 끝에 달린 창문을 뚫고 옆 건물 지붕으로 몸을 날려 탈출할 수 있기 때문이다.

내가 지금 그렇게 해야 한다. 녹스족을 따돌리고 유리창을 뚫고 나와 케이블에 몸을 맡긴 채 15미터 아래의 매트리스로 뛰어야 한다. 착지점을 내려다보기 전까지는 15미터는 그렇게 높다고 생각하지 않았다. 그때는 미처 깨닫지 못했지만 나는 페더레이션 왕자가 아니다. 티타늄으로 만들어지지 않은 내 뼈는 평범한 사람처럼 쉽게 부러질 것이다.

목구멍까지 올라오는 담즙을 삼킨다.

'달리다가 돌아서서 무릎으로 찍고 벽으로 달린다'

리허설 장면을 떠올리며 계속 속으로 되뇌인다.

'달리다가 팔꿈치로 찍고 뒤로 물러나 점프를 한다. 달리다가 멋지게 작별 인사를 하고 점프를……'

갑자기 누더기가 된 제복에서 진동이 울린다. 방금 포위망을 뚫고 나와 밑단이 불에 그슬리고 온통 재를 뒤집어 쓴 것처럼 분장을 했다. 코트 주머니에 손을 넣는다.

✉ (알 수 없음) 오후 3시 47분

- 어제 했던 질문 있잖아……

- 너는 어디로 갈래?

- 시기도 좋고 장소도 좋아. 어느 과거로 갈 거야?

"어이, 슈퍼맨. 출발할 준비 됐어?"

호랑이 눈빛 아줌마가 나를 부른다. 신이시여, 이 운 없고 가여운 영혼을 굽어 살펴주소서.

"제게 선택권이 있나요?"

아래에서 에이먼 감독이 웃음을 터뜨린다.

"구급대원이 대기하고 있다. 너 용감하잖아, 대리엔!

나는 너를 믿어!"

스턴트 코디네이터의 뒤를 따라 이번 결투 장면을 위해 특별히 제작한 복도로 향한다. 원테이크 기법으로 촬영하기 때문에 실수해서는 안 된다.

달리다가 돌아서서 무릎으로 찍고 벽으로 달린다. 달리다가 팔꿈치로 찍고 뒤로 물러나 점프를 한다. 달리다가 멋지게 작별 인사를 하고 점프한다.

'연습했잖아. 할 수 있어.'

✉ 오후 3시 48분

　- 솔직히 모르겠어.

　- 어디든 혼자는 안 갈래. 바깥세상이 얼마나 큰데.

　- 전우가 필요해.

✉ (알 수 없음) 오후 3시 48분

　- ㅋㅋㅋ 겁쟁이. 그럼 우리 어디로 갈까?

"여자친구랑 문자 그만해, 슈퍼맨! 준비하라고."

✉ 오후 3시 47분

　- 아티사 은하계의 얼어붙은 툰드라 좋을 것 같아.

✉ (알 수 없음) 오후 3시 49분

　– 시원하겠다! 마음에 들어.

"사랑꾼!"

스턴트 코디네이터가 소리를 지른다.

"누가 이 녀석 휴대폰 좀 압수하지?"

이 녀석. 그 말에 상처받지 말자. 게일이 달려와 내 손에서 휴대폰을 빼앗는다.

"유언장이 있는지 확인하고 있었어요. 보험 증서도요."

작은 소리로 덧붙인다. 카메라맨이 10만 달러짜리 장비를 들고 다가와 나와 함께 복도를 달릴 준비를 한다. 이제 와서 빠지기에는 너무 늦었나? 나는 이런 데 소질이 없다. 그냥…….

"준비해."

호랑이 눈빛 아줌마가 에이먼에게 무전을 한다.

"준비 완료!"

"셋, 둘……."

조감독이 말한다. 나는 뒤를 돌아 몸을 앞뒤로 들썩인다.

이 순간에 몰입하는 거야. 고무 냄새가 나는 핼러윈 가면처럼 카민도어 가면을 쓴다고 생각해. 숨을 들이마시고, 숨을 내쉬고.

"달리기 시작한다. 출발!"

그렇게 지시한 조감독이 외친다.

"액션!"

나팔 소리가 울리고 복도를 달리기 시작한다. 첫 번째 문에서 녹스가 나온다. 뒤를 돌아 주먹을 피한다. 머리 위로 벽 조각이 떨어지고(총에 맞은 것처럼) 복도를 따라 세 군데 더 벽이 부서진다. 깃을 붙잡고 녹스의 얼굴을 가짜 벽에 박는다.

"폭발!" 이라고 조감독이 외친다.

명령대로 바닥으로 넘어진다. 발아래에서 바닥에 미끄러진다. 다음 문에서 또 다른 녹스가 나와 내 이마에 소총 끝을 겨누고 방아쇠를 당긴다.

몸을 비틀어 총을 움켜쥐고 녹스의 옆구리를 팔꿈치로 때린다. 뒤로 물러나 조준하고 총을 쏜다. 줄에 매달린 녹스가 뒤로 날아간다.

"마지막 큐!"

조감독이 외친다.

총을 옆으로 던지고 쓰러진 녹스에게 덤비는 동시에 나를 붙잡으려는 또 다른 녹스 기사도 피한다. 안전장치가 살에 파고든다. 심장이 터질 것 같다.

타오르는 불길이 보인다. 입 안에서 가짜 피의 맛이 느껴지고 천장에서 벽토가 떨어진다. 타오르는 페더레이션 건물에 갇힌 사람들의 비명 소리가 들리자 뼈에 있는 티타늄이 고통스럽게 쑤신다(내면의 인간성이 비인간성에 끊임없이 저항하기 때문에 카민도어는 항상 뼈가 아프다). 그 순간,

창문을 봐도 두렵지 않다.

달리다가 멋지게 작별 인사를 하고…….

양팔을 펼치고 창밖으로 몸을 날린다. 바람이 점점 더 빠른 속도로 몸을 감싼다. 그린스크린으로 덮인 바닥이 너무도 빠르게 다가온다. 심장이 한 번 뛰는 사이 그동안의 인생이 눈앞을 스쳐지나간다. 후회는 없다. 단 한 가지 사소한 일만 빼면. 미스터리 친구의 이름을 묻지 않았다.

가슴에 댄 안전장치가 조여지자 숨이 막힌다. 나는 연습한 것처럼 양발을 벌리고 그린스크린에 착지한다. 감독이 원하던 바로 그곳이다.

완벽하게 해냈다.

착지자세를 유지하고 1초…… 2초…….

"컷!"

아래에서 외친 에이먼이 달려와 내 등을 두드려준다.

"훌륭해! 아주 잘했어. 죽이던데."

"고맙습니다."

안전장치를 잡아당기며 숨을 헐떡인다. 사랑해 마지않는 땅을 디디고 있는 기분이 날아갈 것 같다. 손이 다 떨린다. 감독이 알아차리지 못하게 안전장치에 엄지를 집어넣는다.

창문에서 스턴트 코디네이터가 박수를 친다.

"완벽했어! 너 스턴트맨 해도 되겠다."

안전장치에 달린 밧줄이 다시 팽팽해진다. 다시 위로

끌어올리려는 것처럼.

"그런데 다음에는 계집애처럼 비명은 지르지 마."

"그거 성차별적 발언 아닌가요."

위에 대고 떨리는 목소리로 외친다. 그러다 아까 들은 말을 뒤늦게 이해한다.

"잠깐…… 다음이라고요?"

에이먼이 내 어깨를 두드린다.

"조언 하나 할까? 안전장치에 작은 친구가 꼬집히는 것처럼 인상은 쓰지 마. 이 장면을 혹시 녹음하고 싶지는 않지? 그거 보통 부끄러운 일 아니다."

그러고는 스턴트 코디네이터에게 나를 내려놓으라고 손짓하자 보조 한 명이 와서 안전장치를 풀어준다.

"좋아, 5분 휴식!"

특수효과가 있으니 망정이지. 안전장치가 풀리자마자 건물 구석에 있는 화장실로 달려간다. 그 물건이 내내 방광을 불편하게 압박했기 때문이다. 하지만 매점에서 어슬렁거리는 촬영보조들을 옆걸음질로 지나칠 때, 묘한 데자뷰를 느낀다. 익숙한 사람을 만난 느낌? 다시 돌아보지만 아는 사람은 없다. 도넛을 입에 쑤셔넣고 있는 행복한 촬영보조들밖에 보이지 않는다.

얼른 화장실로 들어가 볼일을 본다. 하지만 스턴트 연기의 여파로 아직도 손이 떨린다. 아드레날린이 눈과 머리를 마비시켰나 보다. 그래서 환각으로 사람을 잘못 본 것이다.

"잊어버려, 대리엔."

내가 혼잣말을 한다. 세수를 하고 싶지만 이마의 특수 메이크업이 지워질 것이다. 이마와 머리카락 사이에 유리 조각이 박혀 있고 관자놀이를 따라 한줄기 피가 흐른다. 과대망상이다. 여기서 내 사진을 몰래 찍으려는 사람은 없다. 어차피 나를 팔아넘길 친구도 없다.

두 가지 냄새가 충돌하는 이곳 은신처에 오래 머물수록 재촬영도 늦게 시작할 것이다. 마크는 스턴트 연기를 직접 해야 기사가 좋게 나간다고 말했다. 〈시사이드 코브〉에서도 스턴트 연기 대부분을 직접 했지만 이번은 사정이 다르다.

내가 페더레이션 왕자가 아니라는 또 다른 증거다. 카민도어는 높은 곳이나 총격전을 두려워하지 않는다. 목적지에 착지할 가능성이 0.1퍼센트인 상황에서도 두려움 없이 우주로 뛰어든다. 대리엔 프리먼? 나는 모든 것이 두렵다.

엘

Elle Wittimer

휴대폰이 언제나처럼 얄밉도록 이른 시간에 알람을 울린다. 알람을 끄려고 손을 뻗어 어설프게 '잠금 해제' 버튼을 옆으로 민다. 하지만 알람만 울린 게 아니다. 문자도 와 있었다. 카민도어다.

휴대폰을 들고 침대에서 몸을 굴린다. 별 무늬 암막 커튼 사이로 아침 햇살이 들어와 카펫을 노란빛으로 장식한다. 아침 6시부터 멀리서 잔디 깎는 소리가 들린다. 아, 여름이란. 문자 아이콘을 누르자 '슉' 하는 소리와 함께 메시지가 뜬다.

✉ 카민도어 오후 11시 23분

   – 아까 답장 못해서 미안. 나를 암살하려는 놈들이 있어서 도망쳐야 했어.

   – 23번이나.

   – 아무튼 이런 말하기 조금 늦지만……

   – 이름이 뭐야?

웃지 않으려고 입술 안쪽을 깨문다.

✉ 오전 6시 34분

- 은하계를 지키느라 바빴구나! 사과 안 해도 돼.

- 그리고 카민도어가 모르는 것도 있어?

- 추신) 잘 잤어?

복도 끝에서 쌍둥이의 알람이 울린다. 클로이는 귀가 찢어지는 알람 소리를 최소한 세 번은 *끄고* 나서야 일어난다.

침대에서 굴러 나와 침대 밑 종이 상자에 개어둔 무대 의상을 들여다본다. 아직도 믿기지 않는다. 아빠의 무대 의상이라니. 정말 아빠의 무대의상이 여기 있다. 엄마 무대의상은 다락방에 안전하게 보관했다. 클로이나 캘도, 녹스 킹이 와도 찾지 못할 것이다.

옷장에서 어제 벗어 놓은 유니폼과 수건을 꺼내다가 동작을 멈춘다. 천천히 컴퓨터로 다가가 스페이스 바를 눌러 전원을 켠다. '레벨거너'의 팔로워가 3만 명을 지나 계속 늘어나고 있다. 꿈이 아니다.

이건 걱정할 일이다. 이 세계에서 내가 그런 행운을 얻을 리 없기 때문이다. 하지만 그 생각을 머릿속 저편으로 밀어버린다. 클로이나 캘이 욕실로 쳐들어오기 전에 얼른 샤워를 하고 하루 묵은 유니폼을 입는다. 채식 프리터 냄새는 평생 내 몸에서 떨어지지 않을 것이다.

✉ 카민도어 오전 6시 41분

- 으, 오늘 아침은 최악이야.
- 내가 아무것도 모른다는 거 너도 알잖아.

✉ 오전 6시 41분

- 그럼 내가 클리오 파일에도 없다고?
- 소외당한 기분인데, 카민도어…

✉ 카민도어 오전 6시 42분

- 그 시스템에 들어가기에 너무 중요한 사람일 수도 있지.
- 너는 따로 분류했을 거야.

"나대는 멍청이로 분류했겠지."

중얼거리며 젖은 머리를 하나로 올려 묶는다. 저쪽 벽에 있는 거울로 내 모습을 비춰본다. 집에서 염색한 빨간 머리, 엄마를 닮은 갈색 눈, 목에 불가사리 모양으로 찍힌 반점, '호박 파티'라 적힌 촌스러운 티셔츠, 기름에 찌들고 구멍이 숭숭 뚫린 중고 청바지가 보인다.

카민도어는 내 모습을 어떻게 상상할까? 지금 이 모습보다는 나을 것이다.

✉ 오전 6시 43분

  – 이런! 비밀인데 들켰네.

  – 자네처럼 하찮은 자들과 어울리기에 나는 너무 중요한 사람
    이라네!

  – 앞으로 나를 위대하신 은하계 여왕으로 부르도록 하여라.

✉ 카민도어 오전 6시 44분

  – 너 여자구나.

  – 미안, 말이 이상하게 나왔어.

  – 그냥 별 뜻 없이 한 말이야.

  – 여자란 말이지.

  – 으악. 나 지금 무덤 파고 있지?

✉ 오전 6시 45분

  – 맞아, 그러고 있어.

"엘!" 주방에서 캐서린의 목소리가 올라온다. 욕을 내뱉
고 무대의상을 쑤셔넣은 백팩을 어깨에 멘다. 아직 몇 가
지가 부족하다. 우선 스타윙을 달아야 하고 왕관도 없다.
트렁크를 다 뒤져봐도 그 안에는 없었다. 캐서린이 다락방
물건을 다 버릴 때 같이 쓸려간 모양이다. 계단을 내려갈
때 카민도어가 문자를 또 보낸다.

- 나 그거 정말 잘해. 내 무덤 내가 파는 거.
- 지킬 수 없는 약속하기. 자학하기. 내 정신 건강을 스스로 망가뜨리기. 또 자학하기. 그게 내 특기지.
- 제가 그렇게 미천합니다, 위대하신 은하계 여왕이시여.

웃지 않으려고 뺨 안쪽을 깨문다. 그때 주방에서 클로이의 날카로운 목소리가 들린다.

"나도 안다고, 됐어? 바보 같은 무대의상 찾는 게 이렇게 힘든지 누가 알았겠냐고."

"평범한 무대의상이 아닌 것 같아."

내가 주방에 들어가자 캘이 서둘러 대답한다.

"그 행사에 참석하려고 분장하는 사람들이 수없이 많다는데."

"코스프레라는 거야."

나도 모르게 대화에 끼어든다.

뒤를 돌아본 클로이가 검은색 눈으로 나를 째려본다.

"알아, 엘. 너 엄청난 오타쿠잖아. 하지만 그거 아니? 이제는 다들 그 스타 뭐라고 하는 드라마를 좋아한다고. 복고풍 같은 거지."

클로이의 입술이 뒤틀린다.

"너는 무대의상 어디서 사는지 알지?"

두려움으로 속이 울렁거린다. 백팩 끈을 더 세게 쥔다.

"아니."

"얘들아."

캐서린이 말한다.

"남들이 한다고 다 따라 할 필요는 없어. 너희는 너희
가 좋아하는 걸 해. 엘처럼 살지 말고."

엘처럼 살지 말고. 이런 말까지 나왔으면 떠나야 한다.
고개를 숙인 채 백팩을 더 똑바로 메고 서둘러 현관문을
나온다. 거리 끝으로 황급히 달려가는데 펌킨이 굉음을
내며 포장도로를 미끄러지더니 급정거를 한다. 세이지가
창밖으로 몸을 뺀다.

"얼른 타, 바보야. 오늘 좋은 자리를 찾았어!"

트럭에 올라탔어도 쌍둥이의 대화를 떠올리며 불안한
눈으로 집을 한 번 더 돌아본다. 가방을 잡은 손에 힘이
들어간다. 아무 일 없을 거야.

쌍둥이에게 〈스타필드〉는 지나가는 바람일 뿐이다. 곧
블랙 네뷸러로 사라진 아마라 공주처럼 다시는 입에 올리
지도 않을 것이다.

대리엔
Darien Freeman

"나를 봐."

제시카를 돌려 세운다. 우리가 연회장에서 왈츠를 추기 시작한 지 두 시간째다. 촬영보조들이 내가 막 남긴 발자국 위로 재와 먼지를 새로 뿌린다.

집중하자. 제시카의 뺨을 감싸 쥐고 속삭인다.

"당신은 내게 불을 붙이는 사람이야."

제시카가 짙은 붉은색 입술로 내게 입을 맞추자 사방이 빙글빙글 돈다. 돌고, 돌고, 계속해서 돌아간다. 머릿속에서 음악 소리가 점점 커진다. TV 드라마의 같은 장면에서는 카메라가 어설픈 의상과 소품 주위를 흔들거리며 움직였다. 순간 카민도어가 된 기분이다. 나는…….

"끝!"

에이먼이 외친다. 프로스페로선이 마스 2호 궤도를 뚫고 지나가듯 순식간에 현실로 돌아온다. 카민도어가 어찌나 빠르게 나를 떠나갔는지 숨 막히고 공허하다. 내가 늘하는 말이지만 다시 평범한 대리엔 프리먼이 됐다.

제시카는 뒤로 물러나며 내 입술에 묻은 립스틱을 엄

지로 닦고 웃는다.

"키스하는 법은 어디서 배웠어?"

"방금 두 시간쯤 연습했죠."

말이 배짱 있게 들렸으면 좋겠다.

"할리우드에서 키스를 가장 잘하는 사람하고 말이지."

제시카가 재미있다는 듯 입술을 실룩거린다. 짙은 색 립스틱은 내 입술에도 남아 있다. 체리 향과 뭔지 모르지만 그녀가 점심으로 먹은 음식 냄새도. 제시카는 내 턱을 (흉터를) 툭툭 치고는 나를 지나 가벼운 발걸음으로 세트를 나간다. 나도 땀 흘린 코트 단추를 풀며 뒤를 따른다. 오늘 안에 클리닝을 해야 한다고 의상 담당에게 말해야겠다. 이러다가는 옷에서 나무가 자라게 생겼다.

"끝나서 다행이야."

제시카가 구불구불한 붙임머리를 떼서 조수에게 던진다.

"입술이 아주……."

"대리엔!"

우리는 주 출입구로 고개를 돌린다. 경비원이 보이지 않는다. 뭐, 지금은 저녁 식사 시간이고 보안 카메라도 있지만. 그곳에는 시끄럽게 떠들어대는 여자애들이…… 십대 소녀들을 무더기라고 표현하기는 그렇지만 정말 떼 지어 있었다. 그들은 오리가 먹이 주러 온 사람을 보듯 나를 본다. 아니, 내가 먹이인 것처럼 보고 있다.

"맞아! 대리엔이야!"

다른 소녀가 외친다.

휴대폰을 꺼낸 소녀들은 모든 순간을 카메라에 담으려는지 어두운 스튜디오에 플래시가 번쩍인다. 모든 사람(촬영보조, 카메라맨, 제시카 스톤까지)이 그쪽을 멍하니 바라본다.

"귀여운 팬들?"

제시카가 묻는다.

"그게…… 음. 네."

머리카락을 손으로 쓸어 넘긴다.

"게일 불러와야겠어요. 아니면 우리, 음, 우리 로니요."

이게 무슨 말이야.

"보디가드 말이에요."

촬영보조 몇 명이 소녀 떼를 가리키며 킬킬댄다.

"우와."

제시카가 고개를 절레절레 젓는다.

"〈뱀파이어 다이어리〉 역을 안 맡기 잘했네."

그래, 자기는 진짜 배우고 나는 드라마나 찍던 놈이지.

"그냥 팬이에요."

내가 말한다.

"누구 팬이었던 적 없어요?"

"물론 있지."

제시카가 팔짱을 끼며 턱으로 팬들을 가리킨다.

"하지만 스토킹은 안 했어."

"저것도 팬 문화예요."

문어 입술도 팬 문화의 일부라는 사실은 생각하지 말자. 그런 팬은 백만 명 중에 하나 있을까 말까다. 하지만 내게 달려들던 그 여자를 떠올리면 속이 뒤틀리고 메스꺼워진다.

"괴물 같아도 내 괴물이라고요."

제시카가 한쪽 눈썹을 추켜올린다.

"괴물?"

내가 양팔을 펼친다.

"대리엔 프리먼의 위대한 교회에 와서 즐겁게 노래하라!"

당황하던 제시카가 서서히 하얀 치아를 드러내며 짓궂게 웃는다. 그러고는 내 어깨에 팔을 두르고 토닥인다.

"그럼 우리 같이 신도들을 보러 가보자."

"네? 아니, 그렇게 하면 마크가……."

"마크가 누군데?"

"우리……."

입을 다문다. '아빠'라고 말할 수는 없다. 하지만 '매니저'도 내키지 않는다. 마크는 로니 없이 팬들을 만나면 안 된다고 할 것이다. 그렇게 생각하니 끌리는데?

"아무도 아니에요. 신경 쓰지 마요. 가죠."

울타리까지는 다가가지도 못하고 세바스찬(내 캐릭터) 특유의 몸동작으로 인사를 한다. 그러자 여자들이 뒤집어진다. 한 명이 내 손에 사진을 한 장 쥐어준다. 지난해 옷

통을 벗고 찍은 〈틴 보그〉 화보 사진이다.

"안녕하세요!"

신나는 척 연기하며 샤프를 받아 들고 사인한다.

"제가 여기 있는지 어떻게 알고 왔어요?"

농담은 진지한 질문을 피하는 방법으로 최고다.

"영상 보고요."

키가 크고 머리를 헤어젤로 넘긴 남자가 옆에서 대답한다.

"진짜 멋져요!"

"트위터에 올라올 줄 몰랐어요!"

다른 팬이 깍깍거린다.

"오늘 찍은 장면 너무 좋았어요. 키스씬 짱!"

내가 사인하다 동작을 멈춘다(이미 사진 세 장과 팔 하나에 사인을 했다). 오늘 찍은 키스? 영상이라고?

제시카를 보자 웃음기가 사라져 있다. 우리는 같은 생각을 하고 있었다. 안에 첩자가 있다는 뜻이다. 유출범. 유치한 틴에이지 드라마 출신인 나도 그러면 안 된다는 것쯤은 안다.

"제시카, 대리엔과 키스한 기분이 어때요? 대리엔 진짜 멋지죠?"

그렇게 말하며 끼어든 갈래머리를 한 소녀에게 사인한 공책을 돌려준다.

제시카가 웃는다.

"키스를 너무 못해요!"

"저기요."

내가 말한다.

"아니거든요."

"어머, 상처받았어요?"

"마음이 산산이 부서졌어요."

"둘이 너무 귀여워!"

누군가 외친다. 카메라 플래시가 다시 번쩍인다. 제시카가 내 팔을 잡고 의상 트레일러 쪽으로 나를 끌고 간다.

"다들 반가웠어요. 그런데 이제는 정말 가봐야 돼요. 대리엔?"

"네, 만나서 반가웠어요!"

팬들에게 외치며 미인대회 참가자처럼 미소를 짓고 손을 흔든다. 트레일러에 도착할 때까지 숨 한 번 못 쉰 것 같다. 어깨에 찰싹 달라붙은 코트를 벗는다.

"넌 사람들한테 너무 친절해."

제시카가 옷걸이 뒤에서 나온다. 이제는 사복을 입고 머리는 하나로 높이 묶었다.

"그런 일에는 2분 이상 쓰면 안 돼. 2분이 최대라고."

나는 잘 모르겠다.

"에이, 좋은 사람들인데요."

아닐 때도 있지만. 바지를 벗고 운동복 반바지와 후드 티로 갈아입는다.

"혹시 제작진 중 한 명일까요? 영상 유출한 사람이요."

제시카가 어깨를 으쓱한다.

"촬영보조일 수도 있지. 그렇다면 한마디 해야지 안 되겠다. 여기 사람들은 절대 믿지 마, 대리엔. 그럼 나는 이만 실례. 데이트가 있어서."

"데이트라고요?"

내가 말한다.

"누구랑……?"

제시카가 눈을 두 번 깜빡인다.

"내가 아무도 믿지 말라고 했지."

그러고는 검은 머리를 흩날리며 벚꽃 향을 남기고 떠난다.

"어디로 튈지 모른다니까."

의상 감독 니키가 혀를 쯧쯧 찬다.

"그러게요."

입술에 묻은 체리 맛이 도저히 떨어지지 않는다. 반바지 주머니에서 휴대폰을 꺼낸다.

화면을 켜자 기다렸다는 듯 파란색 메시지가 번쩍인다.

✉ (알 수 없음) 오후 6시 06분

　　– 엘이야.

　　– 그냥 엘.

　　– 엘.

이름…… 그녀의 이름이다. 엘. 별명인가? 이름이 터무니없이 길어서 줄인 걸까? 엘리너? 자넬? 엘……리자베스? 가능성은 수도 없이 많았다.

연락처에 엘이란 이름을 추가한다. 이제는 머릿속에 떠오른 이미지를 지켜나갈 수 있다. 이름을 알았으니까. 이름이 그런 힘이 있는 줄은 몰랐다. 어렴풋한 느낌이 한 사람의 이미지로 바뀌었다.

갑자기 궁금해진다. 엘은 어떻게 생겼을까. 머리카락은 금발일까? 갈색? 피부는 하얄까, 까무잡잡할까? 눈은 클 것 같은데 눈 색깔은? 그녀가 웃을 때 한쪽 입 꼬리가 더 올라갈까? 키는 클까? 아니면 아담할까? 통통할까, 말랐을까?

"뭐가 그렇게 웃겨?"

니키가 큰소리로 묻는다.

"아…… 아니에요. 내일 봬요."

내가 대답하며 휴대폰 화면을 잠그고 트레일러를 나간다.

소녀 팬들이 다시 내 이름을 부르지만 지금 내가 생각하는 이름은 대리엔이 아니다.

엘

Elle Wittimer

'레벨거너' 팔로워가 4만 3,000명을 넘어섰다.

지금은 코스프레보다 블로그에 집중하고 있다. 유튜브 튜토리얼 영상을 아무리 봐도 아빠의 무대의상을 자른다는 생각을 하면 겁이 나기 때문이다. 하지만 아직 19일이나 남았다. 그때까지는 4만 3,000 팔로워의 기대에 부응해 〈스타필드〉 소식(영화 소식 말이다)에 대한 내 의견을 글로 써야 한다.

리부트 영화 촬영장에서 유출된 문제의 키스씬 영상 링크를 걸고 그와 비슷해보이는 드라마 장면을 옆에 넣는다. 33회 '잊지 못할 녹스' 편의 무도회 장면 같다. 아마라 공주의 대관식에서 녹스족의 공격을 받기 전 장면으로 보일지 확신은 없다.

영상을 뒤로 감고 재생한다. 대리엔 프리먼이 제시카 스톤의 얼굴을 감싸고 무슨 말인지 알아볼 수 없지만 입술을 움직이더니 천천히 키스한다. 하지만 카메라가 흔들리고 영상은 거기서 끝난다.

맞아, 틀림없이 33회야. 배경의 난간과 연회장 바닥의

재를 보면 알 수 있다.

"한 가지는 확실하다."

내가 결론을 내린다.

"대리엔 프리먼의 카민도어 제복은 제대로 된 파란색이 아니라는 것."

'등록'을 누른다. 시계를 보니 밤 11시 34분이다. 지금쯤 다 자러 갔을 것이다. 조용히 의자에서 일어나 아래층으로 내려간다. 집 안이 캄캄해서 앞이 보이지 않는다. 하지만 어둠 속에서 몰래 돌아다닌 세월이 몇 년인데, 이 정도면 눈을 감고도 길을 찾을 수 있다. 주방에 들어가 찬장을 열고 뒤쪽에 손을 뻗는다. 새로 산 땅콩버터 병을 꺼내고 식기세척기에서 숟가락을 꺼낸다. 설거지는 내일 아침에 해야지. 밤새 방치했다고 캐서린이 한소리하겠지만 지금은 너무 피곤하고 배가 고프다.

땅콩버터를 또 한 숟가락 파먹고 있을 때, 식탁에서 뭔가 움직이는 소리가 들린다.

"어디다 숨겨두나 했다."

천천히 뒤를 돌자 검은 형체가 보인다.

"얘, 불 켜라. 우리가 원시인이니."

마지못해 스위치에 손을 뻗어 불을 켠다. 식탁에 누가 있을지 안 봐도 뻔하다. 밝은 빛이 쏟아지자 눈물이 고인다. 캐서린은 아직 '근무복' 차림이다. 돈도 없으면서 산 500달러짜리 원피스를 입고 머리카락은 위로 말아 올렸다. 왠지 피곤해보인다.

"죄송해요, 저……."

어쩌다 땅콩버터를 먹다가 현행범으로 들켰는지 변명
하려 하지만 머리가 돌아가지 않는다.

"누구에게나 악마의 유혹이 있지."

캐서린이 매니큐어 칠한 손톱으로 빈 와인 잔 가장자
리를 두드리며 말한다. 얼굴이 붉고 아이라이너가 번진
눈 주위에는 마스카라 가루가 흩어져 있다. 이렇게 인간
다운 모습은 아빠가 돌아가신 날 이후로 처음이다.

입에서 숟가락을 빼고 얼른 병뚜껑을 닫는다.

"네, 죄송해요. 저는 그냥……."

"사과 안 해도 돼. 나도 냉동실에 초콜릿 아이스크림을
숨겨놨으니까."

내가 눈을 껌뻑거린다. 새엄마가 초콜릿 아이스크림
을 먹는다고? 집에 없을 때 냉동실을 한번 확인해봐야
겠다.

캐서린은 냉동실에 아이스크림을 숨겨둔다는 사실을
언제 인정했냐는 듯(아이스크림은 분명 원시인 다이어트 식
단에 없다) 고개를 한쪽으로 기울이다.

"어떻게 해도 그 사람한테서 벗어날 수 없네."

목소리가 너무 작아서 거의 들리지 않는다.

"처음에는 네가 그러더니…… 뭐, 너야 그 사람과 똑같
을 줄 알았지. 그런데 이제는 쌍둥이까지 난리야."

"쌍둥이요?"

캐서린이 손을 흔든다.

"그거에 정신이 나갔어. 〈스타트렉〉인가?"

"〈스타필드〉요."

"로빈이 좋아했던 드라마 말이야."

캐서린이 눈꺼풀을 파르르 떨며 눈을 감는다.

"어디를 가도 사라지지 않아."

내가 팔짱을 낀다.

"애들은 그냥 대리엔 프리먼이……."

"뭐가 그렇게 특별한 거야?"

캐서린이 눈을 번쩍 뜨고 쏘아붙인다.

"그 바보 같은 드라마 로고를 볼 때마다 로빈이 생각
나. 의미가 없잖아. 애들이나 보는 유치한 드라마 아냐."

"바보 같고 유치한 드라마가 아니에요."

목소리가 살짝 떨린다.

"나한테도 정말 많은 걸 가르쳐줬어요. 우정이 뭔지,
의리가 뭔지 배웠고 비판적으로 생각하는 방법, 어떤 의
견이든 한쪽만 듣지 않는 방법을 배웠다고요. 나를 도와
줬……."

"도와줬다고? 가르쳐줬다고?"

캐서린이 고개를 젓는다.

"어떻게 드라마를 보고 배우니? 판타지에 빠진 사람이
이 세상에 대해 배울 수 있다고?"

"아빠가 좋아한 드라마를 바보 같다고 생각해도 돼요?"

내가 말한다.

"아빠는 그걸 얼마나 사랑했는데."

"다른 걸 더 사랑했어야지!"

찬물을 끼얹은 듯 주방이 고요해진다. 캐서린이 헛기침을 한다. 숙녀답지 않게 소리를 질렀다는 사실을 깨달아서일까? 이웃에서 소리를 들을까 두려워서?

"자기 가족을 반만이라도 챙겼다면 우리는 이 꼴이 되지 않았을 거야."

캐서린이 평소처럼 끈적거리게 달콤한 목소리로 말한다.

"돈이 없어서 쿠폰이나 자르며 외롭게 살지 않았을 거야."

"그래서 집을 파는 거예요?"

내가 묻는다.

"아빠가 교통사고로 죽으면서 생명보험금을 많이 안 들어놔서요? 그 보험금으로는 쇼핑할 돈이 부족해서요?"

캐서린이 눈을 부릅뜨고 날카롭게 째린다.

"네가 뭘 안다고 그래."

"집을 안 팔아도 된다는 것쯤은 알아요! 진짜 직업을 가지면 되잖아요!"

"내 일은 진짜야, 엘."

주먹을 꽉 쥔다. 내게 결정권이 없을지도 모른다. 하지

182

만 이 여자만 이 집 주인인 것은 아니다.

"드라마가 유치하다고 해도 환상에 빠져 사는 건 새엄마예요."

내가 말한다.

"철이 들어야 할 사람은 당신이라고요."

매니큐어를 칠한 손이 '짝' 소리를 내며 내 뺨을 때린다.

"가서 자라, 엘."

캐서린이 너무도 다정하게 말한다.

"아침에 일하러 가야지."

두 번 들을 필요는 없었다. 숟가락을 식탁에 던지고 방으로 뛰어 들어와 침대에 쓰러지듯 눕는다. 감싸쥔 뺨이 얼얼하다. 이불을 머리끝까지 뒤집어쓰고 주머니에서 휴대폰을 꺼낸다.

✉ 오후 11시 52분

– 카민도어?

✉ 카민도어 오후 11시 52분

– 왜 아직 안 자?

✉ 오후 11시 52분

– 잠이 안 와.

– 너는 왜 안 자는데?

✉ 카민도어 오후 11시 53분

　- 나도 똑같아.

　휴대폰을 입가에 댄다. 아직도 캐서린이 밉다. 자기가 모든 일을 혼자 해야 한다고 생각하는 그 여자에게 화가 난다. 캐서린은 혼자가 아니다. 쌍둥이가 있고 애들 친 아빠가 있다(어디 있는지는 몰라도). 프랭코의 못된 주인 조르조도 있다. 컨트리클럽과 미용실 친구들, 고객들, 부모님(서배너에서 여기까지 운전해서 오는 게 엄청난 고역이라고 생각하는 것 같지만)도 있다. 캐서린은 진정한 외로움을 이해하지 못한다.

　내 인생과 비교하면 캐서린의 인생은 사람들로 넘쳐난다. 잠깐이라도 그 안에 내 자리가 있었다고 생각한 나 자신에게 화가 난다.

✉ 카민도어 오후 11시 54분

　- 무슨 일이야?

　- 잘난 척하고 싶지 않지만 내가 남 얘기 하나는 정말 잘 들어주거든.

✉ 11시 55분

　- 유치원에서 그걸로 상 좀 받았나 봐.

✉ 카민도어 오후 11시 55분

　　－ 내 인생 최고의 업적이지.

　　－ 나 입도 무거워.

　　－ 철통 보안 보장함.

　휴대폰을 가슴에 올려놓는다. 왜인지 모르겠지만 머릿
속에서는 유출된 영상만 계속해서 돌아가고 있다. 드라마
를 안 본 사람은 카민도어가 뭐라고 하는지 모를 것이다.
화질이 좋지 않아서 입모양을 읽기 힘들었다. 하지만 나
는 그 장면을 안다. 그 대사를 기억한다.
　"당신은 혼자가 아니야, 아블레나."
　그리고 아마라가 카민도어에게 입을 맞춘다.
　여기가 살 만한 곳, 제대로 된 세계였다면 시사회에서
저 유명한 장면을 대형 스크린으로 보기 위해 대회에 나
가 우승하고 싶다는 생각은 하지 않았을 것이다. 여기가
완벽한 세계였다면 동네 영화관으로 가서 첫 상영 티켓을
두 장 샀을 것이다. 아빠가 퇴근하기를 기다렸다가 같이
영화관에 간다. 개봉일 밤, 영화관에서 페더레이션 제복
을 입은 남자와 눈이 마주친다. 이게 제대로 된 세계다.
남자는 검은 머리카락과 초콜릿 색깔 눈과······.
　순간 대리엔 프리먼이 머리를 스쳐지나간다. 놀라서 생
각을 얼른 떨쳐낸다. 안 돼. 지워버려. 대리엔 프리먼은 아
니다. 그게 뭐가 중요하겠냐마는. 휴대폰을 집어 들고 카

민도어에게 답장을 한다.

✉ 오후 11시 57분

　　– 말이라도 고마워.

　　– 잘 자, 카민도어.

거의 동시에 답장이 뜬다.

✉ 카민도어 오후 11시 57분

　　– 안녕히 주무세요, 위대하신 은하계 여왕 마마.

휴대폰을 베개 아래에 숨긴다. 나는 여왕이 아니기 때문이다. 내가 사는 불가능한 세계에서 좋은 일은 절대 일어나지 않는다.

대리엔

Darien Freeman

하루 종일 휴대폰만 확인하고 있다. 아무것도 없다. 어젯밤 이후로 문자가 한 통도 오지 않았다.

'내가 말을 잘못했나?'

주차장 불빛 아래에 서서 피곤한 눈을 비비며 제시카와 미녀 친구들에게 손을 흔든다. 이름은 모르겠다. 제시카도 오늘 세트장에서 미녀 친구들을 만난 것 같다. 하나 둘 세트장을 떠나고 있다. 피로에 지친 사람들이 서로 인사를 주고받으며 우뚝 솟은 검은 게이트를 줄줄이 빠져나간다. 스턴트 코디네이터가 내 옆을 지나가며 팔을 두드린다.

"오늘 잘했어."

그녀가 웃으며 말했다.

"몇 번 더 찍었다면 캐리 엘위스만큼의 실력은 나왔을 거야."

"캘빈 얼굴을 하마터면 검으로 찌를 뻔했어요."

혹시 잊었을까 봐 알려준다. 이번 리부트 영화에서 유시를 연기하는 캘빈 롤프는 자기보다 열 살은 어린 꼬맹

이의 친구 역할에 그리 만족하지 않는 눈치다.

"자기가 자초한 일이야, 슈퍼맨. 가서 눈 좀 붙여. 꼴이 말이 아니다."

"밤샘 촬영 체질이 아니라서요."

"그러세요, 도련님?"

그녀가 놀리며 내 머리카락을 흐트러뜨리고는 주차장으로 향한다.

로니가 게이트 앞에 검은 SUV를 세운다. 새벽 3시 반이라 팬들은 다 사라졌다. 그런데도 로니는 어디서 나를 암살한다는 협박이라도 들은 사람처럼 차까지 호위한다. 휴대폰이 울린다.

엘?

시계를 보니 새벽 3시 32분이다. 이 시간이면 자고 있을 텐데. 어쨌든 휴대폰을 꺼낸다. 뭐지? 엘은 아니고 모르는 번호다.

✉ (알 수 없음) 오전 3시 32분

 – 실력 죽인다.

 – [링크]

안 된다는 걸 알면서도 링크를 누른다. 오늘 촬영 영상이 곧바로 화면에 뜬다. 내가 캘빈의 눈을 찌를 뻔한 내용이 전부다. 이런. 하지만 내 허접한 검술보다는 댓글이 더 끔찍하다. 링크를 닫고 문자도 삭제한다.

"무슨 일 있습니까?"

로니가 묻는다.

"피곤해서요."

호텔로 돌아온 우리는 뒤쪽에 차를 세우고 비상구를 통해 들어간다. 내 방 앞에서 로니는 정확히 7시 반에 데리러 오겠다고 말하고 단백질바를 건넨다.

"기운 없어 보입니다."

감사히 받는다. 나를 그렇게 생각해주다니 조금 감동이다.

"고마워요."

8시간 동안 어설픈 액션 연기를 한 피로를 샤워로 씻어내고(밤새 우주선 출입문에서 뒤로 날아갔다) 깨끗한 옷으로 갈아입기는 했어도 잠이 올 만큼 피곤하지 않다. 피곤한 게 당연했다. 하루 종일 고생을 했고, 〈시사이드〉 때도 촬영을 마치면 마취제를 맞은 젖소처럼 쓰러지던 나였다.

하지만 잠은 오지 않고 그 영상만 생각난다. 누가 촬영했을까? 아까 제시카가 촬영보조 매니저에게 범인을 색출해달라고 부탁했다. 매니저가 스튜디오에서 촬영보조들에게 고함치는 소리가 밖까지 다 들렸다. 절반은 정신적 충격으로 다시는 이 제작사 일을 하지 않을 것이다.

침대에 벌렁 드러눕는다. 한참이나 천장의 팝콘 무늬를 세며 시간을 흘려보낸다. 자꾸 다른 생각이 든다. 엘은 뭘 하고 있을까? 엘도 천장을 바라보고 있을까? 잠이 안 오면 양을 셀까? 아니면 나와 같은 생각을 하려나? 나는 잠이 안 오면 〈배트맨 : 킬링 조크〉에서 바바라 고든이 문을 열지 않았더라면 어떻게 됐을지 상상한다.

탁상시계의 빨간 숫자가 깜빡이며 5시 58분으로 넘어갈 때, 침대에서 나온다.

✉ 오전 5시 58분
  – 자?

아직 자고 있을 것이다. 나도 지금쯤 자야 한다. 하지만 그럴 수가 없다. 방 안도 숨 막히게 답답하다. 수트케이스 근처에 널브러져 있는 후드티를 주워 입은 후, TV 장식장에서 키 카드를 들고 방을 나온다.

으스스한 복도 조명 때문에 마치 호러 영화의 도끼 살인범이 모퉁이에 도사리고 있을 것만 같다. 후드를 쓰고 (겉멋이 아니라 습관이다) 계단 쪽으로 간다. 대부분의 호텔은 옥상 문에 경보 장치를 달아놓는다. 하지만 대부분의 호텔에서 경보 장치는 작동하지 않는다. 아마도.

손잡이를 살짝 밀어본다. 문이 '끽' 소리를 내며 열리지만 경보음은 울리지 않는다. 문을 어깨로 밀어 활짝 열고 옥상으로 탈출한다. 에어컨 실외기, 물탱크, 창고 비슷한 공간 말고는 아무것도 없다. 혹시 갇힐지 모르니 신발한 짝을 문틈에 끼워 넣고 건물 끝으로 가서 앉는다.

마크가 알면 뒤집어질 것이다. "너무 위험해!"라고 화를 내겠지.

"떨어지면 어쩌려고?"

시선이 건물 벽을 따라 아래로, 더 아래로 내려간다. 심장이 쿵쾅쿵쾅 뛴다. 고소공포증이 있지만 옥상은 조용해서 좋다. 평화롭다. 도시의 소음도 멀리서 작게 들린다.

우습게 들리겠지만 여기 올라와 있으면 진정한 나로 돌아간 기분이다. 요즘 들어 그런 기분을 느끼기 힘들다. 카메라, 업계 사람들, 파파라치 앞에서 항상 대리엔 프리먼의 가면을 쓰고 있어야 하기 때문이다.

내 본모습이 나오는 순간 또 있다면…… 음, 엘과 대화할 때다. 이것도 우스운 말이다. 엘은 유일하게 나를 모르는 사람이다. 거짓말을 하면서 어떻게 진정한 나를 찾을 수 있단 말인가? 휴대폰이 울린다.

✉ 엘 오전 6시 04분

  – 안타깝게도 안 자.

  – 너는 왜 일어났어?

✉ 오전 6시 04분

  – 밤샜어.

✉ 엘 오전 6시 04분

  - 헐, 얼른 자.

  - 이상한 애네.

✉ 오전 6시 05분

  - 하하.

  - 은하계를 지키느라 바빴거든.

문자를 보내자마자 후회한다. 오늘 카민도어를 흉내 내며 8시간을 보냈다. 지금은 잠시라도 그냥 내가 되고 싶다.

✉ 오전 6시 05분

  - 아니, 은하계 지킨다는 말은 취소. 바보 같은 말이었어. 실제로 그러지는 않지.

✉ 엘 오전 6시 06분

  - 그럼 화려한 겉모습 뒤에 진짜 사람이 있다는 거야?

  - 진짜 충격이다.

✉ 6시 06분

  - 비웃는 것 같다.

✉ 엘 오전 6시 07분

　　– 괜찮아, 용서해줄게.

　　– 대머리만 아니면 돼.

　내가 한숨을 쉰다. 무슨 말을 하려는지 알겠다. 엘은 내가 어떻게 생겼는지, 내가 누구인지 묻고 있었다. 이럴 때는 그냥 카민도어를 밀고 나가자. 메이크업 덕분에 원래 얼굴보다 더 비슷해지기는 했잖아?

✉ 엘 오전 6시 09분

　　– 대머리인 거야? 그게 비밀이구나.

　　– 정말 대머리야.

✉ 오전 6시 10분

　　– 생각만 해도 부끄럽다. 머리카락 있다고 맹세할 수 있어.

　　– 검은색이고 곱슬머리야.

✉ 엘 오전 6시 11분

　　– 카민도어처럼?

✉ 오전 6시 11분

　　– 놀랄 일이지만 맞아.

✉ 엘 오전 6시 12분

  – 카민도어처럼 키도 커?

  – 내가 옆에 있으면 코털까지 보일 정도로?

✉ 오전 6시 14분

  – 대답하기 힘든 질문인데.

✉ 엘 오전 6시 15분

  – 키가 너무 작아서 코로 다른 사람의 뇌까지 보이는 것만큼
    힘들까. 나는 평생 그렇게 살았어.

주위에 아무도 없지만 소리 죽여 킥킥 웃는다. 어쩐지
비밀 이야기를 하는 것 같다. 우주가 작은 비눗방울 같은
행복을 찾아서 터뜨리지 않도록 입을 다물어야 한다.

✉ 오전 6시 15분

  – 네 키에 따라 대답이 달라지겠지.

✉ 엘 오전 6시 16분

  – 나 진짜 작아. 160.

  – 최악의 키지. 어디를 가도 사람들 틈에 파묻혀.

  – 하지만 댄스파티에서는 장점이더라. 혼자 있어도 안 보이
    니까.

빌딩숲 위로 해가 뜨기 시작한다. 밤하늘에 불길처럼 퍼져 나간 주황색 빛이 분홍색과 노란색 손가락을 뻗어 별을 감춘다. 너무 밝아서 눈을 찌푸리지만 어쨌든 태양은 떠오른다. 해돋이가 엘이 있는 곳에서는 어떻게 보일까?

✉ 오전 6시 16분

　– 나는 185센티미터, 그래도 내 눈에는 보일 거야.

　– 사람들 사이에 있어도 알 수 있어.

✉ 엘 오전 6시 17분

　– 뭘?

✉ 오전 6시 18분

　– 너랑 춤추고 싶다는 걸.

　잠이 부족해 헛소리가 나왔다. 정말로 그렇게 말한 거야? 진심이야? 제시카와 키스했던 순간을 떠올린다. 제시카는 비밀스러운 미소를 지으며 누구를 생각했냐고 물었다. 사실 키스씬을 찍을 때만이 아니었다. 춤추는 내내 엘을 생각했다. 저 말은 진심이다. 거짓은 하나도 없었다.

　뒤를 돌아 떠오르는 태양을 배경으로 셀카를 찍는다. 얼굴은 알아볼 수 없다. 태양이 너무 밝아 얼굴은 실루엣밖에 보이지 않는다. 몇 년간 마크에게 배운 대로 내 이미지를 보호한다. 하지만 머리카락은 보인다.

✉ 오전 6시 18분
    – 대머리가 아니라는 증거.
    – [첨부파일 1]
    – 좋은 아침이야.

　그 남자를 발견한 것도 그때다. 문가에 서 있는 남자는 카메라로 얼굴을 가리고 있다. 하마터면 휴대폰을 떨어뜨릴 뻔한다.
　"이…… 이봐요!"
　그렇게 외치며 앞으로 달려간다. 옥상을 반쯤 가로질렀을까, 남자가 내 신발을 차버리고 문을 세게 닫는다. 주먹으로 문을 치며 욕을 뱉는다. 문에 손잡이도 없다. 옥상에 갇힌 거다. 여기서 영화 〈행오버〉를 재현하게 생겼다. 더 심각한 문제도 있었다. 아까 나는 헛것을 보지 않았다. 정말 〈스타필드〉 세트장 안에 유출범이 있다.

엘

Elle Wittimer

6월의 태양이 인두처럼 내 목을 지진다. 바깥에 앉아 괴로움을 참으며 파란색 천에 천천히 바느질을 한다. 비참하지만 캐서린과 싸운 후로는 집에서 작업을 할 수 없다. 아빠 코트를 기름 범벅인 매직펌킨 안에 가져가는 건 말도 안 된다. 그리고 세이지 앞에서는 부끄러워서 바느질도 못한다.

갑자기 휴대폰이 윙윙거린다. 두꺼운 어깨를 스친 바늘이 내 손가락까지 찌른다. "아야!" 피 나는 손을 얼른 떼고 입에 넣는다. 아프다. 손가락에서는 쇠 맛과 오늘의 스페셜 메뉴인 아시아풍 매운 호박 프리터 맛이 난다.

세이지가 트럭 뒤에서 고개를 내민다.

"어이, 괜찮아?"

심장이 목구멍까지 튀어 오른다. 앉아 있는 상자 뒤로 코트를 황급히 감춘다.

"괜찮아! 별일 아니야! 그냥, 어, 휴대폰을 떨어뜨려서……."

세이지가 트럭 앞으로 돌아오며 앞치마에 손을 닦는다.

규정상 항상 사람이 그릴 앞을 지켜야 하지만 세이지는 규정 따위 신경 쓰지 않는다. 길 건너편에 옥수수튀김을 파는 노점상이 있어서 우리 쪽을 쳐다보는 사람도 없다.

코트를 몸 뒤로 최대한 숨겨보지만 세이지의 시선이 발 옆에 삐져나온 소매로 향한다.

"그러다 더러워지겠어."

어쩔 줄 몰라서 코트를 품에 안는다. 매직펌킨이 타란티노 영화에 나오는 피만큼이나 기름을 많이 흘린다는 사실을 잊고 있었다.

"아무것도 아니야. 그냥…… 뭐 좀 만들려고. 점심시간 다 끝났어? 이제 그만……."

세이지를 피해 안으로 들어가려 하지만 세이지가 내 앞을 막아선다. 반대편 길도 막히자 내가 얼굴을 찡그린다.

"왜?"

"뭐 하는지 다 알거든."

세이지가 펄 바른 눈으로 내가 드러그스토어에서 산 조잡한 반짇고리를 본다. 바늘과 실을 넣고 플라스틱 케이스 뚜껑을 닫아 옆구리에 끼우지만 세이지는 쉽게 물러나지 않는다.

"정말 좋은 천 같은데 단을 그렇게 줄이면 안 돼. 그러다 장식 망가진다."

"안 그래."

방어적으로 대답하고 코트를 더 꽉 껴안는다.

"어떻게 하는지 나도 알아."

세이지가 눈을 깜빡인다.

내 어깨가 축 처진다.

"뭐…… 어느 정도는."

"흐으으으음."

세이지가 코트에 손을 뻗는다. 순간 〈반지의 제왕〉에 나오는 프로도처럼 망설인다. 하지만 프로도가 그래서 얼마나 고생을 했는지 생각해봐. 프로도처럼 되고 싶지는 않다. 그래서 세이지에게 순순히 코트를 내준다.

세이지는 옷깃을 들고 코트를 뒤집어 안감과 뒷면, 소매 단을 꼼꼼히 뜯어본다. 인상을 쓰자 자주색 립스틱을 바른 입술이 서서히 아래로 처진다.

"이걸 어떻게 할 계획이었던 거야? 혼자 하려고 했어?"

아직 유튜브 영상이 떠 있는 휴대폰을 꺼내 보인다.

"으악! 내 눈! 눈 썩겠다!"

세이지가 외친다.

"안 돼, 그건 치워."

주머니에 휴대폰을 젓는 뺨에 홍조가 빠르게 퍼진다. 세이지가 코트를 뒤집어 솔기를 보여준다.

"봐, 사이즈를 똑바로 바꾸려면 어깨 부분을 뜯어서 자른 다음에 다시 꿰매야 돼. 어깨 패드 때문에 고생 좀 할 거다. 진짜 정교한 작업이거든."

어째 감탄하는 목소리다? 무덤덤하게 꾸며낸 목소리도

아니다. 이런 적은 처음이다.

　"핸드메이드야? 패턴은 누가 떴어?"

　"아무도…… 아니, 만든 사람이 있긴 한데 그렇게 중요하지는 않아."

　나는 닥터마틴에 묻은 기름 얼룩에 눈을 떼지 않으며 몸을 어색하게 꼰다.

　"그냥…… 그냥 바보 같은 짓이야."

　"뭘 좋아하면 절대 바보 같은 짓이 아니라고 네 입으로 말하지 않았나?"

　정곡을 찔렸다. 기가 꺾여서 코트를 빼앗으려 하지만 세이지는 뒤로 물러나며 현란한 손목 스냅으로 코트를 다시 뒤집고 어깨에 망토처럼 두른다.

　파란 코트를 걸치니 초록색 머리카락이 더 돋보인다. 평소와 다른 모습이 천사처럼 아름답다. 기분 나쁘다. 사이즈가 안 맞는데도 코트가 세이지에게는 잘 어울린다니. 뭐든 안 그러겠어. 세이지는 엘비스 프레슬리가 금속 장식을 달린 의상을 입은 것처럼 뭐든 완벽하게 소화했다. 언제나 당당했다. 내가 입으면 어떨지 생각하고 싶지도 않다. 광대 같을 거다. 촌스럽겠지. 코스프레 대회에 나가도 웃음거리가 될 것이다.

　"진짜 잘 만들었다."

　세이지가 말을 잇는다.

"무대의상이야?"

내가 한숨을 쉰다.

"응. 〈스타필드〉라고 알아? 페더레이션 왕자?"

세이지가 입을 꾹 다문다.

"너도 분장을 하는지 몰랐어."

"분장이 아니라 코스프레야. 나는 안 하…… 아니, 지금까지는 안 했어. 하지만 하고 싶어."

다시 신발을 내려다본다. 말이 폭포수처럼 입에서 쏟아져 나온다.

"2주 뒤에 애틀랜타 엑셀시콘에서 코스프레 대회가 열려. 상은 〈스타필드〉 시사회 티켓 두 장이랑 현금인데…… 얘기하자면 길지만 나 정말로 우승하고 싶어. 우승해야 돼. 아마 못하겠지만…… 우리 아빠가 불가능은 시도조차 안 해야 불가능이라고 했거든. 그래서 시도라도 해보고 싶어."

목이 메여서 침을 삼킨다.

"하지만 맞아. 바느질은 못해."

세이지는 고개를 갸웃하고 한참이나 말을 하지 않는다. 뺨이 화끈거리기 시작한다. 참다못해 펌킨 쪽으로 돌아선다.

"됐어. 내가 바보지. 내가 한 말은 잊어버려……."

"재미있겠다."

걸음을 멈추고 뒤를 돈다.

세이지가? 같이 일하는 내내 눈길도 주지 않던 애가 나를 돕고 싶다고? 웃겨, 아마라 공주가 블랙 네뷸러에서 나올 때나 가능한 일이다(즉, 평생 안 이뤄진다는 얘기다).

세이지가 코트를 조심스레 벗는다.

"너 운 좋은 거야. 마침 포트폴리오에 넣을 작업이 많이 필요했거든."

"정말?"

호출 벨이 울린다. 주문 창구에 손님이 있지만 우리는 움직이지 않는다. 세이지가 코트를 돌려준다. 풀기가 사라져 뒷자락이 축 늘어진다. 아빠 냄새도 나지 않는다. 나와 채식 버거와 퀴퀴한 낡은 코트 냄새가 난다. 말도 안 되는 아이디어를 처음 떠올렸을 때, 이 무대의상을 어떻게 입을지 생각하지 않았다. 내 안에서 아빠의 일부를 조금이나마 다시 찾을 수 있다고 생각했을 뿐이다. 소매에 팔을 넣을 때마다, 단추를 채울 때마다, 거울로 내 모습을 비춰 볼 때마다…… 하지만 나는 아빠와 키나 팔다리 길이부터가 다르다. 몸 선도 다르다.

"정말로 진짜."

세이지가 대답한다.

"모든 걸 혼자 다하려고 하지는 마."

웃으며 코트를 품에 더 꽉 껴안는다(바다처럼 푸른 완벽한 파란색이다).

"고마워."

손님이 주문 창구에서 다시 벨을 누른다.

어쩌면 세이지가 제안을 취소할 거라 생각했다. 가서 주문이나 받고 휴대폰으로 인터넷 게시판이나 뒤져보라고 말할 것만 같았다. 나는 불가능한 부탁을 하고 있었다. 일주일에 무대의상을 완성한다고? 그래서 전문가 수준의 대회에 나가? 미친 짓이다. 코트를 해체했다가 다시 붙일 시간이 없었다.

세이지가 손을 내민다.

"오늘 저녁 우리 집에서 만나."

코트를 놓은 손으로 세이지와 악수를 한다.

"좋아."

세이지가 내 손을 꽉 잡으며 처음으로 나를 보고 웃어보인다. 비웃음이 아니라 사람 냄새 나는 진짜 웃음이다.

"거 봐, 어렵지 않지?"

어려웠다. 어려우면서도 어렵지 않았다. 하지만 제안을 받아들여 기쁘다.

"거절할 수 없는 제안이었어."

이건 진심이다.

트럭 앞쪽 창문에서 손님이 짜증을 내며 모스 부호처럼 벨을 누르고 외친다.

"저기요!"

세이지가 염증 난 표정으로 내 손을 놓는다.

"으으, 극성 엄마들은 싫어. 네 차례야."

조잡한 반진고리를 줍고 아빠 코트를 접고 나서 트럭
으로 돌아간다. 짜증이 날 대로 난 젊은 엄마가 창문에 서
서 호출 벨을 두드리고 있다.

트럭에 올라 코트를 안전한 곳에 숨기는데 휴대폰이
울린다. 카민도어다. 오늘 아침에 보냈네…… 내가 다시
잠들었던 모양이다. 문자 옆에 해가 쨍쨍한 사진이 뜬다.
곱슬머리, 강한 턱선이 조금씩 드러나지만 얼굴만큼은 잘
보이지 않는다. 얼굴보다는 뒤에 떠오르는 태양을 보라고
찍은 사진 같다.

오늘 아침의 일출은 정말 아름다웠다.

"여보세요."

하얀 선바이저를 쓴 여자가 얼굴을 잔뜩 찌푸린다. 관
광객이다.

"여기서 일해요?"

"네."

앞치마를 입으며 대답한다.

"오늘의 메뉴는 호박 프리터예요. 드셔보실래요? 저희
가게 스페셜……."

여자가 5달러 지폐를 내빈다.

"생수 한 병 줘요. 다른 건 됐어요."

"네, 알겠습니다."

내가 중얼거리며 물과 거스름돈을 손에 쥔다. 언젠가
는 손님들도 친절해지겠지. 아니, 언젠가는 나도 이 푸드

트럭을 떠날 수 있겠지. 그 편이 더 낫겠다.

웬일인지 그 '언젠가'가 현실로 다가올 것만 같다. 참으로 오랜만에 느껴보는 감정이었다.

대리엔

Darien Freeman

스탭들이 다음 촬영을 준비하는 사이, 머릿속으로 결투 장면을 떠올려본다.

세트 왼쪽, 오른쪽, 피한다. 집어 들고, 내리치고, 뒤로, 뒤로, 뒤로……

그러다 뒤꿈치로 세트 가장자리를 헛디딘다. 균형을 잃고 떨어지기 직전에 몸을 앞으로 기울여 화를 피한다. 캘빈이 고개를 들고 휴대폰을 넣는다. 왜 그에게는 세트 장에서 휴대폰을 쓴다고 소리를 지르지 않지?

"테이크 23!"

에이먼이 외친다.

"대리엔, 이번에는 조금 더 카민도어처럼 해보자."

"아까도 그렇게 했는데요."

내가 어깨를 굽히고 투덜거린다.

오늘은 우주선 함교에서 중요한 장면 중 하나를 촬영할 예정이다. 하지만 지금은 합판에 그럴듯한 항해등이 달려 있는 세트일 뿐이다. 내 뒤에는 거대한 그린스크린이 펼쳐져 있다. 나머지는 전부 후작업으로 추가될 것이다.

캘빈과 세트의 끝과 끝에 선다. 오늘 할 액션은 자면서도 할 수 있다. 캘빈은 앞뒤로 껑충껑충 뛰자 유시 분장으로 미끈해진 이마가 카메라 조명에 번쩍인다.

"괜찮아?"

캘빈이 묻는다.

"그럼요."

우리는 세트장에 도착한 후로 몇 마디밖에 주고받지 않았다. 뭐, 실제로 친해질 일도 없으니. 캘빈은 스포츠를 즐긴다. 가족 드라마로 데뷔해 할리우드에 진출한 경우이고, 나이도 서른쯤 먹었다.

"왜요?"

캘빈은 대수롭지 않다는 태도다.

"너한테는 너무 어려운 일이 아닌가 해서."

이상한 사람이다.

"너는 모든 걸 너무 쉽게 얻잖아."

캘빈이 반장갑을 다시 끼며 덧붙인다.

"부자 엄마에 인맥 좋은 아빠까지. 그걸 모르는 사람은 없지."

"나는……."

말을 더듬을 것만 같다.

"저기요, 나랑 우리 부모님은 달라요."

"부모님이 너한테 대대적으로 투자를 했을 뿐이지?"

캘빈이 어깨를 으쓱한다.

"이봐, 걱정 말라고. 이 영화가 망하면 네 수준에 맞는 일로 돌아가면 되잖아."

반박하려 입을 열지만 아무 말도 나오지 않는다. 무슨 말을 해야 할지 모르겠다. 정말 그런가? 이 영화는 내 수준에 맞지 않는 걸까?

"좋아, 시작하자."

에이먼이 촬영을 시작하라고 손짓한다.

생각하지 말자. 그냥 연기만 해. 캘빈의 말을 잊으려 노력하지만 친구보다는 적을 대하는 듯한 저 미소를 보자 다시 흥분한다.

다들 그렇게 생각할까? 내가 다른 사람들과 달리 이 자리에 오기까지 노력하지 않았다고? 우리 엄마가 억만장자 사교계 인사고 아빠가 에이전트라서 기회를 쉽게 손을 넣었다고? 아니면 캘빈이 화난 이유는…….

……내가 카민도어이기 때문이다. 나는 카민도어고 그는 아니다. 나는 오디션을 봤고 캐스팅 감독의 선택을 받았다. 캘빈은 백인이지만 카민도어는 유색인종이다. 하지만 그런 사실들은 중요하지 않을 수도 있다. 팬들은 캘빈 롤프라면 페더레이션 왕자로 받아들일지도 모른다.

합판 바닥에 발을 끌며 뒷걸음치기 시작한다. 캘빈이 팽팽하게 긴장하며 빠르게 다가온다.

"이제…… 출발!"

에이먼이 외친다.

뒤에서 폭발이 일어나고(지금은 밝은 빛이 번쩍일 뿐이지만 나중에 특수효과를 추가한다) 우주선 절반이 날아간다. 캘빈이 내게 달려든다. 왼쪽으로 피하며 캘빈의 오른손에 달린 갈고리를 움켜쥐지만 갈고리에 전기가 흐르는 바람에 뒤로 미끄러진다. 바닥에 쓰러진 내가 몸을 일으키고 다시 일어나려 다리를 움직인다. 내 옷깃을 쥔 캘빈의 손을 떨쳐낸다.

얼른 총에 손을 뻗지만 늦었다. 캘빈의 어깨에 가슴을 맞고 비틀거리며 콘솔 위로 쓰러진다. 콘솔이 통째로 흔들린다. 캘빈이 내 목을 쥐고 조르는 척한다. 1초, 2초…… 잠깐, 진짜로 숨을 못 쉬겠는데? 내 목, 이러다…….

"컷!"

에이먼이 말한다.

캘빈이 손을 풀고 내 어깨를 주먹으로 친다.

"연기 좋았어."

내가 목을 문지른다.

"조금 살살 할 수 없어요?"

"그렇다면 실감나게 보이겠어? 그 정도는 감수해."

에이먼은 세트를 다시 세우라고 손짓한 후 모니터로 방금 찍은 장면을 확인한다.

"좋아, 잘하고 있어. 유시…… 아니, 캘빈. 조금 덜 위협적으로 할 수 없어? 너는 뇌사 상태야. 자기가 무슨 행동을 하는지 모른다고. 녹스에게 세뇌 당했단 말이야."

"알겠습니다, 감독님."

"그리고 대리엔."

에이먼은 나를 페더레이션 왕자로 착각하지 않는다. 이건 좋은 징조가 아니다.

"너는 조금만 더……."

에이먼이 허공에 손짓을 한다. 촬영보조가 세트장으로 뛰어와 내 이마에 그린 가짜 피를 수정한다.

"카민도어처럼 해볼래?"

역시나 좋은 징조가 아니었다. 내가 허리에 손을 얹고 고개를 끄덕인다.

"네, 그럼요."

"그래, 좋아. 다시 해보자고……."

갑자기 게일의 휴대폰이 울린다. 게일이 에이먼의 눈총을 받으며 허둥지둥 무음으로 설정을 바꾸고 조용히 전화를 받는다. 얼굴에서 핏기가 사라진다.

갈수록 태산이네. 게일이 의자에서 뛰어내리더니 수화기를 손으로 가리고 달려온다.

"마크야."

눈을 휘둥그레 뜨고 고개를 가로젓는다.

"너 뉴스에 나왔대."

게일을 보고 눈을 한 번 깜빡인다. 한 번 더. 그제야 상황을 이해한다.

"아, 씨."

"무슨 일이야?"

에이먼이 묻는다.

"그게…… 어…… 급한 일이라서요, 죄송합니다."

내가 말한다.

감독이 두 손을 들고 외친다.

"좋아!"

갑자기 피곤한 듯한 목소리로 바뀐다.

"다들 10분만 쉬자."

머리 위에서 촬영 중단을 알리는 벨이 울리자 촬영보조와 스탭들이 긴장을 푼다. 캘빈이 간식 코너로 향하는 길에 내 어깨를 친다.

"참, 프로답다, 카민도어."

캘빈이 사라지자 게일이 입모양으로 '너희 아빠'라고 말하며 휴대폰을 건넨다. 어렵하겠어. 심호흡을 하고 전화를 받는다.

"마크?"

"너 몇 살이냐, 대리엔?"

마크가 대뜸 차갑게 묻는다. 갑자기 등골이 싸늘해진다.

"음, 열여덟이요. 하지만……."

"열여덟. 그럼 글을 읽을 수 있지?"

"그게, 네……."

"그럼 옥상 올라갔을 때 문에 '출입 금지'라는 글 봤어?"

긴장으로 어깨 근육이 뭉친다. 마크가 휴대폰에 대고

악을 쓰는 소리가 들리지 않도록 게일에게서 멀찍이 떨어진다.

"네."

"그래."

마크가 말한다.

"본론을 얘기하기 전에 그거 먼저 확인하고 싶었다. 네가 얼마나 멍청한 놈인지 알겠어."

"무슨 일이에요?"

내가 묻는다.

"다들 뭐라는데요?"

"그게 중요해? 너는 지켜야 할 이미지가 있어, 대리엔. 커리어가 있다고. 이제는 멍청한 애로 살 수 없어."

마지막 말은 천천히 내뱉는다.

"이해하겠니?"

그 말에 숨은 의미를 들을 수 있다. 실제로 한 말들 사이에 끼어 있는 말이 들린다. 나는 연기를 통해 경력을 쌓아야 하지만 내 인생의 선장은 내가 아니다. 손이 묶인 채로 조종석에서 움직이지 못하는 신세다. 침을 삼키고 주먹을 쥐었다 폈다 한다. 다른 배우들은 정수기 옆에서 제시카가 한 말에 웃고 있다. 저들은 매니저에게 야단맞지 않겠지.

"네, 이해했어요."

"좋아. 지금 네 멍청한 비서를 당장 해고하고 일을 제대로 하는 사람을 데려오고 싶은 마음이야."

게일을 돌아본다. 게일은 내 의자에 앉아 물병 뚜껑을 열었다 닫았다 하고 있다.

"게일은 잘못 없어요. 다 제 탓이에요."

"그렇다면 다시는 그런 일 없게 똑바로 해. 이런 일 또 생기면 거기로 날아가서 촬영 끝날 때까지 직접 감시할 줄 알아."

"알았어요. 다음에 다시 통화……."

하지만 마크는 대답도 듣지 않고 전화를 끊었다. 나도 '종료' 버튼을 누르고 휴대폰을 돌려주러 게일에게 다가간다.

물병만 보던 게일이 고개를 들고 휴대폰을 받아 든다.

"미안해, 대리엔. 뭐라고 하셔?"

"그냥…… 조심하래요."

별일 아니라는 듯 거짓말을 한다. 내가 버티는 한 마크는 절대 게일을 해고할 수 없다.

"됐어요. 내 매니저 일도 그 사람보다는 게일이 더 잘하잖아요."

게일이 뭐라 말을 못하고 입을 다문다. 건드리면 울 것처럼 보인다. 게일의 어깨를 꼭 쥐어준다.

"게일은 마크 같은 사람 밑에서 일하기에 아까워……."

에이먼이 10분 다 지났다고 소리친다. 나는 손마디를 꺾으며 세트로 돌아간다. 이번만큼은 페더레이션 왕자를 연기할 준비가 완벽하게 됐다. 카민도어를 연기할 때는 나를 버려도 되니까.

엘
—
Elle Wittimer

"더 놀라운 소식입니다. 오늘 아침 할리우드의 신예 스타가 큰일을 당할 뻔했다는데요. 호텔 옥상에 갇혀……."

허무주의에 빠진 듯한 라디오 DJ의 무미건조한 목소리를 들으며 세이지가 펌킨을 집 앞에 세운다. '사이프러스 앤드 멀베리' 모퉁이에 있는 집 지하실에 일렉트릭 펑크락의 전당이 있을 줄 누가 알았을까. 출퇴근하면서 이 집을 백 번은 더 지나쳤을 텐데도 세이지의 집이라고는 상상도 하지 못했다. 여기는 너무…… 평범해보였다.

세이지가 라디오를 끄고 차에서 내린다.

"하기 싫으면 안 해도 돼."

내가 말한다.

"지금 도망쳐도……."

"엘."

세이지가 조수석 쪽으로 오더니 손을 뻗는다.

"나와 함께 저기 있는 지하실로 날아가 이 빛나는 갑옷을 꿰매지 않겠소."

내가 꼼짝하지 않자 세이지는 조수석 문을 열고 백팩

과 나를 같이 끌어낸다. 세이지에게 등 떠밀려 계단을 오르고 현관문을 지나 안으로 들어간다. 완벽하게 꾸민 지하실은 묘하게 아늑했다. 바닥에 빈백 의자가 있고 한쪽에 레코드판이 탑을 이룬다. TV 장식장은 휘어진 모양이다. 화려한 옷을 입은 패션모델들의 포스터가 벽을 다 뒤덮었다. 세이지가 읽는 잡지에 나오는 사람들도 몇몇 눈에 띄지만 대부분은 데이비드 보위다. 고블린 왕(데이비드 보위가 영화 〈사라의 미로여행〉에서 연기한 캐릭터―옮긴이)이 이글이글 끓는 눈으로 초록색 의자에 앉아 있는 나를 본다. 의자에서 작게 바람 빠지는 소리가 들린다. 너무 오래 발길질을 당한 낡은 축구공 냄새도 난다. 천에서 먼지가 훅 피어오른다.

"자, 정보를 줘 봐."

세이지가 말한다.

"내가 뭘 알아야 돼?"

"음."

무슨 뜻인지 모르겠다.

"바느질 말이야?"

"드라마! 자세히 설명해보라고."

"정말로?"

"정말로 진짜. 기왕 이 무대의상을 만들어줄 거라면 제대로 하고 싶어."

"음, 54편이나 되는데."

"그럼 1편부터 시작할까?"

세이지가 TV를 켠다.

"바느질은 안 해?"

대회까지 2주 조금 넘게 남았다. 도와줄 사람이 생겨 기쁘지만 세이지가 싫증내지 않고 작업을 계속할 수 있을 지는 모르겠다.

"해야지. 그래도 TV 없이 바느질을 할 수는 없잖아. 재 미없게."

세이지가 접었던 코트를 펴서 턴다.

"선장님께서 키를 잡으시지요. 저는 작품을 만들겠습니 다."

내가 어색하게 서서 잠시 머뭇거린다.

"엘?"

세이지가 나를 돌아본다.

지금까지 다른 사람에게 〈스타필드〉를 소개한 적은 없 었다. 나와 〈스타필드〉를 얘기하는 사람은 아빠밖에 없었 다. '레벨거너'를 통해 알게 된 인터넷 친구들뿐이었다. 등줄기에 식은땀이 흐른다. 빛의 속도로 미지의 목적지에 가려고 예열하는 프로스페로선이 이런 기분일까? 바닥에 서 리모컨을 집어 든다.

"단기 특강은 3편부터 시작해야 돼. 3편부터 보고 1편 으로 본 다음에 12편을 보고, 이어서 22편……."

"왜?"

내가 천천히 눈을 깜빡인다. 맞다. 지금 팬이 아니라 팬으로 만들 사람과 대화를 하고 있지. 〈스타필드〉의 규칙을 설명해야겠다.

"이건 여러 채널에 팔 목적으로 만든 드라마야. 정해진 줄거리를 쭉 따라가지 않다 보니까 작가들이 넣는 대로 얘기가 진행되는 거지. 그래서 우리는 〈스타필드〉의 내용 전개 순서로 보려는 거야."

세이지가 웃는다.

"그래! 이해하는 척해보지."

그러면서 구석에 있는 작은 작업 공간으로 가서(다행히 재봉틀이 있다) 도구함을 꺼낸다. 수많은 스트리밍 채널을 넘긴 끝에 〈스타필드〉를 발견하고 3편을 선택한다. 다시 푹신한 녹색 왕좌로 돌아와 오프닝 크레딧이 뜨기를 기다린다. 자꾸만 아빠 코트를 만지는 세이지 쪽으로 시선이 간다.

세이지는 실 하나하나가 순수한 실크로 만들어진 것처럼 코트를 아주 조심스럽게 다룬다. 나만큼이나 이 코트의 의미를 잘 안다는 듯 바늘땀을 어루만진다. 풀기가 사라진 뒷자락은 축 늘어지고 옷깃의 올이 풀리고 있었지만 손으로 정리하고 재단 상태를 살핀다.

"좋아."

세이지가 나를 보고 손짓한다.

"일어나."

'일시정지' 버튼을 누르고 의자에서 일어난다. 세이지

가 고개를 끄덕이고 나를 돌아보더니 양쪽 팔을 들게 하고 허리에서 목까지 전부 치수를 잰다. 그러고 나서는 팔한쪽을 뒤집어 안감에 초크로 표시하고 핀으로 모양을 잡는다. 다음에는 재킷을 바닥에 평평하게 펼치고 도구함을 뒤져 가위를 꺼낸다. 초크로 그은 선에 가위를 맞추는 얼굴이 차분하고 편안하다. 연쇄살인마의 얼굴이 저렇지 않을까? 인간성을 전부 버리고 아름다운 것을 망가뜨리기 시작하는…….

"그만!"

내가 소리친다.

"뭐 하는 거야?"

세이지가 나를 힐끗 본다.

"수선하는 거야, 엘."

"가위로 자르고 있잖아!"

"수선한다고."

"하지만……."

세이지가 한숨을 쉰다.

"야, 네 몸에 맞게 줄여야 할 거 아니야. 내가 말했지. 그냥 단을 올리면 안 된다고. 솔기를 뜯고 해야 한다니까. 여기서 관두고 추억이나 내세워서 도전해보든가. 아니면 내 도움을 받고 확실하게 승리를 거머쥐든가. 네가 선택해."

세이지와 코트를 번갈아보며 망설인다. 세이지 말이 맞겠지? 입을 일자로 다물고 오래 전 우리 엄마가 정성스럽게 꿰맨 솔기를 잘라도 좋다고 고개를 끄덕인다. 세이지가 우리 부모님의 역사를 한 땀, 한 땀 풀어내는 사이 〈스타필드〉 오프닝 크레딧이 뜬다.

3편을 절반쯤 보고 있을 때, 지하실 꼭대기에서 신경질적인 목소리가 들린다.

"세이지! 아래에 있어?"

"응, 엄마!"

발소리가 계단에 가까워진다. 나는 아무 말도 하지 않는다. 고슴도치처럼 핀이 꽂힌 코트에 갇혀 1센티미터도 움직일 수 없었기 때문이다.

머리가 희끗희끗한 아주머니가 계단을 내려온다. 나를 보고 놀란 표정을 짓지만 이내 다정하게 웃어 보인다.

"아아! 엘이구나?"

"안녕하세요, 그레이븐 사장님."

"됐어, 위노나라고 부르렴."

그분이 손을 내밀어 악수를 청한다.

"세이지 엄마야."

"그 정도는 애도 알걸."

세이지가 팔짱을 낀다.

"엄마가 애 뽑은 거 아니야?"

"네 언니라고 생각했을 수도 있지."

세이지 엄마가 내게 다가와 속삭이는 척한다.

"나는 지금 술집에 가면 신분증 보여 달라고 한단다."

세이지가 어이없다는 표정을 짓는다.

"얘가 무슨 말 해도 상처받지 마."

세이지 엄마는 굽히지 않는다.

"머리랑 화장은 저래도 사실 마음 약한 애야."

"엄마."

세이지가 투덜댄다.

"그만해. 우리 지금 바빠."

"알았다, 알았어. 엘, 저녁도 먹고 갈 거지?"

그러고는 한쪽 입 꼬리를 올려 미소를 짓는다.

"오늘 메뉴는 밀가루로 만든 고기야!"

고개를 돌려 시계를 본다. 젠장. 어떻게 벌써 8시 반이지? 벌떡 일어나 무대의상을 집어 든다.

"죄송하지만 집에 가봐야 돼요. 통금 시간이 다 돼서요."

세이지가 됐다고 손을 흔든다.

"무대의상은 여기 둬. 조심하고! 아직 어깨에 핀 안 뺐단 말이야!"

내가 재킷을 들다가 비명을 지르자 뒷말을 덧붙인다. 나는 코트를 내려넣고 바늘에 찔린 손가락을 입에 넣는다. 세이지가 짜증을 누르고 나를 본다.

"내가 뭐랬어."

결심을 못하고 코트를 내려다본다.

"괜찮으니까 두고 가."

세이지 엄마가 웃으며 말한다.

"여기만큼 안전한 데는 없어."

고개를 끄덕이며 빈 백팩을 주워든다.

"그럴게요."

다 같이 지하실 계단을 오른다. 주방에서 흘러나오는 달콤한 냄새에 배에서 꼬르륵 소리가 난다. 우리 집 주방에서는 밀가루 고기처럼 맛있는 냄새는 반도 맡을 수 없다. 내가 저녁을 만들 때 평생 먹지 못할 탄수화물을 그리워하며 눈물로 양념을 하기 때문일 것이다.

세이지가 문까지 배웅하러 나오고 세이지 엄마는 주방에서 외친다.

"만나서 반가웠어, 엘! 언제든 놀러와!"

"내일도 볼 거야!"

세이지가 엄마에게 소리치고 문 밖까지 따라 나온다.

"미안. 우리 엄마가 가끔 저렇게 참견이 심해."

"나는 좋은데."

내가 대답한다.

"너희 엄마 멋지시다."

"그래, 네가 한번 같이 살아 봐라. 집까지 안 데려다줘도 돼?"

고개를 젓는다. 캐서린과 조르조는 펌킨의 망가진 머플러에서 나오는 소리를 혐오한다.

"아니야, 오늘 밤 날씨도 좋아서 걷고 싶어. 어쨌든 고마워."

"마음대로 해."

세이지의 인사를 받고 현관 계단을 내려가 집 쪽으로 향한다. 몇 걸음 걷다 보니 저절로 웃음이 나온다. 처음으로 내일이 기다려졌다. 2년 전 〈스타필드〉 25주년 방송 이후로 무언가를 기대한다는 것 자체가 오랜만의 일이다. 그때도 방송하고 2주를 기다린 후에야 캐서린과 쌍둥이가 스키 여행을 간 사이 녹화 테이프를 볼 수 있었다.

이번은 느낌이 다르다. 내 마음대로 할 수 있을 것 같다. 내 힘으로 행복해질 수 있을 것 같다. 온전히 나만의 행복을 찾는 거다. 아예 잊고 살던 감정이다. 이 세계에 존재하지 않는다고 생각했다. 아빠가 돌아가셨을 때 아빠가 아직 살아 계시는 다른 세계로 없어진 줄만 알았다.

"야!"

세이지가 현관에서 여기까지 소리를 지른다.

"엘! 대회가 언제랬지?"

"2주 후 금요일. 혹시……."

목을 가다듬는다.

"시간 부족할까?"

"15일?"

세이지는 한참이나 말이 없다. 그러더니 양쪽 엄지를 치켜든다.

"장난해? 나한테 불가능은 없어."

대리엔

Darien Freeman

10시간째 촬영을 하고 있다. 분장실 의자에서 기다린 2시간과 캘빈이 대사를 제대로 칠 때까지 기다린 시간은 말해봐야 입만 아프다(유시의 상어 이빨 때문에 발음하기가 조금 어려울 수 있지만 누가 유시 역을 하라고 강요했나? 전혀 불쌍하지 않다).

감독이 오늘 촬영 끝났다고 말하자마자 캘빈은 코트를 얼른 벗어 던진다. 조수가 받을 틈도 없이 코트는 먼지투성이인 땅바닥으로 떨어진다. 캘빈이 뾰족한 가짜 이빨을 꺼내며 세트에서 뛰어내린다. 의상 트레일러에 가서 옷을 벗으면 어디가 덧나나?

게일이 곧바로 달려와 재킷 주머니에 손을 넣는다.

"미친 듯이 울려대더라. 누가 그렇게 애타게 연락하는 거야?"

"몰라요."

내 휴대폰을 받아들고 잠금 화면을 해제하자 화면 가득 파란 문자 메시지가 쏟아져 내린다.

✉ 엘 오후 6시 42분

- 친구한테 스타필드 소개 중.
- 진짜 재미있을 거야.
- 계속 업데이트 해줄게.

✉ 엘 오후 7시 02분

- 어제 감상 : 별 반응 없음.
- 계속 이런 질문함 "태양광선 유량축전기가 대체 뭐고 왜 망가진 거야?"
- 쯧쯧, 어센더들이란.

나도 모르게 웃음이 나온다. '어센더'는 〈스타필드〉에서 하나의 행성을 선호하는 이들을 칭하는 말이다. 좁은 시야를 벗어나지 못하고 평생 한곳에 사는 사람들이다. 〈해리 포터〉 세계의 '머글'과 비슷하다고 생각하면 된다.

화면을 내려본다. 끝이 보이지 않는다. 소설 한 편을 썼네. 전부 내게 보낸 문자였다.

✉ 엘 오후 7시 32분

- 오늘은 5편 차례, 전처럼 질문을 많이 하지는 않음.
- 장군의 짧은 뿔을 보더니 머리에 가슴이 달린 것 같대.
- 어, 카민도어.
- 정말 그렇게 보여.

- 흠.
- (너는 바쁘겠지만 어디다 말하지 않으면 죽을 것 같아서)

✉ 엘 오후 7시 35분
- 화장실 타임이다. 6편을 볼까, 10편으로 넘어갈까?
- 독단적인 결정으로 10편을 선택함.

✉ 엘 오후 8시 10분
- 최고의 판단이었다.
- 게다가 카민도어가 샤워하는 편이야.
- 아니, 네가 샤워한다는 게 아니라. 너도 물론 샤워를 하겠지.
- 네가 샤워를 하는 게 싫다는 말은 아니고.
- 여기서 다른 카민도어가 섹시하게 샤워를 한다는 얘기야.
- 네가 섹시하지 않다는 게 아니라…
- 에휴.
- 그냥 입 다물게.

문자는 여기서 끝났다. 하지만 내 입은 귀까지 찢어져 얼얼해지기 시작한다. 잘나신 캘빈 롤프에게 악담을 들었어도 지금은 별로 속상하지 않다.

"너 웃고 있네. 뭐야?"

게일이 까치발을 하고 문자를 훔쳐보려 한다. 내 문자를 보기 전에 얼른 휴대폰을 끄고 주머니에 넣는다.

"〈시사이드〉에 나왔던 그 여자애?"

"아니."

내가 말한다.

"그냥 만났어요."

"그냥 만나?"

게일이 놀란 표정을 짓는다.

"모르는 사람이라고? 혹시 걔가……."

"유출범 아니에요. 가서 옷 갈아입을게요."

내가 세트에서 내려가지만 게일은 뒤를 따라오며 질문을 퍼붓는다. 의상 트레일러로 가는 길의 밤공기는 습하고 끈적거린다. 스튜디오를 둘러싸는 울타리 너머에서 한 소녀가 내 이름을 부른다.

"사랑해, 대리엔! 여기 봐줘! 대리엔!"

대리엔 프리먼 가면을 쓰고 손을 흔든다. 팬들이 비명을 지른다.

"함부로 행동하지 마."

게일이 꾸짖는다.

"그냥 인사하는 거예요. 그것도 못해요?"

게일은 팬들에게 억지로 꾸민 미소를 보이며 복화술을 한다.

"보디가드 없이는 안 돼."

의상 트레일러에 들어가자 의상 감독 니키가 먼지 묻은 캘빈의 의상을 털며 험악하게 투덜대고 있다. 굳이 와

서 니키의 기분을 상하게 하다니, 캘빈답다. 지금 내가 코
트 단추가 떨어질 것 같다고 말하면 니키는 화를 더 낼 것
이다. 만날 떨어지는 그 단추가 또 말썽이다.

"이 여자애 말이야. 내가 걱정해야 하니?"

게일이 탈의실까지 따라오며 묻는다. 니키에게 단추
얘기는 내일하자. 그때까지 모르는 척하지, 뭐. 나는 배우
잖아?

"아닐 걸요."

코트를 벗고 옷걸이에 손을 뻗는다.

게일은 의심스럽다는 표정이다.

"어떻게 만났어?"

어깨를 으쓱한다.

"인터넷?"

사실과 비슷한 대답 아닌가?

"대리엔!"

게일이 경악한다.

"왜요? 쿨하잖아요."

"뭐가 쿨하다는 거야."

게일이 신경질 내는 소리를 들으며 '프리먼, D.'라고
적힌 이름표 아래 의상을 건다.

"누구인지도 모르면서."

"재미있고 착해요. 무엇보다 나한테 잘해줘요."

차이나 칼라 셔츠의 단추를 풀고 바지에서 셔츠 자락

을 꺼내며 나와 문자를 주고받는 그 소녀를 생각한다.

"또 솔직하고요. 이 정도면 잘 안다고 생각하는데요."

"둘이 이런 얘기도 해?"

게일이 주위를 손으로 가리킨다.

"의상 트레일러요?"

내가 게일의 눈총을 받고 씩 웃는다.

"농담. 무슨 뜻인지 알아요. 아니, 그런 얘기는 안 해요. 그러니까, 내가 누구인지는 몰라요. 그거 물어본 거죠?"

"그럼 거짓말로 속이는 거야?"

"거짓말은 아니고."

얼른 변명한다. 하지만 문득 궁금해진다. 그게 사실인가?

"그냥…… 모르겠어요. 나를 평범한 사람이라고 생각하는 애한테 굳이 아니라고 말하고 싶지 않았어요. 그렇게 보지 마요."

그래도 게일은 못마땅한 눈으로 나를 본다. 자기가 내엄마인가? 내 친엄마도 그렇게 행동하지 않는다. 본 적은 없어도 알 수 있다. 셔츠를 벗자 하루 종일 검술로 혹사당한 근육이 쑤신다.

"말할 거예요. 언젠가는요. 그냥 잠깐이라도 누군가에게 평범한 사람이 되고 싶었을 뿐이에요."

"복근에 보험까지 드신 유명한 배우님께서 평범해지고 싶으시다?"

게일이 눈을 굴린다.

"너 그러다 큰일난다, 대리엔."

"말할게요."

내가 안심시킨다.

"자연스럽게 대화하다가…… 얘기가 나오면."

"안 돼."

게일이 말한다.

"끝내."

"끝내라고요?"

놀라서 셔츠를 떨어뜨릴 뻔한다.

"왜요? 억울해요!"

"억울하든 말든 상관없어. 너를 위해서야."

나를 돌아보는 게일의 시선은 조금도 흔들리지 않는다.

"우리 엄마라도 돼요? 게일이 내 친구를 정해줄 권리는 없어요."

게일의 입술이 떨린다.

"내가 안 하면 마크가 해. 대리엔……."

말하는 목소리가 갈라진다.

"나는 문제를 더 만들고 싶지 않을 뿐이야, 응? 이제 사진도 찍어주지 마. 또……."

"알았어요. 알았다고요."

기분 최악이다. 나 때문에 게일이 독재자 역할까지 하다니. 게일은 그런 일을 좋아하지 않고 잘하지도 못한다.

하지만 게일 말이 맞다. 나는 바보 같이 위험한 짓을 하고 있다. 어차피 오래 가지도 못할 관계다.

하지만…… 엘이잖아.

"좋아."

게일이 혼잣말처럼 중얼거리고 자기 휴대폰을 다시 확인한다.

"로니가 정문으로 너 데리러 올 거야. 바람맞히지 마."

"네, 알겠습니…… 잠깐, 나를 데리러 온다고요? 게일은요?"

게일이 몸을 어색하게 비틀며 얼굴을 붉힌다.

"그게, 나는…… 음, 볼일이 있어서……."

"데이트 있구나!"

내가 따진다.

"데이트한다고 나를 버리는 거야!"

"쉿!"

게일이 손으로 내 말을 막는다. 내가 일하는 동안 데이트했다는 사실을 들키면 마크가 난리를 칠 것이다. 데이트가 금지 행동은 아니지만 촬영 중에는 자제해야 했다.

"소리 낮춰!"

내가 웃으며 게일의 손을 뗀다.

"그 스탭이죠?"

홍당무가 된 얼굴을 보자 폭소가 나온다.

"그 사람 맞구나! 이 배신자!"

"조용히 해! 한마디만 더하면 내가……."

"이렇게 해요."

내가 재킷 주머니에서 휴대폰을 꺼내 보인다.

"게일이 입 다물면 나도 마크한테 말 안 할게요."

눈썹을 까딱거리며 유혹한다. 게일은 남자와 의리 사이에서 갈등하는 듯 입술을 깨문다. 하지만 그 스탭이 누구인지는 몰라도 그럴 가치가 있는지 결국에는 마음이 약해진다.

"이러면 안 되는데."

게일이 한숨을 쉰다.

"하지만 알겠어."

게일은 오늘 밤 딴 길로 새지 않겠다는 다짐을 받고 떠나며 내가 트레일러 안에 있다는 사실을 니키에게 알린다. 게일, 이 배신자.

어느새 니키가 다가와 내 손에서 셔츠를 낚아채고 날카롭게 외친다.

"그냥 걸면 어떡해!"

건장한 남자치고 목소리가 정말 높다.

"코트는 어디다 뒀어? 더러워지지는 않았지?"

내 손에 들린 코트를 빼앗아 펼친다. 헐렁해진 단추를 보자 콧수염이 떨린다.

"살쪘어?"

"아니요."

최대한 몸을 숨기며 바지를 벗다.

"그리고 살이 쪘어도 제 탓이에요? 단백질을 그렇게 들이 붓는데."

"흠."

니키는 콧김을 뿜으며 나를 다시 훑어보고(무슨 고깃덩어리인 것처럼) 뒤를 홱 돈다. 단추가 터진 내 코트를 고치러 작업대로 가겠지. 사복으로 갈아입고 바지 단에 묻은 진흙을 니키가 알아채기 전에 얼른 트레일러를 나선다.

내 이름을 부르는 팬들을 무시하고 후드티를 뒤집어쓴 채 정문으로 향한다. 그곳에서도 몇 명이 가슴에 'I ♥ DARIEN'이라 적힌 티셔츠 차림으로 포스터를 들고 있다.

로니를 기다리며 반바지 주머니에서 휴대폰을 꺼낸다. 어두운 밤에 엘의 문자가 빛을 밝힌다. 마지막 문자는 3시간 전에 왔다. 기분이 많이 상했을 것이다. 자판을 켜고 재치 있는 답장을 생각한다.

"내가 샤워하는 상상을 많이 하나봐?"

아니, 그런 말은 안 된다. 글자를 썼다가 지운다.

"내가 샤워하는 모습을 보면 카민도어도 질투할 거야."

윽, 이것도 안 돼. 스튜디오 끝으로 걸어가며 '뒤로' 버튼을 누른다. 몇 가지 다른 대답이 머릿속에 떠오른다. 그중에는 엘이 샤워하는 내용도 있다. 웃기는 소리지. 엘이 어떻게 생겼는지도 모르면서. 몇 살인지, 어디에 사는지 알아낼 길이 없다. 어떤 모습을 그려야 하는지도 모르겠다. 항상 아마라 공주를 생각했던 것 같다.

정문에 도착해서야 몇 마디 말이 떠올라 답장을 간신히 입력한다. 이 정도면 내일 아침 후회하지 않을 것이다.

✉ 오후 11시 13분

　　– 나를 생각해준다니 기분 좋다.

뻔하고 유치하지만 의미 있는 말이다. 타이밍도 완벽하다. 고개를 들자마자 탱크만 한 로니의 SUV가 정문 앞에 나타났기 때문이다.

"보스."

로니가 고개를 까닥하며 인사한다.

"안녕."

볼륨을 낮춘 라디오 소리를 제외하면 차 안은 조용하다. 반바지 주머니에 휴대폰을 넣자마자 문자 알림음이 라디오 소리 위로 울린다.

"아직 안 자고 있었어?"

"여자친구?"

놀라서 고개를 든다. 늘 그렇지만 로니는 감정 표현을 삼가라고 특별 훈련을 받은 사람처럼 표정을 읽기 힘들다. 뭐라고 대답해야 할지 몰라 휴대폰을 꺼낸다. 화면이 얼굴에 빛을 내뿜는다.

　- 정말로 네 생각 많이 해.

　다시 휴대폰 화면을 잠근다. 내가 당황한 표정을 지었거나 얼굴을 붉힌 모양이다. 백미러에서 로니가 눈썹을 추켜세운다.

　"역시."

　로니가 운전석에서 자세를 똑바로 한다.

　"진지한 사이입니까?"

　왠지 모르겠지만 로니에게는 거짓말을 못하겠다.

　"네. 그래요."

　로니가 고개를 끄덕인다.

　"걱정 마십쇼, 보스. 비밀은 꼭 지킵니다."

　밤거리를 천천히 달리는 동안 엘의 문자를 다시 읽는다. 가서 찬물 샤워를 좀 해야겠다.

엘
Elle Wittimer

지난 일주일 사이, 나는 집에 몰래 들어가는 데 고수가 됐다. 오늘은 밤 9시 몇 분 전에 도착한다. 통금 시간에 아슬아슬하게 걸리는 시간이지만, 어깨솔기를 꿰매는 일이 너무 까다로웠다. 세이지는 내게 코트를 계속 입히며 곡선을 제대로 잡으려고 핀을 꽂았다 뺐다 했다. 물론 〈스타필드〉를 보느라 작업에 집중 못 한 이유도 있다. 하지만 아직 일주일의 여유가 있었다. 내가 쓸데없는 문제에 휘말리지 않는다면 말이지.

내가 현관문에 들어서자 캐서린이 소파에서 쳐다본다. 복도를 지나 계단으로 가는 내내 검은 눈이 나를 따라 온다. 캐서린은 무릎에 〈보그 웨딩〉을 펼치고 한 손에는 와인 잔을 들고 있다.

"어디 갔었니?"

계단에 거의 다 도착했을 때, 차가운 목소리가 들린다.

"네가 없어서 애들한테 다락방 청소를 시켰어."

"어제처럼 트럭 세차 했어요."

계단 위를 올려다본다. 내 방으로만 들어가자. 그것만

하면 돼.

"아직도 안 끝났어?"

"네. 내일 더 해야 돼요."

거짓말이 눈덩이처럼 커진다.

"위생에 신경 써야 하잖아요."

캐서린이 와인을 홀짝인다.

"트럭은 일하기 안 좋은 곳이라고 내가 말했지. 컨트리 클럽에 있었으면 그렇게 지저분한 일을 할 필요 없잖니."

"전 괜찮아요."

억지로 웃어 보이고 서둘러 계단을 올라간다.

쌍둥이 방을 지나가는데 닫혀 있던 문이 열린다.

"야, 이상한 애. 잠깐 우리 좀 도와줄래?"

클로이가 너무도 다정한 미소를 짓는다. 꼭 먹잇감을 본 고양이 같다.

"아니, 괜찮아!"

방 안에서 캘이 외친다. 목소리가 이상하다.

"안 도와줘도 돼!"

"닥쳐."

클로이가 동생에게 화를 내며 나를 돌아본다.

"네가 하도 꾸물거려서 이러다가는 평생 다락방을 못 치울 것 같더라고. 하지만 결과적으로 잘된 일이었어. 이제 그 바보 같은 대회에 나갈 수 있게 됐거든."

내가 미간을 찌푸린다.

"너도 참가하려고?"

애써 웃음을 참아본다. 정말이다.

"그게 무슨 말이야, 클로이. 너는 〈스타필드〉 보지도 않잖아!"

클로이가 피식 웃는다.

"그래서 우리 무대의상에 의견을 내달라는 거야."

이거 재미있겠는데. 캐서린은 인터넷 쇼핑몰에서 고급 무대의상을 살 돈을 주지 않았을 것이다. 〈스타필드〉를 싫어하는 캐서린이 그럴 리가 없지. 그 덕에 애들이 산 흉측한 나일론-스판덱스 무대의상을 구경하게 생겼다. 멍청한 대리엔 프리먼이 자기 발로 옥상에 올라갔다가 갇힌 사건에 대해 쓰려면 빨리 해치우자.

"알았어. 누구 코스프레를 하는……."

하지만 방에 들어서자마자 말은 목구멍에 걸린다.

캘은 나를 돌아보지도 않고 어깨 아래까지 내려온 머리를 부지런히 땋고 있다. 전신 거울에 아름다운 실크 드레스가 보인다. 우리 엄마의 코스프레 무대의상이다.

"어때?"

클로이가 웃으며 묻는다.

어떠냐고? 가슴이 찢어진다. 엄마가 저 드레스를 입고 빙글빙글 돌았을 때를 기억한다. 은하수가 회전하는 것처럼 거실에 별들이 반짝거렸다. 이제 유령이 되어서도 거실을 빙글빙글 돌며 춤을 추고 있다. 엄마의 별빛 구두가 나무 바닥을 움직이는 소리가 심장박동처럼 울린다.

클로이가 캘의 발을 향해 짜증스럽게 손짓한다.

"저 거지같은 신발이 내 발에는 안 맞더라. 유리 구두를 대체 누가 만드는 거야? 그래도 캘은 잘 어울리지?"

"어디서……."

심장이 목구멍까지 올라와 쿵쿵거리는 탓에 숨을 쉬기가 힘들다.

"어디서 찾았어?"

"쓰레기 든 트렁크에서."

그 말을 듣자 온몸에 날카로운 통증이 퍼지고 순식간에 정신이 든다.

"저건 우리 엄마 무대의상이야! 쓰레기가 아니라고!"

클로이는 그 말을 기다렸다는 듯 환하게 웃는다.

"그 드라마 무대의상이라는 거지! 내가 뭐랬어, 캘."

"일주일이면 돼."

캘이 덧붙인다. 그렇게 하면 뭐가 달라져?

"쓰고 나서 돌려줄게."

"하지만 너희들 게 아니잖아!"

내가 따진다.

주춤하는 캘과 달리 클로이가 코웃음을 친다.

"그럼 네 거야? 여기 이름 안 써 있던데."

"우리 엄마 거였어!"

"그래, 뭐."

클로이가 어깨를 으쓱한다.

"이 집도 그랬지."

입이 떡 벌어진다. 정말로 뺨을 한 대 맞은 기분이다.

"하지만…… 하지만 너희 엄마는 허락하지 않을 거야."

클로이가 혀를 찬다.

"그때 테니스 대회가 있다고 거짓말 좀 했지. 캘이 대회에 나가서 상을 타고 대리엔 프리먼과 만난 모습을 촬영하면 우리 브이로그는 단번에 유명해질 거야. 우리도 유명해질 거고. 또 누가 알아?"

클로이가 더 활짝 웃는다.

"대리엔이 나와 사랑에 빠질지도 모르지."

주먹을 움켜쥔다.

"내가 가만히 두고 보지 않을 거야. 캐서린에게 말해서……."

"그럼 우리는 네가 왜 늦게 오는지 말해야지. 그 여자애랑 대마초 피고 더러운 짓 하고 있지? 이름이 뭐더라? 세이지 말이야."

"어떻게……."

"네가 그 집으로 들어가는 걸 오늘 제임스가 봤대. 뭐야, 남자는 아예 포기한 거야?"

그 말이 내게 상처라는 사실을 알고 클로이가 비웃는다. 정말로 가시처럼 나를 찌른다.

"그런 애랑 사귄다니 진짜 한심하다."

"클로이, 그만해."

캘은 바닥에서 눈을 떼지 않는다.

"뭐가. 우리를 찌른다고 협박하잖아. 눈에는 눈, 이에는 이야. 우리는 대회에 나가서 우승하고 대리엔을 만날 거야. 〈스타워즈〉인지 뭔지 좋아하는 척을 해서라도……."

"〈스타필드〉야."

캘이 고쳐준다.

"뭐가 됐든. 우승하고 대리엔을 만나면 완벽해져. 그걸 너 같은 애 때문에 망칠 수는 없어."

그러고는 문을 쾅 닫는다. 우리 엄마의 드레스가 악몽 같은 저 방에 갇혀버렸다.

"엘!"

캐서린이 아래층에서 외친다.

"설거지 해야지!"

캐서린에게 말하면 쌍둥이가 엄마 무대의상에 무슨 짓을 할지 모른다. 하지만 가만히 있으면…… 어떻게 되지? 쟤들이 이긴다. 대회에서 우승하지는 못해도(무대의상을 입는다고 코스프레가 아니다) 참가는 할 것이다. 우리 엄마 무대의상으로.

주먹을 쥐고 설거지를 하러 아래층으로 내려간다. 손이 떨린다. 얼른 아빠 무대의상을 마저 수선하고 대회에 나가 코스프레는 무대의상이 전부가 아니라는 사실을 증명해야 한다. 그렇게 하지 않으면 쟤들이 이긴다. 대회에서 우승하지는 못해도 나를 이길 것이다. 그 꼴을 두고 볼 수는 없다. 어떻게 우리 엄마 무대의상으로? 우리 아빠가 만든 행사에서? 이 세계에서는 절대 용납할 수 없다.

대리엔
Darien Freeman

"대리엔, 마크 전화야."

게일이 휴대폰을 내민다.

"며칠 동안 계속 전화했대."

〈배트맨 : 이어 원〉 페이지를 넘긴다.

"아, 마크 전화였어요? 난 또 스팸 전화인 줄……."

"대리엔."

게일이 내 이름을 딱 잘라 부른다, 지금은 헛소리 할 때
가 아니라는 말투다.

책을 덮고 한숨을 쉬며 전화를 받는다.

"여보세요, 마……."

"너 누구랑 사귀는 거냐?"

마크가 내 말을 자른다.

할 말을 잃는다.

"음, 저……."

이거 낚으려는 질문인가?

"제시카요?"

"그래, 기억하네."

"당연히 기억……."

"그런데 왜 TMZ는 네가 바람피운다는 기사를 내는 거야?"

마크가 차갑게 묻는다.

게일을 보자 내 침대에 걸터앉아 엄지손톱을 깨물며 긴장으로 몸을 들썩이고 있다. 게일이 말했을 리는 없다. 그러지 않았을 것이다. 의자에서 몸을 일으켜 세운다.

'무슨 일이야?'

게일이 입모양으로 묻는다.

여기는 내 호텔방이다. 널찍하고 화려하지만 종잇장처럼 얇은 벽 너머로 제시카 방이 있다. 한 시간 후에 별을 추격하는 장면을 찍어야 하는데 어색해지고 싶지 않다.

나도 입모양으로 말한다.

'마크가 문자 얘기 알았어요.'

게일이 하얗게 질린 얼굴로 고개를 저으며 말한다.

'나 아냐.'

게일이 아니라는 거 안다. 그 스탭 덕에 나도 게일의 약점을 잡고 있으니까. 로니인가? 아니, 로니는 약속을 했으면 지킬 남자로 보인다.

"그런 일 없어요."

내가 말한다.

"그냥 루머라니까요?"

"루머? 그런데 네가 휴대폰에 코를 박고 다닌다는 증언이 왜 이렇게 많아?"

단단히 각오를 한다. 마크는 게일에게 내 휴대폰으로 압수하라고 할 것이다. 더 이상 엘과 문자를 못 한다고 생각하자 무섭고 허전해진다. 하지만 마크는 상황을 무마하려는 사람처럼 웃음을 터뜨린다.

"조심해라. 너는 〈스타필드〉의 얼굴이야. 상대 배우와 사귀면서 딴 짓을 하면 누가 좋게 보겠니. 이제 어떻게 해야 하는지 알지?"

알고 싶지 않지만 어차피 자기가 말하겠지.

"상대가 누구인지 몰라도 연락을 끊고 제시카랑 재미있게 즐겨. 방금 그쪽 매니저와 얘기해서 너희 둘 근사한 데이트를 준비하기로 했다, 알았지? 오늘 저녁 촬영 후에 말이야. 할 수 있지?"

잠시 대답하지 않고 무릎에 놓인 내 휴대폰만 본다. 엘과 연락을 끊는다고? 언제까지? 촬영이 끝나는 일주일 후? 엑셀시콘 때까지? 일주일은 그리 긴 시간이 아니다. 촬영이 끝나는 순간, 나와 제시카는 '연인 관계'를 끝내고 각자의 길을 가겠지만……

엘이 우리 대화를 알고 있는 걸까? 휴대폰에 문자가 뜬다. 엘이다.

✉ 오전 8시 47분

- 안 돼, 카민도어.

– 안 돼.

– 옆집 개 짖어서 밥을 주러 나갔는데…

– 이러면 안 되잖아. 새엄마가 미워.

– 미워 죽겠어.

– 옆집 사람이 개를 동물보호소로 보낸대.

– 동물보호소.

마크 전화를 대기시키고 답장을 한다.

✉ 오전 8시 49분

– 세상에 어떡해.

✉ 엘 오전 8시 49분

– 어떻게 할지 모르겠어.

– 프랭코가 뭘 잘못했다고.

– 그 여자가 다 이겨. 항상 그래.

– 나한테는 힘이 없어. 아무 힘이 없단 말이야.

힘이 없다. 어떤 기분인지 나도 조금은 안다. 무능한 사람이 된 기분이다. 정말 여기 가만히 앉아서 누구와 사귀고 누구와 연락을 끊을지 마크가 정해주는 말을 듣고 있을 거야? 하지만 마크는 내 아빠다. 아빠가 자식을 가장 잘 알지 않나? 그래야 하지 않아?

"대리엔? 듣고 있냐?"

휴대폰 스피커가 지지직거리며 마크 목소리로 들린다.

"전화 끊긴 거야? 내 말 들려? 휴대폰이 미쳤나……."

"알았어요, 마크."

다시 전화를 받으며 말한다.

"네가 정신 차릴 줄 알았다!"

이 일로 우리 사이가 크게 발전한 것처럼 마크가 기뻐한다.

"오늘 밤 데이트 잊지 마라. 최고로 꾸미고 나가. 언제나처럼 빛나는 거야, 알았지?"

"네."

이를 악물고 대답한다. 전화를 끊자마자 게일을 본다.

"다음에 전화 오면 나 바쁘다고 해요."

게일은 걱정스러운 얼굴이다.

"대리엔, 마크 말이 맞을지도 몰라. 겨우 일주일이고……."

그러더니 급하게 자기 휴대폰을 내려다본다.

"그러니까, 일주일만 하라는 대로 하면……."

내 휴대폰이 다시 울린다.

✉ 엘 오전 8시 52분

　　― 어떻게 할지 모르겠어.

눈치를 보자 게일은 졌다는 듯 두 손을 들고 아침 뉴스를 보러 소파로 돌아간다.

"나 아무것도 못 봤다."

✉ 오전 8시 52분

　- 괜찮아. 같이 생각해보자.

　- 어디 놔줄 데 없어? 잠깐 돌봐줄 곳 없어?

✉ 엘 오전 8시 52분

　- 전혀.

　- 방법이 하나도 없어.

✉ 오전 8시 52분

　- 친구 집은 어때? 네가 스타필드 보여준다는 친구?

✉ 엘 오전 8시 53분

　- 나보고 프랭코를 훔치라고??

✉ 오전 8시 53분

　- 언제까지 힘없이 있을 거야.

　- 이런 때는 카민도어를 잊어.

　- 가끔은 아마라처럼 행동해야 돼.

엘
Elle Wittimer

프랭코가 푸드트럭을 좋아해서 다행이다. 녀석은 냉장고 옆 시원한 구석을 차지했고, 우리는 기분 좋게 자리를 내줬다(기분 좋게 내줬다는 건 내 얘기. 세이지는 입이 댓 발 나왔다). 한여름의 찰스턴은 땀과 모기의 소굴이다. 깡통 같은 트럭에 갇혀 있으면 말 그대로 숨이 턱턱 막힌다. 숨만 막히나? 죽을 만큼 뜨겁기까지 하다.

주걱으로 부채질하며 차가운 조리대에 뺨을 댄다. 이러다 더위 먹고 기절하겠다. 그때 퍼뜩 떠오르는 생각이 있다. 정신을 차리고 휴대폰으로 날짜를 확인한다. 내 생각이 맞았다. 예상 배송일에 따르면 그건 오늘 도착한다.

"우리 음식보다 프랭코가 관심을 더 많이 받는다."

또 다른 관광객의 눈이 하트가 돼서 땅딸막한 프랭코를 귀여워하자 세이지가 불평하며 강아지를 노려본다. 프랭코는 커다란 갈색 눈으로 올려다보며 입 밖으로 혀를 늘어뜨린다. 세이지가 얼굴을 찌푸린다. 내가 프랭코 머리를 쓰다듬어준다.

"미안하지만 네 매력이 이 친구한테는 안 통한대."

"아직도 안 믿어진다. 어떻게 얘네 집 마당에서 바로 훔쳤어? 우리 지금쯤 위생 규정을 10억 개는 위반했을 거야."

"10억하고도 하나 더."

내가 튀김기에서 뜨거운 고구마튀김을 하나 슬쩍하며 덧붙인다. 튀김을 입에 털어 넣지만 실수였다. 황급히 혀에 부채질을 한다.

"앗, 뜨거, 뜨거!"

"쌤통이다."

세이지가 약을 올린다. 세이지는 초록색 머리카락을 쓸어 넘기고 오후 내내 풍선껌 부는 연습을 하고 있다.

"얘를 훔치라고 시켰다는 거야? 그 미스터리 소년이?"

세이지가 〈보그〉 최신 호를 읽으며 묻는다.

"시킨 게 아니야. 나도 이미 생각하고 있었어. 그런데 묘한 말을 하기는 했어. 언제까지 힘없이 있을 거냐면서. 무슨 뜻일까? 걔도 악마 같은 새엄마가 있나? 아니면 다른 사람이 괴롭히는 걸까?"

세이지가 어깨를 으쓱한다.

"직접 물어보지 그래?"

코웃음이 나온다.

"퍽이나."

"왜?"

"자기 얘기는 거의 안 하니까. 그런 얘기는 운이 진짜 좋아야 들을 수 있을 걸? 〈스타필드〉나 태양광선 유량축전기의 무결성 같은 얘기만 하고, 아닐 때는…… 모르겠어. 내 얘기만 해. 걔는 별로 안 하고, 비밀이 많은 것 같아."

"비밀이 많다고?"

내가 튀김기 옆에서 째려보자 세이지가 항복의 뜻으로 두 손을 든다. 프랭코가 멍멍 짖으며 꼬리를 흔든다.

"봤지? 프랭코도 동의하잖아."

프랭코의 머리를 쓰다듬고 다시 휴대폰을 확인한다.

"저기, 부탁 하나 해도 돼?"

"또 뭐야, 집 찾을 때까지 너희 개 맡아달라며."

세이지가 감정 없이 말한다.

"소인에게 무엇을 더 원하십니까, 여왕마마?"

내가 태평하게 웃는다.

"이보게, 오늘 밤 그대 지하실에서 노역을 하기 전에 내 거처에 잠시 들를 수 있겠나? 쌍둥이는 집에 없겠지만 도착할 우편물이 있어서……."

세이지는 들으란 듯 땅이 꺼져라 한숨을 쉬며 잡지를 넘긴다.

"그러지, 뭐……."

그러다 고개를 들고 미간을 찌푸린다.

"뭐가 오는데?"

"티켓들."

내가 말한다.

"엑셀시콘 입장권 말이야."

"티켓들? 복수야?"

얼굴이 달아오른다.

"그게, 응. 너도 가고 싶을 것 같아서. 내가 사는 거야. 네가 무대의상도 만들어주고……."

"어차피 내 포트폴리오 때문이잖아. 이미 보상은 받았어."

"알아. 그냥…… 가기 싫다고 해도 괜찮아."

내가 고무장갑 낀 손을 쥐어짜며 말을 더듬는다.

"먼저 물어봤어야 하는데 내가 멍청해서……."

"장난해?"

고개를 들자 세이지가 활짝 웃고 있다.

"나야 좋지."

놀라서 눈을 맞춘다.

"정말?"

"그래! 좋지!"

프랭코가 다시 컹컹 짖는다.

세이지가 프랭코를 엄지로 가리킨다.

"봐, 프랭코도 동의하잖아! 고마워. 진짜 재미있겠다. 그런데 거기까지 갈 방법을 찾아야 돼. 우리 엄마가 펌킨을 몰고 찰스턴 밖으로 나가면 안 된다고……."

"버스. 새벽 6시 반이야. 밤 8시 차를 타고 집으로 오면 돼."

그날 아침 자전거를 타고 그레이하운드 터미널로 가서

버스표를 샀다. 환불은 불가능하다. 버스표와 행사장 입장권으로 비상금은 거의 바닥이 났다.

세이지가 웃는다.

"너 다 계획했구나?"

"안 그러면 어떡해. 〈이탈리안 잡〉이랑 똑같은 거야. 밀수하는 대상이 나일뿐이지."

"모르도르에 몰래 들어가려는 샘과 프로도가 아니라?"

내가 멍한 표정으로 보자 세이지가 어깨를 으쓱한다.

"뭐가? 나 원래 호빗 팬이야."

"아라곤 파야? 보로미르 파?"

"그보다는 아르웬이 더 좋아. 무슨 뜻인지 알지?"

세이지가 윙크를 한다.

웃으면서도 쌍둥이가 나와 세이지에 대해 한 말이 문득 떠오른다. 그러다 우리 엄마 무대의상을 입은 캘의 모습이 떠오른다. 끔찍한 기억이 지워지지 않는다. 튀김기 안의 프리터를 내려다본다.

"문제 있어?"

세이지가 말한다.

"너 설마, 레즈비언과 친구할 수 없다는 말 하려는 건 아니지?"

"뭐? 아니야!"

내가 얼른 말한다.

"그냥…… 걔들도 참가하거든. 쌍둥이 말이야."

세이지가 놀란 표정을 짓는다.

"미친 쌍둥이가 〈스타필드〉 팬인지 몰랐네."

"팬 아니야."

"그런데 어떻게 참가한대?"

"걔들이 무대의상을 찾았어. 드레스."

가능하면 애매하게 말하고 싶다. 엄마 무대의상이라는 사실은 알리고 싶지 않다. 아직은 인정할 수 없다. 커트를 잘못한 머리를 모자 안에 숨기려는 것만 같다. 생각을 안 하면 아무 일도 없었다는 것처럼.

"우리가 이 무대의상을 완성하지 못하면 걔들이 정말 우승할 수도 있어. 그 꼴은 못 봐. 하지만 내가 대회에 나 간다는 걸 들켜서도 안 돼. 걔네가 새엄마한테 이르면 다 끝이야."

하지만 세이지는 쉽게 포기하지 않는다.

"걔들이 무대의상을 어떻게 찾았다는 거야? 집에 굴러 다니는 게 있었어?"

"아니."

내가 작은 소리로 대답한다.

"그게…… 다락방에 있었어. 우리 부모님 물건 속에."

서서히 무슨 뜻인지 이해하자 눈이 커진다. 세이지가 잡지를 내려놓고 고개를 절레절레 젓는다.

"세상에. 네 엄마 무대의상이야?"

"그래서, 나는……."

목이 멘다. 밤하늘을 잘라 만든 엄마 드레스 얘기는 하고 싶지 않다. 8년 동안 잊고 살던 감정이 나를 괴롭힌다. 존재조차 잊고 있던 근육이 쑤시는 느낌이다.

"정말이야?"

내가 부정하지 않자 세이지가 묻는다.

"너희 엄마 무대의상을 쓴다고? 미쳤어. 왜 가만히 있어?"

"뭘 어떻게 할 수 있는데?"

내가 따진다.

"캐서린에게 이르면 걔들이 옷을 망가뜨릴 거야. 대회에 나가는 것도 들키면 안 돼. 그러면 내가 못 가게 캐서린에게 말할 테니까. 나는 걔들을 이길 수 없어. 절대 못 이겨."

"하지만 손 놓고 있을 수는……."

"안 그래. 우리는 대회에 나가. 그 방법으로 걔들을 막을 거야."

세이지가 입을 꾹 다문다.

"그래, 좋아. 집에 들렀다가 우리 집으로 가자. 거기 멍멍이! 큰소리로 헐떡거리지 좀 마! 으으, 사방이 침이야."

화난 얼굴을 보자 웃음이 난다.

"네가 좋다는 뜻이야."

"흠."

세이지는 프랭코를 노려보고 다시 잡지를 읽기 시작한다.

처음 오는 사람은 우리 집이 조금…… 조화가 안 된다고 생각할 수 있다. 찰스턴 역사지구에 있는 집은 대개 품격 있고 아름답다. 사람들은 역사지구라 하면 보통 레인보우 로우 거리에 있는 집들을 생각한다. 파스텔색 페인트를 칠한 네모난 과자집들이 배터리 경기장을 따라 행진하듯 줄지어 서 있는 모습을 떠올릴 것이다. 하지만 역사지구 끝에 있는 우리 집은 오래되기는 했어도 '역사'라 부르기에는 너무 새 것이다. 그렇다고 다 허물 만큼 낡지도 않았다. 그래서 지붕에 물이 새고 현관문이 삐걱거리는 어정쩡한 상태로 존재하고 있다.

문을 열고 서둘러 계단을 올라간다. 세이지는 현관에 서서 흠 하나 없는 목재 마감, 샹들리에, 깨끗한 거실을 보며 입을 벌린다. 쌍둥이 친구들이 우리 집에 처음 왔을 때 그런 표정을 짓는다. 다들 감탄한다. 너무 깔끔하고 하얗다고…….

"영혼이 하나도 없다."

세이지가 나를 따라 계단을 오르며 말한다.

입장권을 어디에 숨겨야 할까? 속옷 서랍? 아니, 거기에는 이미 버스표와 비상금을 숨겼다.

"캐서린이 깔끔한 걸 좋아해서."

세이지는 프랭코를 털복숭이 축구공처럼 옆구리에 끼고 복도를 걷는다. 깨끗한 보금자리에 강아지가 들어왔다는 사실을 알면 캐서린이 뒤집어질 것이다. 그렇게 생각하니 기쁘다. 캐서린이라고 전부 알지는 못한다. 모든 것을 통제할 수는 없다.

캐서린과 쌍둥이의 가족사진을 보던 세이지가 쌍둥이의 어릴 때 사진을 한참 보더니 고개를 갸웃한다.

"너는 어디 있어?"

"나는 없어."

대답하며 방 안을 둘러본다. 매트리스 아래? 아니야, 저 아래 뭐가 있을지 누가 알아.

"야, 여기 쌍둥이 방이야? 침대 두 개 있는 방?"

"응."

방 안을 돌아다니며 찾고, 또 찾다…… 프로스페로선의 청사진 액자를 발견한다. 빙고. 벽에서 액자를 떼고 뒷면에 입장권을 넣는다.

"야, 프랭코가 쉬한대. 나는 나가 있을게."

"나도 금방 갈게!"

"천천히 해!"

입장권이 떨어지지 않는지 액자를 흔들어보고 다시 벽에 건다. 여기를 찾을 리는 없다. 나라면 그럴 것이다. 방문을 닫고 서둘러 복도를 지나 계단을 내려온다. 내가 막 현관문을 잠글 때, 세이지가 바지에 손을 닦으며 트럭 뒤에서 나타난다.

"프랭코 일 봤어?"

내가 조수석으로 돌아가며 묻는다.

"네 새엄마 피튜니아 밭에. 내 작전대로 됐지."

세이지가 운전석에 뛰어 올라 시동을 건다. 엔진이 우르릉 소리를 내며 살아난다.

"얘도 그렇게 나쁘지 않다."

"거 봐, 정들 거랬지."

세이지가 백미러 각도를 조절한다.

"응? 아, 맞아."

진입로에서 차를 빼고 노스찰스턴에 있는 집으로 출발하는 세이지를 내가 이상한 눈으로 쳐다본다.

"괜찮아?"

"괜찮아, 나는 괜찮은데."

세이지가 잠시 뜸을 들인다.

"질문 있어. 카민도어 코트에 있는 거 말이야. 두 가지."

소매를 가리키는 세이지의 손을 보자 무슨 뜻인지 정확히 이해한다. 계급과 유전자 변형 여부를 나타내는 페더레이션 배지와 스타윙 말이지.

"네 코트에는 없잖아. 왕관도 없고."

"응, 트렁크에 없더라고."

"인터넷으로 살 수 없어?"

"스타윙은 가능할 거야. 하지만 왕관은……."

잘 모르겠다. 인터넷 쇼핑몰에서 얼마에 팔더라?

"……어린 애 하나랑 맞먹는 값이야."

"내 애는 이미 어둠의 마왕에게 뺏겼고, 우리가 그냥 만들까?"

"만든다고?"

농담이라고 생각했지만 웃는 사람은 나뿐이었다. 내가 헛기침을 한다.

"아니야, 그렇게는 못해."

세이지가 기어가는 소형차를 추월해 간선도로로 치고 나간다.

"야, 나는 코트를 뜯어서 다시 붙이고 있어. 기적을 만들 수 있다고. 네가 다니는 사이트에 물어보면 안 돼? 팬사이트 같은 거 있지?"

"응, 사이트 있어."

세이지가 피어싱을 단 검은 눈썹을 추켜세운다.

"내가…… 시도해볼게."

내가 졌다. 세이지가 내 어깨를 장난스럽게 주먹으로 치자 트럭이 도로에서 벗어난다.

"그럴 줄 알았어!"

"야, 앞에 봐!"

세이지가 웃으며 운전대를 다시 돌린다. 카민도어는 지금 일하고 있겠지 손을 뻗어 휴대폰을 찾는다. 엑셀시콘에는 오겠지? 그때 일정을 취소하려 했지만 결국 실패했을지도 모른다.

우리가 만날 기회가 있을까? 나를 만나고 싶기는 할

까? 불안해서 아랫입술을 깨문다. 나를 보고 정신을 차리면 어쩌지? 한 번 보고 옆에 있는 다른 아마라를 찾아가면?

만약…… 만약 우리가 만나면 진짜 내 모습을 싫어할까? 남들이 바라는 모습으로 꾸미지 않을 때, 진정 내가 원하는 사람이 될 수 있다. 하지만 무슨 상관이야? 그런데 신경 쓰는 내가 싫다. 대회에서 우승하는 일에만 집중해야 하면서 카민도어를 생각하는 내가 싫다. 알지도 못한 사람을 좋아하는 내가 싫다.

대리엔

Darien Freeman

"태양광선 유량축전기가 임계 질량을 넘어서 방법
이…… 그러니까, 방법이 없…… 젠장."

캘빈/유시가 상어 이빨을 번쩍이며 나를 밀쳐낸다.

"내 대사가 뭐였지?"

내가 그의 조수보다 먼저 대사를 읊는다.

"태양광선 유량축전기가 임계 질량을 넘어서 방법이
없습니다, 전하."

캘빈이 나를 노려본다.

"누가 너한테 물어봤어? 원하는 게 뭐야. 내 대사까지
외운다고 칭찬받겠다?"

캘빈이 흥분을 가라앉히는 동안 나는 어깨만 으쓱하고
옷깃을 매만진다. 조감독이 고개를 젓고 에이먼 감독에게
뭐라 속삭인다. 고개를 끄덕인 에이먼이 시계를 확인하더
니 조감독에게 신호를 보낸다.

"좋아요, 1시간 쉽시다. 저녁들 먹어요!"

조감독이 스탭들에게 외친다.

"오늘 메뉴는 바비큐 출장 뷔페입니다. 캘빈, 저녁 먹

으면서 대사 다시 외울 수 있어요?"

"네, 네."

캘빈이 중얼거리며 세트에서 뛰어 내린다.

기술팀 스탭들은 믿기 힘든 속도로 하던 일을 내려놓고 출구로 향한다. 나는 한숨을 쉬고 가짜 함교에 걸터앉아 코트 목 부분의 단추를 푼다. 고등학교 풋볼 경기 하프타임 중의 외야석만큼이나 빠르게 세트장이 텅 비었다.

코트를 받으러 온 여자 스탭에게 알아서 하겠다고 말한다. 스탭은 대학생쯤? 나보다 나이가 많다. 저임금(혹은 무급)을 받으며 인턴을 하고 있겠지. 그녀가 뒤에 있는 문을 엄지로 가리킨다.

"저녁은 먹을 거죠?"

내가 고맙다고 웃어 보인다.

"네, 금방 갈게요."

스탭이 가자마자 코트에서 휴대폰을 꺼낸다. 휴대폰을 숨기는 솜씨가 날로 늘고 있다. 전처럼 문자를 자주 보내지는 않고 주위에 아무도 없는 휴식 시간을 이용한다. 불편한 데다 답장을 빨리 못 해 엘에게 미안하기도 하다. 하지만 늦어도 답장을 잊지는 않는다.

✉ 엘 오후 3시 02분
  - 출근 이틀째 프랭코는 잘하고 있어.
  - 통통한 것 봐.

- [첨부파일 1]

✉ 엘 오후 4시 21분

   - 오늘은 아마라 나오는 편을 보여줄 거야.

   - 펑펑 울게 만들어야지.

   - 얘가 울지 모르겠지만.

   - 나는 울 거야.

   - 내가 울면 따라 울 수도 있겠다.

✉ 엘 오후 6시 32분

   - 그런 생각해본 적 있어? 아마라가 구해주지 않았다면 카민 도어가 어떻게 됐을지?

웃음이 나온다. 정답을 알기 때문이다.

✉ 오후 7시 43분

   - 아마 죽었겠지.

   - 그리고 안녕:) 일찍 답장 못해서 미안

   - 일하면서 문자했다고 혼났어:(

"어머나, 얼음 왕자께서 주특기인 아웃사이더 놀이 하고 계시네."

갑자기 들린 제시카 목소리에 화들짝 놀란다. 휴대폰

을 코트에 쑤셔넣고 뒤를 돌아본다. 요가 바지와 탱크톱으로 갈아입은 제시카는 검은 머리를 하나로 올려 묶었다. 손에는 바비큐 접시 두 개를 들고 있다.

내가 한쪽 눈썹을 올린다.

"나 먹으라고요?"

제시카가 킥킥 웃으며 옆에 앉는다.

"나는 친화력 좋은 사람하고만 식사하는데."

"나도 친화력 좋아요."

"전혀 아니거든요."

그러면서도 내게 접시를 건넨다.

"하루 종일 구석에 앉아 문자나 하면서 어떻게 동료들과 어울리려고?"

"그건 내 일이 아니잖아요."

접시를 받아 들며 반박한다. 맛있는 냄새가 난다. 이것 봐라, 용케 기억하고 내 접시에 빵이나 탄수화물을 올리지 않았다. 순 단백질과 채소다. 제발, 빵을 '한 조각'만 먹을 수 있다면 다시는 몰래 문자하지 않을게요.

"천재는 가만히 있어도 남들이 알아볼 텐데."

제시카가 나를 쳐다본다.

"조심해, 잘난 척하는 것처럼 보이니까"

"나로 사는 게 얼마나 어려운 줄 알아요?"

"흠."

다리를 앞뒤로 까딱이며 스튜디오를 둘러보던 제시카

가 잠시 뜸을 들이다 말한다.

"에이전트가 인디 영화를 조율 중이래."

"그래요?"

내가 입 안 가득 음식물을 씹으며 말한다.

"무슨 내용인데요?"

"작은 마을에서 DJ로 이중생활을 하는 여자 얘기야. 대본을 읽어 봤는데 좋더라고. 진짜 잘 썼어. 내가 하면 정말 잘할 수 있을 것 같아."

"재능이 있으니까요."

음식물을 삼킨다.

"하이힐을 신고 그렇게 달릴 수 있는 사람은 또 없을 거예요."

"굽으로 찔리고 싶어?"

그녀가 위협한다. 항복한다고 손을 든다.

"작품이 좋아. 규모는 작지만 세련됐고. 내가 주인공에 딱인데."

하지만 그리 기쁜 말투가 아니다. 잠시 제시카를 뜯어본다.

"뭐가 문제인데요?"

"〈스타필드〉."

제시카의 대답은 간단하다.

"잘…… 이해가 안 돼요."

제시카가 천천히 숨을 들이마신다.

"〈스타필드〉가 문제라고. 이건 좋아하는 사람이 많잖아. 팬들이 어디 숨어 있었는지 쏟아져 나오고 있어. 스타 거너라는 사람들 말이야. 그 사람들이 이 영화에 달라붙어서 화제성을 올리고 대박을 치면……."

무슨 말인지 알겠다.

"〈스타필드〉 후속편이 나오면 그 역할을 못 한다는 말이죠."

"계약에 어긋날 거야."

제시카가 한숨을 쉰다.

"난 벌써 스물둘이야, 대리엔. 게다가 여자고. 이 시리즈를 좋아하는 마음은 알겠지만 너보다는 내 유통기한이 더 짧단 말이야. 우주 공주를 연기하면서 3년을 더 허비할 수는 없어. 우주 공주는 절대 아카데미상을 못 타."

제시카가 침울하게 접시 위의 음식을 뒤적이며 바비큐와 깍지 콩을 분리한다, 입 꼬리는 축 처져 있다.

"발판으로 선택한 대가가 너무 크다. 그냥 망하기를 바라야 하나…… 아니."

제시카가 숨을 들이마시며 놀란 눈으로 나를 보고 사과한다.

"정말 미안. 그런 뜻 아니었어. 말이 생각 없이 튀어 나왔네. 네가 꿈꾸던 역할이라는 거 알면서. 정말 미안해. 내가 미쳤지."

"괜찮아요."

그러면서 세트장의 흐릿한 주황색 불빛을 올려본다.

"어릴 때 나는 어디에도 들어가지 못했어요. 언제나 짝이 안 맞는 퍼즐 조각 같은 기분이었죠. 그때 〈스타필드〉를 만난 거예요."

브라이언도 만났지.

"처음으로 내가 카민도어와 비슷하다는 생각을 했어요. 이제는 카민도어가 되었죠. 그런데 이런 생각이 들어요. 내가 그 역할에 안 맞으면 어쩌지? 영화가 망하면 어떡하지? 나 때문에 망하면? 그러니까 걱정하지 마요."

"진심이야? 매일 밖에서 소리 지르는 귀신들을 보고도……."

"그 사람들 말고요."

답답해서 얼른 끼어든다.

"진짜 팬들 말이에요. 숨어 있다가 쏟아져 나온 그 사람들이 나를 안 좋아하는 것 같아요."

제시카가 고개를 갸웃한다.

"너 〈배트맨〉 좋아하지?"

그냥 어깨를 으쓱한다.

"팬이죠."

제시카가 작게 자른 바비큐 조각을 입에 넣고 천천히 씹는다. 항상 그렇게 먹는다. 새 모이처럼 작은 양을 조금씩 먹으며 맛을 음미한다.

"너는 누가 더 좋았어? 발 킬머랑 크리스찬 베일 중에?"

이게 무슨 소리야.

"제정신이 박힌 사람이라면 발 킬……."

제시카가 입으로 부저 소리를 낸다.

"그럼 너는 진정한 팬이 아닌 거야?"

"네?"

"한 배트맨을 더 좋아한다며? 진정한 팬은 어떤 배트맨을 좋아해야 하지?"

"나는……."

무슨 뜻인지 알겠다.

"팬들에게 달린 거겠죠."

제시카가 고개를 끄덕인다.

"우리 배우들은 정해진 기간 동안 다른 사람이 되어 열심히 연기하는 수밖에 없어. 우리는 악기야. 악보에 적힌 음표를 읽고 연주하는 거지."

제시카가 허공에서 바이올린을 꺼내 우아하게 눈을 감고 천천히 감동적인 선율을 연주한다. 다른 사람을 연기하며 바이올린을 연주한 적이 있었던 걸까?

"관심 없는 거 아니었어요?"

내가 놀린다.

"'아카데미 영화'도 아닌데."

제시카가 연주를 멈추고 투명 바이올린을 내려놓는다.

"관심 없어. 하지만 내가 말했듯 우리는 오케스트라야. 한 사람이 음을 못 맞추면 전체가 엉망으로 보일 거야."

말은 그렇게 하지만 내 눈을 쳐다보지 못한다.

"인정해요. 아마라 역 좋아하죠."

제시카가 충격 받은 연기를 한다.

"말도 안 돼!"

"제시카!"

비상구에서 그녀의 조수가 외친다. 텅 빈 스튜디오에 목소리가 메아리친다.

"전화 왔어요!"

제시카가 금방 세트에서 뛰어내린다. 전화를 기다리고 있었나 보다.

"팬들은 위해서야. 알았지?"

그러고는 조수의 손에서 휴대폰을 받아들고 서둘러 스튜디오를 나간다.

나도 휴대폰을 꺼낸다. '레벨거너'의 블로그 글이 생각난다. 온갖 인터넷 악플이 생각난다. 제시카는 오케스트라라고 아름답게 표현했다. 하지만 우리가 오케스트라라면 나는 제1바이올린 연주자가 된다. 팬들은 내 머리에 기름을 붓고 머리에 불을 붙여 내가 불길에 휩싸여 연기하는 모습을 지켜보고 있다.

새 메시지가 많다. 발신자는 전부 엘이다.

✉ 엘 오후 7시 47분

   − 어떡해! 나 때문에 곤란해졌어??

- 미안!
- 이제는 문자 많이 안 보낼게. 약속의 맹세!

　하지만 엘 같은 팬들도 있다. 엘 같은 사람들이 있다. 엘이 내가 연기하는 카민도어를 좋아하지 않더라도 나는 최선을 다할 것이다. 왜인지 모르겠지만 엘을 생각하면 더 좋은 배우가 되고 싶기 때문이다. 불길에 휩싸여도 혼신의 힘으로 연주하고 싶다. 죽어가는 적색 거성처럼 다 타버릴 때까지 연주하고 또 연주할 것이다.

✉ 오후 7시 47분
- 됐어, 난리 치든 말든.
- 그러지 말고 문자를 계속 보내겠다고 약속의 맹세를 해줘.

✉ 엘 오후 7시 50분
- 진짜?

✉ 오후 7시 50분
- 진짜. 너랑 대화하고 있으면 좋아.

✉ 엘 오후 7시 51분
- 왜?

"10분 남았습니다!"

갑작스러운 외침에 내가 펄쩍 뛴다. 애가 타서 휴대폰을 든 손이 살짝 떨리고 있다. 지금 생각하는 말을 전부 써야 한다. 용기가 사라지기 전에 얼른 타자를 친다.

✉ 오후 7시 52분

  - 네 생각이 머리를 떠나지 않으니까.

  - 미친 소리지. 우리는 서로를 알지도 못하잖아? 하지만 너를 알고 싶어.

  - …나 지금 바보 같지?

"대리엔?"

에이먼이다.

"이 녀석 어디 갔어?"

"여기요!"

내가 벌떡 일어난다.

"가요."

마지막으로 휴대폰 화면을 한 번 더 본다.

✉ 엘 오후 7시 53분

  - 나도 너를 알고 싶어, 카민도어.

  - 네가 여기 있었으면 좋겠다.

  - 정말이야.

목이 멘다. 나도 거기에 있고 싶었다. 정말이다. 하지만 그럴 수 없는 이유는 수십만 가지가 넘는다. 절대 불가능하다.

"어이, 슈퍼맨!"

스턴트 코디네이터가 스튜디오 반대편에서 안전장치를 들고 외친다. 카민도어의 코트 안주머니에 휴대폰을 넣으며 생각한다. 엘에게 이 말을 어떻게 해야 할까? 우리가 만난다면 나를 좋아하지 않을 거라고.

▲ ▲ ▲

2시간이 더 지난 후에야 자유의 몸이 된다. 자유의 몸이 됐다는 말은 올림픽공원에서 달리기를 해야 한다는 뜻이다. 영화배우로 살려면 일할 때도, 쉴 때도 운동을 해야 하나 보다. 로니가 뒤에서 숨을 거칠게 쉰다.

"괜찮습니까?"

"네, 안 괜찮을 이유 있어요?"

내 심장은 쉬지 않고 쿵쾅거린다는 사실을 빼면. 하지만 운동이 힘들어서가 아니다. 애틀랜타의 심장부에 있는 올림픽공원도 지금은 고요하다. 원래는 야간에 문을 열지 않지만 경비원이 나를 알아보고 펜스 안으로 몰래 들여보내줬다. 얼굴이 알려진 사람의 특권인 거겠지. 아니면 거인 같은 보디가드 덕분일 수도? 폐를 들락날락하는 숨소리와 바닥을 쿵쿵거리는 발소리밖에 들리지 않는다. 모든 감각이 예리하고 선명하다. 엘에게 진실을 말하고 싶다. 나도 네 곁에 있기를 원한다고 솔직히 말하고 싶다. 하지만 불가능한 일이다. 지금 내가 그곳에 갈 수 있는 방법은 하나뿐이다. 하지만 그것만으로는 결코 충분하지 않았다.

마지막 문자를 받은 지 2시간이 지났다. 내가 답장을 하지 않아 삐쳤을 것이다. 잠들었을지도 모른다. 삐친 채로 잠들었을 수도 있다. 하지만 시도라도 해봐야 한다.

✉ 오후 10시 45분

– 이거 어때.

– 나랑 스무고개 하자.

로니가 바람 소리를 내며 나를 지나친다.

"이게 무슨……."

"너무 느립니다!"

로니가 어깨 너머로 소리치며 앞서간다. 내 '다이어트 계획' 중에서 유일하게 좋아하는 항목(달리기)조차 이제는 혼자 할 수 없었다. 솔직히 말해서 아직까지 혼자 볼일을 볼 수 있는 게 놀랍다. 로니는 머지않아 소변기까지 쫓아다닐 기세다.

아직 답장은 없다. 문자를 하나 더 보낸다.

✉ 오후 10시 46분

  - 나부터 할게.

  - 굉장히 큰 게 보여.

'제발 대답해.' 완전히 애원이다. 곧 엘의 이름 옆에 입력 중이라는 표시가 뜨더니 작은 '딩동' 소리와 함께 문자가 도착한다.

✉ 엘 오후 10시 46분

  - 안이야, 밖이야?

✉ 오후 10시 46분

  - 밖.

고개를 들지 않아도 맑은 밤하늘이 눈에 선하다. 너무 환해서 가로등을 켤 필요도 없었다. 뒤에서 다가오는 보디가드의 그림자도 보인다. 슈퍼히어로 영화에서 방패를 가진 남자가 나타나는 장면 같다.

"뒤 조심……."

"다 보여요."

지나가는 로니에게 무덤덤하게 말한다.

"잘난 척은!"

✉ 엘 오후 10시 59분

　　– 글쎄… 구름?

　　– 이건 말도 안 된다.

　　– 안 보이는데 어떻게 맞히라는 거야?

✉ 오후 10시 59분

　　– 쯧쯧, 좀 참아 봐!

　　– 장소는 달라도 같은 걸 볼 수 있다네, 제자여.

"웃고 있네."

로니가 다시 지나치며 말한다. 그의 뒤에 대고 손을 흔
든다.

"먼저 가요! 계속 가시죠."

✉ 엘 오후 11시 01분

　　– 그래도 모르겠어.

✉ 오후 11시 04분

　　– 힌트를 줄게.

　　– 고개를 들어 봐.

　　– 언제 마지막으로 위를 봤어?

나도 고개를 든다. 엘도 그렇게 하고 있겠지? 무수한

별이 하늘 끝까지 펼쳐져 있다. 자줏빛으로 보일 만큼 칠흑 같은 하늘을 빛의 가루가 장식한다. 별이 정말 많다. 밤하늘에서 촛불처럼 하얗고 뜨겁게 불타고 있다.

답은…….

✉ 엘 오후 11시 09분
- 하늘이야?

✉ 오후 11시 09분
- 그냥 하늘이 아니야. 같은 하늘이지.
- 우리가 같은 하늘을 보고 있다면 우리 사이가 멀어봐야 얼마나 멀겠어? 거대한 우주에서 같은 행성에 살고 있을 확률은 얼마나 될까?

"지나갑니다!"
보디가드가 다시 소리치며 나를 앞지른다.
"속도가 두 개밖에 없군요. 느림과 더 느림!"
로니의 뒤통수를 노려본다.
"뭐라고요?"
로니가 뒤를 돌아 거꾸로 조깅을 시작한다.
"아니라면 증명해보시죠, 왕자님."
못 참겠다.
자기가 나를 따라와 놓고. 그는 심각하고 무표정한 얼

굴로 나를 굽어본다. 내 옆을 조용히 스토킹하는 '울고 있는 천사'다. 하지만 그렇게 나를 무시하는 건 절대 용납할 수 없다.

반바지 주머니에 휴대폰을 넣고 로니를 뒤쫓는다. 로니가 속도를 높인다. 우리는 다리를 빠르게 움직이며 첫 번째 코너를 돈다. 심장이 쿵쾅거리는 채 한 번에 한 걸음씩 그를 따라잡는다.

"지나갑니다!"

내가 로니를 순식간에 앞질러 결승선을 통과한다. 멈춰 서서 무릎을 짚고 허리를 숙인다. 숨을 쉴 때마다 가슴이 찢어진다. 이 정도면 달리기로 자존심은 지킨 것 같다.

"이겼다."

그러면서 내가 숨을 헐떡거린다.

로니가 웃음을 터뜨린다. 이 상황이 얼마나 우스꽝스러운지 깨달은 순간, 나도 웃기 시작한다. 그러다 갈비뼈 통증에 다시 인상을 쓴다.

"잘했어요, 보스!"

조금 있다 로니가 허리를 펴고 말한다.

"정말 마음을 먹고 덤비지 않으면 절대 앞지르지 못합니다."

로니가 양팔을 흔들고 머리를 돌린다. 이어서 떡 벌어진 어깨를 쭉 뻗는다. 그 사이 휴대폰을 꺼내 본다. 아직 답장이 없다.

로니 말이 맞다. 정말 마음을 먹고 덤벼야 한다.

✉ 오후 11시 09분

　　- 엘, 우리는 서로를 잘 알지 못하고 서로 다른 곳에 있을지도
　　　몰라. 하지만 너와 같은 하늘 아래에 있어 기뻐.

　　- 이제부터 우리 같이 하늘을 올려다보자, 아블레나.

　　- 우리에게 사랑이 올 것 같아.

엘
Elle Wittimer

아블레나.

내 심장. 마지막 회에서 카민도어가 아마라에게 한 말이다. 그 편에서 아마라는…… 블랙 네뷸러로……. 품에 휴대폰을 끌어안고 창밖을 올려다본다. 구름 한 점 없는 맑은 하늘이 보인다.

"우리는 혼자가 아니야."

그 말을 가만히 입 밖으로 꺼내본다. 입술에 닿는 느낌이 좋다. 여기가 불가능한 세계라면 오늘 밤의 불가능은 기분 좋은 불가능이었기를 바란다. 그렇게 믿고 싶다.

▲ ▲ ▲

이미 배터리 경기장을 가득 메운 관광객과 마차를 뚫고 트럭으로 달려간다. 세이지는 나를 쳐다보지도 않고 앞치마에 과도를 닦는다.

"네 새엄마가 너를 샐러드로 만들었나 생각하던 참이야."

"곧 그렇게 될 거야."

트럭 구석에 가방을 던지고 옷걸이에 걸린 앞치마를 꺼낸다. 허리에 끈을 매고 '매직펌킨' 모자 안으로 머리를 말아서 넣는다.

"인터넷에서 그러는데 원더플렉스로 왕관이랑 배지를 만들 수 있대."

"원더플렉스라고."

"응, 또 열선총이 필요해. 아니면 헤어드라이어."

"그럴 것 같았어."

세이지가 침울하게 고개를 끄덕인다. 프랭코는 카운터 위에 있는 작은 테이블에 앉아 관광객이 지나갈 때마다 꼬리를 친다. 한 꼬마 아이가 다가와 턱 아래를 쓰다듬자 프랭코가 아이를 핥아준다. 아이가 비명을 지르며 달아난다. 세이지는 계속 재료만 자르고 있다. 나는 앞치마 끈을 풀고 다시 꽉 묶는다.

"왕관을 빼는 방법도 있어. 다른 사람들은 코스프레를 진짜 진지하게 하거든. 그 사람들은 몇 년 동안 계속했지만 우리는……."

"우리는 뭐?"

세이지가 칼질을 하다 말고 허리춤에 손을 얹는다.

"초짜라고? 내가 알기로는 카민도어도 브링스 데바스테이션에서 살아남기 전에는 완전 초짜 아니었나?"

"코스프레 대회랑 한 종족이 몰살하는 거랑 같니."

세이지가 눈을 굴리며 흘러내린 고무장갑을 올린다.

"야, 우승하고 싶지 않아?"

나는 주저하며 프랭코의 머리를 쓰다듬는다.

"우리는 들러리일 거야."

"왜, 처음이라서? 그럼 뭔가를 처음 하는 사람은 다 들러리야? 말도 안 돼, 엘. 무슨 그런 소리가 있냐."

"하지만 만약……."

볼 안쪽을 씹으며 고구마튀김 옆의 튀김기에 프리터 반죽 한 사발을 붓는다. 반죽이 독사처럼 '쉬이익' 소리를 내며 기름을 튀긴다.

"우리가 정말 들러리밖에 안 된다면?"

"그럴 리 없어. 너 같은 〈스타필드〉 팬이 어디 있어. 얼마든지 새로운 걸 시도할 수도 있잖아. 한번 해보는 거야. 도전하고 싶지 않아?"

도전. 나는 많은 것에 도전하고 싶다. 대회에 참가하고 싶다. 코스프레를 하고 싶다. 내 안에 카민도어 같은 용기가 조금이라도 있는 척하고 싶다. 카민도어가 엑셀시콘에 오면 어쩌지? 대회에 참가하면? 그제야 깨닫는다. 지금 내게 코스프레는 중요하지 않았다.

"그러면 뭘 원하는 거야?"

어색하게 몸을 꼰다.

"내가…… 내가 가질 수 없는 거."

"뭔데?"

이제부터 우리 같이 하늘을 올려다보자, 아블레나.

대답할 길이 없어 어깨만 으쓱하고 튀김을 흔들어 바구니에 옮겨 담는다.

"말하기 싫어."

세이지는 됐다는 듯 내게 힘없이 손을 흔든다.

"그래, 마음대로 해."

칼질을 마친 세이지가 카운터 아래에서 무대의상을 꺼낸다. 카민도어 코트와 똑같은 짙은 파란색 실과 바늘꽂이도 따라 나온다.

"그 남자지? 문자하는 애."

"말하기 싫어."

같은 말을 반복한다.

"너는 무슨 일이든 말하기 싫다고 하더라! 그러지 말고 해봐, 나한테 못하면 누구한테 하겠냐? 그냥 솔직히 얘기해주면 안 돼? 그냥 털어놔! 말을 해줘!"

휴대폰을 움켜쥔다.

"나는 그냥……."

"내 팬심이 부족해서 그래?"

세이지가 카운터에 코트를 던진다.

"그래서 그런 거야? 네가 기대하는 만큼 〈스타필드〉를 좋아하지 않아서? 왜 나를 네 친구로 인정하지……."

"얘기해도 안 변하니까!"

세이지를 홱 돌아본다.

"내가 불평한다고 달라지는 건 없어. 내가 뭘 원하는지 말하면 뭐가 달라져? 내 가족이 싫고, 내 인생이 끔찍하고, 모르는 사람을 좋아하고 있다고 말한다면 말이야. 정말 여기가 아닌 다른 세계로 가고 싶다고 하면 달라지는 게 있어?"

내 목소리에 길 건너 관광객들까지 고개를 돌리고 쳐다본다. 세이지가 뻐끔대며 물을 마시는 물고기처럼 입을 열었다 닫았다 한다. 그러다 시선이 카운터로 향한다. 호박색 강아지 집이 비어 있다.

"벼룩쟁이 어디 갔어?"

"뭐?"

내가 눈을 깜빡이며 프랭코를 돌아본다. 자기 자리에 없다. 코트도 사라졌다. 카운터 밖으로 몸을 빼고 보자 통통한 갈색 닥스훈트가 푸른색 천을 뒤로 흩날리며 가족 단위로 온 관광객들 다리 사이를 달리고 있다.

"저거 튀겨버릴 거야!"

세이지가 외치며 앞치마를 잡아 뜯는다. 그리고는 트럭 뒷문을 열고 프랭코를 큰소리로 부르며 달려나간다.

나는 앞치마도 벗지 않고 따라 나간다. 프랭코가 무대 의상을 가져갔다. 그걸 어떻게 할지 아무도 모른다.

"프랭코!"

관광객이 도로 양옆을 줄지어 이동하고, 자동차가 자갈길을 덜컹거리며 달란다. 마차는 시도때도 없이 멈춰 무지갯빛 집들을 감상한다. 이 많은 사람 중에 프랭코만 보이지 않는다. 어떻게 눈앞에서 놓칠 수가 있지?

우리는 뾰족한 지붕과 거대한 테라스가 있는 저택 앞에 진을 친 관광객들을 뚫고 프랭코를 부른다. 다들 우리가 이상한 쇼를 찍는 사람처럼 쳐다본다. 두 여자가 녹스족에게 쫓기는 것처럼 인도를 질주한다. 하지만 레인보우로우 거리에 도착하자 프랭코는 사라지고 없었다. 가슴이 꽉 막힌다.

"안 돼. 안 돼, 안 돼, 안 돼."

"어이, 멍멍이! 벼룩!"

세이지가 계속 부른다.

"돼지! 이 뚱보야!"

"잘도 나오겠다."

내가 조용히 하라고 한마디 한다.

세이지가 어깨를 으쓱한다.

"어제는 프랑켄슈타인이라고 불렀는데도 왔어. 아! 저기!"

세이지가 골목길을 턱으로 가리킨다. 프랭코처럼 통통한 강아지가 모퉁이를 돌고 있다. 제발 프랭코여라. 비만 강아지가 뛰어 봤자 얼마나 빨리 뛰겠는가? 나를 끌고 다시 달리던 세이지가 유모차에 발이 걸려 비틀거린다. 내가 먼저 달려나가 자갈길 골목을 돈다. 그 순간, 최악의 악몽이 눈앞에 펼쳐진다.

신나게 꼬리를 치는 프랭코를 쓰다듬어주는 사람은

바로 캘이었다. 캘이 우리 아빠 코트를 들고 있다.

"어!"

캘이 헐렁하게 땋은 머리카락 사이로 나를 올려다보고 얼른 일어난다.

"엘."

"캘? 여기서 뭐하는……"

말하는 틈을 이용해 코트를 힐끗 본다. 캘은 코트 주인이 누구인지 안다.

"컨트리클럽 안 가고 뭐해? 수업 있잖아?"

"오늘 땡땡이쳤어. 가끔 그래. 클로이가 학교 라인배커랑 수영장 뒤에서 무슨 짓을 하는지 입 다물고 있으면 클로이도 말하지 않거든."

캘이 프랭코의 작은 머리를 쓰다듬는다.

"애 어디 갔는지 궁금했었어. 사라졌을 때 말이야."

"이리 와."

서둘러 다가가 프랭코를 품에 안아 올리며 코트를 살핀다. 저것도 집어야 할까? 캘은 상처받은 듯 얼굴을 찌푸린다. 내가 신경 쓸 일은 아니다. 하지만 우리 엄마 드레스를 입은 모습을 잊을 수가 없는데, 우리 아빠 코트까지 가져가겠다고?

한쪽 발에서 다른 발로 체중을 옮긴다. 눈속임을 하는 방법도 있다. 프랭코를 던져 주의를 뺏는다. 프랭코가 발톱을 세우고 캘을 공격하는 동안 손에서 코트를 잡아 빼고……. 프랭코가 내 품을 벗어나려 낑낑거릴 때 세이지가 모퉁이를 돌아 옆에 와서 선다.

"이제 상황 끝인 것 같네."

캘이 말한다. 코트 단추가 햇빛에 반짝인다. 캘이 세이지를 바라본다.

"저기, 안녕. 나는……."

"캘이지."

세이지가 대답한다.

"응. 엘 언니 동생."

우리를 번갈아보는 세이지의 얼굴에 이런 생각이 스친다. 보라색 안경을 끼고 머리를 땋은 캘은 특별히 악마 같다거나 남을 해칠 사람처럼 보이지 않는다고. 하지만 악마가 다 악마처럼 생기지는 않았다.

캘이 주저하며 코트를 내민다.

"이것도 네 거야?"

세이지가 코트를 받는다.

"응, 내 코트야. 저 개가 들고뛰었어."

"그 코트지? 카민도어?"

"말하지 마."

내가 차갑게 말한다.

"한마디도 하지 마, 캘."

캘은 조금 슬픈 얼굴이다.

"엘, 그 드레스 말이야……."

"됐어."

목이 메지만 간신히 말한다.

"얘기하고 싶지 않아."

"하지만……."

"괜찮다고. 이 녀석 잡아줘서 고마워."

프랭코를 들쳐 안고 돌아선다.

"다시 일하러 가자. 세이지?"

세이지가 골목을 따라 나오지 않는다. 세이지는 잠시 망설이며 뒷목을 긁는다.

"만나서 반가웠어."

캘에게 작은 소리로 말한 세이지가 돌아서서 나를 따른다. 레인보우 로우 거리를 반쯤 지났을 때 나와 걸음을 맞춘다.

"야…… 야, 잠깐 기다려봐. 뭔가 오해하는 것 같지 않아?"

"아니, 쟤는 클로이에게 말할 거야. 뻔해. 둘이 한몸이거든."

"네 생각만큼 나쁜 애가 아닐지도 몰라."

코웃음이 나온다.

"그게 사실이면 대리엔 프리먼은 연기파다. 그 말 하니까 생각나네. 블로그에 새 글 써야 해."

"대리엔이 연기파라고?"

"타고난 문제라고. 그 점은 프랭코랑 같네. 집에서

뚱뚱한 엉덩이를 한 번만 더 떼 봐. 너도 프리터에 집어넣을 거야. 들었어, 프랭코? 프리터라고.”

“그러면 채식이 아니지.”

세이지가 투덜거리리고는 활짝 웃는다.

“야, 그 남자한테 네 블로그 주소 문자로 보내 봐.”

“헛소리 하지 마!”

그 블로그는 내가 맞춤법을 제대로 모를 때부터 운영한 곳이다. 카민도어가 내 블로그를 읽는다는 생각만으로 고개를 들 수 없다.

“그리고 너무 바빠서 내 블로그 따위는 볼 시간도 없을 거야.”

“그으래.”

세이지가 코트를 망토처럼 어깨에 두른다.

“마음대로 하세요, 선장님.”

대리엔
Darien Freeman

"네 말이 맞아. 누군지 몰라도 이 블로그 주인 너한테 푹 빠졌네."

호텔에 도착하자 제시카가 내 휴대폰을 돌려준다. 예정된 세 번 '데이트'(즉, 카메라 플래시 소리를 배경음 삼아 같은 레스토랑에서 밥을 먹는 것)가 끝났다. 이제 한 번만 더 하면 된다.

차가 호텔 앞에 서서히 진입한다.

"완전히 원한이 있다는 뜻이겠죠."

제시카가 혀를 찬다.

"감정이 없으면 이렇게 악의적인 글을 쓸 수 없어. 그리고 이 여자 말도 어느 정도 일리가 있는 것 같아. 어쨌든 네가 백인이 아니라서 캐스팅됐다는 백인 남자들과는 다르잖아."

"첫째, 말도 안 되는 소리예요. 둘째, 드라마를 한 편이라도 봤다면 모를 리가…… 잠깐, 여자인지는 어떻게 알아요?"

제시카가 한쪽 눈썹을 올린다.

"진짜 모르겠어? 다시 읽어 봐. 내 말이 확실해."

내가 항복의 의미로 양손을 든다.

"네, 네. 하지만 사람이 이렇게 잔인하면 안 되죠. 블랙리스트를 쥔 달렉(〈닥터 후〉에 나오는 로봇─옮긴이) 같다니까요. 피도 눈물도 없어."

제시카가 탈 차 문을 열어주고 로니에게 차 키를 던진다. 로니는 운전석에 몸을 구겨 넣고 주차장으로 간다. 제시카의 허리에 팔을 두르고 호텔 로비로 향하자 파파라치가 벌떼처럼 뒤를 따른다. 쉴 새 없이 쏟아지는 플래시와 질문 세례보다는 차라리 팬들이 낫다.

"두 사람 사귀는 거예요?"

한 파파라치가 큰소리로 외친다.

"제시카랑 잘 맞아요? 예전 상대역은 어쩌고요?"

"제시카! 여기요, 제시카! 칼라는요? 바람 피우는 건가요?"

제시카가 걸음을 멈춘다. 하지만 나는 한 가지 생각밖에 들지 않는다. 칼라가 누구야?

"남자친구가 코앞에서 다른 여자와 문자를 주고받는 기분이 어때요?"

다른 파파라치가 묻는다. 내가 뒤를 돌아보지만 제시카가 내 팔을 잡고 로비 끝으로 끌고 간다. 그곳에서도 파파라치들은 온갖 질문을 쏟아낸다. 영겁과도 같은 시간이 흐른 후, 엘리베이터 문이 열린다. 안에 옅은 빨간 머리 여자가 안절부절못하고 서 있다. 게일이다. 게일은 내가 곤란해지면 사냥개처럼 냄새를 맡고 나타난다.

제시카를 이끌고 엘리베이터에 타고, 뒤따라 온 로니도 파파라치 사이를 뚫고 들어온다.

"대리엔!"

게일이 로니와 엘리베이터 사이에 낀 채 나를 부른다. 로니는 거대한 그림자처럼 구석에 위풍당당하게 서 있다.

"계속 찾아다녔어. 프론트에 메시지가 왔는데……."

게일을 무시하고 제시카를 돌아본다.

"칼라라고요?"

제시카는 자기 방이 있는 층을 누르고 반짝이는 황동 문만 바라본다. 이를 악물고 있다.

"묻지 말아줘. 부탁이야."

"대리엔."

게일이 내 팔에 손을 올린다. 어딘가 불안한 표정이다.

"어떤 남자가 전화해서 자꾸 프론트에 메시지를 남긴대."

"남자?"

제시카가 묻는다.

"어떤 남자요?"

로니가 긴장한다.

"위험 인물입니까?"

"전 남친?"

제시카가 덧붙인다.

"아니, 아니에요."

게일이 말한다.

"누가 이번 행사에 대해……."

'띵' 소리와 함께 엘리베이터 문이 열린다. 나는 게일의 대답을 다 듣지도 않고 복도로 나간다. 제시카와 로니도 따라 내리지만 나를 쫓아오지는 않는다. 하지만 게일은 아니다. 키 카드로 문을 열고 침대에 쓰러진다.

"대리엔, 지금 처리하고 싶지 않겠지만……."

"이런 문제를 처리하는 건 게일 일 아니에요?"

베개에 얼굴을 묻고 말한다.

"내 말뜻 알잖아."

몸을 돌려 팝콘 무늬 천장을 본다.

"알았어요, 메시지. 뭐라는데요?"

"그게……."

게일이 말을 흐리며 침대에 걸터앉는다.

"누구인지 모르겠지만 그냥 자기를 찾아오래. 엑셀시콘에서 만나자고. 네가 자기한테 할 말이 있을 거래."

"그게 끝이에요?"

내가 일어난다.

"나를 싫어하는 블로거겠죠. 다들 몇 주 동안 내가 얼마나 형편없는 카민도어인지 글을 써대고 있던데."

"하지만 호텔은 어떻게 찾았지?"

"글쎄…… 모르죠."

내가 인정했다.

"뭐, 그렇게 생각하면 팬들이 세트장은 어떻게 찾았겠어요? 인터넷은 다 미쳤다니까요. 지금쯤 텀블러에서 위치를 주고받고 있을 거예요. 이거 봐요."

휴대폰으로 '레벨거너' 블로그에 접속한다.

"여기 말이에요. 이 사람들 은근히 잔인하다니까요 뭐, 제시카는 이 여자가 나를 좋아한다고 하지만……."

"여자?"

블로그를 보던 게일이 고개를 든다.

"남자일 수도 있고."

내가 말을 고친다.

"누가 글을 쓰는지는 모른지만 불만으로 가득차서 칼을 갈고 있는 팬들일 거예요. 직접 말하려고 찾아왔나 보죠. 별일 아니네."

게일이 휴대폰을 돌려준다.

"아는 사람은 아니라는 거야?"

내가 멍한 표정으로 보며 무슨 말인지 자세히 설명해주기를 기다린다.

"브라이언 같지는 않아?"

눈을 깜빡인다. 그 이름은 몇 달 만에 처음 듣는다. 그동안 일이 너무 많았다. 훈련에 촬영에 온갖 타블로이드 기사에…… 엘도 있지. 엘 덕분에 그를 잊을 수 있었다.

"에이, 어떻게 감히 얼굴을 들이밀어요. 그리고 걔가

애틀랜타에서 뭘 하겠어요?"

"네 말이 맞아."

게일이 금방 수긍하고 방 안을 서성인다.

"엑셀시콘은 빠지는 게 낫겠다. 그런 팬들과 같은 자리에 있어야 하잖아. 자칫하다 큰일나겠어."

"큰일난다고요? 무슨 일요?"

"메시지를 누가 남겼는지 모르잖아. 미친 사람일 수도 있다고. 옥상 사건 이후로는…… 경비를 강화해야겠다. 네가 안전하게……."

"나 괜찮을 거예요, 게일."

내가 말을 자른다.

"팬들과 거리를 두는 스타가 되고 싶진 않아요."

"하지만 네 인생이 달린 문제야, 데리엔."

"내가 정말 위험하다고 생각해요?"

게일이 양손을 들어 올리고 뒤를 돌아 이번에는 반대로 왔다갔다한다. 그러다 걸음을 멈추고 내 옆자리에 털썩 앉는다. 한숨이 길다.

"모르겠어. 마크에게 말해야 할……."

"안 돼요."

침묵을 지키는 게일을 관찰한다. 손을 가만히 못 두고 깨문 손톱 아래에서 때를 파고 있다. 물 빠진 청바지에서 체크무늬 셔츠가 반쯤 빠져나왔다. 평소와 다를 바 없지만 귀걸이가 보이지 않는다. 보라색 피어싱이 사라졌다.

게일은 긴장할 때 덜렁대는 버릇이 있다.

"이 남자가 정말 너를 해치려고 하면 어떡하게, 대리엔?"

게일이 조용히 묻는다.

"너는 이제 평범한 배우가 아니야."

게일 말이 맞다. 이 사람들이 무슨 짓을 할지 나는 모른다. 제시카가 블로거를 두고 한 농담은 재미있었지만 그것도 말로만 상처 주는 수준이니 웃을 수 있었다. 옥상의 그 남자에게 다시 잡히면 어떤 일을 당할지 아무도 모른다. 이번에는 안 좋은 사진 몇 장으로 끝나지 않을 것이다. 그런 위험을 감수할 수는 없다. 하지만 엑셀시콘을 피할 수도 없다.

"이렇게 해요, 게일."

최대한 아무렇지 않은 목소리로 말한다.

"팬을 일대일로 만나는 일 없게 계약서를 다시 확인해요. 사인 같은 거 안 해요. 됐죠?"

게일이 고개를 끄덕인다.

"좋아."

"완벽해. 봐요? 문제 해결됐잖아요."

게일은 잠시 말없이 내 어깨에 머리를 기대다 입을 연다.

"그리고 누가 됐든 너를 정말 괴롭히려면 로니부터 상대해야 할 거야."

"그 멍청이 참 안 됐네."

무섭지 않은 척 대답한다. 게일이 웃으며 내 어깨에 이마를 댄다. 아무 문제 없는 것처럼 연기하면 된다. 연기는 내 일이다. 당연히 잘 해낼 거다.

엘

Elle Wittimer

다음 날 밤(작업 마지막 날이다), 세이지 집에 들어가자마자 마치 우리 집인 양 문가에 신발을 벗어 던지고 가방을 내려놓았다. 이상하지만 세이지 집은 그랬다. 내 집처럼 느껴졌다.

"오늘 밤은 적당히 일찍 돌아갈래."

내가 말한다.

"캐서린이 이상한 생각하지 못하게."

세이지가 눈을 굴린다.

"과대망상이야. 같은 시간에 데려다줄게."

"그렇지만 캐서린이 의심하면 어떡해?"

"내가 전화해서 우리 집에 있었다고 하지!"

세이지 엄마가 거실에서 나온다. 사롱 치마와 짤랑거리는 팔찌가 60년대 인기 가수와도 같다.

"걱정 마."

내가 웃어 보인다.

"죄송해요, 사장…… 아니, 위노나. 하지만 안 믿을 거예요. 저희 새엄마는……"

"감정이 없지."

세이지가 대신 말을 맺는다.

"엄마 노릇을 할 줄 모른다고 해야 하나."

"오, 엘."

세이지 엄마가 가슴을 부여잡는다.

"엄마 손길이 필요하면 언제든 우리 집에 와. 세이지에게 물어보렴. 나는 타고난 좋은 엄마니까."

그러면서 내게 윙크를 한다.

"엄마아아아아아아."

세이지가 불평하며 내 팔꿈치를 잡아 끈다.

"가자, 엘. 마지막 편 보고 피팅해야지. 이러고 있을 시간 없어."

그 말이 맞다. 대회가 내일이다. 12시간 후면 무대의상과 함께 애틀랜타행 버스에 타고 있을 것이다.

그런데도 나는 주춤거리고 있다. 이제 볼 마지막 회는 내가 견딜 수 없기 때문이다. 악몽이 다시 살아난다. 꿈속에서 아마라 공주는 끝없는 시간에 갇혀 블랙 네뷸러에 계속 빨려 들어간다. 그래서 나는 54편을 기억에서 지워버렸다. 불행의 상징이기 때문이다. 한 캐릭터가 최악의 방법으로 사라졌다. 최악의 작별이다. 카민도어는 작별 인사를 할 기회조차 없었다. 그 기분은 누구보다 내가 잘 안다.

"저기."

지하실로 내려가며 말한다.

"내가 그냥 내용을 설명해줄게. 꼭 안 봐도 돼."

"아니야, 보고 싶어! 이거 보려고 지금까지 버텼는데!"

"버텼다고?"

"열광하며 버텼지."

세이지가 말을 바꾼다.

내가 망설인다.

"하지만 이 편은……."

"마지막 회지. 그래, 알아. 감상적이고 어쩌고저쩌고."

세이지가 코트와 바지를 내민다.

"아무튼 여기 와서 서 봐. 마무리하는 동안 같이 보자."

마지못해 '재생'을 누른다. 시작 장면을 보며 바지를 입는다. 세 살짜리나 입는 당근 그림 속옷을 보여도 이제는 부끄럽지 않다. 그럴 시기는 지났다. 바지를 입고 발판에 올라가 세이지가 건넨 코트를 조심스럽게 걸친다.

TV에 오프닝 크레딧이 뜬다(이것도 이제 마지막이다. 마지막 회로 새로운 경험도 마지막이 되었다). 하지만 지금까지와 도입부가 다르다. 이 장면, 저 장면이 아니라 가장 좋았던 장면들을 보여준다. 극적인 장면들 말이다. 아빠는 방송을 보고 오프닝 크레딧 때문에 마지막 회를 직감했다고 한다.

"마지막 같았어."

아빠가 말했다.

"알 수 있었지. 작별 인사라는 걸."

아빠의 작별 인사는 상대적으로 조용했다. 몇몇 사람만이 무덤에 판 구멍을 둘러쌌다. 검은 우산. 비. 캐서린은 자기 아버지 어깨에 기대 흐느꼈다. 쌍둥이는 서로를 붙잡고 울었다. 나는 혼자 서 있었다. 허접한 90년대 평크록 뮤직비디오에 나오는 엑스트라처럼.

세이지는 내가 아마라 공주를 배신자라서 싫어한다고 생각한다. 하지만 내가 아마라를 싫어하는 이유는 내와 비슷하기 때문이다. 나도 블랙 네뷸러에 빠졌기 때문이다. 내가 뭘 어떻게 할 수 없는 인생에서, 세상에서, 우주에서 길을 잃었다.

위층에서 전화벨이 울린다. 잠시 끔찍한 생각이 든다. 캐서린? 내 거짓말을 눈치 채고 평생 외출금지를 시키려는 건가? 하지만 곧 세이지 엄마가 아래를 향해 외친다.

"세이지, 아빠 전화야!"

세이지가 인상을 쓰고 계단 쪽으로 간다.

"이따 전화한다고 전해!"

"그때는 손님 받고 계실 거야!"

"나 바쁘다고 해!"

"세이지, 제에에발!"

세이지가 못 말린다는 표정으로 나를 돌아본다.

"미안, 아빠래. 30년마다 한 번씩 전화하는데…… 맞다. 너는 아빠랑 얘기할 수 없지. 그런데 나는 겨우 그런 일로 불평하고……."

내가 어색한 미소를 짓는다.

"기다릴게. 어차피 어디 가지도 못해."

"알았어. 움직이지 마!"

세이지가 한 번에 두 칸씩 계단을 오른다. 투박한 부츠로 나무 계단을 밟는 소리가 시끄럽다. 세이지가 보이지 않자 발판에서 내려와 벗어놓은 옷 뒷주머니에서 휴대폰을 꺼낸다.

✉ 오후 7시 38분

　　ㅡ 내가 생각한 이론이 있어, 아블렌.

아블렌…… 남자에게 '내 사랑'이라고 부르는 말이다. 카민도어가 곧바로 답장을 보낸다. 놀라워라. 기다리고 있었던 걸까? 아니면 내게 문자를 보내고 있었을 수도…… 그냥 전화를 쓰고 있었을지도 모른다. 아마 그랬을 것이다.

✉ 카민도어 오후 7시 38분

　　ㅡ 이론이라고?

✉ 오후 7시 39분

　　ㅡ 웃지 마? 전부터 생각했던 거야.

– 뭐냐면 우리가 사는 세계 말고 다른 세계가 있다는 이론이야.

✉ 카민도어 오후 7시 39분
    – 블랙 네뷸러가 어디로 가는지 팬들이 만들어낸 이론처럼?

위층에서 세이지가 방 안을 쿵쿵거리며 옮겨 다니자 지하실 천장에서 먼지가 떨어진다. 거실인 것 같다. 아빠와 말다툼을 하고 있다. 말은 그렇게 하지만 단어 사이사이에 '사랑해'라는 의미가 들어 있는 그런 말다툼이다. 환풍구를 통해 웅얼거리는 목소리를 들으며 문자를 입력한다.

✉ 오후 7시 40분
    – 응, 우리가 불가능하다고 생각했던 일이 실현되는 세계가
      있고, 불가능한 일이 불가능으로 남는 세계가 있는 거야.

✉ 카민도어 오후 7시 40분
    – 그럼 우리는 어느 세계에 있는데?

✉ 오후 7시 40분
    – 첫 번째지.

다른 세계에서라면 나도 아빠와 말다툼을 하고 있을

것이다. 어느 대학을 갈지, 저녁으로 무엇을 먹을지, 대리엔 프리먼이 왜 인류 역사상 최악의 카민도어인지 티격태격했을 것이다. 하지만 우리는 그렇게 싸울 수 없다. 다시는 싸우지 못한다.

✉ 카민도어 오후 7시 41분
  - 다행이다. 순간 무서웠잖아, 아블레나.
  - 우리가 불가능한 세계에 있어서 다행이야.

✉ 오후 7시 42분
  - 왜?

✉ 카민도어 오후 7시 42분
  - 다른 세계에서는 너를 만나지 못했을 테니까.

휴대폰을 품에 끌어안고 눈을 감는다. 아아, 하지만 그게 문제다. 아빠와 카민도어 중 한 명만 선택해야 한다면 나는 누구를 선택할까? 어느 세계여야 행복할 수 있을까?

오프닝 크레딧이 끝나고 첫 번째 장면이 나온다. 너무도 익숙한 장면이다. 아마라와 카민도어가 함교 끝과 끝에 서 있다. 카민도어는 상처받은 얼굴로 연인의 손에 들린 페이저를 바라본다.

"내가 이럴 거라는 얘기 들었지, 아블렌."

아마라 공주는 놀란 얼굴의 카민도어에게 말할 것이다. 하지만 아마라가 입을 여는 순간, 통화를 마치고 돌아온 세이지가 리모컨으로 TV를 끈다.

갑자기 돌아온 현실에 눈을 깜빡인다.

"왜 그래?"

"팔 들어."

세이지의 명령을 따른다. 세이지는 천을 이리저리 당겨 보고 만족스러운 표정을 짓는다.

"됐어. 이 정도면 좋은 것 같아."

"좋다고?"

어안이 벙벙하다. 내가 거울을 보려고 몸을 튼다.

"왜 멈췄어? 다 끝났어?"

"아니, 아니야! 아직! 보지 마!"

세이지가 작업대로 후다닥 달려간다. 작업대가 하얀 천으로 덮여 있다. 세이지가 천을 벗기자 내 목에서 숨이 탁 터져 나온다.

왕관이다. 세이지가 나를 위해 왕관을 준비한 것이다. 세이지는 진짜 금으로 만든 왕관처럼 조심스럽게 들고 온다.

"못 참겠더라고."

세이지가 말한다.

"그게 내 문제야. 완벽주의자라는 거. 왕관이 없으면 무대의상이 불완전해보였을 거야."

내가 미동도 않자 세이지의 미소가 흐려진다.

"왜, 내가 뭐 잘못했어? 이 왕관이 아니야?"

"아니."

내가 속삭이며 왕관을 받아든다.

"완벽해."

세이지가 어색하게 웃는다.

"뭐야, 오글거리게 그러지 마. 별것도 아닌데."

세이지에게는 별게 아닐 수 있다. 하지만 내게는 이 세상, 이 우주와도 같은 의미다. 그렇게 말하고 싶다. 몇 번이고 고맙다는 말을 하고 싶다. 하지만 내 입이 생각처럼 움직여주지 않는다. 나는 울음을 참고 있었다. 그러면서 웃음을 참고 있었다. 내 안을 서서히 채우는 빛을 정확히 설명할 단어를 찾으려 하고 있었다. 무엇으로도 이 은혜에 보답할 수 없을 것이다. 10만 광년 안에는 불가능하다. 세이지가 몸을 배배 꼰다.

"그래, 알았어. 이제 그만 떨어지고 얼른 써 봐! 바보처럼 보기만 하라고 피땀 흘려 일한 줄 알아?"

세이지를 안았던 팔을 풀고 울고 웃으며 손등으로 눈을 비빈다. 세이지가 내 머리에 왕관을 씌워준다. 완벽하게 맞는다. 세이지가 내 손을 잡고 천천히 거울로 이끈다.

"페더레이션 왕자 전하이자 최고의 우주선 프로스페로의 선장이신 카민도어 님. 영광입니다!"

그러고는 과장스럽게 페더레이션 경례를 한다. 약속의

맹세까지 전부 다. 세이지의 미소가 하늘에 뜬 별보다 밝다. 뿌듯해보인다. 한참만에 거울로 눈을 돌리자, 다른 사람이 보인다. 염색할 때가 지나 붉은 머리카락 위에 검은 뿌리가 자란 소녀는 테가 두꺼운 검은 안경을 썼다. 하지만 그녀는 〈스타필드〉 최우수 졸업생이며 스타 왕좌의 후계자이자 장군의 딸 카민도어다. 머리에 스타 왕관을 쓴 카민도어다. 하지만 아직 부족하다.

세이지가 허리춤에 손을 얹고 거울 속의 나를 뜯어본다.

"우와, 내 솜씨 봐라."

"우와."

나도 따라서 감탄한다. 왜 이러지? 분명 아름다운 모습이다. 내가 원한 그대로다. 나는 카민도어가 됐다. 그런데 그런 기분이 아니지? 생각을 애써 떨쳐버린다. 그냥 충격 때문이다. 내 모습이 너무 달라져서 놀랐을 뿐이다. 세이지가 내 주위를 돌며 고개를 끄덕인다.

"패션 디자이너 지망생치고 나쁘지 않네."

"너는 패션 디자이너야."

우리는 서로를 마주보고 부끄러움도 없이 큰소리로 웃는다. 세이지가 무슨 말인가 하려는 것 같지만 시선을 피한다.

"게다가 일찍 끝냈다. 9시까지 집에 데려다줄 수 있겠어."

심장이 내려앉는다.

"아. 그래."

"왜 그래? 좋아서 날뛰더니 왜 갑자기 가라앉아? 1편에서 보로미르가 죽는 데 걸리는 시간보다 더 빠르네."

"스포일러!"

"너도 봤으면서. 신나지 않아?"

"신나지. 다른 일 때문이야."

내가 왕관을 벗는다. 세세한 장식이 너무도 많다. 작은 홈을 하나하나 파고 수작업으로 별을 달았다.

"뭔데? 나 독심술사 아니다."

세이지가 조급하게 덧붙인다.

"그냥……."

차마 눈을 마주칠 수 없다.

"지금까지 나는 진짜 친구가 한 명도 없었어. 아니, 친구는 있었지. 인터넷에. 하지만 실제로 만나는 친구는 없었어. 오랫동안은 그렇게 살았어. 그래서 내 말은…… 계속 나랑 친구 할 거지? 대회 끝나도?"

세이지가 허리에 손을 올리고 고개를 갸웃한다.

"그런 질문이 어디 있어? 당연히 친구지."

그 말에 겨우 세이지를 바라본다. 내게 하나뿐인 친구의 모습을 흐린 초록색 머리카락부터 피어싱까지 전부 눈에 담는다. 세이지는 어깨를 펴고 양발을 적당히 벌리고 서 있다. 어느 공간에 들어가든 그 안에서 가장 쿨한 사람이 됐다.

"고마워."

"무대의상은 힘들지도 않았어. 정말 쉬워……."

팔을 뻗어 세이지를 감싸 안는다. 세이지는 터프해서 먼저 포옹을 하지 않으니까. 하지만 세이지도 나를 껴안는다. 갈비뼈를 부러뜨릴 듯 세게 안아준다.

▲ ▲ ▲

무대의상이 다 완성됐지만 우리는 〈스타필드〉를 마저 보기로 한다. 다른 사람과 함께 보면 그렇게 끔찍하지 않을 수도? 미리 밝혀두자면 여전히 끔찍했다. 엔딩 크레딧이 오르자 세이지는 눈물을 훔치며 내게 티슈 상자를 건넨다. 나는 블랙 네뷸러가 아마라 공주를 죽이지 않고 어디로 보냈을 뿐이라는 내 생각을 설명한다. 〈위키드〉에서 타임드래곤이 마녀 엘파바에게 그러는 것처럼.

"그런 말로 잘도 위로가 되겠다."

세이지가 한탄한다. 내 휴대폰이 울린다. 주머니에서 꺼내 본능적으로 잠금 화면을 해제한다. 오늘은 언제 문자를 보낼지 궁금해하던 차였다.

"또 개야?"

세이지가 번진 마스카라를 닦으며 묻는다.

"응, 개."

코를 훌쩍이고 눈물을 닦은 세이지가 눈을 밝히며 나

를 본다.

"그래서 걔랑은 무슨 사이야? 어떻게 만났어? 방금 너 때문에 살면서 콧물을 제일 많이 흘렸어. 보상해줘야지."

일리 있는 말이다. 휴대폰을 만지작거린다.

"사실 처음에는 번호를 잘못 알고 연락이 왔었어. 왜, 〈버즈피드〉 보면 애 낳으러 가면서 문자를 잘못 보냈는데 문자 받은 사람이 기저귀랑 아기 분유를 들고 나타나 둘이 친구 된다는 기사들 있잖아?"

"나는 모르지만 그렇다고 치자."

"그래, 아무튼 비슷한 거야. 걔가 잘못 문자를 보냈어. 우리 아빠한테 연락을 하려고 했던 것 같아. 내가 아빠 전화를 물려받았으니까. 그런데 그냥…… 모르겠어. 그냥 계속 얘기를 하다 보니……."

"정식으로는 모르는 사이네."

세이지가 끼어든다.

"알기는 알아."

"대화는 해봤어?"

내가 벽돌 같은 휴대폰을 들어 보인다.

"그럼 어떻게 연락할까 봐? 연기를 피워서?"

빈정거리는 말에 세이지가 손사래를 친다.

"아니, 실제로 대화를 했냐고."

세이지가 손으로 휴대폰 모양을 만든다.

"'내 번호야, 언제 전화해 줘.' 이런 대화 말이야."

내가 어색하게 몸을 꼰다.

"그건 아니야."

세이지가 눈을 굴린다.

"엘! 지하실에 바비 인형을 수집하는 늙은이일 수도 있어."

"아니야!"

내가 외친다.

"우리 또래야. 그리고 문자가 더 좋단 말이야. 왠지 〈유브 갓 메일〉 느낌도 나고."

세이지는 페더레이션에 충성을 맹세한 녹스를 본 것처럼 놀란 눈으로 나를 본다.

"하지만 궁금하지?"

눈을 마주칠 수 없다. 정말로 궁금했기 때문이다. 목소리는 어떨까? 어떻게 말을 할까? 사투리를 쓸까? 발음이 샐까? 목소리가 깊을까, 가벼울까? 고음일까, 저음일까?

나도 모르겠다.

"그쪽에서 대화하고 싶다는 표현을 전혀 안 하는데, 대화가 불편할 수도 있잖아? 말을 더듬거나 그럴까 봐 불안할 수도 있어."

"네가 전화하기를 기다리지 않을까?"

세이지가 주장한다.

"어쩌면. 하지만…… 진짜 이름도 모르는걸."

세이지가 일어나 앉아 눈을 가늘게 뜨고 나를 예리하

게 관찰한다. 최소한 대머리는 아니라는 말을 덧붙이려는
순간이었다. 세이지가 내 휴대폰을 낚아채더니 두 걸음
만에 지하실 반대편으로 간다.

"야, 이리 내!"

세이지가 조용하라고 손가락을 들고 휴대폰을 귀에
댄다.

"기다려 봐."

당황해서 가슴이 뛴다.

"뭐 하는 거야?"

"걔한테 전화……."

"그만해!"

정신없이 몸을 날려 세이지 손에서 휴대폰을 빼앗는
다. 통화연결음이 끊기는 소리가 귀에 똑똑히 들린다. 카
민도어가 전화를 받는다.

"여보세요?"

부드러운 목소리다. 깊다. 남자다.

엄지 뼈를 부러뜨릴 것처럼 얼른 '종료' 버튼을 누른
다. 다시는 휴대폰을 가져가지 못하게 주머니 깊숙이 넣
고 세이지를 노려본다.

"이제 됐어?"

세이지가 의자에 주저앉으며 웃는다.

"너 닌자인 줄 알았어! 왜 이렇게 빨라!"

"뭐가 웃겨!"

"어차피 해야 할 일이었어."

세이지가 팔꿈치로 상체를 세우고 고개를 기울인다.

"목소리 좋던데, 엘."

내가 옆에 앉는다.

"정말?"

"정말. 확실히 도끼 살인마 같지는 않아."

그러고는 어깨를 으쓱한다.

"내 생각은 그래."

"그럼 다행이고."

목이 막혀 침을 삼킨다. 카민도어에게 이 일을 어떻게 설명해야 할까. 정말 목소리가 좋기는 했다. 다정했다. 몇 시간을 들어도 좋을 목소리다. 하지만 카민도어도 내 목소리를 듣고 싶어할까?

휴대폰을 무심코 내려다보자 갑자기 피가 차갑게 식는다.

"안 돼."

내가 벌떡 일어난다.

"망했다."

세이지가 나를 본다.

"뭐가?"

"9시 10분이야."

손이 떨린다. 백팩에 무대의상을 쑤셔넣고 어깨에 멘다.

"늦었어…… 너무 많이 늦었어. 집까지 반만 데려다줄래?"

세이지가 벌떡 일어나 경례를 한다.

"번개보다 더 빨리 집에 모셔다드리죠."

심장이 두근거리는 채 세이지를 따라 계단을 뛰어 오른다. 지금껏 얼마나 열심히 일했는데. 대회가 바로 내일이다. 이제 와서 망칠 수는 없다.

대리엔

마지막 테이크야. 망치지 말자.

"자…… 액션!"

감독의 외침에 세트장이 순식간에 쥐 죽은 듯 고요해
진다. 스탭들이 지켜보는 가운데 우리는 기계처럼 움직인
다. 리허설한 대로 우아하고 정확하게 움직이고 순간에
몰입한다. 그린스크린이 흐려지고 붐마이크가 사라지자
카메라는 기억 저편에 묻힌다.

나는 최고의 우주선 프로스페로의 선장 카민도어가 된
다. 여기서 부하들을 지휘하고 있다. 그리고 이제 파국을
맞으려 한다.

"왼쪽으로 42킬로미터."

내가 유시에게 외친다.

"점화!"

"예!"

캘빈이 함교 중앙에서. 우주선을 왼쪽으로 돌리려 손
가락이 바쁘게 움직인다. 이 순간, 캘빈은 사사건건 시비
를 거는 B급 연기자가 아니라 페더레이션 최고의 조종사,

카민도어의 베스트프렌드, 프로스페로선의 항법사가 된다. 오른쪽에서 녹스 우주선 세 대가 다가오고 연료는 30퍼센트 남았다. 우리를 위기에서 벗어나게 도와줄 사람은 아무도 없다.

우리는 숨을 죽이며 스크린에 떠 있는 붉은 점 세 개가 떨어지기를 기다린다. 하지만 녹스 우주선은 우리를 계속 블랙 네뷸러 쪽으로 밀어붙인다. 태양의 세 배 크기인 블랙 네뷸러가 가까워진다. 회전하며 모든 것을 집어삼키고 원자가 분해되어 흡수될 때마다 점점 크기를 키운다. 은하계를 위해 블랙 네뷸러를 꺾을 유일한 희망은 이 우주선에 타고 있다.

또 다른 공뢰가 선체 뒤쪽으로 날아온다. 스크린에 붉은 빛이 퍼진다. 유시가 그것을 튕겨 낸다.

"4킬로미터 더 빠르게."

내가 명령한다.

"선체가 이미 부서지고 있습니다."

캘빈이 경고한다.

"너무 가까이 가면……."

"4킬로미터라고 했지!"

내가 다그친다. 캘빈이 고개를 살짝 젖힌다. 카민도어가 틀렸음을 알면서도 명령을 따를 때면 고개를 왼쪽으로 젖히던 드라마판 유시의 특징을 딴 것이다.

머리 위에 붐마이크가 떠 있고, 눈처럼 생긴 카메라 렌즈 세 개가 함교 옆에서 우리를 빤히 보고 있다. 그중 도르래에 달린 카메라가 가까이 다가온다. 앞에 놓인 제어판은 거대한 키보드처럼 빛을 내뿜는다. 옆에서 아마라 공주가 초조하게 손을 비튼다.

"아블렌."

제시카의 말을 듣자 묘한 그리움이 나를 가득 채운다. 엘이 떠오른다. 그 생각을 애써 밀어낸다. 지금은 안 돼.

"할 수 있어."

내가 제시카에게 말한다.

"해야만 해."

"우리 이러다 죽어. 가까이 가면 전부 죽을 거야."

미사일이 프로스페로의 뒤를 때려 추진기 하나를 박살낸다. 초광속으로 나아가던 우주선이 추락하자 보이지 않는 힘에 이끌려 모든 이의 몸이 선체 앞쪽으로 쏟아진다. 제어판 옆에 서 있던 아마라 공주가 휘청거리며 내 손을 꼭 잡는다. 우리의 시선이 얽힌다.

1초, 2초. 세트장은 고요하다. 아무도 입을 열지 않는다. 별들이 무리 지어 자기들만의 시간에 따라 우리 주위를 돈다. 아마라가 작게 미소를 짓고 카민도어인 나는 그녀가 내 하늘의 유일한 별임을 안다. 붉은 빛이 스크린을 가득 메운다. 스피커에서 경고음이 울려 퍼진다. 한 발만 더 맞으면 프로스페로는 우주의 먼지로 사라질 것이다.

"내가 뭘 해야 하는지 알지, 아블렌."

아마라가 속삭인다.

"아니, 허락 못해. 그럴 수 없어. 분명 다른 방법이······."

아마라가 내 이마에 입을 맞춘다.

"이맘때 전망대가 근사하다고 들었어."

그렇게 말하고는 내 손을 놓고 함교에서 내려간다.

드라마의 이 장면에서 나는 TV를 향해 소리를 질렀다. 카민도어에게 바보 같다고 외쳤다. 왜냐하면 이때 공주가 그를 돌아보기 때문이다. 그녀의 마음을 바꾸고자 노력하기를 기다린다. 카민도어가 돌아보기를 기다린다. 하지만 카민도어는 그 사실을 모른다. 카민도어는 은하계를 위해 전 승무원을 죽인다면 자신의 영혼이 살아남을 수 있을지 고민하고 있다. 죽어서 죄를 받을 것인가? 아니면 다음 세상에서 두 번째 기회를 얻을 것인가?

마침내 돌아봤을 때, 아마라는 간발의 차로 이미 사라진 후였다. 나는 그 장면에 빠져 마지막으로 아마라가 서 있던 곳을 바라본다. 다시는 볼 수 없는 그녀의 자취를 본다. 그리고······.

"컷!"

조연출이 외친다.

"촬영 종료입니다!"

유시(아니, 캘빈)는 허공에 주먹질을 하고 스탭들도 임시 세트가 흔들릴 정도로 환호성을 내지른다. 나는 우주선 사령선에 기대 고개를 젖히고 눈을 감는다. 사방에서 스탭과 배우들이 환호하고 갈채를 보내는 소리를 만끽한다.

한 번 만에 끝냈다고 생각하며 내 안의 카민도어를 최대한 오래 붙잡으려 한다. 이 상태로 조금만 더 있고 싶다.

"연기에 정말 혼이 있던데."

달콤하면서도 날카로운 목소리가 들린다. 제시카가 세트에 다시 뛰어 올라와 내 어깨를 주먹으로 친다.

"'아블레나'라고 말할 때는 진짜 가슴 찢어진 사람 같더라. 말해 봐, 무슨 생각하고 있었어? 이제는 나를 매일 못 만나서 그래? 아니면 스킨십이 부족해서 슬펐던 거야?"

나는 그냥 웃어 보인다. 제시카가 진실을 알 필요는 없으니까.

"반반인 것 같아요."

"농담도 하는 거야, 대리엔?"

제시카가 놀라서 가슴에 손을 얹는다.

"안타까워라! 그런 줄 알았으면 23일이 아니라 24일 동안 사귈 걸 그랬네."

"나랑 하루 더 있으면 못 참고 도망쳤을 거예요."

내 대답을 들으며 제시카도 사령선에 몸을 기댄다. 우리는 세트장을 바라본다. 스탭들이 전선을 감아 정리하고 단역 배우들은 아직 남은 촬영에 대해 설명을 듣고 있다.

우리 역할은 거의 다 끝났다. 적어도 이 건물 안에서 할 일은 끝났다. 오늘 밤 여기를 떠나면 다시는 돌아보지 않을 것이다.

제시카가 어깨로 내 어깨를 친다.

"기분이 어때?"

"무슨 기분이요?"

"대리엔으로 돌아온 기분?"

고개를 갸웃한다.

"아직 잘 모르겠어요. 오래 전부터 카민도어가 되기를 바라고 있었거든요. 딱 통하는 순간이 오기를 기다렸어요. 그래서 지금까지 카민도어로 살았다는 게 실감나지 않아요."

"다른 생에서는 네가 카민도어였을지도 몰라."

제시카가 놀린다.

"어쩌면요. 하지만 지금은 그냥 대리엔으로 살래요."

"정말?"

고개를 끄덕인다.

"왜냐하면 대리엔은 다이어트를 안 하니까요."

그리고 제시카에게 몸을 기울이고 속삭인다.

"베에에이이이이이커어어어언."

제시카가 웃으며 사령선을 짚고 일어나 세트장을 내려간다. 그 뒤를 따르는 캘빈도 축하한다며 내가 비틀거릴 정도로 어깨를 찰싹 때린다. 촬영이 끝났으니 우리도 이제 친구가 된 건가?

세트에서 내려오자 샴페인을 돌리는 촬영보조 중 하나가 내게 잔을 건넨다. 입이 귀까지 찢어진 에이먼이 사람들을 조용히 시키고 감독으로서 짧게 연설을 한다. 나는 건성으로 들으며 얼굴을 알든 모르든 모든 스탭, 배우, 조수, 인턴들의 얼굴을 본다.

에이먼이 나를 향해 잔을 든다.

"가장 중요한 사람이죠. 우리의 천재 소년 카민도어에게 건배합시다. 페더레이션 왕자 만세! 속편을 위하여!"

그 건배사에 나는 사람들 속에서 제시카를 찾는다. 그녀의 얼굴은 돌처럼 표정이 없다. 하지만 이내 제시카도 천천히 잔을 들고 나와 눈을 맞춘다. '내가 뭐랬어.' 그녀가 입모양으로 말하고 윙크를 한다.

"하늘을 보라!"

에이먼이 선창한다.

다들 잔을 들고 외친다.

"조준하라!"

내가 침을 삼키고 잔을 들며 마무리한다.

"불을 붙이라!"

그리고 우리는 지옥 같았던 23일을 위해 건배를 하고 샴페인을 마신다. 도나가 마지막으로 화장을 지워준다. 다음으로 의상 트레일러에 가니 니키가 분주히 의상을 옷걸이에 걸고 있다. 섬세하게 의상을 다루는 손길은 촬영

첫날과 똑같았다.

"대리엔! 정말 완벽했어."

니키가 다가와 코트 단추를 풀어주지만 내가 손을 들어 막는다.

"저기……."

뒷목을 긁는다.

"이상하다는 거 알지만 혹시……."

"가져도 되냐고."

니키가 대신 말을 맺는다. 그가 단추 풀기를 멈추고 팔짱을 낀다.

"네가 입었다고 이 옷이 네 거는 아니야."

"알아요."

뺨이 화끈거린다.

"조지 클루니도 배트맨 수트를 받았고 라이언 레이놀즈도 데드풀 의상을 받았다고 들어서요…… 내일 행사가 하나 있는데 입을 옷이 없어요. 갖는 게 안 되면 빌릴 수도 없을까요?"

"그러고 나서 안 돌려주려고?"

니키의 표정이 엄격하다. 니키는 긍정도 부정도 아닌 내 몸짓을 보며 한숨을 쉬고 눈알을 굴린다.

"나는 못 본 거다."

니키가 옷 갈아입으러 가라고 내게 손짓 한다.

"내가 의상을 잘못 보관했나 보지. 아이고, 슬퍼라!"

그리고는 내가 옷을 갈아입자 신음하고 황홀하다는 듯 팔로 눈을 가린다. 니키에게 고맙다고 인사하고(작은 목소리로) 일주일 후에 의상을 반납하겠다 약속한다. 게일과 로니가 찾아왔을 때는 셔츠를 입는 중이었다. 가슴에 불편하게 끼는 핏이 언제쯤 정상으로 돌아올까. 근육이 빨리 빠져 캐릭터 티셔츠들이 몸에 제대로 맞았으면 좋겠다.

　　"괜찮아?"

　　게일이 말한다.

　　"어땠어? 기분이 어때?"

　　"다시 베이컨 먹을 수 있다!"

　　내가 주먹을 치켜들며 외친다.

　　"이 세상에 있는 베이컨 다 가져와! 베이컨이 아니면 죽음을 달라!"

　　"만세!"

　　게일도 환호한다.

　　"홍보용 사진만 다 찍으면 그렇게 할 수 있어!"

　　신나서 소리 지르던 내가 정말로 흐느껴 운다. 얼른 팔에 얼굴을 묻는다. 옆에 있는 사람이 게일이기 망정이지.

　　게일이 내 어깨를 두드려준다.

　　"알아. 그래도 얼마 안 남았어. 그러면……."

　　"아니에요."

　　손등으로 눈물을 닦으며 고개를 젓는다.

"베이컨 때문이 아니라고요."

아니, 베이컨 때문이다. 하지만 다른 이유도 있다. 지금 모든 것이 내 어깨를 짓누르고 있었다. 촬영 몇 달 전부터 부담감은 커져가기만 했고 촬영하는 23일 동안은 극도의 스트레스에 시달리며 토끼밥만 먹어야 했다. 거기에 엘까지. 전부 다 그랬다.

"왜 이렇게 힘들죠?"

"식스팩을 만드는 게?"

내가 힘없이 웃어 보인다.

"고맙지만 나한테 몸이 전부는 아니거든요."

게일이 내 어깨에 손을 올린다. 나보다 겨우 몇 살 많은 게일에게 어린 아이처럼 애정이 솟구친다. 게일은 마크가 없을 때 늦게 자도 된다고 허락해주는 쿨한 베이비시터 같다.

"그래, 네 말 무슨 뜻인지 알아."

게일이 말한다.

"정말 애썼어, 대리엔. 열심히 잘했어."

게일이 도와달라는 듯 로니를 본다. 뜻밖에도 로니가 거들었다.

"맞습니다, 보스. 이제 그만 가요."

5분 후, 무대의상을 백팩에 말아서 넣고 트레일러에서 나온다. 레일과 로니를 따라 스튜디오를 나오자 앞에 SUV 한 대가 서 있다. 제시카가 조수석 창문을 내린다.

"대리엔, 갈 거야?"

제시카가 소리친다.

"우리 파티하려고!"

"우리요?"

뒷좌석 창문이 내려가더니 캘빈이 얼굴을 내민다. 오늘만큼은 나를 보고도 화난 표정을 짓지 않는다.

"가자, 카민도어. 우리 두고 내빼면 안 돼."

피곤해서 아드레날린이 폭발했기 때문일까? 아니면 마침내 무언가를 성취했다는 짜릿함 때문인가? 어쨌든 오늘은 축배를 들고 싶다. 하지만 무턱대고 갈 수는 없다. 내 부모님이나 다름없는 게일과 로니를 바라본다. 얘기를 듣자마자 걱정하는 게일과 달리, 로니는 게일의 어깨에 손을 올리고 귓속말을 한다.

"알았어."

게일이 말한다.

"우리가 적당히 둘러댈게. 한 번만이다."

내가 허공에 주먹질을 한다.

"예스!"

그리고 게일의 뺨에 입을 맞춘다.

"사랑해요, 게일."

"그으래."

"대리엔!"

또 제시카다.

"평생은 못 기다려!"

"하지만 조심해."

게일이 백팩에서 무늬 없는 검은 모자를 꺼내준다.

"스냅챗에라도 찍혔다가는……."

"알아요, 알아. 마크가 날 죽이겠죠."

모자를 눈썹 아래까지 눌러 쓴다.

"괜찮을 거예요. 게일은 걱정이 너무 많……."

그때 전화벨이 칼날처럼 우리 대화를 끊는다. 나와 눈
빛을 주고받던 게일이 자기 전화는 아니라고 어깨를 으쓱
한다. 후드티 주머니에 손을 넣는다. 나는 번호를 저장할
때 일일이 벨소리를 지정해뒀다. 하지만 이건 기본 벨소
리다. 정해진 벨소리가 없는 번호는…….

엘. 발신자에 그렇게 적혀 있다. 심장이 목구멍으로 뛰
어오른다.

"빨리 와, 왕자님!"

캘빈이 외친다.

"파티 타임이야!"

정말 전화를 걸지는 않았을 것이다. 버튼을 깔고 앉았
거나 그랬겠지.

"안 받아?"

게일이 묻는다.

"받아야 돼요?"

벨이 세 번째로 울린다. 네 번째.

"빠아아알리."

제시카도 재촉한다.

"젊음은 한순간이야, 카민도어!"

손가락을 움직여 잠금 화면을 해제한다.

"여보세요?"

1초 기다린다. 2초, 3초. 하지만 아무 소리도 들리지 않는다. 그러더니 전화가 끊긴다.

"허."

귀에서 휴대폰을 뗀다. '통화 종료' 표시가 뜬다.

"아무 말도 안 해?"

게일이 묻는다.

"그런 것 같아요."

기침으로 실망감을 감춘다.

"아무튼 말썽 안 부리겠다고 약속해요."

"전에는 그 말 안 했니."

게일은 확신이 없는 얼굴로 내 휴대폰에서 눈을 떼지 못한다. 휴대폰을 꽉 쥐지만 이게 무슨 바보짓인가 싶다. 엘은 지금 통화할 생각이 없다. 그리고 어차피 내일 행사장에 올 것이다. 내가 놀 수 있는 기회는 오늘 밤뿐이다.

"여기요."

게일에게 휴대폰을 건넨다.

"이러면 술 먹고 전화 못 할 거예요. 스냅챗 할 일도 없고요. 잃어버리지만 마요. 훔쳐봐도 안 돼요."

내가 덧붙인다.

"이제 가도 되죠?"

게일이 고개를 끄덕이고 안심한 표정으로 내 휴대폰을 주머니에 넣는다.

"좋아."

시원하고 상쾌한 밤공기를 맞으며 SUV로 달려간다. 〈스타필드〉로 느꼈던 부담은 버리고 간다. 내가 기억하고 싶은 것들(내 손에 쏙 들어오던 스타건의 감촉, 프로스페로 사령선에 섰을 때의 에너지, 나를 '아블렌'이라 부르는 여자와 얘기하던 밤들)만 간직한 채, 나머지는 전부 뒤로 하고 떠난다.

엘
Elle Wittimer

세이지는 우리 집 골목으로 꺾지 않는다. 그러기에는 트럭 소리가 너무 크다. 옆 동네 입구에 차가 멈추자 나는 백팩을 둘러멘다. 밤 9시 31분. 죽기 살기로 전력 질주를 해야 한다.

"내일 어떻게 가?"

세이지가 묻는다.

"버스 정류장에서 만날래? 아침 6시?"

"6시 좋아!"

세이지가 몸을 기울여 나를 꽉 안아준다. 나도 세이지에게 팔을 두른다.

"행운을 빌어줘!"

그렇게 외치며 인도를 달리기 시작한다.

잠잘 시간이라 모든 집이 캄캄하다. 남의 집 마당을 가로지른다. 이슬로 축축한 잔디를 밟자 동작감지등이 빛을 내뿜는다. 심장 뛰는 소리가 귀를 때린다. 늦으면 안 돼. 안 된다고.

우리 집 진입로에 들어서고 가슴을 쓸어내린다. 캐서

린의 미아타가 보이지 않는다. 집에 아무도 없다. 오늘이 무슨 요일이지? 금요일? 잠깐, 금요일이면 장보는 날이다. 신용카드님이시여, 감사합니다!

걸음을 늦추고 옆쪽으로 살금살금 돌아간다. 조르조가 가지 꺾이는 소리를 듣고 깨지 않기를 바라며 내 방 창문 옆에 있는 돌배나무를 오르기 시작한다. 반쯤 올라갔을 때 발을 헛디딘다. 욕을 뱉으며 다른 가지에 매달린다.

잠깐, 아무도 내 소리를 못 들었겠지? 확인하고 나무에 기어 올라간다. 창문을 넘자 무릎이 젤리처럼 흐물흐물해져 바닥에 주저앉는다. 아직도 심장이 미친 듯이 뛴다.

성공했어. 속에서 안도감이 솟아오른다. 무릎을 안고 고개를 숙여 숨을 고른다. 정말 바보 같다. 하필 오늘 늦다니. 너무 어이없어서 몸이 다 떨린다. 이제 코앞이었다. 조금만 있으면 엑셀시콘에 갈 수 있었다. 아빠에게 갈 수 있었다. 멀리 어둠 속에 서 있는 사람의 그림자처럼 아빠가 보이는 것 같았다.

하룻밤이야. 몇 시간만 더 버티면 돼. 그때 내 방 전등에 불이 들어온다. 놀라서 고개를 들자 심장이 멎는다. 클로이가 내 컴퓨터 의자에 다리를 꼬고 앉아 기다리고 있었다. 눈빛이 유리라도 벨 것처럼 날카롭다.

"아, 왔네."

목소리도 차갑다.

"내 방에서 뭐 해?"

클로이가 고개를 갸웃한다.

"왜 집에 몰래 들어와? 그렇게 늦은 시간이야?"

손목시계를 보는 시늉을 하고 혀를 찬다.

"어머, 정말 늦었네."

아래층에서 차고 문이 열리고 캐서린이 집에 왔다고 소리친다.

"엄마는 고객하고 미팅이 있었어."

클로이가 간단히 설명한다. 이해가 간다. 그래서 캐서린이 없는데도 클로이가 집에 와 있었구나.

"그래도 제때 왔네."

무슨 소리지?

"제때라니 뭐가?"

클로이가 앞으로 몸을 기울인다.

"네 속셈 다 알아, 찌질아. 네가 똑똑한 줄 알지? 내 눈을 속이고 말이야. 일 끝나고 그 미친 애랑 어울리는 걸 알면 엄마가 어떻게 반응할까? 너 엄마한테 거짓말하고 있잖아. 우리 엄마가 너한테 어떻게 해줬는데."

입이 바짝 마른다.

"하지만 너도 이미 아는 일 아니야? 네가 말 안 하면 나도 말하지 않기로……."

"사람 갖고 장난 그만 쳐!"

클로이가 의자 팔걸이를 내리치며 외친다.

"어디 있어?"

영문을 몰라 몸을 일으켜 세운다.

"뭐가 어디 있어?"

"무슨 말인지 알잖아! 네가 가져갔잖아. 네 짓인 거 알아. 어디 있냐고?"

"뭐가 어디 있냐는 거야?"

"멍청한 척하지 마!"

클로이가 의자에서 벌떡 일어난다.

"무슨 말인지 모르겠어!"

"드레스."

클로이가 뱀처럼 소리를 낸다. 이렇게 화난 모습은 처음이다.

"어디 숨겼어? 네가 그걸 입을 수 있다고 생각했어? 웃기지 마."

클로이의 시선이 침대에 걸어둔 백팩으로 향한다. 클로이가 백팩에 달려들고, 빼앗기지 않으려 얼른 가방 끈을 붙잡지만 너무 늦었다.

"이 안에 뭐 있어?"

클로이가 기세등등하게 외친다.

"그만해! 거기 없어!"

내가 백팩을 잡으려 하지만 클로이가 나를 피하고 지퍼를 연다. 옷을 움켜쥐고 거칠게 꺼낸다. 나는 겁에 질려 서 있다. 안 돼. 클로이에게 들켰다. 이제 다 알게 됐다.

놀란 표정을 짓던 클로이가 옷을 이리저리 뒤집어보더

니 분노한다.

"세상에."

클로이가 나를 째려본다.

"너도 대회 나가게?"

"나는…… 그게 아니라……."

목이 꽉 막힌다.

"맞구나! 너도 나가는 거였어! 그래서 우리가 우승하지 못하게 옷을 훔친 거고! 찌질한 성격 어디 안 가는구나. 너 정말 구차하다."

이성의 끈이 끊어진다. 대회에 참가하고 싶은 내 마음을 구차하다고 해서? 우리 아빠 코트를 싸구려 핼러윈 무대의상처럼 쥐고 있어서일까? 나를 조롱하는 눈빛 때문일지도 모른다. 이 세상에 좋은 사람은 없다는 진실을 깨달았던 지난 여름 그날이 떠오르기 때문이다. 그날 나는 모든 사람이 거짓말을 하고, 내 마음은 하찮을 뿐이며, 이 세계는 블랙 네뷸러 안에 있다는 사실을 깨달았다. 이곳은 희망이 없는 끔찍한 세계, 아무도 살고 싶지 않은 세계였다.

내가 달려들어 코트 옷깃을 쥔다.

"내놔! 네 옷 아니잖아!"

"그럼 네 거야?"

클로이가 몸을 잽싸게 피하며 대답한다. 옷깃이 손에서 빠져나간다.

"우리 집에 있으니 우리 거지!"

"네 거라고? 처음부터 여기 네 물건은 없었어!"

내가 소매를 쥐고 잡아당긴다. 클로이가 내 손을 떼어 내려고 뒤로 물러나지만, 찢어지는 소리가 나더니 손이 가벼워진다. 그 소리에 불에 덴 것처럼 소매를 놓고 내려다본다.

안 돼…… 안 돼, 안 돼, 안 돼, 안 돼…….

클로이가 코트를 바닥에 떨어뜨린다.

"으으, 쓰레기 같아."

찢어진 코트를 주워 품에 끌어 안는다. 제발, 다시 붙어줘.

"잠깐만."

클로이가 휙 돌아본다.

"대회에 나갈 생각이었으면 입장권도 있겠네?"

피가 차갑게 식고 몸이 떨린다.

"당연히 그러시겠지."

클로이가 벽에 붙은 포스터를 뜯는다. 포스터가 휴지 조각처럼 바닥으로 떨어진다.

"어머, 여기는 아니네. 그럼 여기?"

그러면서 액자를 떨어뜨리고 서랍을 열어 옷을 바닥에 쏟아낸다. 나는 벌벌 떨리는 몸을 팔로 감싸고 지켜볼 뿐이다. 아직은 코트를 놓고 싶지 않았다. 아빠의 아름다운 코트가 망가졌다.

"흐음, 어디다 뒀을까나?"

사방을 둘러보던 클로이가 한 포스터 앞에 멈춰 선다. 하얗게 질린 나와 포스터를 번갈아보더니 포스터 액자를 떨어뜨린다. 그 액자 뒤에는 입장권이 숨겨져 있었다.

내가 벌떡 일어나 외친다.

"이리 내!"

"안 내놓으면 어쩔 건데? 가서 엄마한테 말할래?"

클로이가 나를 조롱한다. 바로 그때, 상황이 더 끔찍해진다. 클로이가 고무줄로 말아놓은 비상금과 애틀랜타행 버스표를 발견한 것이다.

"이게 뭐야?"

클로이가 기쁨에 겨운 목소리로 버스표를 들어 올린다.

"고속버스 티켓? 더러워. 이런…… 어떡하지."

클로이가 한 번의 재빠른 동작으로 표를 반으로 찢는다. 그것을 반으로, 또 반으로, 또 반으로 찢자 버스표(세이지와 내일 아침 6시 반에 사용하려 했던 환불 불가 티켓)는 종잇조각으로 변한다.

"이거면 충분하겠다."

클로이가 지폐를 주머니에 챙긴다.

"이 돈으로 그냥 더 좋은 무대의상 살게. 고마워."

"안 돼."

내 목소리가 갈라진다.

"그럴 수 없어. 그러기만 해봐, 내가……."

"네가 뭐?"

클로이가 비웃는다.

"내가…… 대회에 나간다고 너희 엄마한테 말할 거야! 보내줄 리 없을 걸? 내가 절대 못 가게 할 거야."

아빠의 코트를 세게 움켜쥔다.

"내가…… 내가……."

지금까지 한 번도 클로이에게 맞선 적 없었다. 단 한 번도 클로이를 협박한 적 없었다. 처음 있는 일이었다. 클로이도 잠깐은 나보다 더 충격을 받은 듯하다. 하지만 이내 눈을 깜빡이고는 차가운 표정을 짓는다. 너무도 익숙한 표정이다. 지난 여름 제임스가 정말 나를 좋아한다고 생각했냐며 물었을 때의 표정이다. 친절함을 어떻게 오해할 수 있냐고 물었을 때의 그 표정이다. 클로이가 나를 미친 애로 만들었을 때, 대답은 혀끝을 맴돌기만 했다.

하지만 지금에 비하면 그때 일은 아무것도 아니었다. 예고편에 불과했다. 이제 클로이는 내 입장권, 비상금을 가졌다. 우리 엄마의 드레스까지 가졌다(틀림없다. 아니라면 누가 갖고 있겠는가?). 내가 평생 원했던 모든 것을 손에 넣었다.

"네가 뭘 어쩔 건데?"

클로이가 바닥에 흩어진 옷더미를 밟는다.

"네가 엄마한테 말하면 나도 이를 거야. 의붓딸이 약쟁이랑 어울린다고 하면 엄마가 어떻게 생각할까?"

"세이지는……."

"아니면 네가 농땡이 부린다고 말할까?"

"아니야!"

"누가 너를 믿니? 너는 아무것도 아니야, 엘. 별 볼일 없는 애라고. 평생 그렇게 살 팔자지. 바보 같은 드레스를 입는다고 바뀌지 않아. 너는 언제까지나 아빠도 없고 친구도 없는 이상한 애야."

그러면서 내 어깨를 밀친다. 나는 비틀비틀 뒷걸음질을 치다 균형을 잃고 백팩 위로 넘어진다. 세이지가 만들어준 아름다운 왕관 들이 있는 백팩으로. 귓가에 크게 울리는 '쩍' 소리에 심장이 멎는다.

"클로이?"

캐서린이 현관에서 외친다.

"캘? 엄마 왔어!"

클로이가 씩 웃는다.

"가요!"

그렇게 대담한 클로이는 머리카락을 어깨 뒤로 넘기고 방을 나간다. 천천히 몸을 일으킨다. 하지만 물은 이미 엎질러졌다. 안 봐도 뻔하다. 그래도 백팩을 열어본다. 세이지가 몇 시간을 들여 만든 왕관이 바닥에 조각조각 부서져 있다. 몇 개를 집어 들지만 손 안에서 바스러진다. 목구멍으로 울화가 치밀어 오른다. 문 밖에서 작은 발소리가 들린다. 고개를 들자 캘이 안을 들여다보고 있다.

"엘?"

조심스럽게 문을 연 캘이 놀라서 숨을 들이마신다.

"세상에······ 무슨 일이야?"

나는 몸을 웅크린다. 블랙 네뷸러가 이대로 집어삼켰으면 좋겠다. 제발 나를 데려가줘. 눈을 질끈 감자 뜨거운 눈물이 뺨을 타고 흘러내린다. 그냥 사라져버리고 싶다. 더는 존재하고 싶지도 않다.

"엘······?"

"나가."

떨리는 목소리로 말한다.

"내 방에서 나가, 캘."

캘은 잠시 꼼짝하지 않는다. 왜? 내가 무너지는 꼴을 구경하려고? 자기 언니처럼 그렇게 희열을 느끼나? 하지만 곧 뒤로 물러난다. 다 망가졌다. 모든 것이 망가졌다. 한 번쯤은 나도 무언가를 가질 수 있다고 생각했다. 이번 만큼은······.

하지만 이 세계에 행복한 엔딩은 없나 보다. 가능하다고 생각한 내가 바보다. 뒷주머니에 손을 뻗어 휴대폰을 꺼낸다. 이것도 빼앗길까 두려워 눈을 감고 가슴에 소중히 껴안는다. 내가 가진 모든 것을 빼앗겼다. 언제나 그렇다. 카민도어조차도.

자정이 지났으니 카민도어는 자고 있을 것이다. 그의 목소리를 기억한다. 저음이지만 앳된 목소리였다. 가볍고 다정했다. 그 목소리로 나를 '아블레나'라고 부르면 어떤 기분일까?

그 생각에 카민도어의 전화번호 옆에 있는 통화 아이콘을 누르고 휴대폰을 귀에 댄다. 저 멀리 우주에 있는 위성으로 날아간 통화 신호가 내가 간절히 원하는 그곳을 찾아 지구로 내려오는 사이, 심장은 점점 더 빠르게 뛴다.

신호가 한 번, 두 번 울린다. 불가능한 세계로 보내는 구조 신호였다. 하지만 음성 사서함으로 넘어간다. 안내 메시지는 카민도어의 목소리가 아니라 기본 음성으로 설정되어 있다. 바쁜가 보다. 아니면 잠들었거나. 전화를 끊고 문에 머리를 기댄다. 울음을 그치려고 눈을 깜빡인다.

'언제 마지막으로 위를 봤어?'

카민도어의 문자를 생각한다.

'이제부터 우리 같이 하늘을 올려다보자.'

천장에 달린 야광 별만이 내게 말을 건다. 내 상상에 존재하는 별자리 모양이다. 아빠와 주말 내내 고생해서 그걸 천장에 달았다. 아빠는 바닥에 누워 천장을 바라보며 물었다.

"어디로 가고 싶어? 아무 별이든 하나 골라 봐. 그리고 항로를 정해. 조준하라."

아빠가 한쪽 눈을 감고 별을 가리켰다. 그리고 스타건 방아쇠를 당기듯 엄지를 움직였다.

목적지를 향해 손을 뻗고 한 손으로 조준한다. 그러다

머뭇거린다.

"불을 붙이라!"

아빠 목소리가 들린다. 하지만 아빠는 여기에 없고 다시는 돌아오지 못한다. 여기는 불가능한 세계니까. 카민도어도, 프로스페로도, 유시도, 페더레이션 별도, 전망대도 없다. 나만 사랑하는 모든 것과 다른 세계에 홀로 갇혀 있을 뿐이다. 블랙 네뷸러에서 길을 잃은 아마라 공주처럼.

"너는 혼자가 아니야, 아블레나.
네 별들이 나를 집으로 안내해줄 거야."

－33회, '잊지 못할 녹스' 中

3부

불을 붙이라

GEEKERELLA

엘

Elle Wittimer

"얘들아, 경기장에 도착하는 대로 문자하는 거 잊지 마."

캐서린이 내가 만든 아침(계란 시금치 볶음)을 먹으며 미소를 짓는다. 나는 조리대에 서서 커피만 홀짝인다. 간밤에 한숨도 못 자서 배가 고프지도 않다.

"그럼, 당연하지."

클로이가 유쾌하게 말한다. 그러면서 입 다물라 경고하듯 나를 쏘아본다. 하지만 나는 어차피 아무 말도 하지 않는다. 이제 와서 일러봤자 무슨 소용인가?

"엘은 오늘 카펫 청소한다고 하지 않았어?"

"아, 맞다!"

새엄마가 손뼉을 치고 나를 돌아본다.

"어떻게 해야 하는지 알지? 지난번처럼 카펫에 거품 남기면 안 된다?"

"네."

내가 컵에서 눈을 떼지 않고 대답한다.

클로이가 휴대폰을 확인한다.

"캘, 이러다 차 놓치겠어. 금방 제임스 올 거야."

아침 내내 한 마디도 하지 않던 캘이 주저한다.

"나는 별로……."

캐서린이 족집게로 다듬은 눈썹을 찡그린다.

"몸이 어디 안 좋아? 얼굴이 하얘."

"멀쩡해."

클로이가 대답하며 캘에게 일어나라 재촉한다.

"긴장해서 그런 거야. 그치, 캘?"

캘이 나를 힐끗 본다. 그러고는 전혀 건드리지 않은 계란 시금치 볶음을 내려다본다.

"응."

더는 못 참겠다. 입맛 없다는 핑계를 대고 위층으로 올라온다. 몇 분 후, 제임스 차가 집 앞에 멈춰 서고 내 비상금을 가진 쌍둥이가 차에 올라탄다. 새엄마는 나를 보러 올라오지 않는다. 스팀 청소기는 차고에 있고, 밤에 와서 보자고 소리칠 뿐이다. 현관문이 닫히고 이어서 미아타가 부르릉 소리를 내며 도로로 빠져 나간다. 침대에 몇 분이나 누워 있었을까, 주머니에서 알림음이 울린다. 휴대폰을 꺼내 본다.

✉ 세이지 오전 7시 03분

　　- 야! 어디야?

　　- 아침 내내 전화했어.

－ 나 못 가. 미안.

　눈시울이 뜨거워진다. 눈을 깜빡이며 눈물을 참는다. 내가 기억하는 첫 번째 엑셀시콘은 일곱 살 때다. 아빠는 9개월 동안 정신없이 행사를 계획했다. 패널, 게스트, 보안을 준비하느라 몇 날 며칠 밤을 샜고, 하루 종일 엑셀시콘 얘기만 해도 나를 질리게 만들었다. 거기에 가고 싶지도 않았다.

　그날 아침, 아빠가 스피커 음량을 최대로 올리고 〈스타필드〉 주제가로 나를 깨웠다. 귀가 찢어지는 음악 소리에 선반의 봉제인형들이 흔들렸다. 아빠는 풀 먹인 코트를 입고 왕관까지 쓴 다음, 내 방으로 들어와 나를 품에 안고 음치지만 정확한 리듬으로 노래를 불렀다.

　"딴 딴－딴－딴 딴－딴따－－－－－－안－딴."

　아빠는 달과 별 무늬 잠옷을 입은 나를 이끌고 내 방에서 왈츠를 췄다. 내 인생 최고의 날은 그렇게 시작했다. 그날 나는 내 스타건에 데이비드 싱의 사인을 받았다. 처음으로 나도 카민도어가 될 수 있다고 생각했다. 아빠는 나를 보고 "작은 별, 오늘 밤 너는 원하는 누구든 될 수 있어."라고 말했다.

　참을 새도 없이 눈물이 줄줄 흐른다. 손등으로 닦자마자 새로운 눈물이 끊이지 않고 떨어진다. 멈출 생각이 없어 보인다. 너무 울어서 숨을 쉬기도 힘들었다.

밖에서 굉음이 들린다. 눈물을 닦고 창문으로 비틀비틀 다가간다. 거리를 내다보자 거대한 주황색 트럭이 스파이더맨의 쫄쫄이보다도 빈틈 없는 모퉁이를 돌아 일방통행 도로를 질주한다. 초록 머리의 미치광이가 운전대를 쥐고 있다.

안 돼. 세이지가 현관문을 열어젖히고 내 방으로 쿵쿵거리며 올라와 바닥에 무릎을 꿇은 나를 발견한다. 우는 모습을 보이기 싫어 팔에 얼굴을 묻는다. 남에게 우는 모습을 보이고 싶지 않다. 아빠가 돌아가신 후로는 항상 그랬다. 운다고 문제가 해결되지는 않는다. 떠난 사람이 돌아오지도 않는다.

"엘…… 괜찮아. 다 괜찮아. 이제 괜찮을……."

내가 뒤로 물러난다.

"아니, 그-그-그렇지 않아!"

깨진 왕관과 찢긴 코트를 보자 아까보다 더 크게 울음이 터진다.

"걔들은 내가 드레스를 훔쳤다고 새-생각했어…… 우리 엄마 드-드-드레스 말이야. 그래서 내 돈을 가-가져가고 내…… 우-우리가 만든……."

무릎을 꿇고 나를 안으려 하는 세이지를 밀쳐낸다.

"하지 마. 나-나한테서 떨어져. 나는 이상하고 끄-끄-끔찍하고…… 또…… 또 모-모-모든 걸 마-마-망가뜨

346

리는 애야. 캐-캐서린 인생, 싸-쌍둥이 인생도. 이제 네-
네 인생도 망가질 거야. 아직은 아니지만 고-고-곧 그렇
게 될 거야."

세이지가 코웃음을 친다.

"엘, 네가 다른 사람 인생을 망가뜨릴 수는 없어. 너 제
정신이야? 네 물건을 망가뜨린 건 저 사람들이야."

세이지가 한참 동안 나를 뜯어보더니 허리를 편다.

"무슨 이유로 네가 모든 걸 망가뜨리는 사람이라는
거야?"

내가 힘없이 웃는다.

"나는 그냥 지-짐이니까. 여기 있고 싶지 않아. 여기서
벗어나고 싶어. 나는 카민도어가 아니야, 세이지."

딸꾹질까지 나온다.

"그-그-그럴 수 없어. 나는 블랙 네뷸러야. 나는 아마
라 공주야…… 내가 만진 모-모-모든 게 망가져."

세이지가 몸을 뒤로 빼고 앉는다.

"좋아, 그럼."

"뭐가 좋다는 거야?"

세이지의 목소리가 너무 침착했다.

"이해 못하겠어? 끝이야, 세이지. 다 끝났어. 이번 생에
서는 좋은 걸 가질 팔자가 아니야. 하나도 가질 수 없어."

"나는 그 말 안 믿어."

세이지가 일어나 내게 손을 내민다.

"빨리 잡아."

세이지의 손이 내 손을 잡아주길 기다리고 있다. 나는 올려다보며 망설인다. 세이지는 나를 왜 친구라고 생각하는 걸까? 왜 내 말을 알아듣지 못하는 걸까? 이해할 수 없나?

"왜?"

내가 한참만에 묻는다.

"네 말이 맞으니까. 너는 카민도어가 아니야. 너는 아마라지. 왜 그런지 알아? 거지같은 곁다리 스토리를 받고도 용케 견뎌냈잖아. 너는 욕심 없고 용감한 사람이야."

세이지가 쪼그리고 앉아 내 어깨를 잡는다.

"엘, 마지막 회를 봤을 때 나는 아마라가 모든 걸 망가뜨렸다고 생각하지 않았어. 아마라는 우주를 구한 거야."

"우주는 카민도어가 구했어! 아마라가 한 일이라고는 죽은 것뿐이야!"

"반대편에 다른 세계가 있다고 하지 않았어?"

"그게 중요해?"

내가 차갑게 대꾸한다.

"하고 싶다고 해도 아마라는 안 돼. 쌍둥이가 엄마 드레스를 잃어버렸고…… 또……."

목이 꽉 막힌다.

세이지가 뒷목을 문지른다.

"사실 걔네가 잃어버리지는 않았어."

"무슨 말이야?"

"엘, 내가…… 고백할 게 있어."

세이지가 뜸을 들이며 말한다.

"드레스 나한테 있어."

"뭐?"

서서히 그 말의 의미를 깨닫는다.

"네가 훔쳤다고?"

"응. 그날 프랭코 오줌 싸게 한다고 데리고 나갔을 때."

세이지는 부끄러우면서도 뿌듯해보인다.

"쌍둥이들이 그렇게 날뛸 줄은 몰랐어! 정말 미안해.
나는 정말…… 그냥…… 그 싸가지들이 네 엄마 옷을 입
는다고 생각하니 참을 수 없더라고. 못 견디겠더라. 나를
평생 미워한대도 이해……."

내가 세이지를 안고 어깨에 얼굴을 묻으며 흐느껴 운다.

"고마워. 고마워, 정말 고마워."

"화 안 내?"

"나도 훔치고 싶었지만 그럴 수 없었어! 어떻게 할지
몰라서. 나…… 나는 화가 났지만 아무것도 할 수 없었
어."

"하지만 클로이가 표를 가져갔다며. 내가 드레스를 훔
쳐서 비상금을 뺏긴 거잖아."

고개를 끄덕인다.

"어차피 가져갔을 돈이야. 내가 알아."

"알았어."

세이지가 초조하게 웃으며 일어나 손을 내민다. 내가 그 손을 잡고 자리에서 일어난다.

세이지가 내 손을 꽉 쥔다.

"이제 행사장에 가자. 우리 지금 여기 서서 시간만 허비하고 있어."

"어떻게 가게? 버스는 떠났고……."

"펌킨을 타면 되지."

입이 떡 벌어진다.

"정말이야? 펌킨은 안 돼. 너희 어머니 난리 나실 거야. 주차 딱지 한 번만 더 떼면……."

"친구야, 절박한 시기에는 절박한 조치가 필요한 법이란다. 엄마는 집에 와서 상대하면 돼. 어서 물건 챙겨. 우리는 자동차 여행을 떠난다."

"하지만 돈이 없잖아. 입장권도 없고."

"그건 가면서 생각해. 서둘러, 빌보. 모험심은 어디다 버렸어?"

"너 미쳤어."

세이지가 눈썹을 아래위로 까딱거린다.

"알아."

눈물을 닦고 무대의상을 가방에 넣는다. 부러진 왕관을 방 한가운데에 버려두고 계단을 서둘러 내려간다. 세이지가 트럭 트렁크를 활짝 열자 천장에 걸린 엄마가 드레스 모습을 드러낸다. 나는 놀란 표정을 숨기지 않고 드레스를 뚫어져라 바라본다.

"좋아. 네 몸에 맞게 수선하려면 운전은 네가 해야 돼."

세이지가 내게 차 키를 던지고 가방에서 작은 반짇고리를 꺼낸다.

"잠깐…… 뭐라고?"

내가 키를 받는다.

"너."

세이지가 트렁크 문을 닫고 조수석으로 돌아온다.

"운전하라고. 애틀랜타로 어떻게 가는지 알지?"

"나?"

캐서린의 미아타가 금방이라도 나타날까 봐 얼른 반대편 운전석으로 달려가 트럭에 오른다. 안전벨트를 매고 키를 꽂는다. 속도계를 비롯해 온갖 작은 버튼과 다이얼이 복잡한 제어판처럼 눈앞에 펼쳐진다.

"나 운전할 줄도 몰라!"

"면허 있다며."

"연습했다는 뜻은 아니지!"

"그럼 배우면 되겠네."

세이지가 대답하며 내 가방을 가져간다.

"우리는 반절 남은 기름으로 4시간을 달려서 대회를 씹어 먹어야 돼. 자, 펌킨을 약탈할 준비됐습니까, 공주님?"

환히 웃는 세이지에게 아니라고 말할 수는 없다. 도저

히 불가능하다.

"알겠네, 부조종사."

세이지가 더 활짝 웃으며 레이벤 선글라스를 쓴다. 나도 붉어진 눈을 감추려 싸구려 짝퉁 선글라스를 쓴다. 키를 돌려 시동을 건다. 엔진이 겨울잠에서 깬 짐승처럼 우르릉 소리를 내며 작동하고 펌킨은 배기관으로 검은 연기를 내뿜으며 집 앞 도로로 나온다.

대리엔

Darien Freeman

"제대로 된 파란색은 절대 못 되겠네."

혼잣말을 하며 옷깃을 똑바로 세운다. 의상은 행사장 안에 따로 떨어진 옷걸이에 걸려 있다. 같은 옷을 입고 23일 동안 촬영했으니 완전히 질렸을 법도 한데, 오히려 의상을 입지 않으면 기분이 이상해진다. 내게 제2의 피부가 된 것만 같다.

황동 단추와 반짝거리는 스타윙을 어루만진다. 아침에 내가 커피를 마시는 동안 게일이 뒷자락에 풀을 먹였다. 어제 몇 시에 잠들었는지 모르겠다. 어쨌든 거나하게 취한 동료 배우들을 끌고 호텔로 돌아와서도 한참이 지난 후였다.

"너 정말 멋진 놈이야."

로니의 검은 차 뒷좌석에서 제시카가 혀 꼬인 발음으로 말했다. 보드가드를 두는 게 의외로 장점이 많았다. 그중 24시간 리무진 서비스가 이용 가능하다는 점도 있었다. 로니는 불만이 가득했지만.

"그걸 모르는 그 여자애가 바보지."

"무슨 여자애?"

다른 좌석에 엎드려 있던 캘빈이 물었다.

"대리엔이 사랑하는 애."

"내가 무슨……."

내가 따졌지만 제시카는 술 취한 손가락을 내 입술에 댔다.

"쉿."

그렇게 명령하고는 곧바로 내 구두에 토를 했다. 나는 구두를 로비에 던져 버리고, 동료 배우들을 각자 방에 데리고 들어가는 내내 로니의 살기 어린 시선을 피했다.

노크 소리가 들리더니 게일이 슬그머니 안으로 들어온다.

"준비됐어, 대리엔?"

초조하게 머리카락을 쓸어 넘긴다.

"물론이죠. 내 휴대폰은 아직 못 찾았어요?"

게일이 고개를 젓는다. 내가 방으로 돌아오자마자(아니, 방으로 돌아와 제시카의 토사물을 닦자마자) 게일은 나쁜 소식을 전했다. 내 휴대폰이 사라졌다는 것이다.

"어디다 뒀는지 도저히 생각 안 나."

게일이 벌써 수백 번째 토로한다.

"전화를 해도 음성 사서함으로만 넘어가고. 미안해, 네가……."

"찾을 거예요."

마음과 다르게 확신을 준다.

"맞아, 그럴 거야."

재촉하지 않으면 내가 움직이지 않는다고 판단한 게일이 내 팔꿈치를 잡고 복도로 이끈다. 우리는 대기실을 지난다. 게스트들이 사진이나 셀카 요청 없이 쉴 수 있는 유일한 공간이다. 베테랑 배우들도 주로 그 안에 있다. 행사장으로 나가는 사람은 아무도 없다. 그곳은 피라냐로 가득한 수족관이다. 이 세계로 치면 블랙 네뷸러의 중심이라 할 수 있다.

대기실 문을 뒤로 하며 아쉬워서 마지막으로 한 번 더 돌아본다. 그때 갈색 머리가 풍성하고 짙은 갈색 코트를 입은 남자가 보인다.

"게일!"

내가 갑자기 멈춰 선다.

"방금 네이선 필……."

게일이 요요처럼 나를 끌어당긴다.

"나중에 찾아가서 〈파이어플라이〉 만화책 초판본에 사인을 받아. 패널 하고, 음, 사인회 끝난 다음에."

내가 카펫에 발을 묻는다.

"사인회라고요?"

게일이 움찔하고 하나로 묶은 머리카락을 잡아당긴다.

"그게, 마크 지시였어."

"마크……."

그 이름이 신음처럼 나온다.

"아빠가 그래야 한대요?"

"고집하시더라고. 홍보 효과가 좋을 거라면서. 꼭 해야한대. 반대해봤지만……."

"그 블로거가 거기 있으면요? 메시지 남긴 사람 말이에요."

"동일인물인지 모르잖아."

게일이 지적한다.

"허, 둘 다 여기 왔으면 어쩌려고요? 둘 중 하나라도 사인회에 줄을 설 수 있잖아요!"

"미…… 미안해."

게일이 다시 사과한다. 두려움이 후회로 바뀌고 나는 어깨를 축 늘어뜨린다. 대기실의 갈색 코트는 사라졌다. 또 기회를 놓쳤다. 고개를 젓는다.

"아니, 아니에요. 게일 잘못이 아니야. 어떻게 마크를 반대했겠어요. 주최 측에 말하면 방법이 있을지도 몰라요. 내가 알아볼게요."

"하지만 대리엔……."

"내가 알아서 한다고요."

복도 끝에 있는 문을 열고 사람들이 바글바글한 행사장으로 나간다. 뒤에서 게일이 인파를 뚫고 따라오고 있다. 셀카나 사인 요청을 받아도 거절한다. 지금 내게는 할 일이 있다.

마크는 이번 행사에 억지로 참석하게 했다. 그러더니

이상한 유출 사고가 전부 내 탓이라고 비난했다. 이제는 사인회를 취소할 수 없다고? 게다가 오렌지크러시도 없다. 무엇 하나 내 마음대로 되지 않았다. 이제는 한계다. 마크가 뭐라 하든 상관없다. 사인은 죽어도 못 해.

엘

Elle Wittimer

애틀랜타 컨벤션 센터는 정말로 넓다. 세이지가 펌킨을 주차하는 동안, 나는 먼저 내려 입장권을 구하기로 한다. 펌킨이 소음을 내며 사라진 후, 나는 입을 헤 벌리고 사람들을 구경한다. 사람이 셀 수 없이 많다. 그냥 사람들이 아니라 벌칸, 녹스, 튜리안, 시스 로드다. 그루트, 엑스맨, 존 스노우, 마티 맥플라이, 디즈니 공주들도 있었다. 네이선 드레이크, 인디아나 존스, 도타2 아바타는 물론 〈리그 오브 레전드〉 캐릭터, 갈색 코트, 슈퍼히어로, 호그와트 학생도 있었다. 세일러문과 세일러 전사들, 트레키들을 비롯한 사람들 사이에 우리 스타거너들도 위대한 페더레이션을 상징하는 완벽한 남색 코트를 입고 떼를 지어 다닌다. 이곳은 불가능한 세계다. 게다가 쌍둥이는 어디에도 보이지 않는다.

✉ 오후 12시 22분

 – 내가 지금 어디 있는지 상상도 못할 거야, 아블렌.

 – [첨부 사진 1]

답장을 기다린다. 카민도어도 여기 있다고 생각하기 때문이다(코스프레 패널과 대화하고 있을 것이다). 하지만 답장이 없다. 일단은 그렇다. 나중에 확인하면 답장을 보내겠지. 하지만 나를 만나고 싶어 할까? 나는 그러고 싶은 걸까?

나는…… 만나고 싶다. 결심을 하고 백팩을 더 높이 들쳐 멘다. 티켓 구하기에 도전해봐야지. 매표소에는 따분해보이는 남자 한 명만 남아 있다. 그의 머리 위에는 '토요일 입장권 매진'이라고 적힌 커다란 표지판이 걸려 있다. 심호흡을 하고 그쪽으로 다가간다.

"저, 입장권을 새로 사려는 게 아니라요, 전에 받은 입장권을 누가 훔쳐갔어요."

매표소 직원에게 설명한다.

"코스프레 대회에만 참가하면 돼요. 다른 데는 들어가지 않겠다고 약속할게요. 혹시……."

그가 표지판을 가리킨다.

"아니, 그건 알아요. 저도 글 읽을 수 있어요."

내가 말한다.

"제가 묻고 싶은 건……."

"특별대우를 받을 수 없냐고?"

그가 마침내 나를 올려다본다. 두꺼운 검은 안경 너머로 눈이 끔벅거린다.

"다음에는 표를 조금 일찍 사라고, 귀염둥이."

"귀염둥이라고 부르지 마요."

내가 쏘아붙인다.

"누가 너를 귀염둥이라고 불러?"

세이지가 사람들로 가득한 로비를 뚫고 나오며 옷매무새를 다듬는다. 오늘은 파란색 망사 치마를 입었다. 꼭 미친 펑크록 요정 같은 옷이 여기서는 전혀 위화감이 없다.

"펌킨 높이가 안 맞아서 주차장에는 못 세웠어. 모퉁이에 미터기가 있길래 살짝 건드렸어. 주차 딱지 피하기 작전이다."

"그거 불법이야."

매표소 직원이 말한다.

"성희롱도 불법이에요."

내가 금속도 녹일 눈빛으로 째려보지만 이 자는 무엇으로도 꺾이지 않는다. 주위가 지옥으로 변해도 작년 드라마 재방송이라고 생각할 사람이다.

그가 한숨을 쉰다.

"저기, '도둑맞은' 입장권은 가서 주최 측과 얘기해봐. 저쪽 사무실로 가면 돼."

그러면서 로비 구석을 가리킨다.

"그 사람들이나 귀찮게 하라고."

내가 인상을 쓰며 사무실 쪽으로 돌아선다.

"나는 여기서 기다릴게?"

세이지가 뒤에서 외친다.

"신나게 공격하고 와!"

그 말을 들었다는 의미로 머리 위로 손을 흔든다.

말도 안 된다. 아빠가 엑셀시콘을 주최했을 때는 저런 인간을 고용하지 않았을 것이다. 하지만 입장할 방법은 더 있다. 지금도 가능한지 모를 뿐이다. 주최 측은 중요한 사람이 나타날 경우를 대비해 여분으로 배지를 남겨둔다. 대통령 같은 사람 말이다. 톰 히들스턴이나.

사무실 문 앞에 도착해 작은 창문을 들여다본다. 한 중년 여성이 책상에 앉아 안절부절못하며 지폐를 세고 있다. 익숙한 얼굴이지만 누구인지 기억하는 데는 조금 시간이 걸린다.

"미스 메이!"

내가 문을 두드리고 창문 너머로 손을 흔든다. 자기 이름을 듣고 놀란 미스 메이가 바퀴 의자를 돌려 나를 본다. 미스 메이는 보라색 엑셀시콘 티셔츠와 청바지를 입고 있다. 저 케즈 운동화는 10년 전에 신던 것과 똑같다고 확신한다. 미스 메이는 회색 눈썹을 찌푸리며 나를 어디서 봤는지 기억을 쥐어짠다.

"세상에…… 엘!"

의자에서 뛰어내린 미스 메이가 책상을 돌아 나를 와락 껴안는다.

"엘, 정말 많이 컸다! 로빈과 똑같네. 똑같아."

포옹을 풀고 나를 뜯어보며 말한다.

"세상에, 이게 얼마만이야. 6년인가?"

"조금 더 됐죠."

7년이다. 시간이 그렇게 많이 흘렀나? 나를 원망할까? 내가 미소를 짓는다.

"제가 돌아올 때가 된 거죠?"

"당연하지! 로빈이라면 절대 발을 끊지 못했을 거야. 네가 돌아올 줄 알았어."

"사실, 미스 메이. 안 그래도 그 얘기하러 왔어요. 제가…… 친구……."

갑자기 사무실 문이 열리더니 문고리가 벽에 '쾅' 소리를 내며 부딪친다. 키가 크고 어려 보이는 남자(머리카락은 검은색이고 걸음걸이가 건들건들하다)가 내 옆을 지나간다.

"매니저와 얘기하고 싶은데요."

그가 차가운 목소리로 말한다.

"부탁합니다."

입이 떡 벌어진다. 페더레이션 왕자 아니야? 망할 대리엔 프리먼이다.

미스 메이가 놀란 표정을 짓는다.

"음, 잠깐 기다리면……."

얼굴이 붉어진 여자(그의 비서인 것 같다)가 사무실로 따라 들어와 조용히 문을 닫는다.

"대리엔, 안 그래도 괜찮……."

"게일, 안 괜찮아요."

대리엔이 미스 메이를 돌아본다.

"제발 매니저분과 얘기하게 해주세요. 그러면 됩니다. 크게 착오가 있었던 것 같아요."

"매니저는 행사장에 나가 있어요."

미스 메이가 말한다.

"이봐요."

내가 끼어든다.

"잠깐만 기다리시죠?"

그는 나를 쳐다보지도 않는다. 갑자기 투명인간이 된 기분이다. 집에서 투명인간처럼 무시 받을 때도 있지만 지금은 상황이 다르다. 여기는 아빠가 만든 곳이다. 여기서까지 무시 받을 수는 없다. 여기서는 투명인간이 되지 않을 것이다.

"연락할 방법이 없습니까?"

대리엔이 말한다.

"전화는요? 뭐든 좋아요"

"대리엔, 패널 시간에 늦겠어."

비서가 애원을 한다.

"이 문제는 이따가 해결할 수……."

"하지만 사인회가 패널 끝나고 바로 시작해요."

대리엔이 비서에게 논리적으로 설명한다.

내가 이를 악문다. 처음에는 카민도어에 캐스팅되어

그를 망치더니, 카민도어를 팔며 전국 방송에 나와 추잡하게 복근을 공개했다. 이제는 사무실에 쳐들어와 나를 방해하고 무시해? 그래서 내가 블로그를 운영하는 거다. 캐서린, 쌍둥이, 미친 컨트리클럽은 눈 감고 넘어갈 수 있다. 하지만 내 〈스타필드〉를 건드려?

"조금 무례하다고 생각하지 않아요?"

내가 말한다. 대리엔이 이제야 나를 발견한 듯 고개를 돌린다.

"아, 안녕하세요. 드디어 저를 알아봐주셨군요. 감사합니다."

"뭐라고요?"

"조금."

한 음절씩 똑똑히 발음한다.

"무례하다고 생각하지 않냐고요?"

"미안합니다. 제가 조금 바빠서……."

"나는 안 바쁘고요?"

내가 팔짱을 낀다.

"내가 먼저 왔어요. 30분 동안 앉아서 사인을 못하겠다고 여기 쳐들어와서 난동을 부릴 이유가 뭐죠? 부끄러운 줄 알아요. 인생에서 30분은 짧지 않아요?"

내가 허리에 손을 올린다.

"다른 사람의 하루를 행복하게 만들어주는 데 그 30분을 쓸 수 없는 거예요?"

그의 어깨가 굳어진다.

"그쪽은 이해 못합니다. 그럴 수······."

"그래요?"

내가 웃는다.

"나한테 수표를 줘봐요. 사인해줄 테니까."

대리엔이 반박하려 입을 열었다가 다시 닫고 미스 메이를 돌아본다.

"제발, 매니저와 얘기할 방법이 없을까요? 거래도 괜찮습니다. 사인회만 어떻게······."

"사인을 해야 할 것 같은데요."

점점 얼굴이 하얗게 질리는 미스 메이 대신 내가 대답한다.

"대리엔 프리먼 씨, 그게 당신 일 아닌가요? 예쁜 얼굴만 들이 민다고 카민도어가 되지 않는다는 사실을 이제는 깨달아야죠."

좋은 대사다. 우연찮게 내 블로그 글을 직접 인용했기 때문이다. 눈빛이 차가워지는 걸 보니 눈치를 챘나 보다. 잘됐네.

"당신도 다른 사람들처럼 싸가지 없는 연예인일 뿐이야."

내가 문 쪽으로 손짓을 하며 말한다.

"한 번만이라도 일을 해야 하지 않아? 사인 몇 장이 별거냐고! 그 정도는 할 수 있잖아. 그러고도 스스로 카민도어라고 부를 수 있어?"

대리엔의 비서(어휴, 끔찍하게 낡은 운동화를 보니 일만 죽어라 하고 돈을 별로 못 받는 것 같다)가 '헉' 하는 소리를 막으려 손을 입으로 가린다.

대리엔 프리먼이 처음으로 나와 똑바로 마주본다. 어떤 점이 매력적인지 조금은 알겠지만(직접 보니 더 아름답다. 특히 그 상처와 눈이) 저렇게 성격이 매력을 반감시키는 사람은 또 생전 처음 본다. 〈스타필드〉를 찍기 위해 운동을 한 모양이다. 〈시사이드 코브〉에서는 그렇게, 음, 눈길이 가지 않았던 것 같은데. 대리엔이 팔짱을 끼자 티셔츠가 어깨에 꽉 낀다.

"그 블로거지? 나를 싫어하는 블로거 말이야."

"싫어하는 건 아니야."

"그럼 뭐가 문제야?"

내가 허리를 더 꼿꼿하게 세운다. 그래봤자 대리엔 옆에 있으니 소용이 없다.

"양아치 짓을 하니까 싫어하는 거지!"

"내가 무슨 양아치야."

"착한 사람을 몰아붙이고 자기 뜻대로 해달라고 요구하는 게 정상적이고 예의 바른 행동인가?"

"부탁한다고 말했잖아! 내가 부탁한다고 하지 않았어요?"

대리엔이 못 믿겠다는 듯 자기 비서를 돌아보며 묻는

다. 비서가 입을 꾹 다물고 두 사람은 무언의 눈빛을 주고받는다. 도움을 받는 데 실패한 대리엔이 양손을 들어올린다.

"알았습니다! 좋아요! 저기 성함이……."

"미스 메이."

내가 끼어든다.

"이분 성함은 미스 메이야."

"미스 메이."

내 말을 따라 하는 그의 턱 근육이 움찔거린다.

"제가 심했다면 죄송합니다. 오늘 많이 힘들어서……."

"아직 1시도 안 됐는데."

내가 빈정거리자 대리엔이 나를 쏘아본다.

"……자유 시간이 조금 필요해요, 네? 몇 시간만이라도 괜찮습니다. 사인회를 하면 쉴 시간이 없어질 거예요. 매니저분께 저 찾아와 달라고 무전기로 연락해주시겠어요? 저는 〈스타필드〉 패널에 있을 겁니다."

대리엔이 나를 돌아본다.

"거기서 일하고 있을 거예요."

그러더니 뒤를 돌아 나간다. 밖에 모여든 팬들이 사무실에서 나가는 그를 에워싸지만 건장한 남자(보디가드겠지)가 팬들로부터 대리엔을 보호하고 비서와 셋이서 로니를 지나간다. 문이 닫히자 사람들이 대리엔의 이름을 외치는 소리가 뚝 끊긴다.

내가 어이가 없어 인상을 쓰지만 미스 메이는 나를 보고 웃는다.

"정말 네 아빠 많이 닮았구나."

"나를 무시하잖아요. 다른 사람이라도 그렇게 했을 거 예요."

"아니, 방금 로빈하고 똑같았어."

미스 메이가 고개를 젓는다.

"내가 로빈과 정말 오랫동안 같이 일했기 때문에 보면 알 수 있어. 저 친구가 네 말에 꼼짝도 못하더라."

"아줌마한테 무례하게 굴잖아요."

"그래."

미스 메이가 고개를 끄덕이고 바퀴 의자를 이리저리 움직이며 무전기를 집어 든다. 새로운 매니저(대머리에 배 가 불룩 나온 허먼 미치스도 아빠의 옛날 친구로 츄바카 코스프 레를 즐겨 했다)에게 대리엔 프리먼의 요청을 무전으로 보 낸 후 다시 내게로 관심을 돌린다.

"그래서 뭘 어떻게 도와줄까?"

"저……."

내가 양손을 깍지 낀다.

"그게, 일이 생겨서 입장권을 도둑맞았어요. 저랑 친구 거 두 장을요. 여기 영수증도 있어요. 그런데 매표소 남자 말로는……."

"영수증?"

미스 메이가 의자에 기대 앉으며 웃는다.

"엘, 로빈 위티머 딸이 왜 입장권을 사니? 너는 엑셀시콘의 일원이야. 가족이라고."

미스 메이가 책상에서 배지를 꺼낸다. 윗부분을 노란색으로 표시한 배지는 등급이 가장 높다. '평범한 사람'이 아니라 '중요한 사람'이라고 말해주는 자유이용권이다. 한마디로 배지계의 스탠 리(마블 코믹스의 명예회장—옮긴이)라 할 수 있다.

미스 메이가 내민 배지를 받아든다. 하단에 검은색으로 새겨진 이름을 어루만진다. 로빈 위티머. 눈물이 핑 돈다.

"매년 로빈 몫으로 하나를 뽑았어."

미스 메이가 말한다.

"네가 올까 봐."

"매년이라고요?"

내 목소리가 아득하게 들린다.

"하지만……."

"새엄마한테 못 들었어?"

미스 메이가 얼굴을 찌푸린다.

"처음 몇 년은 너희 집으로 보냈어. 그런데 계속 반송되길래 여기 보관하기로 했던 거야."

그럼 내가 엑셀시콘 초대를 받았다는 사실을 캐서린이 지금까지 다 알고 있단 말이야? 매해 아빠 이름으로 나만을 위한 배지를 만든 사실을 알면서도 돌려보냈다고? 울지 않으려고 아랫입술을 깨문다.

"몰랐어요."

내가 속삭인다.

"알았다면……."

구겨진 내 얼굴을 보고 미스 메이가 버터스카치 사탕 그릇을 내민다.

"이제 여기 왔으니까 괜찮아. 네 친구는 이걸 주자."

그러면서 특별 게스트를 위해 마련해두는 배지를 꺼낸다.

"그나저나 무슨 일이야? 〈스타필드〉 패널 보려고 왔니? 안타깝지만 그건 이미……."

"사실, 코스프레 대회 나가러 왔어요."

미스 메이가 웃으며 껍질을 까서 사탕을 입에 넣는다.

"정말 네 아빠 딸 맞구나."

대리엔

Darien Freeman

"흥분 가라앉혀, 대리엔."

참 고맙기도 하다. 그런 충고로 진정이 되겠는가? 우리는 방금 패널을 마치고 대강당에서 걸어 나가는 중이다. 〈시사이드〉의 나를 사랑해 함께 셀카 찍을 순간을 애타게 기다려온 수많은 사람이 플래시를 터뜨리는 바람에 눈앞에 검은 점이 왔다갔다한다. 패널에서 관객들이 던진 질문들이 머릿속을 헤엄친다.

'새 카민도어가 된 기분이 어때요?'

'싱 씨의 카민도어와 어떤 점에서 차별화할 건가요?'

'이제 촬영도 끝났으니 이번 카민도어에 대해 조금 힌트를 주면 안 돼요?'

'어떤 이유로 페더레이션 왕자가 될 수 있다고 생각했나요?'

제시카는 그런 질문을 받지 않았다. 캘빈도 마찬가지였다. 나를 왜 페더레이션 왕자로 캐스팅했냐는 질문을 받을 때마다 에이먼은 간단히 대답했다.

"그 역에 완벽한 사람을 캐스팅했냐고요? 저는 그렇다

고 생각합니다."

이 대답은 언론 인터뷰의 기본이다. 대답하고 싶지 않은 질문을 받으면 내 쪽에서 다른 질문을 하고 그것에 대답하는 방법으로 처음 질문을 회피하는 것이다.

사무실에서 그 블로거와 마주친 데다 패널에서도 그런 질문만 받자 기분이 가라앉는다. '레벨거너' 주인을 만났다니. 믿을 수 없다. 게다가 여자야? 운명이 나를 괴롭히려고 작정을 한 모양이다. 네이선 필리언을 만난다 해도 머릿속의 먹구름은 걷히지 않을 것 같다.

"그 여자애가 너를 제대로 건드렸구나."

게일이 뒤에서 힘없이 걸으며 말한다. 로니는 거대한 그림자처럼 우리 뒤를 따르고 있다.

"저게 무슨 여자예요. 사탄의 자식이지."

내가 투덜거리며 게스트 외에는 출입할 수 없는 문을 연다.

"틀린 말은 아니던데."

로니가 중얼거린다.

게일도 고개를 끄덕인다.

"평소에는 팬서비스 잘하면서 왜 그래. 대리엔."

내가 아랑곳 않고 걸어가자 게일이 내 팔을 잡고 복도 한가운데에 멈춰 세운다. 악마 드라마에 나오는 남자가 옆을 지나가기에 인사를 한다. 우리 소리가 들리지 않을 만큼 그가 멀어진 후에야 게일이 속삭인다.

"뭐가 문제야?"

뭐가 문제냐고? 턱 근육이 경련한다.

"게일, 내 휴대폰을 아직도 못 찾았고 태양광선 유량축전기 때문에 다퉜던 날 이후로 엘과 이렇게 오래 연락이 끊긴 적이 없어요. 알고 보니 '레벨거너'는 여자고, 사인회가……."

손목 시계를 확인하는 시늉을 한다.

"10분 있으면 시작하는데 호텔에 협박 메시지를 남긴 놈이 올지, 안 올지도 모른다고요."

게다가(미친 소리라는 거 안다) 감시당하고 있다는 느낌을 떨칠 수 없다. 당연히 주위에서 나를 쳐다보는 사람들이야 있겠지. 하지만…… 느낌이 다르다. 촬영 기간에도 비슷했다. 옥상에 갇히고 영상과 사진이 유출됐을 때도 그랬다.

"내가 있잖아요."

로니가 손마디를 꺾으며 이를 간다.

"놈이 나타나면 가만 안 둘 겁니다."

"고마워요."

답답해서 한숨을 길게 내쉰다.

"괜찮겠죠. 별일 있겠어요? '젖무덤'에 사인해달라고 하지만 않으면 문제없을 거예요."

엘

Elle Wittimer

세이지를 로비에서 만나 VIP 배지를 달아준다. 우리는
보안 검사를 기다리며 매표소 직원에게 당당히 배지를 보
인다. 내 배지 상단의 노란색 띠를 보고 그가 입을 떡 벌
린다.

"엿 먹으시지."

내가 입모양으로 말하며 그에게 손을 흔들어 보인다.
경비원이 내 가방(그리고 무대의상)을 검사하고 입장을 허
락한다.

"좋아, 이제 네 무대의상을 완성하고 대회 준비를 해야
겠지?"

세이지가 가방 끈을 두드린다.

"어깨 부분 바느질 확인하고 코트에 글리터를⋯⋯."

"세이지."

내가 세이지를 멈춰 세운다.

그래도 세이지는 고개를 들지 않는다.

"왜? ⋯⋯아."

세이지가 거대한 전시장을 보고 입을 다물지 못한다.

"우와."

컨벤션 센터 바닥부터 천장까지 꽉꽉 채웠다. 벽을 따라 TV 방송국과 제작사, 게임 부스가 위치하고, 실물 크기의 〈월드 오브 워크래프트〉 캐릭터와 펀코 피규어도 줄지어 서 있다. 스탭들이 기분 좋은 미소를 지으며 끝에서 끝까지 이어진 테이블을 지키고, 천장에 달린 〈스타트렉〉과 〈스타워즈〉 배너는 에어컨 바람에 휘날린다. 사람들은 사진 촬영이 가능한 통로를 돌아다니며 코스플레이어들과 같이 셀카를 찍는다. 그들은 판지로 만든 검, 낫, 라이트세이버, 페이저, 스타건을 휘두르고 있다. 아직 쌍둥이는 보이지 않는다. 좋은 징조다.

세이지와 천천히 서로를 마주본다.

"미쳤다. 나 오타쿠 천국에 왔나 봐."

내가 행사장을 향해 손짓한다.

"빛이 닿는 한 전부 우리 왕국이라네. 어서 가서 탐험하자고."

그러면서 세이지를 잡아 끌어 시끌벅적한 판타지와 SF 팬들 안으로 스며든다.

"와, 이 사람들 좀 봐…… 카민도어 진짜 많아! 네 카민도어도 있을까?"

"아마도."

대답하며 〈어쌔신 크리드〉 옷을 파는 부스 옆을 지난다.

"정말? 만날 거야?"

"모르겠어. 아직 답장이 안 와서."

"흠."

세이지가 전시장 맞은편에 모여 있는 코스플레이어들을 턱으로 가리킨다. 한 명은 '팀 포 스타'라 적힌 표지판을 들고 있다.

"이런 행사에서 인터넷 동호회들도 모여?"

"그럼."

"네 〈스타필드〉 친구들은? 인터넷에서 사귀었다며?"

"아…… 뭐, 그렇지. 몇 명은 여기 왔어."

낫을 든 엘프가 우리 사이를 비집고 들어와 잠시 손을 놓친다.

"아무튼, 코스프레 대회장 가서 참가 신청할까? 쌍둥이 안 만나게 조심하고."

"만나면 옷장에 집어넣어버리고 만다."

세이지가 투덜거린다.

내가 웃는다.

"그러다 녹스도 잡을 기세인데?"

세이지가 코웃음을 친다.

"엘, 나는 걔들 무릎 꿇려서 너한테 여왕이라고 부르게 시킬 수도 있어."

"난 또 무릎 꿇린다고 해서 다른 얘기하는 줄 알았네."

"야, 수위 조절하자?"

"알았어."

세이지가 바닥에서 주운 행사장 지도를 들여다보길래 내가 웃으며 지도를 빼앗는다.

"됐어, 여기는 내가 다 꿰고 있어."

"그러게, 여기를 어떻게 그렇게 잘 아는 거야?"

"우리 아빠가 이 행사를 만들었으니까."

그렇게 대답하며 다시 세이지의 손을 잡고 군중 속으로 들어간다. 행사장 지도는 내 침실 천장에 달린 야광 별처럼 기억에 각인돼 있었다.

대리엔

Darien Freeman

내 〈시사이드 코브〉 캐릭터 사진에 또 사인을 하고 앞
에 서 있는 갈색 머리 미녀에게 감사 인사와 함께 사진을
건넨다. 사진이 금으로 만들어진 양 소중하게 끌어안은
그녀는 〈시사이드〉에서 내 연기가 정말 좋았다고 말하며
친구들에게 달려간다. 굉장하다. 나를 보고 호들갑 떠는
사람들과 있으면 피곤해지기만 할 거라 생각했다. 하지만
팬들의 진심과 마주하자 전혀 지루하지 않았다. 물론 팬
들 때문에 자만심이 생기기도 한다. 하지만 내가 그렇게
얄팍한 인간은 아니다. 나는 이 일을 하며 사람들에게 행
복을 줄 수 있음에 감사했다(줄 서 있는 사람들의 얼굴을 보
니 정말 각양각색이다).

"블로거 말이 맞았군."

혼잣말을 하며 마커로 테이블을 툭툭 친다. 그 여자가
짜증날 정도로 정확히 짚었다. 팬들의 행복에 비하면 내
시간은 중요하지 않았다.

조금 멀리 떨어진 곳에서 게일이 휴대폰에 대고 쉴 새
없이 떠들고 있다. 미팅, 사진 촬영 등 내가 바빠서 신경

쓸 수 없는 일들을 처리하는 중이다. 다 끝나면 게일은 정말 휴가를 떠나야 했다. 승진을 하거나.

줄 앞에는 로니가 서 있다. 의심을 사지 않으려고 근처 부스에서 파워퍼프걸 모자를 썼지만 여느 때보다 더 금욕적인 악당처럼 보인다. 사람들이 계속해서 수상하다는 눈빛으로 쳐다보고 있다.

팬이 내게 책 한 권을 내민다. 다른 작품에는 사인을 하면 안 된다고 말하려는 순간, 그래픽노블의 제목이 눈에 들어온다. 〈배트맨 : 이어 원〉.

마커를 쥐고 천천히 고개를 든다. 킬그레이브 티셔츠를 입은 빨간 머리가 서 있다. 기억보다 키가 더 크다. 당연한 말이지만 나이도 더 들어 보인다. 머리를 짧게 깎은 남자가 검은 눈으로 나를 본다. 심장이 내려앉는다. 의자에 기대앉으며 마커 뚜껑을 닫는다.

"브라이언?"

"안녕, 대리엔. 오랜만이지?"

뒤에 사인을 받으려는 사람이 최소 스무 명은 더 있다. 지금 여기서 나갈 수는 없고 게일은 등을 돌리고 있다. 내가 헐크로 변해서 브라이언의 발목을 잡고 머리 위로 빙글빙글 돌려도 게일은 보지 못할 것이다. 침착해야 한다. 하지만 그러기는 힘들었다. 당장 브라이언의 얼굴에 주먹을 날리고 싶었기 때문이다.

그 대신 고개를 끄덕이고 대답한다.

"오랜만이다. 어디에 사인해줄까? 다른 작품에 사인하면 안 되거든."

브라이언이 입술을 핥는다. 벌어진 셔츠 사이로 〈스타워즈〉 은하 제국의 제복이 보인다. 은하 제국은 브라이언다운 선택이다. 인간성이 바닥인 놈에게 반란군은 절대 어울리지 않았다.

"그냥 잠깐이라도 좋으니까 너랑 얘기하고 싶어서 왔어. 그동안 연락하려고 노력했었어. 호텔에 음성 메시지를 남겼……."

"그게 너였어? 나는……."

뒷말은 흐린다. 어쩜 그렇게 어처구니없는 생각을 했지? 브라이언이 아니면 누구겠어?

브라이언이 웃는다.

"들었어?"

"시간이 없었어."

최대한 침착하게 말한다. 소리 내어 짜증을 낸 브라이언이 쭈그려 앉아 나와 눈을 맞춘다. 이게 허세가 아니면 뭔지 모르겠다.

"야, 나는 사람들이 그런 식으로 너를 망신주려고 할 줄은 몰랐어. 별로 유명하지 않은 연예 잡지에 짧은 기사로 나갈 거라 생각했지. 〈피플〉 같은 잡지에까지 그 사진이 들어갈 줄 누가 알았냐. 나보고 돈을 가져도 된다고 해서…… 진짜. 너도 아는 줄 알았어!"

"안다고?"

믿을 수 없다.

"뭘 알아? 네가 나를 팔아넘긴 거?"

"큰돈이라서 그랬어. 너도 이해하지? 너는 이해할 거야."

꺼지라고 말하고 싶었다. 하지만 솔직히 말해서 브라이언의 심정을 이해한다. 파파라치에게 돈으로 나를 팔아넘긴 이유를 이해한다. 대학 등록금을 거의 다 메울 현금을 준다는데 누군들 안 받을까? 나는 자칭 할리우드 특권층이라는 사람의 찐따 같은 아들이었다. 우리는 이 세계의 이방인이었다. 그래서 친구가 됐다.

그래, 물론 브라이언을 이해한다. 나보다 브라이언을 더 잘 안다. 그래서 화가 났다. 브라이언은 왜 나를 이해해주지 못했냐는 것이다. 우리 친구 아니었어? 브라이언은 내게 친형제와도 같았다. 형제끼리는 배신하면 안 된다. 그런데 지금 우리를 보라. 마커를 내려다보며 손가락으로 돌린다.

"그래, 브라이언. 이해해."

안도한 듯 브라이언이 활짝 웃는다.

"잘됐다! 그래서 말인데, 우리 화해하고 다시 친구……."

"아니."

브라이언이 놀란 표정을 짓는다.

"하지만 방금⋯⋯."

"나쁜 놈 되기 싫어서 했던 말이야. 너는 내 친구였어. 너를 믿었다고."

뒤에 서 있는 사람들이 점점 짜증을 내고 있다. 게일은 아직도 휴대폰을 붙들고 쫑알거린다. 상대가 마크가 아니라면 오늘 밤 호텔로 돌아가자마자 게일 속옷을 전부 미니 냉장고에 던져버리고 말 테다.

하지만 우리에게 모든 신경을 집중한 로니는 팔짱을 끼고 내 신호를 기다리고 있다. 로니가 나를 보고 두꺼운 검은 눈썹 한쪽을 세운다. 로니를 불러서 브라이언을 쫓아낼까? 정말 그러고 싶다. 하지만 그렇게 해결하지는 않을 것이다. 그럴 필요까지는 없다.

〈배트맨 : 이어 원〉을 다시 테이블 건너편으로 민다.

"너를 용서할게, 브라이언. 하지만 다시 친구가 되는 일은 없을 거야."

이런 행사를 보러 간 첫 해에 우리는 이 책을 샀다. 그때는 내가 유명해지기 전이었다. 카민도어와 유시 코스프레를 하고 2시간이나 줄을 서서 오래된 〈스타필드〉DVD에 데이비드 싱의 사인을 받았다. 학교 밖에서 같이 논 건 그날이 처음이었고, 그때 이후로 우리는 친구가 됐다. 시답지 않은 소리를 주고받는 친구, 바닷가에 픽업트럭을 세우고 그 뒤에서 맥주를 마시는 그런 친구가 됐다. 마크가 찍어준 첫 오디션 테이프로 마크는 〈시사이드 코브〉

세바스찬 역을 따왔다. 그 행사가 우리의 시작이었다.

하지만…… 내 인생이 달라졌다. 〈시사이드 코브〉에 출연하고, 다음으로는 〈스타필드〉를 찍었다. 내가 생각했던 진실이 거꾸로 뒤집히고, 나라는 사람도 더는 존재하지 않게 됐다. 나를 보는 사람들의 시선도 변했다. 완전히 바뀌었다.

"남은 행사도 재미있게 보고 가."

그렇게 말하고 뒷사람에게 앞으로 오라 손짓한다.

"장난 쳐?"

브라이언이 비웃는다.

"나한테는 닥치고 꺼지라는 거야? 한 달 동안 알지도 못하는 여자애랑은 문자까지 했으면서?"

내가 확 돌아보자 브라이언의 눈썹이 이마까지 올라간다. 놀랐다는 표정이다. 실수했다는 표정. 아귀가 딱딱 맞는다. 나는 촬영 내내 감시당하고 있다는 느낌을 받았었다. 내가 미치지 않았다는 소리다.

"너."

내가 낮은 목소리로 말한다.

"거기 있었구나. 네가 나를 옥상에 가뒀어. 사진을 유출한 사람이 너야."

머리가 어지럽다.

"세트장에는 대체 어떻게 들어온 거야?"

"그걸 이제 알았어?"

브라이언이 빛나는 치아를 드러낸다.

"마크 이름을 댔더니 아무도 뭐라고 못하던데. 의상 감독은 마크 무서워서 죽으려 하더라. 아, 참."

브라이언이 무언가를 들어 올린다. 내 휴대폰이다.

"네 비서가 놓고 갔어."

낚아채려 하지만 브라이언이 손을 뒤로 치운다.

"아니, 기다려봐. 10분 전만 해도 화해의 선물로 돌려주려고 했어. 호텔에 남긴 내 메시지에 네가 답을 안 했어도 말이야."

"나는 촬영 때문에 바빴고……."

다시 휴대폰에 손을 뻗는다.

"빨리 돌려줘."

하지만 내 말을 듣지 않는다. 브라이언은 화면을 보고 있다. 문자를 읽는다.

"엘 여기 있다?"

심장이 내려앉는다. 티가 났는지 브라이언이 음흉하게 웃는다.

"걱정 마. 네가 바빠서 친구와 연락할 시간 없다고 전해줄 테니까."

말릴 새도 없이, 브라이언이 문자를 입력하고 내 무릎에 휴대폰을 던진다.

"고맙다는 말은 됐어."

그러고는 손등으로 테이블을 두드리고 일어난다. 브라

이언이 줄 선 사람들을 뚫고 지나가는 사이, 몸집이 큰 남자가 앞을 비집고 나와 사인해달라고 〈스타필드〉 포스터를 내민다.

휴대폰 화면을 본다. 열려 있는 문자 메시지 창에 엘에게 보낸 문자 한 통이 보인다. 하지만 내가 보낸 문자가 아니다. 목까지 올라온 분노를 삼킨다.

"팬이에요. 영화 기대하고 있어요!"

남자가 방방 뛴다. 휴대폰을 옆으로 치우고 태연한 척 연기하며 마커 뚜껑을 연다. 나를 당황하게 만들었다고 브라이언이 만족하는 꼴은 볼 수 없다.

"정말요? 가장 기대하는 부분은 뭐예요?"

포스터 아래에 사인을 한다.

팬이 웃으며 말한다.

"이맘때 전망대가 근사하다고 들었어요."

"메트론 남쪽에서만요."

대답하며 포스터를 민다.

"와주셔서 감사합니다."

이제 다음 팬에게 시선을 돌린다. 앞만 봐, 계속 앞만 보는 거야. 절대 돌아보지 마. 로니가 거구의 몸을 이끌고 다가가 주위를 맴돌고 나서야 브라이언이 줄에서 빠진다. 그러고도 한참을 알짱거리던 브라이언은 로니가 손가락 마디를 꺾자 자리를 뜬다. 더는 볼 일이 없기를 바란다.

그게 유명세일까? 주변 세계가 독으로 물들고 친구도

나를 한 인간보다는 유명인으로 본다. 개인이 아닌 상품이 된다. 그것이 지금 내 인생이었다.

하지만 엘은? 내 정체를 알면 엘도 똑같이 행동할까? 엘은 이미 대리엔 프리먼을 싫어한다. 하지만 나도 싫어할까? 카페테리아 쓰레기통 뒤에서 나와 포켓몬 카드를 교환하던 남자를 보자 문득 궁금해진다. 내가 정말 그 기회를 다시 잡고 싶은 걸까?

그래봤자 결말은 같을 것이다. 아니, 더 끔찍할 것이다. 진심으로 엘에게 깊은 감정을 느끼고 있기 때문이다. 이제 보니 게일의 경고도 그런 의미였다. 엘이 모르는 사람이라서가 아니다. 나쁜 사람일 수 있어서가 아니다. 평범하기 때문이다. 다른 사람들과 똑같다. 다른 사람들처럼 엘도 나를 이해하지 못할 것이다. 게일이 전화를 끊고 다가온다.

"잘 돼가?"

기분 좋은 목소리다.

내가 억지웃음을 짓는다.

"아주 잘하고 있죠."

이어서 휴대폰을 내민다.

"찾았어요."

내가 마지막으로 보낸 문자(브라이언이 보낸 문자)는 잔인하고 냉정한 작별 인사다. 하지만 가슴 아픈 진실은 그 말이 옳다는 것이다. 더는 엘을 볼 수 없다. 엘이 뭐라고 했더라? 여기가 불가능한 세계라고 했던가? 그때는 웃어 넘겼지만 이제는 전혀 우습지 않다. 내 인생은 불가능의 연속이다. 내게 행운은 불가능하다.

나랑 엘? 우리가 함께한다고? 무엇보다도 불가능한 얘기다. 게일이 놀란다.

"말도 안 돼! 어디 있었어?"

"주머니."

거짓말이다. 안심한 게일이 몸을 축 늘어뜨린다.

"다행이다."

그러더니 허리를 똑바로 편다.

"그래, 준비 됐어?"

"무슨 준비……?"

시선을 앞에 고정하고 다음 팬을 맞는다. 그는 내 액션 피규어 같은 물건을 들고 있다. 맙소사, 이제는 내가 액션 피규어로도 나와?

"이번 행사의 하이라이트 몰라?"

게일이 고개를 젓고는 내 팔을 끈다.

"가자, 카민도어. 대회 심사 하러 가야지."

엘

Elle Wittimer

떨리는 손을 감추려고 끝없이 펼쳐진 밤하늘 같은 드레스의 주름을 편다. 얼룩덜룩한 거울에 비친 세이지는 내 머리카락 때문에 안달복달한다. 내 머리는 어떻게 손질해도 말을 듣지 않는다. 오늘도 예외는 아니었다. 땋은 머리가 자꾸 풀린다. 한 가닥이 또 삐져나오자 세이지가 두 손을 든다.

"미안해. 머리카락 이상하다고 내가 말 안 했지?"

땋은 머리를 풀기 위해 손가락으로 머리를 빗어보지만 엉킨 머리는 잡아당길수록 내 손가락에 얽혀 더욱 엉키고 만다.

"10분 남았습니다!"

무대 담당자가 외친다.

"전 참가자 무대 옆으로 가세요! 번호 순서대로요!"

세이지가 욕설을 뱉는다.

다른 아마라, 유시, 카민도어들(성별을 바꾸거나 세계관을 비튼 사람도 있고, 공식을 철저히 지킨 사람도 있다)이 허둥대며 화장실을 나간다. 남은 건 나와 다른 아마라 코스플레이어뿐이다. 내 카민도어도 그 안에 있을까? 당연히 있겠지? 대회에 나가든, 패널에 참석하든 여기에 있어야 한다. 아니라면 애초에 엑셀시콘에 대한 문자를 보내지도 않았을 것이다.

거울을 보며 검은 립스틱을 수정하던 다른 아마라가 동작을 멈추고 돌아본다.

"세상에. 저기, 이런 말 하면 소름 끼치겠지만…… 혹시 '레벨거너' 주인이야?"

"저…… 음…… 네?" 부끄러워하기에는 너무 충격적이다.

"세상에, 네 블로그 팬이야! 유명해지기 전부터 좋아했어!"

누구인지도 모르는 그녀가 나를 껴안는다. 블로그에 댓글을 달던 사람인가? 그냥 구독자? 하지만 중요하지 않다. 그녀의 포옹은 진심이었다. 다정하다. 나도 그녀를 안아준다.

"아바타를 보고 알아봤어. 이상하다고 생각하지는 말아줘."

그녀가 뒤로 물러나 길게 뻗은 내 아마라 드레스를 훑어본다. 그 위에 걸친 아빠 코트는 누더기가 됐고 어깨 패드의 금색 술이 덜렁거린다.

"이게 그 무대의상이야? 블로그에서 말하던 거?"

대답을 망설인다.

"비슷해. 아빠 거랑 엄마 거랑 합쳤다고 해야 하나. 하지만 무대의상이 뭐가 중요해. 여기가 이렇게…… 이렇게 멋지면 됐지."

내가 화장실 밖의 행사장을 가리키며 말한다.

"우리 아빠가 꿈꾸던 그대로야."

여자가 궁금하다는 표정을 짓는다.

"아빠?"

"우리 아빠가 엑셀시콘 창립자거든."

내가 말한다.

"아니, 창립자 중 한 명……."

"잠깐. 아빠가 혹시 로빈 위티머?"

"그게…… 응."

고개를 끄덕인다.

"그나저나 그 무대의상, 우리 아빠가 좋아하셨을 거야. 진짜 멋지다. 꼭 아마라 같아."

"고마워. 그런데……."

그녀가 찢긴 코트부터 부러진 스타윙 배지까지 내 무대의상을 아래위로 훑어본다. 왕관이 보이지 않는 머리를 보던 그녀가 놀랍게도 자기 왕관을 벗는다.

"여기."

그러면서 왕관을 내 머리에 얹는다.

"됐다."

"뭐?"

내가 조심스럽게 왕관을 만진다.

"그럴 수는……."

그녀가 손을 들어 내 말을 막는다.

"거절하지 마. 내가 엑셀시콘에 오는 게 벌써 몇 년째 인데. 팬으로서 감사 인사라고 생각해줘."

거울을 보자 헝클어진 내 머리카락 뒤로 세이지의 얼굴이 스친다. 왕관 때문에 자기가 공들인 스타일이 망가졌다고 불평하기를 기다린다. 하지만 세이지는 손가락을 튕긴다.

"그거야!"

세이지가 외친다.

"뭐가?"

세이지가 가방에서 메이크업 클렌징 티슈를 꺼낸다.

"화장 지워 봐. 아이디어가 떠올랐어."

"하지만……."

"쉿! 시간 없어. 10분 있으면 대회 시작이라고."

그러더니 새 친구를 본다.

"혹시 스타잉 얻어다 줄 수 있어? 금색 고무줄이나?"

"그보다 어려운 것도 말만 해."

대담한 그녀가 서둘러 화장실을 나간다.

내가 이상한 눈으로 세이지를 본다.

"뭐 하는 거야?"

"나 믿어?"

"질문에 다른 뜻 있는 거야?"

"나 믿냐고?"

세이지가 한 음절씩 똑똑히 발음한다.

무슨 말을 하겠는가?

"응. 당연히 믿지."

세이지 뒤에 있는 화장실 문이 활짝 열리고 카민도어와 아마라와 유시와 녹스 킹들이 쏟아져 들어온다. 수많은 스타필드 캐릭터가 나를 겹겹이 둘러싼다. 인터넷에서 친해진 사람도 있고, 처음 보는 사람도 있다. 다들 자기 무대의상에서 장식을 떼어 세이지에게 건넨다.

"위티머 씨가 아니었다면……."

누군가 말한다.

"이런 행사는……."

"……평생 처음으로……."

"……어딘가에 속한 느낌을……."

"……아빠에게 고맙다고 전해줘요."

'우리 아빠.'

내게 무대의상 장식을 나눠준 모든 코스플레이어에게 웃어 보인다. 안 그러면 울 것 같았다. 크지는 않았다. 아마라의 장갑, 감초색 귀걸이, 심지어 왼쪽 눈 아래에 붙이는 별 스티커처럼 사소한 것들이었다. 그때 머리카락이 검은색이고 보라색 안경을 쓴 아마라가 사람들을 밀치고 다가온다.

내 눈을 의심한다. 이럴 수가, 안 돼. 캘이잖아.

우리의 눈이 마주친다. 캘이 방금 우주로 쫓겨난 사람처럼 넋이 나가서 나를 멍하니 쳐다본다. 캘은 아주 비싼 코스프레 드레스를 입고 있다. 완벽한 아마라 공주다. 시중에서 파는 가장 비싼 종류였다. 작은 금속으로 장식하고 가슴을 깊게 판 짙은 파란색 드레스는 캘의 몸을 아름답게 감싸 안는다. 어깨에는 은색 쇠로 만든 패드를, 가슴에는 스타윙 브로치를 달았다. 캘은 스타윙의 의미도 모를 것이다.

사람들의 대화 소리가 조용해진다. 세이지가 머리를 땋던 손을 멈춘다. 캘이 한 걸음 다가와 내 드레스(자기가 입으려 했던 드레스)와 클로이에게 찢긴 재킷을 보고 눈시울을 붉힌다.

"너한테 훨씬 잘 어울린다."

캘이 속삭인다.

"클로이는 어디 있어?"

목소리가 떨린다.

"관중석에. 가장 잘 보이는 곳에 있겠대. 이따가……."

캘이 말을 흐린다.

"정말 미안해, 엘. 클로이가 이렇게 심하게 나올 줄은 몰랐어. 걔는 그냥…… 유명해지고 싶은 거야. 특별한 사람이 되고 싶은 거야."

"이미 특별하잖아."

세이지가 따진다.

"못된 년들의 여왕 아니었어?"

캘이 힘없이 세이지를 본다.

"사실 그렇게 못되지는 않았어."

"웃기네."

세이지가 팔짱을 낀다.

"너도 동조했으면서."

캘이 눈을 깜빡이더니 고개를 가로젓는다. 그리고 심호흡을 하며 말한다.

"정말 미안해, 엘. 이것도 네 거야. 나한테는 너무 꽉 끼고……."

캘이 드레스 자락을 걷어 올리고 우리 엄마의 반짝이는 별빛 구두를 벗는다.

"너한테 더 잘 맞을 것 같아."

머뭇거리며 세이지가 빌려준 검은 플랫슈즈를 벗고 구두를 한 짝씩 신는다. 그 순간, 나는 우리 집 거실로 돌아온다. 별빛과 우주로 만들어 사랑으로 이어 붙인 엄마 드레스를 입고 아빠와 왈츠를 추며 거실을 빙글빙글 돌고 있다. 구두는 내 발에 완벽하게 맞는다.

"참가번호 42번?"

무대 담당자가 화장실에 고개를 넣고 부른다.

"다음이니까 서둘러요!"

세이지가 내 눈을 똑바로 본다.

"준비됐어, 공주님?"

"그……그런 것 같아."

"좋아."

내 머리카락을 왕관 안에 말아 넣은 세이지가 박수를 친다.

"데리고 가!"

마지막으로 한 번 더 돌아보자 캘이 작게 손을 흔든다. 무대 담당자에 이끌려 화장실을 나가며 귀가 긴 녹스를 피한다. 거울 볼 시간은 없다. 세이지와 다른 코스플레이어들이 나를 어떻게 만들었는지 확인할 여유가 없었다. 헝클어진 머리를 세이지가 왕관 안으로 말아서 넣었다는 사실을 알 뿐이었다. 무대의상에는 내 것이 아닌 장식이 달려 있다. 뒷자락에 뿌린 글리터가 별가루처럼 복도에 떨어진다. 한 폭의 우주로 만든 치마가 펄럭인다. 얼굴이 너무 가볍다. 화장은 더 할걸. 내 진짜 얼굴이 너무 많이 보인다. 이런 내가 아마라 공주가 될 수는 없다.

방금 나갔다 들어온 참가자들이 우리 곁을 지나며 묘한 표정으로 나를 뚫어져라 쳐다본다. 뭐가 잘못됐냐고 물어보고 싶지만 무대 담당자가 자꾸만 무대 쪽으로 나를 잡아당긴다. 무대 입구에 도착하자 MC가 외친다.

"참가번호 42번, 블랙 네뷸러 페더레이션의 아마라 공주입니다!"

"가요."

무대 담당자가 속삭이며 나를 가볍게 민다. 발이 이끄는 대로 간다. 한 발짝, 두 발짝.

엄마의 별빛 구두 소리가 유리처럼 무대에 울려 퍼진다. '고개 들어, 엘.' 아빠가 내 귀에 말한다.

"고개를 들고 별을 봐. 조준하고……."

주먹을 편다. 긴장을 풀고 어깨를 당당하게 뒤로 젖힌다. 나는 아빠의 반을 물려받았다. 내 영웅의 반이 내 안에 있다. 우리 엄마의 반도 물려받았다. 부드러운 숨소리와 예리한 감각을 지녔다. 아빠와 엄마가 카민도어와 아마라가 될 수 있다면…… 내 뼈와 살에도 가능성이 존재한다. 나는 우주에서 길을 잃은 공주다. 악당인 동시에 영웅이다. 엄마의 반이고 또 아빠의 반이다. 그것이 우주의 진리다. 나는 가능성과 불가능성을 다 가진 사람이다. 별 볼일 없는 애가 아니다.

나는 우리 부모님의 딸이다. 뒤늦게 깨달았지만 이 세계에서는 두 분도 살아 있다. 나를 통해 살아 숨쉰다. 손을 권총 모양으로 만들어 천장을 겨눈다. 턱을 치켜들고 눈부신 무대 조명을 바라본다. 그리고 별에 불을 붙인다.

대리엔

Darien Freeman

눈. 그녀의 눈은 시간이 많으면서도 시간에 쫓기는 것처럼 앞을 바라본다. 흔들리지 않는 시선으로 페더레이션의 운명을 짊어진 어깨를 당당히 펼친다. 금색 왕관을 얹은 머리카락은 붉게 빛난다. 가라앉는 태양처럼 뜨겁고 강렬하다.

반짝이는 구두를 신고 일정한 보폭으로 천천히 무대를 걷는다. 끝없이 펼쳐진 우주 같은 드레스는 그녀의 굴곡진 몸을 감싸고 발밑에서 흩날린다. 굳게 결심한 듯 일자로 다문 입술이 하얀 얼굴을 돋보이게 만든다. 무대 중앙에 멈춰 선 그녀가 손을 페이저 총 형태로 만들고 하늘에 겨눈다. 그리고 고개를 들어 나를 본다.

눈빛이 익숙한 감정을 건드린다. 하지만 전에 어디서 봤는지 도통 생각나지 않는다. 〈스타필드〉 드라마의 아마라 공주인가? 어깨를 가볍게 젖히고 턱을 치켜드는 모습이 비슷하다. 마지막 회의 아마라처럼 도전적이다.

그녀는 아마라 공주의 무도회 드레스를 입고 있다. 잿더미 위에서 8시간 동안 춤을 춘 장면에서 제시카가 입었던 드레스와 똑같다. 하지만 이 아마라는 조금 다르다. 다른 방향으로 살짝 비틀었다. 거대한 블랙 네뷸러의 반대편에 사는 아마라가 이렇게 생겼을까? 그녀는 단순히 공주가 아니라 프로스페로선의 선장이다. 자기 인생을 지휘한다. 어깨에 걸친 카민도어 코트는 옷깃을 당당하게 세웠다. 뒤에서 펄럭이는 풀 먹인 뒷자락은 혜성 꼬리처럼 금빛으로 반짝인다.

코트 색은 완벽하다. 해질녘 하늘의 푸른색이다. 그곳으로 날아가고 싶은 마음이 들 푸른색이다. 원조와 똑같다. 쪼르르 달린 황동 단추에서는 광이 난다. 새 것이어서가 아니라 정성껏 관리를 했기 때문이다. 옷깃에 단 스타윙이 무대 조명을 받고 반짝인다.

아마라, 진정한 아마라다. 카민도어가 사랑에 빠진 그 아마라다. 이 아마라라면 카민도어는 2초만 더 일찍 뒤를 돌아봤을 것이다. 그녀를 보자 내가 왜 〈스타필드〉와 사랑에 빠졌는지 기억난다. 모든 우주에, 모든 세계에 카민도어와 아마라가 존재한다는 가설 때문이었다.

어느 우주에서든, 어느 세계에서든 우리는 카민도어와 아마라다. 그들이 곧 우리다. 다른 심사위원 두 명을 돌아본다. 그들은 홀린 표정으로 입을 다물지 못한다. 내가 미소를 짓는다. 그들에게 '정말 그렇죠?'라고 말하고 싶다. 내 생각도 같다.

엘
Elle Wittimer

무대에서 내려오자마자 긴장감으로 저릿저릿한 팔다리를 흔든다. 방금 전기가 흐르는 전선을 만진 것만 같다. 하지만 실제로 그랬다. 나는 저 무대로 나갔다. 박쥐처럼 앞이 보이지 않는 눈으로 심사위원들을 똑바로 바라봤다. 적어도 한 명과는 눈이 마주쳤기를 간절히 빌었다. 대리엔 프리먼은 나를 알아보지 못했기를 바란다.

"공주님!"

세이지가 작은 소리로 외치며 몸을 날린다. 나를 껴안은 세이지가 허공에 양팔을 들어올리며 껑충껑충 뛴다.

"최고였어! 너는 최고야. 전부 다 최고였어! 다른 사람들도 괜찮았지만 정말 예감이 좋아. 좋다고!"

"진짜? 나는 기억이 사라진 것 같아."

세이지에게 슬쩍 묻는다.

"클로이가 나를 알아봤을까?"

"못 봤어."

캘 목소리다. 캘이 우리 뒤에 서 있었다.

"내… 내가 무대 나가기 직전에 무대의상에 문제가 생

겼다고 문자를 보내서 클로이는 밖으로 나갔어. 아마 다시 안 들어올 거야."

놀랍고도 고마웠다.

"고마워."

"아니야."

캘이 고개를 젓는다.

"나는 그런 말 들을 자격 없어. 용서받으려면 멀었어."

"참가자분들?"

무대 담당자가 우리를 다시 무대로 부른다.

세이지가 마지막으로 한 번 더 나를 껴안고 속삭인다.

"행운을 빌어!"

나는 다시 눈부신 조명 아래 선다. 무대 옆에 있는 세이지를 보자 웃음을 참지 못한다. 그 순간 깨닫는다. 상을 타든 못 타든 중요하지 않다. 세이지와 함께 여기까지 왔고 대회에 참가했다. 그 사실을 지울 수는 없었다.

3등은 리부트 영화 홍보 사진을 똑같이 따라 한 유시에게 돌아간다. 내가 아니다. 그럴 거라 생각했다. 그래도 아쉽다. 조금은 기대했기 때문이다. 받을 만했는데. 내가 세이지를 돌아본다. 왜 웃고 있지? 뭘 알고 있나?

경쟁률이 너무 세다. 참가자는 43명인데 수상자는 3명에 불과하다. 내 옆에서 캘이 안절부절못한다.

"이런 기분 진짜 싫어."

캘이 속삭인다.

"꼭 테니스 대회 같아."

"우리 아빠는 최고의 기분이라고 했어."

내가 관객석을 바라본다. 심장이 큰소리로 쿵쾅거리고 숨이 가빠진다. 캘이 이해할 수 없다는 듯 나를 본다.

"뭐가? 이게?"

"가장 좋아하는 캐릭터가 되는 거. 상은 중요하지 않아. 나는 여기 있는 것만으로도 기뻐."

내가 속삭인다.

"나도 아빠랑 더 친하게 지냈으면 좋았을 텐데."

캘이 손톱을 뜯으며 말한다.

"〈스타필드〉에 대해 진작 배울 걸 그랬어."

"내가 가르쳐줄게."

캘이 나를 돌아본다.

"정말?"

"그래. 세이지랑 둘이서."

캘의 얼굴이 조금 빨개진다.

"나야 좋지."

못할 말을 했다고 생각한 걸까? 캘이 걱정스럽게 얼굴을 찡그리며 다른 질문을 하려는 찰나, MC가 외친다.

"2등 수상자는…… 참가번호 42번, 블랙 네뷸러 페더레이션의 아마라 공주!"

관객석에서 박수갈채가 터진다. 처음에는 그 말을 못 들었다. 귓가 소리를 순서대로 인식할 수 없는 것만 같았

다. 하지만 캘이 내 옆구리를 찌르고 고개로 앞을 가리킨
다. 입 모양은 이렇게 말하고 있었다.

"너야."

나라고? 다시 관객석을 본다. 장내가 떠나갈 듯한 환호
소리에 갈비뼈가 다 떨린다. MC가 참을성 있게 웃으며
무대 앞쪽으로 오라고 내게 고갯짓을 한다. 내가 한 걸음
내딛는다. 모든 위대한 여정은 한 걸음으로 시작하지 않
던가? 일단 한 걸음만 떼면 된다. 그리고 또 한 걸음. 또
한 걸음.

"축하합니다!"

MC가 외치며 부상을 건넨다. 2등상인 코스프레 무도
회 티켓 두 장이다. 내가 2등을 하다니. 티켓을 품에 꼭
껴안는다. MC가 봉투에서 마지막 카드를 꺼낸다. 카드를
읽은 그가 깜짝 놀란 표정을 짓는다.

"1등 발표하겠습니다. 500달러 상금과 〈스타필드〉 시
사회에 참석할 수 있는 특별한 티켓을 받을 분은…… 참
가번호 17번, 카민도어 공주!"

반대편에서 한 코스플레이어가 너덜너덜한 페더레이
션 제복 드레스 자락을 올리고 관객석에 손을 흔들며 상
을 받으러 나온다. 그녀는 왕관 없이도 1등을 차지했다.

훌륭한 코스프레다. 환상적이다. 성별을 바꾼 카민도
어라니? 감탄이 절로 나온다. 나도 다른 이들과 함께 웃
으며 박수를 친다. 무대 옆에 있던 심사위원들이 축하해

주러 나온다. 멍한 정신으로 모든 장면을 눈에 담으려 노력하면서도 힘겹게 숨을 쉰다. 1등을 하지는 못했다. 상금을 타지 못했다. LA로 갈 수 없게 됐다.

하지만……. 내 손에 들린 티켓을 보자 눈물이 고인다. 코스프레 무도회 티켓이다.

"잘했어요."

깊게 울리는 목소리가 귀에 익다.

그쪽으로 돌아본다. 대리엔 프리먼.

"굉장했어요. 그 무대의상 말이에요. 정말 대박이에요. 고마워요…… 내 말은……."

"녹스가 혀를 묶어놨어?"

나도 모르게 말을 던진다.

대리엔이 눈을 크게 뜨고 손을 힘없이 떨어뜨린다.

"아니…… 사무실에서 본…… 레벨거너."

묘하게 감정을 절제한 목소리다. 아까 양아치라고 부르고 미스 메이를 깔봤다며 화를 내서 미안하다고 사과하고 싶어진다.

하지만 나는 미소를 머금기만 한다. 어쨌든 그는 내게 2등상을 준 세 명 중 한 명이다.

"이건 안 빼고 했다니 다행이네."

그의 눈빛이 어두워지고 짙어지면서 입 꼬리가 살짝 내려간다. 굉장히 싸가지 없는 말을 하려는 것처럼. 그때 세이지가 나타나 내 어깨에 팔을 두른다. 다른 코스플레이어들도 보인다. 녹스족 기사와 기계 팔을 단 유시와 로드 드래그놋(3회에 등장하는 단역이다)을 비롯해 수많은 사람이 나를 둘러싸고 신이 나서 약속의 맹세를 외친다.

"왜 1등이 아닌데도 1등을 한 것 같은 기분이지?"

세이지가 나를 끌어안는다.

"2등이다, 만세! 2등까지는 받아들일 수 있어."

"그럼 누구랑 갈 거야?"

캘이 티켓을 턱으로 가리키며 묻는다.

"무도회 말이야."

"글쎄……."

내가 뺨 안쪽 살을 깨문다.

"아마 세이지와……."

"안 돼."

세이지가 말을 자른다.

"네 승리를 만끽해야지. 게다가 나는 무대의상도 없잖아."

"세이지는 나랑 놀아야 돼서 안 돼."

캘이 불쑥 끼어든다. 이게 무슨 말이야?

세이지의 입이 벌어진다.

"나는…… 음……."

얼굴을 붉히며 말을 더듬는 세이지의 얼굴이 더 붉어진다.

캘이 세이지를 돌아본다.

어떻게 할까? 우리 뭐 먹으러 갈래?"

러고는 시선을 땅으로 떨어뜨린다.

"괜찮다면 나랑 같이 가자."

세이지가 입을 뻐끔거리지만 아무 소리도 나오지 않는다. 내가 나서서 별빛 구두로 세이지의 발을 밟는다. 정신이 들었는지 세이지의 입에서 대답이 튀어나온다.

"좋아! 그러니까…… 데이트처럼? 음, 그래. 그거 좋지."

세이지가 북극성을 보듯 캘을 바라보며 웃는다.

캘이 미소를 짓고 대답한다.

"좋아."

하지만 자기 반쪽이 생각났는지(아니면 악의 기운을 감지한 걸까?) 갑자기 관객석을 살핀다.

"엘, 클로이 오기 전에 빨리 가. 분명 오고 있을 거야."

"오라고 해."

세이지가 턱을 치켜든다.

"얼굴을 주먹으로 날려버릴 테니까."

"아니야, 내가 이만 갈게. 다시 말하지만 고마워."

내가 캘에게 말한다. 캘은 그럴 말 들을 자격이 없다고 할 것이다. 사실일지도 모른다. 하지만 나는 우리 엄마의 반을 물려받았다. 엄마는 언제나 다정하고 남에게 감사하며 살았다. 아빠도 내가 엄마를 닮기를 바랄 것이다.

세이지에게 백팩을 받아 들고 드레스를 걷어 올리며 서둘러 사람들 사이를 뚫고 지나간다. 어젯밤 이후로 카민도어의 답장은 없었다. 하지만 나도 대회 준비…

잖아? 다른 무도회 파트너는 상상할 수 없다.

화장실에서 가방을 내려놓고 세수를 한다. 고개를…

자 잔인한 생각이 머리를 때린다. 카민도어가 싫다고 하…

면?

거울 속의 소녀는 단정치 못한 머리카락이 별로 만든 왕관에 엉켜 있고 검은 마스카라 눈물을 흘린다. 물려받은 무대의상 코트와 엄마의 드레스를 입고 있다. 아빠가 돌아가신 후로 이 소녀를 받아준 사람은 아무도 없었다. 누구도 소녀를 원하지 않았다. 하지만 현실로 이루어진 아빠의 꿈에 둘러싸인 오늘은……

카민도어가 좋다고 할 수도 있다. 두 가지 세계가 충돌하는 이곳에 불가능은 없을지도 모른다. 용기를 모으며 백팩에 손을 넣는다. 싫다고 해도 괜찮다. 나를 만나고 싶지 않다고 해도 이해한다. 하지만 휴대폰을 꺼내자 이미 문자가 와 있었다.

✉ 카민도어 오후 1시 47분

　- 미안해, 엘.

　- 우리 그만 연락하자.

내 가슴 속에 피어 올랐던 기쁨, 희망, 기대감의 불꽃이 서서히 꺼지고 재만 남는다.

대리엔

Darien Freeman

사람들 틈에서 나와 무대 옆으로 빠진다. 다 끝났다고 생각하며 팬들을 돌아본다. 팬들은 플래시 켠 카메라와 고프로 같은 캠코더로 나를 찍고 있다. 내가 할 수 있는 일은 없다. 끝이다. 카메라를 피해 무대 커튼 뒤로 몸을 숨긴다.

"괜찮아?"

게일이 묻는다. 게일은 내게 친구와도 같은 사람이다. 그녀에게는 보답을 해야 한다.

"안색이 안 좋아."

"괜찮아요. 그냥…… 감정이 복받쳐서요."

불안감을 삼키고 농담을 던진다.

"대회 장난 아니었죠? 이제 팬들도 내가 얼마나 훌륭한 심사위원인지 다 알 거예요."

웃지 않는 게일을 보고 내가 헛기침을 한다.

"여기 화장실 어디 있어요?"

게일이 무대 출구 하나를 가리킨다.

"저쪽으로 나가면 있는 것 같아. 로니 불러올까? 같이

가는 게……."

"됐어요."

내가 얼른 말을 자른다.

"화장실까지 따라오는 건 거부할래요."

게일이 어깨를 으쓱한다.

"알았어. 빨리 갔다 와."

그렇게 말하고 게일은 같이 셀카 찍자고 달려드는 소녀 팬들을 막기 위해 사람들 쪽으로 돌아선다. 비상구로 가는 동안 속이 점점 느글거린다. 이게 옳은 결정이다. 그냥 연락을 끊으면 된다. 하지만 주위를 맴돌 수도 있었다. 그러다 서서히 멀어진다면 그렇게 냉정하지는…….

그때 문이 내 얼굴을 정통으로 때린다. 나는 코를 감싸 쥐고 비틀거리며 물러나고 문을 연 사람은 소리를 지른다.

"엄마야!"

그녀가 내 어깨를 붙잡으며 외친다.

"사람 있는 줄……."

욕을 참을 수 없다. 손에 피가 묻어난다.

"진짜 미안해요!"

여자의 말을 들으며 몸을 일으키고 손등으로 코를 조심스럽게 막는다. 얼굴이 쑤신다.

"화장실에서 나오다가…… 아, 누군가 했네."

내가 고개를 돌린다. 심장이 블랙 네뷸러 바닥으로 떨어진다.

"이런."

왜 하필 그 블로거야? 2등상을 탄 그녀 앞에서 이미 한 번(아니, 두 번) 망신을 당했다. 그녀는 내 어깨에서 얼른 손을 뗀다. 나를 만지면 병이라도 옮나?

"저… 정말 못 봤어."

"그러시겠지."

내가 쏘아붙이지만 곧바로 후회한다.

"미안하다고, 응?"

그녀가 손바닥으로 눈을 훔친다. 눈이 부어 있다. 울었나? 왜 울고 있지?

"내가, 음, 그냥…… 괜찮아?"

내가 묻는다. 우는 모습을 들켰다고 생각했는지 얼굴을 더 세게 문지른다.

"괜찮아!"

그녀가 코를 훌쩍인다.

"앞이나 똑바로 보고 다녀."

"나?"

"내가 먼저 문을 열었잖아!"

"나도야!"

내가 받아친다. 코피가 입 안으로 들어오고 내가 제일 아끼는 티셔츠로도 떨어진다. 이제는 내가 제일 아끼는 티셔츠까지 망가뜨리는군.

"이만 실례."

이를 악물고 말하며 그녀를 지나 복도로 나간다.

"미안하다고 했어!"

큰소리가 복도까지 들린다. 얼른 화장실로 들어가서 페이퍼타올을 한 움큼 꺼내 피를 닦는다.

"망할."

화장지를 돌돌 말아 코에 꽂으며 중얼거린다. 그리고 변기에 앉아 고개를 뒤로 젖힌다.

"굳이 코피까지 안 흘려도 네가 멍청한 놈인 거 다 알아, 대리엔."

나는 화장실 칸막이 안에서 혼잣말을 하고 있다. 오프라 쇼에서 소파 위로 올라가 방방 뛰었던 톰 크루즈 수준까지 떨어졌다는 뜻이다. 몇 주 만에 상태가 심각해졌다. 얻어맞고 엑셀시콘 화장실에 앉아 있는 놈에 비하면 뉴욕 호텔방에 갇힌 놈은 지극히 정상이었다. 그때 나는 비상구에 숨고 알지도 못하는 여자애와 문자를 주고받기 시작했다. 대체 무슨 생각을 한 거지? 그녀와 함께라면 평범해질 수 있다고?

나는 나를 속이고 있었다. 내 거짓말을 믿기 시작했다. 이제는 코가 왜 부러졌는지 마크에게 설명해야 한다. 휴대폰을 꺼내 브라이언이 보낸 문자를 불러온다.

'미안해, 엘.'

'우리 그만 연락하자.'

다시 답장하면 된다. 실수였다고, 장난이었다고 말하

엘도 이해해줄 것이다. 엘은 별나지 않고 착하고 재미있다. 어떻게든 나를 웃게 만들었다. 할 말, 못할 말을 구분하고 정확한 타이밍에 말을 했다. 그녀의 말은 별자리처럼 깊은 우주로 나를 안내했다.

"미안해."

내가 중얼거린다. 사과를 해야 한다. 찌질하지 않은 말을 찾아야 한다.

"내가 생각이 짧았어. 멍청했던 거야. 하지만 내가 누구인지 알았다면 나와 대화했을까? 너는 대리엔 프리먼을 싫어하잖아."

한숨을 쉬며 관자놀이를 문지른다.

"나도 대리엔 프리먼이 싫다."

엄지가 자판 위를 맴돈다. 커서가 나를 향해 깜빡거린다.

"그리고 내가 진짜 대리엔 프리……."

문이 열리며 내 무릎을 때린다. 소리를 지르며 다리를 감싸쥐는 나를 로니가 노려보고 있다. 로니의 어깨가 화장실 문에 꽉 찬다. 로니의 그림자가 드리워진 변기에 주저앉는다.

"아."

로니처럼 감정 없는 목소리로 말한다.

"안녕."

"게일이 여기로 갔다고 해서요."

로니가 눈을 가늘게 뜬다.

"싸웠습니까?"

"이 문하고요."

"문까지 감시해야 하는지 몰랐습니다."

"아니, 이 문 얘기가 아니에요."

내가 말한다.

"걷고 있는데 어떤 여자가 나를 치고 지나가서……."

그러면서 로니를 올려다보지만 설명한다고 알아들을 것 같지 않다. 한숨을 쉬고 다시 일어난다.

"됐어요."

"고개 뒤로 젖히지 마요."

고개를 젖힌 나를 보고 로니가 말한다.

"그 방법은 소용없습니다. 콧대를 꼬집어요. 게일에게 얼음이랑 진통제 가져오라고 해야겠군요. 오늘 밤 가면무도회인지 뭔지 못 간다고 할까요?"

"가면무도회가 아니라, 코스프……."

내가 어깨를 축 늘어뜨린다.

"됐어요. 나는…… 가야 할 것 같아요."

로니도 동의한다.

"위험 상황은 끝났으니 별일 없을 겁니다."

"맞아요. 어차피 가면도 쓰잖아요? 그리고 지금보다 안 좋은 일이 또 생기겠어요?"

로니가 고개를 젓는다.

"그런 말 할 때마다 안 좋은 일이 생기던데."

그러고는 화장실을 나간다.

휴대폰을 꺼내고 아직 보내지 않은 문자를 읽는다.

'내가 대리엔 프리먼이야.'

엘은 우리가 그동안 주고받은 문자를 이용할 수 있다. 돈을 받고 팔아넘길 수 있다. 인터뷰를 할 수도 있다. 내가 털어놓은 비밀들을 다 말할지도 모른다. 진실 섞인 거짓말을 폭로할지도 모른다. 내가 그녀를 '아블레나'라고 불렀다고 얘기할지도 모른다.

하지만 나는 정말 대리엔 프리먼이다. 나 대리엔 프리먼은 엘을 속였다. 브라이언이 보낸 문자가 결국은 정답이다. 어차피 언젠가는 그렇게 써야 했다. 해야 할 일이다. 엘을 위해서, 또 나를 위해서.

엄지로 '뒤로' 버튼을 눌러 보내지 못한 사과 문자의 모든 글자, 모든 공백을 지운다. 그리고 떨리는 손으로 엘의 번호도 삭제한다. 그렇게 엘과 나의 추억이 사라졌다.

엘

Elle Wittimer

'우리 그만 연락하자.'

달리 해석할 방법은 전혀 없다.

코스프레 무도회가 열리는 곳 로비에 서서 유리 구두 신은 발을 움직인다. 여기는 애틀랜타 중심지에 있는 대형 호텔이다. 티켓을 움켜쥐고 높이 뻗은 빌딩숲을 올려다본다.

이상하다. 카민도어가 나를 원하지 않는다는 사실을 깨달은 지금, 심장이 쿵쾅대지 않는다. 이상하게도 침착하다. 제임스 때처럼 내가 그에게 부족하다는 걸 예상했기 때문인 것 같다.

회전문을 들어오는 사람들 중 카민도어가 있을지도 모른다. 다들 익숙하면서도 낯선 얼굴이다. 우리가 아는 캐릭터를 유령의 집 거울로 보는 듯하다. 클링온이 벌칸을 에스코트한다. 딘 윈체스터가 천사 카스티엘, 〈월드 오브 워크래프트〉의 오크 두 명, 해리와 헤르미온느…… 커플이 너무나 많다. 그래서 나는 누군가 혼자 들어오는 사람이 있으면 허리를 조금 펴고 눈을 밝힌다. 이번에는 카민도어가 아닐까……

가면을 고쳐 쓴다. 캘이 빌려준 가면이다. 다 계획하고 준비하며 돈을 모으면서도, 그 사소한 준비물은 깜빡하고 챙기지 않았기 때문이다. 마음 깊은 곳에서는 상을 탈 수 없다고 생각한 걸까?

캘의 가면은 생각보다 무겁고 또 부드럽다. 캘에게 가면을 건네받을 때 손가락에서 글리터가 떨어졌다. 눈물이 날 것 같아 눈을 깜빡였다.

"나는…… 클로이가 어디 있는지 모르겠어."

캘이 주저하며 말했다.

"그, 대회 이후에 못 봤어."

"못 봤다고?"

캘이 고개를 절레절레 저었다.

"네가 화장실 갔을 때 클로이가 와서, 음, 조금 이성을 잃었어. 아주 조금."

내 얼굴이 하얗게 질렸다.

"캐서린에게 말할까?"

캘이 고개를 저었다.

"그러면 자기도 혼날 텐데. 그러니까 말하지는 않을 거야. 하지만…… 조심해, 엘. 클로이는 지는 걸 쉽게 인정 못하거든."

"설마 무도회까지 와서 뭘 하겠어?"

내가 코웃음을 쳤다.

세이지가 어깨를 으쓱했다.

"그래도 정신 바짝 차리고 있어. 대리엔 만나면 막 나가지 말고."

내가 놀란 소리를 냈다.

"나 상처받았어! 내가 언제!"

세이지가 나를 빤히 쳐다봤다.

"얌전히 있을게."

내가 기죽어 말했다.

"그으으래. 8시에 데리러 갈게. 너희 둘을 자정까지 집에 데려다주려면 아슬아슬하겠지만……."

"8시 좋아."

내가 웃으며 세이지를 안심시켰다. 세이지와 캘도 무도회에 같이 갔으면 하는 마음은 변하지 않았다. 하지만, 내 베스트프렌드가 알고 보니 사이코가 아닌 동생과 단둘이 시간을 보내고 싶다면 방해해서는 안 되겠지?

"둘이 재미있게 놀아."

나를 금빛 로비에 두고 두 사람은 떠났다. 완전히 혼자 남았다. 블랙 네뷸러 페더레이션의 아마라 공주는 쓸쓸하게 혼자 서 있다.

'한 명만 더 기다려보고 들어가자.' 속으로 생각하며 회전문으로 들어온 커플을 향해 고개를 까딱한다. '아니, 한 명만 더.'

시간이 갈수록 연회장 음악 소리가 점점 커져 로비 안

에 메아리치는데도 나는 자리를 떠나지 못한다. 깊게 숨을 들이마시고, 숨을 내쉰다. 너는 할 수 있어.

일단 안에 들어가면 어떤 모습을 보게 될까? 내가 머릿속으로 상상한 그대로일까? 우리 부모님이 거실에서 왈츠를 추던 기억이 되살아나고, 아빠의 바람이 현실로 이루어질까? 들어가지 않으면 절대 답을 알아내지 못한다. 내가 어찌할 수 없는 상황이라고 두려워 피하는 것도 이제 신물이 난다. 복도 끝에서 음악이 들리는 쪽으로 돌아선다. 출입문 앞에서 티켓을 내밀자 자원봉사자가 반으로 찢어서 돌려준다.

"혼자 오는 사람 많아요?"

태연한 척 묻지만 목소리가 갈라진다.

"음, 상황에 따라 다르죠."

자원봉사자가 잠시 뜸을 들인다.

"하지만 혼자는 아닐 거예요."

그녀가 약속의 맹세 경례를 하자 점점 커져가던 긴장감이 서서히 녹아내린다. 나도 경례를 하고 문고리를 쥔다. 그리고 문을 연다. 어두운 연회장은 자주색과 파란색으로 뒤덮여 있다. 동글동글한 빛이 유성처럼 빠르게 움직인다. 사람들이 연회장을 꽉꽉 메워 발 디딜 틈이 없다. 드러내놓고 놀란 표정으로 사람들을 바라본다. 아빠에게 이 무도회 얘기를 들은 적 있다. 아빠가 상상하는 무도회가 있었다. 아빠는 내 침대 끝에 앉아 손으로 허공에 그림을 그렸다.

"엄청 크게 만들 거야. 성대하게! 우주처럼 어둡지만 앞이 안 보일 만큼 캄캄하지는 않아. 다들 분장을 하고 왔어. 봐, 저기 스팍 있어! 스팍이 츄바카와 춤을 추는 거야? 튜리안과 녹스도? 믿어지니, 엘? 이 무도회에서는 아무도 상상하지 못한 모습을 볼 수 있어. 여기 안에 몇 시간만 존재하는 작은 세계인 거야."

아빠가 덧붙인다.

"시계가 자정을 칠 때까지만."

혼잡한 연회장으로 가는 계단에 천천히 다가간다. 뾰족한 귀를 단 사람들이 빛을 내뿜는 음료수를 마시고 있다. 어두운 조명 때문에 갑옷은 보라색, 운동화는 파란색으로 변하고 치아도 하얗게 빛난다. 댄스플로어에 흐르는 무거운 연기는 춤추는 사람들 주위를 돌며 다리를 감싼다. 내 얼굴에 조금씩 미소가 번진다.

"아빠, 아빠가 해냈어."

그리고 연회장으로 걸어 내려간다.

대리엔
Darien Freeman

카민도어 왕자가 브링스 데바스테이션을 극복했듯 나도 이 고난을 이겨내야 한다.

'10분만 더.'

수많은 팬에 둘러싸여 생각한다. '레벨거너' 주인을 10분만 더 기다릴 것이다. 1등 수상자와의 밋앤그릿은 순조롭게 진행됐다. 클리오 코스프레를 한 여자친구와 함께 온 그녀는 긴장을 많이 했지만 정중했다. 3등은 아주······ 친구 같았다. 우리는 주먹을 마주쳐 인사를 했다. 재미있는 경험이었다.

이제는 게일이 내 옆에 앉아 있다. 정신없이 문자를 보내는 게일의 얼굴을 휴대폰 불빛이 환하게 밝힌다. 지금까지 이메일을 하거나 마크와 연락할 리는 없다. 다른 사람이 분명하다.

"대리엔, 사진 찍어도 돼요?"

한 소녀가 그렇게 묻지만 눈에 잘 보이지도 않는다. 내가 거절할 새도 없이 그녀는 나를 당겨 같이 셀카를 찍는다. 웃어 보이지만 카메라 플래시 때문에 아무것도 보이지 않는다.

"고마워요!"

그녀가 깍깍거리고 물러나면 다른 팬이 앞으로 나와
같은 과정을 처음부터 반복한다.

게일에게 몸을 기울인다.

"아직 가면 안 돼요?"

"네가 대회 심사위원 하고 싶다며."

게일은 고개도 들지 않는다.

"여기 있는 것도 심사위원 일이야. 다른 두 명도 금방
일어나지 않을 것 같고."

"하지만 저 사람들은 이렇게 관심을 받지 않잖아요."

내가 지적한다.

"대리엔?"

다음은 아마라 공주로 분장한 소녀다. 검은 머리를 땋
고 화장도 놀라울 정도로 똑같이 따라 했다. 하지만 그녀
를 봐도 코스프레 대회에 참가한 블랙 네뷸러 아마라밖에
생각나지 않는다. 그 블로거와 엘에게 보낸 문자밖에 생
각나지 않는다. 다시 속이 울렁거린다.

나는 말도 없이 떠나는 남자가 아니었다. 그럴 수 있다
고는 상상도 하지 않았다. 하지만 이렇게 되고 말았다.

"대리엔, 정말 팬이에요. 제가 뷰티 브이로그를 운영하
는데 혹시 부탁 하나만……."

그때 시선의 끝에서 그녀를 발견한다. 대회에 참가했

던 그녀, 사무실에서 만난 그녀다. 아름다운 눈으로 독설을 퍼붓는 그녀. 일단 고개를 돌리고 보자 눈을 뗄 수 없다. 붉은색 머리카락이 빛나는 소녀는 반짝이는 금색 마스크를 쓰고 계단 꼭대기에서 우리를 내려다본다. 예쁜 입술은 적색 거성이 불타오르는 색이다. 아름답다.

"실례합니다."

브이로거에게 말하고 사람들이 모여 있는 곳으로 다가간다. 그녀가 계단을 내려오자 사람들이 고개를 돌리고 쳐다보기 시작한다. 왕관이 반짝이고 코트 자락이 빛나기 때문일 것이다. 저마다 옆 사람에게 그녀가 혼자 왔냐고 묻는다.

"저런 여자를 누가 싫다고 하겠어?"

옆에 있는 녹스가 자기 파트너에게 속삭인다. 그녀는 모든 사람의 시선을 받고 있음에도, 혼자 왔음에도 계단을 하나하나 우아하게 밟는다. 영화를 보면 남자 주인공이 내내 기다려온 상대를 발견하는 장면이 있다. 운명이 찾아오는 순간, 첫눈에 반하는 그런 순간 말이다. 그게 이 장면이다.

하지만 여기는 영화 속이 아니고 나는 이미 한 여자를 놓쳤다. 갑자기 귓가에 종소리가 울리지는 않는다. 세상이 장밋빛으로 변하지도 않는다. 왜냐하면 내가 사랑에 빠진 순간은 지금이 아니기 때문이다. 나는 알지도 못하는 여자와 늦은 밤 휴대폰으로 문자를 주고받으며 사랑에 빠졌기 때문이다.

엘

Elle Wittimer

계단을 다 내려오자 훤칠하고 붉은 옷을 입은 소년이 손을 내밀고 묻는다.

"같이 춤출까?"

가슴에 스타플릿 배지를 단 제복을 깔끔하게 다려 입고 벌킨 족의 귀 뒤로 가면을 묶었다. 스타거너는 아니지만 이 정도면 합격이다. 아쉬운 사람에게 선택권은 없는 법이니까.

"좋아."

내가 대답하고 그의 손을 잡는다. 그가 이끄는 대로 따라 쉬지 않고 빙글빙글 도는 사이, DJ가 또 다른 8비트 음악을 튼다. 노래 두 곡에 맞춰 춤을 추지만 내가 상상했던 춤과는 거리가 멀다. 아빠와 엄마가 거실에서 추던 왈츠와 달랐다. 상대는 춤에 서툴렀고 나도 만만치 않았다. 그리고 옆에서 어떤 사이보그가 나이트엘프의 은밀한 부위를 더듬으려 하고 있었다. 저 조합을 어떻게 받아들여야 하는지 모르겠다.

"이름이 뭐야?"

붉은 셔츠가 외친다.

"아마라."

내가 대답한다.

붉은 셔츠는 농담할 마음이 없는 듯하다.

"아니, 진짜 이름."

"아…… 그럼 네 이름은?"

그는 미친 사람처럼 춤을 춘다. 머리를 흔들고 가슴으로 팔꿈치를 찌른다. 꼭 마약에 취한 티라노사우루스를 보는 것 같다. 이런 사람을 진지하게 대할 수는 없다.

"데이브야."

그가 대답한다.

"오늘 대회에서 네 무대의상 봤어. 너는…… 정말 특별했어."

"고마워. 이건 우리 아빠가……."

누군가 내 어깨를 두드린다. 돌아보자 결혼을 앞둔 젊은 한 솔로로 분장한 남자가 손을 내민다.

"제게도 기회를 주시겠습니까?"

그 다음은 〈파이널 판타지〉 코스프레를 한 소녀였고, 다음은 인간 피카츄…… 셀 수 없었다. 다양한 노래에 맞춰 쉴 새 없이 춤을 췄다. 지금까지 인기인으로 살아본 경험이 없었다. 늘 보잘것없는 사람이었다. 다른 사람이 주인공인 영화의 엑스트라였다. 하지만 여기 있는 사람들은 그 사실을 모르는 모양이다. 감정을 주체할 수 없어 조금은 불편하다. 클로이가 원하는 관심이 이런 거라면 빼앗아가도 좋다. 나는 블로그만 있으면 된다. 어두컴컴한 영화관과 〈스타필드〉면 충분하다.

빠르게 리믹스한 '아이 윌 올웨이즈 러브 유I will always love you' 노래가 절반쯤 지났을 때, 복잡한 댄스플로어에서 물러나 다과 코너로 향한다. 사람들은 대부분 음식을 뒤적거려서 치즈 얹은 크래커와 작은 펀치 음료수 잔만 집어 든다.

연회장 안에서 어둡고 사람이 별로 없는 구석을 찾아 커다란 창문을 등지고 앉는다. 춤을 춘 탓에 뺨이 후끈거렸다. 세 곡째부터 코트 안에서 땀으로 샤워를 했다. 목깃을 당기고 차가운 유리잔을 목에 댄다. 잠깐이지만 기분이 좋아 눈을 감는다.

하지만 곧 발소리가 들린다. 나를 향해 다가오고 있다. 한쪽 눈을 살짝 뜬다. 광이 나는 검은 부츠가 보인다. 종아리 부분에는 페더레이션 상징이 새겨져 있었다. 심장이 쿵쾅거리는 걸 느끼며 천천히 고개를 든다. 그는 검은 바지와 왼쪽에 단추를 채우는 코트를 입었다. 금색 단추와 안감이 빛난다. 주머니 하나에서 나온 체인 세 줄은 왼쪽 겨드랑이 아래와 어깨 뒤쪽을 지나 금색 견장 아래로 들어간다.

어두운 곳에서 봐도 코트는 지나치게 푸른색이었다. 하지만 색을 잘못 뽑았어도 치수로 만회한다. 잘록한 허리와 넓은 가슴을 감싼 코트는 그의 어깨에 딱 맞았다. 정말 어깨가 탄탄하기는 하다. 단추를 풀지 않았더라면(찜통 같은 연회장에서 모직 코트를 입고 있으려니 힘들었겠지) 목둘레도 완벽하게 맞아떨어졌을 것이다. 옷깃에 단 스타윙은 창문으로 쏟아지는 도시의 불빛을 받아 반짝인다. 오직 그만을 위해 만든 코트 같다. 여기는 코스프레 무도회니 정말 그럴지도 모르겠다.

내 시선이 얼굴까지 올라간다. 다갈색 피부와 강한 턱선이 보인다. 검은 가면 아래의 날카로운 검은색 눈을 보자 심장이 철렁 내려앉는다.

"기가 막혀."

내가 투덜댄다.

"또야?"

대리엔 프리먼이 허리춤에 손을 얹고 고개를 갸웃한다. 귀엽지 않다. 정말이다.

"2등 수상자에게 춤을 청하러 왔는데 조금 늦은 것 같군요, 공주님."

"아마라 공주라고 불러주시죠."

내가 맞받아친다.

"맞아요, 잠깐 쉬고 있어요. 혼자서."

대리엔이 항복의 의미로 양손을 들어올린다.

"알았어."

그리고 기적처럼 물러난다. 다시 눈을 감고 순간의 침

묵을 즐긴다. 아빠가 이 무도회를 보면 좋아했을 것이다. 전부 다 마음이 든다고 했을 거다. 무대의상을 입은 사람들이 종족을 넘어 함께 어울리는 모습에 감동했을 것이다. 잠시 동안 다른 존재로 변하는 사람들의 마음과 영혼을 사랑했을 것이다. 하지만 나는 지금 아마라 같은 기분이 아니다. 그냥 힘없는 나 자신이다.

"저기, 무대의상 멋있었어."

누군가 말을 건다.

제발, 2분만. 2분만 조용히 있게 해달라고 부탁했잖아.

"디테일이 진짜 최고다. 비싸게 주고 샀어? 누가 만들었어?"

눈이 번쩍 뜨인다. 고개를 드니 내 또래 남자가 보인다. 그는 가장 화려한 코스프레를 선택했다. 검은 말토에 커다란 어깨 패드를 달았고 짙게 화장을 했다. 붙인 귀가 음악에 맞춰 보라색과 파란색으로 깜빡인다. 녹스 킹이다.

"무슨 뜻이야?"

내가 묻는다.

"그거 만든 남자 이름이 뭐냐고?"

"여자가 만들면 안 돼?"

"야, 너 여기 처음 왔지."

그 말로 설명이 되나.

"대리엔 프리먼 팬이지?"

"뭐?"

그가 나를 놀린다.

"웃긴다. 멍청한 연기 안 해도 충분히 귀여워."

내가 그를 빤히 바라본다. 짜증나게도 대리엔 프리먼이 가까이 있다는 사실이 갑자기 신경 쓰이기 시작한다. 음료수를 내려놓고 무슨 말을 해야 좋을지 생각한다.

"참고로 이 무대의상은 돌아가신 우리 아빠 거야. 그걸 내 친구랑 몇 군데 수선한 거고."

거의 버릴 뻔했다는 말은 하지 않는다.

"사실 다른 코스플레이어들도 도와줬어. 전 우주가 힘을 합쳤다고 할 수 있겠지."

"그럴 줄 알았어."

녹스 킹은 필요 이상으로 만족한 얼굴이다.

"네가 만들었을 리가 없지."

"그래?"

내가 고개를 옆으로 기울인다.

"이유가 뭔데?"

"진정해, 욕하려는 건 아니야."

그가 웃는다. 치아에 검은 립스틱이 묻었지만 말해주나 봐라.

"너는 관심 받고 싶어서 코스프레를 했을 뿐이잖아. 그게 먹혔고……."

"말조심해."

내가 자리에서 벌떡 일어난다.

"〈스타필드〉는 내가 제일 좋아하는 드라마⋯⋯."

"그렇게 변명 안 해도 돼, 응? 원래 너 같은 가짜 팬들이 이기게 돼 있어."

녹스 킹이 그 말을 남기고 돌아서려 한다. 하지만 내가 바보 같은 낡은 망토를 붙잡고 돌려 세운다(그나저나 녹스 킹은 왜 망토를 입는 거야? 드라마를 볼 때부터 이해할 수 없었다). 순간 놀랐던 그가 화를 내기 시작한다. 허락 없이 무대의상을 만진 사람이 없었나? 뭐, 나보고 가짜 팬이라고 부르는 사람도 없었다.

"네 말이 맞아. 내가 변명할 필요는 없지. 특히 너 같이 덜 떨어진 녹스한테 말이야. 네가 웃기다고 생각해? 차라리 유시 코스프레를 하지 그랬어? 이 세상 모든 코믹 담당 조연들에게 부끄러운 줄 알아!"

"그래, 공주 놀이나 하러 온 사람이 할 말이다. 왜 그래? 독창적인 아이디어는 떠오르지 않았던 거야?"

녹스 킹이 고개를 젓는다.

"불쌍하게 가짜 코스프레나 하고⋯⋯."

"실례합니다."

카민도어(아니, 대리엔)가 원조보다 더 파란 제복을 입고 돌아왔다.

"참견하지 마."

내가 짜증을 낸다. 대리엔이 한쪽 눈썹을 추켜세운다.

"진정해, 공주님."

내가 '흥' 소리를 내지만 대리엔은 굽히지 않는다.

"궁금한 게 있어서요. 그거 몇 편에 나온 의상이에요?"

녹스 킹이 얼굴을 찡그린다. 치아에 묻은 립스틱이 아까보다 더 번졌다.

"16회."

대리엔이 말한다.

"무슨 수작이야?"

녹스 킹이 팔짱을 낀다.

"아무것도 아닙니다."

대리엔이 어깨를 으쓱한다.

"16회에서는 녹스 킹이 망토를 안 입어서요."

"그래서, 뭐?"

녹스 킹이 말한다.

"내가 추가했다."

"진정해요, 진정해."

대리엔이 미간을 찡그리고 자기 어깨를 두드린다. 그러더니 녹스 킹의 견장을 가리킨다. 그리고 보니 뭐가 이상한지 알겠다.

"그런데 이 견장은 뭐죠?"

대리엔이 묻는다.

"내 기억으로는 그게 반대쪽에 있었거든요. 항상 그랬어요. 사소한 부분도 아니잖아요. 꽤 중요한 장식인데. 반대편 어깨에 있으면 어떻게 추종자들이 자기들 믿음의 상징에 입을 맞추죠?"

녹스 킹이 입을 열었다가 다시 다문다.

"그래서 상을 못 탄 겁니다."

대리엔 프리먼이 계속한다.

"관심이 없었기 때문이에요. '진정한 팬'이 아니기 때문이 아니라. 여기 있는 사람들 다 진정한 팬입니다. 특히 이 친구는요."

녹스 킹이 대리엔에게 다가간다.

"그래? 그럼 너는 누구야? 얘 남자친구?"

'카민도어' 대리엔은 녹스 킹의 얼굴을 보고 웃기만 한다(영화가 차라리 이런 쪽으로 가면 좋았을 텐데). 그러고는 자세를 똑바로 한다. 어깨를 펴지만 너무 힘을 주지는 않는다. 턱은 살짝 당기고 입 꼬리에 올려 미소를 짓는다.

구경할 생각은 아니었다(구경이 아니라 그냥 보고 있을 뿐이다). 하지만 디스코볼이 돌아가고 바닥에 연기가 깔리고 벽에 걸린 촛대만이 어두운 공간을 밝히는 이곳에서, 대리엔은 정말 그 캐릭터로 보인다.

"나는 페더레이션 왕자 카민도어입니다."

대리엔 프리먼의 대답에는 빈정거림이 묻어 있었다.

"하지만 그냥 팬이기도 해요. 당신처럼요. 이쪽이 내 파트너는 아니지만 당신이 그렇게 말하니……."

대리엔이 내게 손을 내민다.

"가서 상쾌한 공기 좀 쐴래?"

내가 당황해서 얼어붙는다. 그러고 보니 나는 옆에서 구경하는 사람이 아니라 이 사건의 주요 인물 중 하나였다.

대리엔이 가면 위로 눈썹을 세운다.

"어때, 공주님?"

그의 손을 보던 고개를 든다. 대리엔은 수줍은 척하는 표정을 짓고 있었다. 나보고 장단을 맞춰 달라 하고 있었다. 좋아, 그렇게 하지. 내가 그의 손을 잡는다.

"한 가지 조건이 있어. 블랙 네뷸러에 들어가지 않는다면."

"한 번이면 충분하지."

대리엔이 농담하며 발코니로 나를 이끈다.

"우리 밋앤그릿을 시작할까?"

대리엔
Darien Freeman

연회장에 붙은 작은 발코니로 나와서야 걸음을 멈춘다. 복숭아나무 옆에서 키스하는 연인을 피해 반대편으로 그녀를 이끈다. 발코니 너머로 불을 밝힌 도시가 위성 지도처럼 펼쳐져 있다. 아마라 공주가 뿌리치자 손이 묘하게 허전해진다. 그 느낌을 애써 지워버린다.

"뭐 하러 나서서 구해줘."

그렇게 말하며 아마라가 벤치에 앉는다.

"내 몸은 내가 지킬 수 있는데."

"혼자 힘으로 문제를 해결하는 스타일이야?"

"실망했다면 미안해."

"실망은."

내가 옆자리에 앉는다.

"원래 그런 데 예민해서 참견했을 뿐이야. 팬보고 가짜라고 손가락질 하는 거. 그 기분을 나도 잘 알거든."

아마라가 입 안쪽을 잘근잘근 문다.

"저기, 그 블로그 글 말인데…… 나는 그런 뜻이 아니라……."

"됐어, 내가 돈 때문에 계약했다고 생각했잖아."

내가 놀리자 아마라가 뺨이 더 붉힌다.

"그때는 너를 잘 몰라서 그랬어."

그녀가 대답한다.

"지금은 안다는 말은 아니지만……."

그게 문제다. 언제나 그렇다. 나를 진정으로 아는 사람이 없다는 것. 안으로 들어가야 한다. 게일에게 이만 떠나자고 말해야 한다. 밋앤그릿도 다 했고, 내 역할은 끝났다. 오래 머물렀다가는 사람들이 사진을 찍고 추측하며 소문을 퍼뜨릴 수도 있다. 여기 아마라가 돈을 받고 TV나 라디오 토크쇼에 인터뷰를 할지도 모른다. 현금을 받고 5초간의 인기를 누리는 거다. 브라이언처럼. 하지만 그녀는 브라이언과 다르다. 엘도 그랬다. 내가 헛기침을 한다.

"나에 대해 알 만큼 알 거야. 기사 읽고 토크쇼도 봤을 거 아냐."

"물탱크 게임 좋았어."

이런.

"맞아, 좋았지."

"하지만……."

아마라가 머뭇거린다.

"그건 진짜 네 모습이 아니지? 무례한 질문이라면 미안해. 하지만…… 아까 저기서 나를 감싸준 사람이 대리엔 프리먼이라는 걸 도저히 믿을 수 없어."

"내가 확실해, 공주님."

"하지만 대리엔 프리먼은 그렇지 않아. 그건……."

"네 블로그에 나오는 그 놈이 아니라고?"

내가 대신 말을 맺는다.

"그나저나 비평 기사 정말 잘 봤어. 진짜 인정사정없던데. 새 글이 뜰 때마다 전보다 더 아프더라니까."

아마라가 인상을 쓴다.

"그래, 그런 말 들어도 싸지. 너무 괴롭힌 것 같아서 미안하고. 그런데 그런 사람이 아니라면……."

긴장한 듯 귀 뒤로 넘긴 머리카락 한 가닥을 땋기 시작한다. 그 모습이 꽤 귀엽다.

"……너는 대체 누구야?"

"내가 누구냐고?"

놀라서 묻는다. 아마라가 고개를 끄덕인다.

"음, 독점 인터뷰라고 할까? 다른 글들도 수정할게."

엘을 생각하며 어색하게 자세를 고쳐 앉는다. 브라이언이 했던 말도 떠오른다. 엘과 문자를 주고받으며 나는 단 한순간도 솔직하지 않았다. 진실을 생략하며 거짓말을 했다. 내가 정말로 엘을 소중히 아꼈다면 적어도 진실을 말했을까?

두 번째 기회를 얻을 수 있을지도 모르겠다.

"나를 완전히 잘못 보지는 않았어."

내가 공주에게 말한다.

"자세히 얘기해봐."

"정말? 나는……."

심호흡을 하고 발을 내려다본다.

"나는 아무도 아니야."

내게 다가온 아마라가 금색 가면 뒤에서 얼굴을 찌푸린다.

"나도 항상 그렇게 생각했어. 내가 아무도 아니라고."

그녀가 대답한다.

"하지만 아니야. 우리는 자기가 원하는 사람이 되는 거야. 누구든 될 수 있어."

"그래? 그럼 나도 좋은 카민도어가 될 수 있어?"

다른 쪽 구석에서 키스하던 커플이 키득거리며 서로의 손을 잡고 일어난다. 그들이 마이클 잭슨의 '스릴러'에 춤을 추러 안으로 들어가자 공주와 나 사이에 침묵이 흐른다. 발코니에는 우리밖에 없었다. 너무 조용해서 이 세상에 꼭 우리 둘만 남은 기분이다.

"우리 아빠는 누구든 카민도어가 될 수 있다고 했어."

아마라가 말한다.

"누구든 아마라가 될 수 있대. 모든 사람의 내면에 카민도어와 아마라가 조금씩 있기 때문에 그걸 갈고닦아서 빛나게 하면 된대."

"아빠 대단하신 것 같다."

"최고야. 아빠는…… 우리 아빠는 내가 어렸을 때 돌아가셨어."

"미안, 그런 줄 모르고……."

아마라는 내 사과를 무시한다.

"이것도 아빠 무대의상이야."

그러면서 옷깃에 달린 스타윙을 만진다.

"우리 부모님은 매년 카민도어와 아마라 공주로 분장하고 엑셀시콘에 참석했어. 엑셀시콘을 원래 아빠가 만들었거든. 머릿속에 거창하게 다 구상을 하셨지. 무도회를 봤으면 아빠도 좋아하셨을 거야. 엄마가 돌아가신 후 무도회 얘기를 자주 했는데 그게 가장 그리워. 아빠가 들려준 엑셀시콘과 무도회 얘기 말이야. 아빠는 별들의 무도회라고 했어. 물론 정말 스타가 참석한다는 의미는 아니었겠지만."

아마라가 팔꿈치로 내 옆구리를 찌른다. 나도 모르게 입 꼬리가 올라간다. 이렇게 진심이 담긴 웃음은 정말 오랜만이었다. 아마라도 나를 따라 미소를 짓지만 이내 표정을 바꾸고 시선을 피한다.

"내가 이번 대회에서 코스프레를 제일 잘하지 않았다는 거 알아. 내가 예전 주최자 딸이라서 2등을 준 거야?"

내가 고개를 저으며 웃는다. 이 상황이 얼마나 아이러니한지 그녀는 이해조차 못하고 있다.

아마라가 얼굴을 찡그린다.

"뭐가 그렇게 웃겨?"

"공주님, 네가 너를 뽑은 건 무대에서 걸어 나왔을 때 믿음을 줬기 때문이야."

"무슨 믿음?"

"네 아버지가 말씀하신 거. 누구든 카민도어와 아마라가 될 수 있다고. 내면에 있는 카민도어와 아마라를 찾아서 빛나게 하면 된다고."

아마라가 얼굴을 붉히고 무릎을 내려다본다. 무릎에 얹은 손가락은 머리카락 끝에 쉴 새 없이 닿는다. 왜 이렇게 익숙하지? 블로그 때문은 아니다. 사무실에서 만나서도 아니다. 다른 곳이다. 전에 어디선가 그 얘기를 들었다. 끝나가는 왈츠처럼 느린 리듬으로 마무리되는 얘기였다. 내가 무슨 말을 하려 입을 여는 순간, 아마라가 벤치에서 일어나 나를 돌아보고 손을 내민다.

"춤출까? 나랑 말이야. 나랑 같이 춤추고 싶어?"

"공주님께서 이끌어주신다면."

그렇게 대답하고는 그녀의 손에 이끌려 일어난다.

아마라가 더 환히 웃는다.

"그 말을 기다렸어."

엘

그 사람(카민도어? 대리엔 프리먼?)을 이끌고 사람들이 모여 있는 연회장 중심으로 나아간다. DJ가 새로운 음악을 틀자 커플만 남고 다들 옆으로 빠진다.

우리의 손가락이 단단히 얽힌다. 연회장에 흐르는 노래는 잔잔하면서 느리다. 무슨 노래인지 깨닫자 몸에 전율이 흐른다. 〈스타필드〉 주제가였다. 대리엔도 나와 동시에 알아차렸는지 씩 웃는다.

"타이밍 좋다."

"우주가 소원을 들어줄 때도 있네."

내가 말한다. 생각해보니 틀린 말이 아니다. 다른 세계에서만 가능할 뿐이지.

"우리가 자기도 모르게 영화를 찍고 있는 건지도 몰라."

카민도어가 속삭이는 척한다.

"우주가 그냥 장난을 좋아하는 걸 수도 있지."

주변 사람들이 우리 쪽으로 고개를 돌리고 구경한다. 내가 무대에 나갔을 때처럼 레이저 같이 뜨거운 눈빛이 우리에게만 쏟아진다. 피부가 따끔거린다. 발을 움직일 때마다 실수하는 듯한 기분이다.

카민도어가 손을 내려 내 허리를 감싼다. 우리는 천천히 리듬을 타기 시작한다. 음악이 커지며 내 뺨은 점점 뜨거워진다. 웅장한 현악기와 목관악기 소리가 어우러지고 오케스트라의 선율이 나를 은하계로 높이, 높이 날려보낸다. 아빠와 엄마도 이 음악에 맞춰 거실에서 춤을 췄다. 엄마는 아빠 손에 이끌려 거실을 계속 돌다가 결국 웃음을 터뜨리며 주저앉았다. 엄마 차례가 끝나면 아빠는 내 손을 잡고 거실에서 왈츠를 추며 아빠의 꿈인 무도회에 대해 얘기했다. 이 무도회에서는 잠시 동안(한순간이라 해도) 내가 늘 꿈꾸던 사람이 될 수 있었다.

무엇도 두렵지 않은 페더레이션 왕자가 될 수 있다. 기억 속의 아빠에게 부끄럽지 않은 딸이 될 수 있다. 위기를 자기 힘으로 극복하는 공주가 되어 춤을……

다시 카민도어에게 시선을 돌리고 침을 삼킨다.

"춤을 출 줄은 알아?"

"나보고 묻는 거야?"

카민도어가 내 손가락에 깍지를 끼고 더 가까이 당긴다. 그에게서는 시나몬 롤과 풀 냄새가 난다.

"나 카민도어야."

2절에 접어들며 오케스트라 연주가 최고조에 이른다. 우리는 한몸처럼 발을 내딛으며 박자에 맞춰 빙글빙글 돈다. 연회장이 회전하는 느낌이다. 댄스플로어에서 춤을 추는 커플들 주위를 도는 우리의 발이 묘한 리듬으로 같이 움직인다. 그가 밟으려는 스텝을 내가 다 아는 것만 같다. 아니면 내 스텝을 그가 아는 걸까? 우리가 지나간 길을 따라 퍼지는 연기를 뚫고 밝은 빛이 일렁인다. 전 우주가 우리를 중심으로 돌아가는 불가능한 순간이다. 불가능한 세계의 불가능한 순간. 내 카민도어와 춤을 추면 어떤 기분일까? 그에게는 내 영혼을 보여줬다. 지금 이 기분과 비슷할까?

"고마워."

내가 가면 쓴 대리엔의 얼굴을 보며 속삭인다.

"뭐가?"

그가 가까이 다가온다.

"오늘 밤 일. 전부 다."

"자기 힘으로 위기를 극복한다고 하지 않았나?"

그가 웃으며 농담한다.

"자기가 알아서 하는 공주도 무력하다고 느끼는 때가 있어."

너무 가까워서 입술에 그의 숨결이 닿는다. 심장이 고동치며 알지도 못하는 남자에게 키스하라고 말한다. 갈기갈기 찢어져 반창고를 바른 내 심장은 몇 시간 전 받은 문자로 아직 떨리고 있었으면서. 하지만 그가 말을 뱉는 억양이, 문장을 표현하는 방식이, 생각을 표현하는 방식이 왠지 모르게 익숙하다. 전에 그 목소리를 들었던 것만 같다.

가까이, 조금 더 가까이…….

그때, 불가능한 세계에서 늘 그랬듯 이 순간이 깨져버린다. 누군가 뒤에서 나를 잡고 돌려 세운다. 갑자기 나는 클로이와 얼굴을 마주하게 됐다.

그것도 화가 난 클로이와.

대리엔

Darien Freeman

아까 그 브이로거다. 그녀가 아마라 공주(거 참, 왜 만나
는 사람마다 이름을 모르는 거지?) 팔을 잡아당긴다.

"너!"

브이로거가 화를 낸다.

"클로이."

아마라 공주가 속삭인다.

브이로거(아니, 클로이)가 혐오스럽다는 듯 아마라를 아
래위로 훑어본다.

"훔친 거 맞네. 내 말이 맞잖아. 네가 내 드레스를 훔쳤
을 줄 알았어!"

사람들이 여기저기에서 웅성거린다. 아직 음악이 흐르
고 있지만 클로이의 목소리가 어찌나 큰지 목덜미의 털이
삐죽 솟는다.

아마라 공주가 팔을 뿌리친다.

"내가 뭘 훔쳤다고 그래, 클로이."

"훔쳤잖아! 이제는 같이 춤까지 추고!"

클로이가 나를 손가락으로 가리킨다.

내가 양손을 든다.

"잠깐만, 지금……."

"끼어들지 마!"

클로이의 핀잔에 내가 뒤로 물러난다. 알았다고. 아마라 공주를 노려보는 예쁘게 화장한 얼굴이 분노로 일그러진다.

"그거 알아? 너는 전부 다 가졌어. 다 손에 쥐고 있잖아. 나도 한 번만, 딱 한 번만! 내 걸 갖고 싶었단 말이야."

"클로이, 무슨 말을 하는지 모르겠……."

"그래?"

클로이가 다가가자 아마라가 흠칫하며 뒤로 물러난다.

경비원을 찾아 주위를 살핀다. 필요할 때 로니는 왜 안 보여?

"여기 경비원 좀 불러줄래요?"

내가 뒤쪽에 말하지만 그건 불난 데 기름 부은 꼴이었다.

클로이가 나를 노려본다.

"그럴 필요 없어. 얘 본모습을 알면 당장 도망치고 싶을 테니까."

"그만해, 클로이."

아마라가 말한다.

"내가 갈게."

"무슨 소리야! 계속 있어. 대리엔에게 진실을 말해야

할 것 같은데, 아니야? 너 고아에 친구 하나 없는 찌질이 잖아. 네 아빠는 자기 가족보다 괴상한 우주 쓰레기를 더 좋아한 인간 말종 찐따라고!"

아마라가 눈을 크게 뜨더니 얼어붙는다. 그녀가 입을 떡 벌어진다.

"뭐…… 뭐라고?"

웅성거리는 관중이 갈수록 더 늘어난다.

"모르는 척하지 마."

클로이가 웃으며 말한다.

"너희 아빠 이상했다는 거 너도 알잖아. 이 세상에서 제일 이상한 사람 아니야? 자기처럼 너도 이상하다는 이유로 너만 특별 취급했지. 딸은 너밖에 없는 것처럼 말이야. 그렇다고 우리가 너를 원망했니? 아니잖아. 그런데 내 드레스를 훔쳐? 내가 그거 만들려고 얼마나 노력했는데!"

아마라가 화를 낸다.

"거짓말하지 마!"

"네가 훔쳤어! 네 인생이 망한 건 나도 안타깝지만 그렇다고 다른 사람 인생까지 망가뜨리지 마. 네가 대리엔 프리먼과 사귈 수 있다고 생각해?"

클로이가 코웃음을 친다.

"꿈 깨, 엘. 너는 아무도 아니야."

엘? 피가 차갑게 식는다. 이름이 엘이라고? 그 문자,

아마라의 부은 눈, 무대의상…… 이럴 수가. 나의 엘일 리가 없다. 말도 안 돼.

클로이가 겨울에 핀 꽃처럼 몸을 움츠리고 떠는 아마라에게 다가간다.

"너는 절대 특별한 사람이 될 수 없……."

"그만하지."

클로이가 놀라서 나를 본다. 어떻게 아마라 편을 들 수 있냐는 듯. 어떻게 엘의 편을 들 수 있냐는 듯. 한편으로는 나도 믿기 힘들었다. 하지만 이유는 달랐다.

엘과 대화하던 밤들을 기억한다. 나의 엘, 현실에는 존재하지 않는 내 머릿속의 엘. 엘에게 문자를 보내고 싶었고, 문자를 받고 싶었다. 엘이 처음으로 나를 '아블렌'이라 부른 순간을 기억한다. 함께 잠을 이루지 못한 밤을 기억한다. 우리는 서로의 진짜 모습을 알 기회가 없었다. 그녀를 더 많이 알고 싶었다.

나와 그 소녀. 엘. 우리. 어떻게 엘을 브라이언으로 착각할 수 있었지? 둘을 같은 사람이라고 생각하다니? 지금껏 내내 옆에 있던 그녀를 바보처럼 알아보지 못했다.

"얘가 정말 누구인지 알고 싶어?"

클로이가 묻는다. 내가 상상한 엘의 못된 의붓동생 그대로였다. 엘의 묘사는 완벽했다.

"그냥 이상한 찐따야."

"누구인지 알아."

내 대답에 엘이 나를 돌아본다. 눈물이 보인다. 그 문자를 지금 와서 취소할 수는 없다. 하지만 지난 몇 주 동안 엘에게 받은 걸 돌려줄 수는 있다. 나는 정말 바보였다.

"착하고 똑똑하며 고집도 세고 감정에 솔직하지. 나쁜 쪽이 아니라 좋은 쪽으로 말이야. 어떤 면에서 내가 닮고 싶은 사람이야. 아무도 존중해주지 않는 환경에서 자랐어. 그런데 네가 뭔데 그런 말을 해? 무슨 권리로 무시하는 거야?"

"나는…… 나는……."

클로이가 나와 엘을 번갈아본다. 내가 왜 자기 의붓언니 편을 드는지 고민하는 것 같다. 정말로 다들 내가 나밖에 모르는 놈이라고 생각하는 거야?

내가 엘의 손을 꽉 잡는다. 그냥 하는 말이 아니라고 알려주는 행동이었다. 내 말은 진심이다. 내가 생각하는 그 엘이 맞는다면 그녀도 이해할 것이다. 내 진짜 모습을 알 권리가 있다.

"그리고 애 아빠? 그분이 이 행사를 만들었어. 이 코스프레 무도회도. 그분을 이상한 사람이라고 생각한다면 너는 지금 장소를 잘못 고른 거야."

그리고 클로이에게 약속의 맹세 경례를 한다. 옆에 있던 토토성인(일본 전대물 〈데카레인저〉에 나오는 캐릭터—옮긴이)이 따라서 경례를 한다. 녹스도, 제다이도, 벌칸도, 어둠의 엘프도, 반지원정대도 경례를 한다. 머리카락 색과 무대의상, 가면이 서로 다른 모든 사람이 약속의 맹세를 한다. 우리는 다 다르다. 좋아하는 커플도, 속한 팬덤도 각양각색이다. 하지만 내가 23일 동안 지나치게 파란 제복을 입고 내가 절대 될 수 없다고 생각한 캐릭터를 연기하며 배운 게 하나 있다. 그 캐릭터가 될 때 우리 내면에 있는 일부가 한밤중의 야광봉처럼 빛을 내뿜는다는 것이다. 그것들이 빛을 내며 우리도 빛난다. 모두 다 함께.

일부가 다른 세계에 떨어진다 해도 빛은 절대 꺼지지 않는다. 마지막으로 엘도 경례를 한다. 내가 엘의 손을 더 꽉 쥐며 말한다.

"여기 있는 우리도 다 찐따야."

엘

Elle Wittimer

클로이가 사방을 돌아본다. 음악이 계속 흘러나오지만 춤을 추는 사람은 없다. 모든 사람이 손을 뻗어 약속의 맹세를 하고 있다. 〈스타필드〉 코스프레를 하지 않은 사람들까지도. 클로이가 떨리는 입술을 깨물고 빳빳한 드레스에 손톱을 박는다. 무대의상을 어떻게 구했는지, 여기까지 어떻게 왔는지는 모른다. 누가 심장을 주먹으로 움켜쥐는 기분이다. 이건 클로이가 원했던 상황이 아니다.

"네가 싫어!"

그렇게 외친 클로이가 사람들을 밀치고 자리를 뜬다. 사람들이 박수를 치기 시작한다. 클로이는 우렁찬 환호와 웃음소리에 쫓겨 계단을 서둘러 올라간다. 따라 나갈까 생각하지만 참는다. 클로이라면 나를 따라오지 않았을 것이다. 시도조차 하지 않았을 것이다.

옆에서 대리엔이 한숨을 쉰다.

"참, 힘들었다."

"네가 애 망신을 줬어."

내 말에 대리엔이 눈을 가늘게 뜬다.

"쟤도 너 망신 줬잖아."

"알지만······."

내가 연회장 문을 돌아본다.

"나는 익숙해."

"그래서 괜찮다고?"

"아니······."

대리엔이 한숨을 쉰다. 사람들도 천천히 원래 자리로 돌아가기 시작한다. 춤을 추고, 수다를 떨며 내가 아직 시도도 못한 맛있는 다과를 즐긴다. 다 없어지기 전에 최소한 퍼프 페이스트리는 먹어봐야 할 텐데. 대리엔이 뒷목을 문지른다.

"저기, 내가······ 할 말이 있어."

"네가 정말로 팬이라는 말?"

농담을 해보지만 아직도 아까의 말싸움으로 심장이 빠르게 뛰고 있다. 울먹이는 클로이를 머리에서 지울 수 없다. 우리는 정말로 그 애를 무너뜨렸다. 클로이가 정말 그런 애일 수도 있지만 나는 다르다.

"뭐, 그것도 사실이지."

대리엔이 웃으며 내 손을 뒤집는다.

"하지만 정말 하고 싶은 말은······."

연회장 문이 열리고 귀가 찢어지는 굉음이 들린다. 머리카락이 청록색인 여자애가 뛰어 들어오고, 한 쌍의 경비원이 뒤를 쫓으며 티켓이 있어야 한다고 소리친다.

"세이지?"

다가오는 세이지를 보고 대리엔의 손을 놓는다.

"여기서 뭐해?"

세이지가 무릎을 손으로 짚고 숨을 돌린다.

"야! 휴대폰 확인 안 했어? 너 찾아서 사방을 돌아다녔어! 우리 가야지!"

"뭐? 왜…… 세상에, 시간 됐구나!"

"그래, 신데렐라. 시간 다 됐어!"

세이지가 내 손목을 잡고 출구 쪽으로 당긴다.

"잠깐만."

대리엔이 나를 따라오려고 한다.

"엘……."

"미안해."

그렇게 말하면서도 세이지에게 이끌려 간다. 캐서린이 어떻게 나올까? 수만 가지 가능성이 머리를 스쳐지나간다. 어느 시나리오를 생각해도 속이 울렁거려 토할 것 같다. 제발 제시간에 도착하게 해주세요. 속으로 기도하며 연회장을 뚫고 지나간다. 대리엔을 돌아보지는 않는다. 그럴 수 없다. 상처받은 표정(정말 가슴 찢어지도록 상처를 받은 것처럼 보였다)을 애써 지운다. 왜냐하면 나는 죽은 목숨이나 다름없으니까.

"몇 시야?"

세이지에게 큰소리로 묻는다. 세이지가 사람들을 가

르고 지나간다. 손힘이 어찌나 센지 손목에 자국이 남을
게 분명하다.

"9시!"

"9시?"

당황해서 가슴이 콱 막힌다. 시속 130km로 달려도 4
시간은 걸린다.

"절대 못 가!"

세이지가 연회장 문을 밀어서 연다. 우리는 금빛 로비
로 달려 나가 푹신한 카펫을 지나 회전문으로 향한다. 매
직펌킨이 바깥 주차 금지 구역에서 공회전을 하고 있다.
길 건너편에서 경찰이 다가온다. 캘이 조수석 창문 밖으
로 몸을 빼고 빨리 오라 손짓한다. 뒤에서 누군가 따라오
는 소리가 들린다. 회전문에서 막 빠져나가는 순간 뒤를
돌자……. 대리엔이다.

"기다려, 제발!"

대리엔이 회전문에 몸을 비집고 들어간다. 가면이 벗
겨지자 밤하늘처럼 짙은 멍이 든 코와 놀란 눈이 보인다.
누군가를 다시 보지 못할까 두려워하는 눈빛이다.

"기다려…… 아블레나!"

아블레나? 내가 발을 헛디디며 엄마의 구두 한 짝이 벗
겨진다.

"뭐 하는 거야?"

내가 구두를 집으려 허리를 굽히자 세이지가 내 손을

잡는다.

"빨리! 가야 돼!"

그 말이 맞다. 우리는 가야 한다. 나는 가야 한다. 어딘지 모르겠지만 이곳을 떠나야 한다. 이 꿈에서, 이 순간에서 깨어나야 한다. 구두는 구두일 뿐이다. 캐서린의 분노와 맞바꿀 가치는 없다.

대리엔이 회전문에서 나오는 바로 그때 나는 달리기 시작한다. 운전석에 뛰어 오른 세이지가 기어를 넣고, 나는 손잡이를 잡고 조수석 발판을 딛는다. 내가 문을 열고 들어가 캘 옆에 앉자마자 트럭은 출발한다.

백미러에서 대리엔이 아직도 쫓아오고 있다. 하지만 우리가 속도를 내자 걸음을 늦추고 멈춰 서서 무릎에 손을 집고 허리를 숙인다. 건물 뒤로 모습을 감추기 전, 그는 내 이름을 부르고 있었다. 도로를 향해 고개를 돌린다. 가슴이 답답하게 조이고 머리는 지끈거린다. 그는 나를 잊을 것이다. 우리는 한순간에 불과했다. 불가능한 세계에서 단 한순간 아름다운 왈츠를 췄을 뿐이다.

대리엔

Darien Freeman

토할 것 같다. 숨을 쉴 때마다 폐가 쓰라리지만 허리를
펴고 빛나는 구두를 내려다본다. 구두를 들어올린다. 호
텔 데스크에 맡기자. 엘이 가지러 올 때까지 호텔에서 보
관하겠지. 아니면 내가 직접 얘기할까?

목이 멘다. 하마터면 말할 뻔했다. 내가 누구인지 말
할 뻔했다. 말하기 직전이었다. 구두 바닥으로 손바닥을
툭툭 치면서 호텔로 돌아선다. 그리고 제자리에 얼어붙
는다.

길을 가로막은 녹스 킹이 밝은 가로등 아래 서서 휴대
폰으로 모든 상황을 찍고 있다. 그가 웃는 순간, 누구인지
알 수 있었다. 내 욕설에 놈이 더 크게 웃는다.

"코스프레 멋진데, 브라이언."

내가 차갑게 내뱉는다.

"어쨌든 널 속였으니 됐어."

"촬영 그만할 수 없어?"

"네 아빠한테 부탁하지 그래?"

한숨이 나온다. 마크가 나를 죽이려 할 것이다. 하지만

그 문제는 나중 일이다.

"그 영상 그냥 팔지 마. 좋은 사람 흉내라도 내라고."

"아직도 그렇게 모르냐?"

브라이언이 고개를 젓는다.

"너도 참 불쌍하다."

장난할 기분이 아니다. 그러기에는 너무 화가 났다. 엘이 여기 있었다. 바로 옆에 있다가 갑자기 사라졌다. 엘이 떠나며 주변의 공기를 다 가져간 것처럼 숨을 쉴 수 없었다.

브라이언은 아직도 주절거린다.

"이 영상으로도 이것저것 많이 나올 거야. 헤드라인이 뭘까? 참가자를 편애하는 대리엔? 상을 타기 위해 수단과 방법을 가리지 않은 여성 팬? 유명 코스프레 대회의 명성을 추락시킨 인기 스타 대리엔 프리먼……."

못 참겠다. 촬영을 준비하던 지난 몇 달 동안 맛없는 샐러드와 단백질 셰이크를 먹고 아놀드 슈어제네거 사촌과 새벽 4시에 운동을 하며 한 가지 수확은 있었다. 주먹 날리는 법을 배웠다는 것. 엄지를 빼고 주먹을 쥐고…….

"날려!"

그 힘으로 브라이언이 휘청거린다. 그가 턱을 움켜쥐고 휴대폰을 흔들어 보인다.

"아직 촬영 중이야, 멍청아! 헤드라인에 공갈 폭행도 달고 싶어?"

"이거나 먹어라!"

내가 큰소리로 기합을 넣고 달려든다. 브라이언이 몸을 돌려 회전문으로 달아난다. 통조림에 든 정어리 두 마리처럼 칸에 달려 들어가 녹스 귀를 잡아당긴다.

"아야, 아야, 아야! 이거 놔!"

브라이언이 외친다.

"그게 얼마인지 알아!"

"우리는 친구였어!"

내 손에 한쪽 귀가 찢긴 채 브라이언이 회전문에서 로비로 탈출한다.

"너도 방금 그랬잖아. 친구가 되고 싶다고!"

"그래, 네가 남보다 잘난 줄 아는 새끼라는 걸 알기 전까지는 그랬지!"

브라이언이 비싸 보이는 소파 주위를 돌며 나를 돌아보고 소리친다. 정말 고급 가구지만 어쩔 수 없다. 쿠션을 딛고 올라가 바보 같은 망토를 붙잡는다. 나는 예전부터 녹스 킹에게 망토가 필요 없다고 누누이 말해왔다.

"너는 나를 팔았어! 질투 났던 거야!"

"진심이야?"

브라이언이 다른 의자 뒤에 몸을 숨기고 의자를 내 쪽으로 던진다.

"지가 제일 잘났다고 생각하는 게 너네 아빠보다 더 심각하다."

급소를 맞기 전에 얼른 의자를 잡는다.

"그 말 취소해."

"너는 파파보이야. 아빠가 원하면 뭐든 하잖아. 너는 네 아빠가 만든 상품이야, 알아?"

브라이언이 잡지 한 움큼을 들고 내게 던진다.

몸을 숙이자 내가 표지 모델인 〈틴 보그〉가 머리 위로 날아간다.

"취소하랬지."

"뭐야, 나는 자랑스러우라고……."

다시 공격이다. 브라이언은 4인 가족을 뚫고 그들의 짐을 실은 카트를 내쪽으로 민다. 내가 카트 반대편을 쥔다.

"그래서 내가 선착장에 얼굴로 떨어지는 사진을 찍어서 팔았어? 덕분에 아주 고맙게 됐다!"

카트를 옆으로 치우려 하지만 브라이언이 붙잡고 놓지 않는다.

"왜 그랬어?"

브라이언이 분노로 얼굴을 일그러뜨리자 짙은 자주색 메이크업이 조금씩 벗겨진다.

"네 아버지한테 물어보지?"

"마크는 이 일과 상관이……."

"네 아빠가 사진을 뿌렸어!"

브라이언이 악을 쓴다.

입이 쩍 벌어진다.

"그 생각은 못했지?"

브라이언이 나를 비웃는다.

"타이밍이 너무 좋지 않았어? 〈시사이드〉 시즌 2가 막 끝난 때였잖아. 카민도어 오디션을 봤고, 어느 정도 인지도는……."

"닥쳐"

"……있었지만 네가 정말 누구인지 아는 사람은 없었어. '시코스' 인지 뭔지 그 사람들 말고는 너한테 관심이 없었지."

거짓말이다. 확실하다. 하지만 그 말을 들으니 목이 막혀 숨을 쉬기 힘들다.

"나는 장난으로 찍었던 거야. 나중에 너를 놀리려고. 그런데 마크가 사진을 압수하더니 그걸로 돈을 벌 수 있더고 했어."

브라이언이 말한다.

"그 말이 맞았어. 기사 하나 터지고 네가 유명해졌지. 어디를 가도 네 이름이 들렸어."

"나한테는 지옥이었어!"

"그게 비즈니스야."

브라이언이 말한다.

"언젠가는 네가 이겨낼 거라 생각했지."

"나는 그것도 모르고 친구를 믿었던 거구나."

우리가 빼앗은 카트 주인이 미친 괴물을 보듯 우리 눈

치를 살피며 여행 가방에 조심스럽게 손을 뻗는다. 호텔 데스크 직원은 이미 휴대폰을 들고 있다. 경비업체와 통화 중이겠지. 헤드라인이 눈에 선하다. 대리엔, 약골 파파라치와 싸우다 살인을 저지르다!

"그래."

브라이언이 말한다.

"다 내 탓이라고 해. 자기가 잘못했다는 생각은 못하겠나 보지?"

나는 관광객이 잡은 카트를 돌리고 〈코난: 암흑의 시대〉에 나올 법한 분노의 포효를 하며 브라이언에게 달려든다. 브라이언이 연회장 문 쪽으로 도망쳐 자욱한 안개 속으로 사라진다. 댄스플로어로 내려가는 난간에서 걸음을 멈추고 뒤를 돌아본다.

"안 돼……."

하지만 내가 이미 몸을 날린 후였다. 내 어깨가 브라이언의 가슴을 때리고, 우리는 엠파이어스테이트 빌딩에 매달린 킹콩처럼 난간을 넘는다. 3미터 아래로 떨어지는 시간은 내 예상보다 더 길다. 이 결정을 후회할 만큼 길었다. 뭐, 보험은 들었으니까.

숨이 턱 막힐 정도의 충격으로 바닥에 쓰러진다. DJ가 포켓몬 랩 리믹스를 멈춘다. 어벤저스와 나이트 엘프와 제다이가 우리를 에워싼다. 신음하며 몸을 돌려 눕는다. 뼈가 부러진 것 같지는 않지만 모르는 일이다. 온몸에 금이 간 것 같다. 옆에서 브라이언도 몸을 굴리고 우리는 함께 천장을 올려다본다. 천장이 꽤 멋있네. 이곳 호텔처럼 황금빛에 화려하고······.

생각보다 머리를 더 세게 부딪친 모양이다.

"그거 알아?"

내가 어설프게 일어나 앉는다. 촬영할 때보다 오늘 더 많이 얻어맞고 멍이 들었다. 여기 오고 싶지 않은 이유가 있었다니까.

"우리는 친구가 될 수 있었어. 하지만 오래가지는 못했을 거야. 내가 유명해서가 아니야. 네가 개자식이라서지. 너는 나를 스토킹했고 팬들 앞에서 나한테 소리를 질렀지. 그리고 내 휴대폰까지 훔쳐서는······."

연회장 뒤편에서 사람들에게 비키라고 외치는 게일 목소리가 들린다. 게일은 싸워서 다친 상처에도 보험이 적용되는지 확인하려고 벌써 보험 회사에 전화하고 있었다.

브라이언이 떨리는 숨을 길게 들이마신다.

"그럴지도 모르지. 하지만 내 말은, 아야, 사실이야."

그가 힐끗 쳐다보고 천천히 일어난다. 내 주먹에 맞은 입술은 피범벅이다. 브라이언이 내민 손을 잡고 나도 고통스럽게 자리에서 일어난다(어디 삐었나? 아니면 심각하게 멍이 들었나 보다).

"네 아빠는 너를 통제하려고 해. 너 그 여자애도 뺏기려고 했잖아."

드디어 인파를 뚫고 온 게일이 내 얼굴을 감싸 쥔다.

"대리엔! 괜찮니? 다쳤어? 내 손가락 몇 개로 보여?"

"세 개요."

대답하고 보니 브라이언이 사라졌다. 그를 찾아 사방으로 고개를 돌리지만 저쪽으로 달아나는 검은 망토밖에 보이지 않는다.

게일이 다시 내 얼굴을 잡아당겨 코와 입술을 차례대로 살펴보고는 마크가 우리를 가만두지 않을 거라고 어미새 같은 말투로 혼자 중얼거린다.

"너랑 있으면 매번 사고에 휘말리는 것 같다, 대리엔. LA로 돌아가자. 너 시사회 전까지 아파트에서 외출 금지야. 약속했어."

"사실……."

엘이 타고 간 푸드트럭 옆면에 적혀 있던 글이 생각난다. '찰스턴 최고의 채식주의 푸드트럭 매직펌킨!' 이제야 앞뒤가 맞는다. 치미창가, 그 농담들. 엘은 오래 전부터 가까운 곳에 있었다. 브라이언의 말이 경고음처럼 귓가에 울려 퍼진다.

'너 그 여자애도 뺏기려고 했잖아.'

처음부터 진실을 말했어야 한다. 말을 하고 나서 불어올 후폭풍을 두려워하지 말아야 했다. 나는 진짜가 되고 싶다. 한 번만이라도 가면 없이, 대본 없이 평범한 사람이 되고 싶다. 엘의 머릿속에 가짜 카민도어로 남기보다는 엘의 미움을 받는다 해도 내 인생을 선택하고 싶다.

"휴가 가서 오랫동안 푹 쉬자. 완벽하게⋯⋯."

"아니."

내가 갈비뼈를 쥐고 아픈 표정을 참는다. 멍이 든 게 분명하다.

"그 전에 아빠랑 얘기해야겠어요."

▲　▲　▲

전화벨이 한 번, 두 번 울리고 마크가 전화를 받는다. 시계를 보자 밤 12시 31분이다. 서부는 훨씬 이른 시간이니 아직 안 자고 파티를 하고 있어야 한다. 아니면 영화사나 제작사가 주최하는 행사에 참석하거나. 마크는 인맥 쌓기라고 말한다. 몇 년간 밤이면 밤마다 인맥 쌓기만 하던 때가 있었다. 그게 내 유년 시절의 전부였다. 베이비시터가 너무 많아 이름을 다 기억할 수도 없었다. 부모님이 이혼하고 한참 지난 어느 주말, 마크가 치약 광고를 따왔다. 그로부터 3개월 후 나는 〈시사이드 코브〉라는 〈디 오씨〉풍 드라마 오디션을 통과했다. 그러고 나서 기사가 터진 거다.

턱에 난 상처를 무의식적으로 문지른다. 브라이언을 믿을 수 있을까? 하지만 마크를 믿을 수도 없었다. 타블로이드에 이름이 오르내리던 몇 주는 기억도 흐릿하다.

파파라치 사진과 자극적인 기사 제목이 폭풍처럼 몰아쳤고 지금까지 완전히 가라앉지 않았다. 내 인생은 그 기사가 터진 전후로 나뉘었다.

궁금해진다. 엘이 말하는 가능한 세계에서 그런 일을 겪지 않은 나는 어떤 사람이 됐을까? 그 세계에서라면 내게 아버지가 있었을 것이다. 브라이언을 원망하지 않았을 것이다. 그냥 평범한 사람이 됐을지도 모른다.

"여보세요?"

마크는 자다 깬 목소리다.

"어이, 아저씨."

내가 밝게 말한다.

"대리엔? 이게 무슨…… 몇 시야?"

마크가 뒤척이더니 '끙' 하고 신음한다.

"대리엔, 여기는 밤이다. 너 비행기 타야 하지 않아?"

"그랬죠. 아마 이륙하고 있을 거예요. 모르겠어요."

마크의 목소리가 날카로워진다.

"모른다고?"

긴장감을 삼키고 광을 낸 가죽 부츠에 시선을 집중한다. 사실 카민도어의 부츠다. 아직 내 신발로 갈아 신지 않았다. 영웅의 옷을 입으면 영웅처럼 행동할 수 있다고 나를 속이고 있었다. 내게 산산조각 난 마지막 용기를 그렇게 붙잡으려 했다.

로니는 안락의자에 앉아 말없이 탄산수를 홀짝인다.

그 옆에서 게일은 휴대폰을 보고 있다. 둘 다 듣고 있지만 상관없다. 내가 마크와 통화할 때 옆에 있어 달라는 부탁에 게일과 로니는 주저 없이 동의했다. 마음이 편안하다. 두 사람은 내게 친구나 다름없는 존재이기 때문일 것이다. 어떻게 보면 내 엄마 아빠였다.

"어떻게 모를 수가 있어? 너는 그 비행기를 타고 집으로 와야 돼. 그 티켓이 얼마나 비싼 건지 알기나……."

"사진 유출했어요?"

내가 불쑥 말한다.

"브라이언이 요트에서 찍은 사진?"

휴대폰을 보던 게일이 놀라서 창백해진 얼굴로 고개를 든다. 마크는 한참 동안 말이 없다.

"네가 친구를 신중하게 골라야 한다는 걸 깨달았지."

마크가 천천히 대답하며 조심스럽게 말을 고른다. 내 친구를 고를 때처럼. 내 커리어를, 내 여자친구를 고를 때처럼. 그런 식으로 내 인생 전부를 자기 마음대로 하려 한다.

"사진을 보고 무슨 조치든 취해야 했다. 그래서 선수를 쳤지. 기사를 먼저 터뜨린 거야."

침대 끄트머리에 앉아 베이지색 카펫을 바라본다.

"얼마 안 되는 인기를 얻겠다고 내 자존심과 사생활을 팔았단 말이죠."

"그런 기사 덕분에 네가 카민도어를 맡은 거다, 대리엔."

기사 덕분에 내가 카민도어를 맡았다고. 그 말이 칼날

처럼 배를 찌른다. 기사가 터지고 몇 주를 어떻게 보냈던
가. 아파트 문을 걸어 잠그고 한 발짝도 나가지 못했다.
사방에서 벽이 나를 조여 오는 기분이었다. 밖에 나가면
어디서든 선글라스와 모자를 썼고, 보지 않으려 하면서도
기사 제목을 다 읽었다. 가슴 속에서 수치심이 단단히 굳
어져 벽을 만들었다.

"나한테 말할 생각은 있었어요?"

"대리엔, 그렇게 간단치 않……."

"있었냐고요?"

"대리엔, 다 너를 위해서야."

"촬영장 사진은요? 그것도예요? 그건 브라이언이 직접
유출한 건가요?"

"순진한 척하지 마라. 원래 유출 사진은 다 가짜야."

마크가 비웃는다. '유출'이라고 말하면서 손으로 따옴
표를 그렸겠지. 안 봐도 훤하다.

"브라이언이 돈이 궁하대서 세트장 촬영보조 자리를
알아봐줬다. 조용히 다니며 사진 몇 장 찍으라고 했지. 할
수 있으면 네 휴대폰도 훔쳐보고."

"날 속였군요. 또 나를 모욕했어요. 뭘 위한 거예요? 몇
분의 인기?"

"네 화제성을 유지하려고 했던 거야."

아빠라는 사람이 그렇게 말한다.

"축하해요."

내가 씁쓸하게 대답한다.

"성공했네요."

긴 침묵이 흐른다.

"내가 미울 거야. 그럴 만도 하지. 하지만 나쁜 놈은 내가 아니다. 정말이야. 나라고 그러고 싶었겠니. 하지만 유출 사진, 사람들의 관심, 너와 제시카…… 그래서 덕을 봤잖아, 응? 작전이 완벽하게 통했어. 우리는 살아남았어."

"그럴지도 모르죠."

내가 말한다. 마크 말이 맞다. 나는 살아남았다. 필름은 보관함에 들어가 있다. 나는 스타가 될 것이다. 하지만 엘, 엘을 잃었다. 그게 결과다.

마크가 계속 말한다.

"다른 비행기 예약할게. 아침에 화보 촬영 해야지. 그러고 나서 기자간담회를……."

"싫어요."

"싫어?"

깊게 숨을 들이마시고 용기를 그러모은다.

"촬영 날짜를 다시 잡아요. 무슨 일이 생겼다고 해요."

"얘 봐라? 영화 계약서에 나와 있는 일이야. 돈이 달려 있……."

"아빠, 나는 돈 때문에 카민도어가 되고 싶지는 않아요."

"대리엔, 이건 일이야."

이를 악문다.

"돈은 중요하지 않아요. 계약도, 화보 촬영도 의미 없어요. 기사 헤드라인도, 안 좋은 평판도, 복근 보험도……그나저나 복근에 보험은 뭐 하러 든 거예요? 테일러 스위프트가 다리 보험을 든 것 같잖아요. 쪽팔려요."

"만반의 준비를 한 거지."

마크가 말한다.

"그냥……."

하지만 내가 말을 자른다.

"기사 제목에서 뭐라고 하든 나는 카민도어 때문에 그 일을 맡았어요. 〈스타필드〉 때문에요. 우리가 예전에 같이 재방송을 봤잖아요. 기억해요?"

"오래 전 일이야, 대리엔."

그럴지도 모른다. 하지만 마치 어제처럼 느껴질 때도 있다. 마크가 아직 내 아빠였을 때가 있었다.

"〈스타필드〉에는 캐릭터가 있어요. 역사가 있고 팬들이 있어요. 또……."

엘과 나눴던 대화를 떠올리자 목멘다. 우리는 블랙 네뷸러에 대해, 이 세계에 대해, 만약의 시나리오에 대해 얘기했다.

"……불가능한 세계에 대한 얘기예요."

"대체 무슨 얘기야?"

이번만큼은 화를 속으로 삼킨다.

"내 얘기를 되찾고 싶어요. 그리고……."

더는 이도저도 아닌 상태에 머무르기 싫었다. 나는 아빠가 없다고도, 있다고도 할 수 없었다. 엘은 아빠를 돌려받기 위해 무슨 일이든 하겠지만 내게는 아직 아빠가 있었다.

"매니저를 바꿀 거예요."

내가 마침내 말한다.

"아빠로 돌아와줘요."

"너…… 나를 해고하는 거냐?"

"네, 맞아요. 아빠를 사랑하지만 이젠 끝이에요."

마크가 언성을 높인다.

"대리엔, 정신 차려라. 네 커리어를 생각해야지. 이러면 안 돼……."

"돼요."

그리고 전화를 끊는다.

게일이 자기 물건을 챙기기 시작한다. 표정을 보니 자기도 해고됐다고 생각하는 모양이다.

"금방 나갈게. 마크 말로는……."

"마크는 됐어요."

내가 말한다.

"게일은 공식적으로 승진이에요. 지금부터 시작."

게일이 놀라서 눈썹을 올리고 내가 던진 휴대폰을 허둥거리며 받는다.

게일이 입을 헤 벌린다.

"네 말은……."

"내 말은 LA로 가서 내일 화보 촬영 못 한다고 대신 사과해 달라고요. 지금 가면 비행기 탈 수 있을……."

"하지만 나 사과하는 데 소질 없어!"

사람 얼굴이 이렇게 하얘질 수 있을까? 거의 초록색으로 변하고 있다.

"마크는 어떻게 하고? 왜……."

게일의 어깨를 잡고 돌려 세운다. 우리의 눈이 마주친다.

"나한테는 게일이 일순위예요. 언제나 그랬죠. 내가 믿는 사람은 게일뿐이에요. 하고 싶지 않다면 이해할게요. 그래도 부탁하고 싶어요. 우리는 끝까지 한 팀이니까. 내 매니저가 돼줄래요?"

"나는……."

게일이 소리 없이 입을 뻐끔거린다. 그러더니 눈을 감고 심호흡을 한다. 뺨에 혈색이 조금씩 돌아온다. 마침내 게일이 눈을 뜨고 고개를 끄덕인다.

"당연하지, 대리엔."

내가 씩 웃으며 어깨를 꽉 움켜쥔다.

"게일이 최고예요."

"최고의 매니저란 말이지."

게일도 나를 보고 웃는다. 하지만 갑자기 웃음기가 사라진다.

"아, 비행기…… 비행기 타야지!"

게일이 몸을 틀고 바닥에서 핸드백을 주워 달려 나간다. 문 앞에 멈춰 선 게일이 나를 돌아본다.

"실망시키지 않겠다고 약속할게."

그러고는 방을 나가 문을 닫는다.

로니가 음료수를 다 마시고 일어난다.

"이제 우리 계획은 뭐죠?"

"안 가도 돼요."

내가 카민도어 코트를 벗으며 말한다.

"따지고 보면 무단이탈하는 거니까 계약에 없는 일이잖아요."

"그럼 근무는 끝난 거군요."

로니가 정장 매무새를 고친다.

"시간을 어떻게 쓰든 내 마음이니 도와주죠. 그래서 계획이 뭡니까?"

"먼저 자판기로 가요. 오늘은 운이 좋으니 오렌지크러시가 있을 거예요."

만세! 3층에서 빛을 뿜고 있는 거대한 자판기에 사랑스러운 오렌지크러시 버튼이 있다. 버튼을 누르자 주황색 병이 굴러 나온다. 뚜껑을 따고 달콤한 승리를 만끽한다.

"그게 계획입니까?"

로니가 묻는다.

"음료수 마시는 게?"

뚜껑을 닫고 고개를 젓는다. 어쩌면 말도 안 되는 생각이 머릿속에서 구체적인 계획으로 변했다.

"〈스타필드〉 마지막 회에서 카민도어가 했어야 할 일을 해야죠."

내가 로니에게 말한다.

"아마라를 찾아갈 거예요."

엘

Elle Wittimer

내가 살면서 절대 극복하지 못하리라 생각한 세 가지 순간이 있다. 하나는 엄마가 돌아가셨을 때다. 그때는 너무 어려서 기억이 별로 나지 않는다. 쌀쌀한 가을 아침에 아빠가 병실 냄새를 풍기며 나를 껴안았던 기억이 전부다.

두 번째는 캐서린이 밖으로 나오기 직전, 현관에 앉아 아빠를 기다리던 순간이다. 그날 공기는 습하고 끈끈했다. 나는 카민도어와 녹스 킹에 대한 소설을 빨리 아빠에게 보여주고 싶었다. 지금까지 내가 쓴 글 중 최고였다. 기분이 좋아서 날아갈 것 같았다.

그때 새엄마가 어깨에 휴대폰을 받히고 밖으로 나왔다.

"들어와라, 엘. 아빠는 집에 안 와."

그 소설을 어디다 뒀더라? 기억이 나지 않는다. 그날 이후로 소설을 쓰지 않았다. 그 구멍을 비집고 나온 게 블로그다. 불가능한 세계에도 작은 기쁨은 있는 법이니까. 그 두 가지 순간은 결국 극복해냈다. 하지만 세 번째는…….

이번은 극복할 수 있을지 모르겠다.

왜냐하면 엄마 구두를 잃어버린 데다 통금 시간을 넘겼기 때문이다. 트럭이 우리 집 골목에 들어섰을 때 내 집, 우리 부모님 집 앞에 캐서린이 세워놓은 흉측한 '매물' 표지판을 봤기 때문이다. 집에 불이란 불은 다 켜 있고 캐서린의 미아타도 집 앞에 있다. 새엄마도 굳은 얼굴로 팔짱을 끼고 현관에 서 있다. 대시보드의 시계를 보자 새벽 2시 5분이다.

나는 아마라 공주고, 여기는 내 블랙 네뷸러다.

캘이 몸을 앞으로 기울인다. 긴장한 듯 얼굴이 창백하게 질려서 양손을 꼬고 있다. 나 때문에 캘까지 곤란해지는 건 원하지 않는다. 하지만 달리 어떻게 해야 할지 모르겠다. 내 방 창문으로 몰래 들어가라 했지만 캘은 나와 같이 들어가겠다고 고집을 부린다. 우리 둘 다 벌을 받을 필요는 없는데.

"안 가도 돼."

세이지가 속도를 늦추지만 차를 세우지는 않는다. 세이지는 좋은 친구다. 최고의 친구다. 세이지를 알게 되어 얼마나 기쁜지 모른다.

"아니면 내가 같이 갈까?"

하지만 세이지는 같이 갈 수 없다. 이런 상황이 되면 더 당황할 줄 알았다. 두려움이 목구멍을 할퀴고 뱃속을 해파리처럼 쏘아댈 줄 알았다. 하지만 의외로…… 차분하다. 잠시 태풍의 눈 한가운데에 서 있는 기분이다.

캘이 내 어깨를 쥔다.

"나도 옆에 있을게."

"캘, 안 그래도……."

"이제는 혼자 다 뒤집어쓰려고 하지 마."

캘이 내 말을 자른다.

"난 언니나 엄마랑 달라. 온실 속에 갇혀 있는 생활도 이젠 질렸어. 네 체질과 맞지 않아. 클로이와 엄마도 이해할 때가 됐어."

펌킨이 완전히 멈춰 선다.

"와, 꼭 젖은 고양이처럼 생겼다."

세이지가 중얼거린다.

"원래 저래."

내가 말한다.

세이지가 몸을 기울여 나를 끌어안는다.

"내일 출근해서 보자?"

"그래."

목소리가 갈라진다.

"가능하다면."

나도 세이지를 껴안아주고 트럭 문을 연다. 하지만 캘은 세이지에게 어떻게 작별 인사를 할지 몰라 머뭇거린다. 얼른 시선을 피한다. 내가 알 바도 아니고, 남의 사생활을 훔쳐보는 기분이다.

잔디밭에 발을 디디자 캐서린이 눈을 가늘게 뜨고 나

를 본다. 하지만 이어서 캘도 트럭에서 내리자 캐서린의
얼굴은 폭죽이 터지듯 분노로 변한다. 나도 모자라 캘까
지? 두려움이 뱃속에 뱀처럼 똬리를 튼다. 속으로 마음을
다잡는다. 캐서린이 신은 아니야. 두려워하지 마.

하지만 두렵다. 카민도어가 녹스 킹을 두려워하듯, 아
마라가 블랙 네뷸러를 두려워하듯 나는 캐서린이 두렵
다. 우리 부모님 무대의상을 찾고 세이지를 만나며 행복
을 찾기 전까지는 캐서린에게 빼앗길 것이 더는 남자 있
지 않다고 생각했다. 하지만 혀끝에 수박 펀치 맛을 남긴
채 우리 부모님 옷을 입고 펌킨의 스피커로 데이비드 보
위의 '지기 스타터스트'를 듣고 있는 지금…… 새삼 깨
닫는다. 캐서린은 내 생각보다 더 많은 것을 빼앗아갈 수
있었다. 이제 내게는 인생이 있었다. 중요히 여기는 것들
이 있었다.

아빠 코트를 어깨에 걸친다. 코트에서는 나보다 대리
엔 같은 냄새가 난다. 시나몬과 땀 냄새가 난다. 절대 잊
지 못할 밤의 냄새가 난다. 뒤에서 세이지는 펌킨에 기어
를 넣고 큰소리로 검은 연기를 토하며 출발한다.

"캘……."

캐서린이 눈을 내리깔고 딸을 본다.

"엄마랑 얘기 좀 해야지. 클로이에게 다 들었어. 너한
테 정말 실망했다."

"엄마, 다 설명할 수 있어."

하지만 캐서린은 캘의 말을 자른다.

"안에 들어가. 여기서 더 소란 피우기 전에."

캘이 고개를 숙이고 서둘러 안으로 들어간다. 조용히 뒤를 따르는 나를 캐서린이 경멸의 눈으로 쳐다본다. 캐서린이 현관문을 닫자마자 캘이 뒤를 돌아본다.

"엄마, 내가 다 설명할게. 무슨 일이냐면……."

"아, 무슨 일인지 다 알아. 우리 딸이 뻔뻔하게 거짓말할 줄 몰랐을 뿐이지."

캐서린의 목소리가 으스스할 정도로 차갑다.

"테니스 대회에서 몰래 빠져나가? 언니 약쟁이 친구와 어울려 놀려고? 선발 선수 자리를 지키고 싶지 않은 거니? 네 미래는 어쩌고? 제대로 하는 건 클로이뿐이구나."

그 말을 들으니 알겠다. 우리보다 먼저 도착한 클로이가 캘이 배신하고 거짓말로 나와 같이 엮은 것이다. 믿을 수 없었다. 클로이가 왜? 둘은 내가 처음 봤을 때부터 한 몸과도 같았다.

캘도 충격을 받은 모양이다.

"하지만…… 그게 아니라…… 클로이가……."

"클로이가 다 말했어."

캐서린이 대신 말을 맺는다.

"위로 올라가. 당장."

"하지만 엄마……."

"어서!"

잠깐 머뭇거리던 캘이 황급히 계단을 올라 위층으로 사라진다. 방문 닫히는 소리가 들리자 캐서린이 내 쪽으로 차갑고 날카로운 시선을 돌린다.

"그 옷은 어디서 났니?"

목소리가 칼날과도 같다. 맨발을 닦으러 현관에 멈춰 선다. 캐서린이 엄마 구두(잃어버리지 않은 한 짝)를 들고 있는 나를 혐오스럽게 쳐다본다. 사방에 글리터가 떨어져 드레스 자락에 끼고 피부에 달라붙는다.

"내 옷이에요. 우리 부모님 옷이요."

"감히 캘을 서커스 쇼에 데리고 가?"

"서커스가 아니라 행사예요. 대회를 나갔어요."

"대회?"

"코스프레 대회요. 엑셀시콘 기억해요? 아빠의 꿈 말이에요. 거기 참가하고 싶……."

"네가 뭘 하고 싶든 나는 관심 없어!"

캐서린가 큰소리로 숨을 내뱉는다.

"너는 캘이 여려서 남의 말을 잘 듣는 걸 알았어. 캘리오피는 네 계략에 끌어들일 수 있다고 생각한 거지. 네가 그 더러운 푸드트럭에서 일할 때부터 예견됐던 일이야."

"안 더러워요!"

"컨트리클럽 사람들이 어떻게 그런 데서 일하게 두냐고, 너를 너무 풀어준다고 뭐라 할 때도 나는 너를 믿었어."

반짝거리는 실크 가운을 입은 캐서린이 허리를 곧추

세운다.

"다시는 그 애를 만나지 마라, 엘."

"세이지를요?"

심장이 내려앉는다.

"하지만 세이지 잘못이 아니에요!"

"네가 우리 가족 얼굴에 먹칠을 하기 전에 싹을 뽑아야
겠어."

캐서린이 나보다 더 크게 목소리를 높인다.

"앞으로 다시는 만나지 마. 내 말 알겠니?"

주먹으로 배를 한 방 맞은 기분이다. 세이지를 못 본다
고? 다시는?

"그 일도 그만둬."

캐서린이 덧붙인다.

"지금부터야. 앞으로는 내가 지켜볼 수 있고 품격 있는
곳에서 일하도록 해."

"하지만…… 거긴 내 직장이에요!"

갈라지는 목소리로 따진다. 매직펌킨을 그만두라고?
그건 내 힘으로 따낸 일이었다. 나 혼자 노력해서 얻어낸
자리였다.

"내 일이라고요! 나는 그 일이 좋아요!"

"나는 너를 못 믿어, 엘."

새엄마라는 사람이 말한다.

"네가 믿음을 못 주면 내 정성을 받을 자격이 없지."

"아빠가 만든 행사에 참석했을 뿐이에요!"

눈시울을 뜨겁게 달구는 눈물을 애써 참는다.

"아빠 딸로서 갔던 거라고요! 우리 아빠니까! 이제야 아빠한테 자랑스러운 딸이 됐다고 생각했어요. 새엄마도 그렇게 생각해주면 안 돼요?"

캐서린이 팔짱을 낀다.

"거짓말하는 딸을 어떻게 자랑스러워 하니."

"딸? 나한테 뭘 허락한 적이나 있어요? 나를 괴롭히기만 했잖아요. 그 벌을 몇 년이나 받았는데!"

뺨에 뜨거운 눈물이 흐른다.

"왜 나를 미워해요?"

"너를 미워한다고?"

캐서린이 천천히 눈을 깜빡인다. 살다가 이런 어처구니없는 소리는 처음 들었다는 표정이다.

"엘, 나는 너를 미워하지 않아."

내가 이를 악문다.

"그렇게 행동하지 않았잖아요. 내가 원하는 건 하나였어요. 단 하나. 나를 자랑스럽게 생각하기를 바랐다고요. 새엄마가 캘과 클로이를 자랑스러워하는 것처럼요. 나는 그냥……."

눈물이 흐르지 못하고 눈을 꽉 감는다. 울고 싶지 않지만 눈물이 멈추지를 않는다.

"그냥…… 나도 사랑받고 싶었을 뿐이에요."

팔에 얼굴을 묻고 흐느껴 운다. 마스카라와 글리터, 엑셀시콘이 내게 남긴 좋은 기운이 모두 젖은 자국을 남기며 피부에 번진다. 간신히 고개를 들고 보니 현관 조명에 캐서린의 파란색 눈이 반짝인다. 캐서린은 한참 동안 반응하지 않는다. 그러더니 고개를 옆으로 기울이고 다정한 미소를 꾸며낸다.

"너를 사랑해보려고 노력했단다, 엘. 하지만 네가 힘들게 했잖니."

목구멍에 흐느낌이 차오른다.

"네 집착은 비정상적이야."

캐서린이 쌀쌀맞게 말한다.

"네 아빠도 정상이 아니었어. 환상의 세계에 빠져 살기만 했지. 그게 전부였어. 그 사람한테는 너와 〈스타필드〉밖에 없었던 거야. 네가 아빠를 너무 많이 닮은 게 참 싫다."

팔을 내리고 캐서린을 빤히 바라본다. 하얀 파운데이션과 검은 마스카라 뒤에 숨은 거짓을 보려 한다. 하지만 캐서린은 입술을 꾹 다물고 깊은 눈으로 나를 본다. 거짓말 같지는 않다.

"로빈에게서 바꾸고 싶었던 점이 참 많아."

캐서린이 말한다.

"너도 그래."

"바꾼다고요? 어떻게요?"

머리보다 입이 먼저 움직인다.

"완벽한 딸로? 새엄마랑 똑같이 생긴 사람으로요? 사랑해줄 가치가 있다고 생각하는 사람으로요? 내 가치를 왜 내가 증명해야 하는데요?"

"엘, 다 너를 위해서……."

"아니, 새엄마 자신을 위해서잖아!"

내 목소리가 커진다.

"인정해요! 처음부터 나를 원하지 않았죠? 나를 짐으로 생각했어. 아빠가 돌아가시고 나는 그냥 짐이 된 거예요. 내가 아빠를 닮아서 싫다고요? 마음대로 해요. 하지만 아빠의 좋은 점을 닮은 딸이에요. 아빠는 내 믿음을 싸워서 지키라고, 좋은 사람이 되라고 가르쳐줬어요. 다른 사람의 좋은 점만 보라고 가르쳐줬다고요!"

목소리가 이제는 갈라진다.

"아빠가 내게 남긴 것들을 당신이 짓밟아도 지금까지는 참았어요. 하지만 오늘은 못 참아요. 나 오늘 행사장에서 처음으로 소속감을 느꼈어요. 그런 감정을 이 집에서는 느끼지 못했다고요! 여기는 우리 부모님 집인데! 그걸 이제는 팔아넘긴다고 하고!"

캐서린이 눈을 가늘게 뜬다.

"〈스타필드〉는 진짜가 아니야, 엘. 빨리 깨달을수록 너한테도 좋아."

당연히 진짜가 아니다. 진짜가 아니라는 거 나도 안다. 스티로폼 소품과 판지 세트도 가짜고, 깡통을 부딪쳐 내는 레이저 소리도 다 가짜다. 그들은 아이스크림 기계를 '데이터코어'로 위장하려 했다. 하지만 캐릭터들(카민도어, 아마라 공주, 유시, 심지어 녹스 킹까지도)은 내 친구가 됐다. 현실 세계의 사람들이 내 뒤에서 소문을 퍼뜨리고, 이상하다고 손가락질 하며, 사물함에 가둘 때도 그랬다. 나도 아름다울 수 있다고 생각하게 만들어준 남자가 키스 직전에 나를 밀어낼 때도 그들은 내 친구였다. 절대 나를 버리지 않는다. 성격 좋고 의리 있고 다정하고 현명한, 그런 친구들이다.

하지만 캐서린에게 〈스타필드〉를 설명하느니 아귀에게 하늘을 설명하고 말지. 캐서린은 절대 그런 사람이 될 수 없기 때문이다.

"이제 올라가서 우스꽝스러운 옷 좀 벗어라."

캐서린이 명령한다. 나는 기가 죽어 자리를 뜨려 하지만 캐서린의 말은 아직 끝나지 않았다.

"그리고 휴대폰 내 놔."

내가 제자리에 얼어붙는다.

"엘!"

휴대폰이 든 코트 주머니에 손을 넣는다. 순간 미친 생각이지만 나와 프랭코가 나왔던 그 꿈이 떠오른다. 꿈에서 우리는 뒤도 돌아보지 않고 서부로 떠났다. 꿈이라는 것쯤은 나도 안다. 이 집을 옮길 수 없고, 이 집 없이는 내 미래를 그리기 힘들었으니까. 내가 속한 공간은 이 집뿐이었다. 하지만 이제는 내 집이 아니고 얼마 있으면 남의 집이 된다. 나는 어디에도 속하지 않는다.

하지만 갈 곳이 없는데 싸워 봐야 무슨 의미가 있을까? 반창고를 떼듯 눈을 딱 감고 캐서린에게 휴대폰을 내민다. 매니큐어 칠한 손이 휴대폰을 움켜쥔다.

"좋아. 이제 네 방으로 가."

나도 모르게 눈물을 흘리며 한 번에 두 칸씩 계단을 올라간다. 캐서린은 따라오지 않는다. 캐서린에게 나는 그렇게 에너지를 쏟을 가치가 없는 사람이다. 그리고 더는 빼앗아갈 것도 없었다. 방에 들어와 문에 이마를 기대고 눈을 질끈 감는다.

못 참겠다. 떠나야 했다. 지금 가야 한다. 하지만 휴대폰이 없다. 세이지에게 연락해 사정을 설명할 방법이 없다.

카민도어…… 결국은 카민도어도 내가 대화할 가치가 없는 사람이라고 판단했다.

대리엔이 나를 '아블레나'라 불렀을 때, 그 사람이라고 생각할 뻔했다. 대리엔 프리먼이 내 카민도어라고. 하지만 그럴 리 없다. 우주가 그렇게까지 잔인하지는 않다. 그리고 대리엔도 카민도어처럼 나 같이 별 볼일 없는 애와는 상대하고 싶지 않을 것이다.

아빠의 코트를 품에 안고 카펫에 쓰러진다. 코트에 얼굴을 묻고 펑펑 눈물을 쏟는다. 머리 위에서 빛나는 별자리도 이제는 가짜 야광 별로밖에 보이지 않는다. 코트에

서는 땀 냄새만 난다. 낡아서 삐걱거리는 이 집은 한기만
가득하다. 다시는 거실에서는 왈츠를 추는 일이 없을 것
이다. 그래서 이곳은 불가능한 세계다. 좋은 것을 간직하
기가 불가능하기 때문에다. 언젠가는 우주가 다 가져가버
린다.

대리엔

Darien Freeman

찰스턴에서 푸드트럭을 찾기란 쉽지 않았다.

"이거 같아요."

내가 운전석 뒤를 두드리자 로니가 도로변에 차를 세운다. 왠지 안심한 표정이다. 이미 푸드트럭 세 대를 찾아간 후였다. 이번 새우그리츠 트럭이 드디어 주황색과 노란색 트럭을 찾을 수 있는 힌트를 주었다.

"아, 펌킨 말이죠."

중년 여성이 'G.R.I.T.S.(남부에서 자란 여자들)'라 적힌 앞치마에 기름 묻은 손을 닦으며 말한다.

"오늘은 시장 쪽으로 간 것 같아요. 저쪽이요."

그녀가 반대 방향인 킹스 거리를 가리키며 길을 알려준다.

여행 팁 하나. 찰스턴을 방문한다면 미리 길을 알아두자. 일방통행 도로가 너무 많아서 한 번 길을 잘못 들어서면 운전대에서 손을 놓고 싶어진다. 여러 차례 사고의 위기를 넘긴 후에야 우리는 시장 끝에서 주황색과 노란색 트럭을 발견한다. 트럭은 관광객이 많이 찾는 부두 근처에 서 있었다.

로니가 비상등을 깜빡인다.

"기다리죠. 아니면 같이 갈까요?"

"혼자 할 수 있어요."

"확실해요?"

로니가 백미러로 나를 보며 툴툴댄다.

"같이 가고 싶다면 어쩔 수 없고요. 정신적 지주 어때
요?"

"됐습니다, 보스."

"무슨 친구가 그래. 필요하면 연락할게요."

차에서 내려 로니가 출발하는 것을 보고 매직펌킨으로
향한다. 끔찍할 정도로 주황색이다. 원래 의도가 그렇겠
지만 멀리서도 선명하게 보였다. 호박처럼 차체를 다 주
황색으로 칠했고 호박의 굴곡과 패인 부분을 노란색과 빨
간색, 검은색으로 강조했다. 연한 초록색 머리카락 소녀
가 카운터에 기대 있다. 그녀를 보는 순간 내 심장이 두근
거린다. 엘이 같이 간 그 여자애다.

"프린터 다 떨어졌어요."

내가 다가가자 잡지에서 고개도 들지 않고 소녀가 말
한다.

"프린터 말고요."

"고구마튀김 먹으러 온 건 아니죠? 그것도 다 떨어졌어
요."

"뭘 먹으러 온 게 아니에요."

내가 말한다. 이 여자는 왠지 무섭다.

"흠."

아직도 고개를 들지 않는다.

"용건이 뭔데요? 지금 일손도 부족해서 짜증나거든 요?"

"저기, 음."

고개를 빼고 트럭 뒤쪽을 본다. 엘은 어디 있지? 저 안에 있어야 하지 않나? 쉬는 날이 있다는 얘기는 못 들었다.

"사실, 저……."

침을 꿀꺽 삼킨다.

"엘을 만나러 왔어요."

그 말에 관심이 생겼는지 소녀가 그제야 나를 올려다본다.

"헐."

내가 어색하게 자세를 바꾼다.

"뭐가요?"

소녀가 잡지를 내민다. 〈헬로 아메리카〉 촬영 후 찍은 홍보 사진이다.

"이런, 포토샵 한 게 훨씬 잘생겼네."

"그런 말 처음이에요."

내가 말한다.

"그러니까 대놓고는 처음 듣는다고."

"다들 그렇게 생각할 거예요."

소녀가 잡지를 내려놓고 고개를 갸웃한다.

"여기는 왜 왔지?"

"말해도 못 믿을 걸."

소녀가 눈썹 하나를 올린다.

"그러겠지."

깊이 숨을 들이마시고 엘의 구두를 꺼낸다. 소녀의 눈이 커진다.

"알았어, 설명해봐."

처음부터 다 설명한다. 로빈 위티머라고 생각한 사람에게 문자를 보내며 몇 주 동안 엘과 문자를 주고받은 얘기부터 엑셀시콘, 무도회, 트럭이 떠난 순간까지 전부 다.

"엘을 찾아서 진실을 말하고 싶어. 사과하고 싶어."

세이지가 카운터 너머로 몸을 더 빼고 집요하게 캐묻는다.

"왜? 양심의 가책을 덜려고? 이번에도 그냥 또 도망칠 건가, 카민도어?"

아이러니한 말이다. 우리 둘 다 그 사실을 알고 있다. 카민도어는 어떤 상황에서든 도망치지 않기 때문이다. 끝까지 남아서 싸우고 결과를 받아들인다. 그리고 나는 사람이라면 누구나 카민도어가 될 수 있다고 생각한다.

내게는 그 순간이 지금이다.

"아니."

내가 대답한다.

"이번에는 도망치지 않을 거야. 엘이 무기를 들고 나를 쫓아낸다면 달아나겠지만…… 엘을 버리지는 않아."

소녀가 분홍색 풍선껌을 씹으며 잠시 고민을 한다.

"엘은 그만뒀어. 아니, 걔 새엄마가 그만두게 했지. 전화도 안 받고 집에 가도 없어. 연락할 방법 자체가 없어."

심장이 내려앉는다.

"하지만."

소녀가 손가락 하나를 들어 올린다.

"어어어어디 있는지는 알 것 같아. 관심 있어? 내가 데려다줄 수 있는데."

내가 망설인다.

"지금? 하지만 영업 중……."

"이건 바퀴 달린 레스토랑이야, 카민도어. 원래 움직이는 거라고."

소녀가 주문 창을 닫고 운전석으로 기어 넘어가 발로 조수석 문을 연다. 트럭에 올라타자 호박 프리터와 20년 묵은 가죽 시트 냄새가 난다.

"참, 나는 세이지야."

그러면서 세이지는 괴물 같은 트럭에 시동을 건다.

"벨트 하는 게 좋을 거다."

엔진이 돌아가자 매직펌킨이 연기를 내뿜고 산산이 부서질 것처럼 덜컹거린다. 세이지의 경고를 떠올리고 얼

른 안전벨트를 맨다. 세이지가 기어를 넣고 가속 페달을
세게 밟은 후 카레이서가 울고 갈 속도를 향해 일방통행
도로로 방향을 꺾는다. 백미러를 보자 로니가 렌터카에
시동을 걸고 우리 뒤를 바싹 따르고 있다. 사람들과 찰스
턴 역사지구를 가로지른 트럭이 도시 밖으로 향한다.

"그래서…… 우리 어디로 가는 거야?"

죽음을 확실히 모면한 후에야 내가 묻는다.

"아일오브팜스호텔 컨트리클럽. 끔찍한 곳이지."

"그런데 엘이 왜 거기서 일해?"

"엑셀시콘에 갔기 때문이지."

트럭은 도시를 드나드는 수많은 다리 중 하나를 건넌
다. 무게를 지탱하는 하얀 케이블이 다리 위에 얽혀 있다.

"새엄마가 못 가게 했지만 우리는 트럭을 탔어. 그 일
로 나도 곤란해졌지. 해가 서쪽에서 뜰 때까지 외출 금지
당했거든. 내가 지킬 리는 없지만."

세이지가 작은 목소리로 덧붙이더니 설명을 계속한다.

"어쨌든 대회에 나간 거야. 집에 제시간에 돌아올 수
있을 줄 알았는데……."

이제야 이해가 된다.

"그래서 급하게 떠났구나."

"빙고."

세이지가 씩 웃는다.

"걔 새엄마가 엘을 클럽에 묶어놨을 거야. 분명해."

다리를 지나 '포인트그린 컨트리클럽' 표지판을 따른
다. 갑자기 사방이 녹색으로 변한다. 어디로 고개를 돌려
도 잔디와 나뭇잎이 무성하다. 도로 상태도 좋아진다. 도
로를 달리던 트럭이 검문소에 이르러 노란 안전 바 앞에
서서히 정지한다. 창밖으로 몸을 빼는 세이지를 보고 검
문소 창문을 연다.

"무슨 일입니까?"

경비원이 묻는다.

"그냥 둘러보려고요."

세이지가 대답한다.

"회원으로 가입할까 해요."

경비원의 콧수염이 씰룩거린다.

"죄송하지만 허가 없이는 입장이 불가능합니다."

"누가 허가하는데요?"

"컨트리클럽 회원들이죠."

세이지가 바보 같은 말을 한다는 듯 경비원이 천천히
대답한다. 그리고 초록색 머리카락부터 피어싱, 등과 어
깨가 드러난 홀터넥톱까지 세이지를 아래위로 훑어본다.

"아무리 봐도 그쪽은 회원이 아닌데."

세이지가 운전대를 움켜쥔다.

"이 아저씨가 정말 보자보자 하니까······."

"실례합니다."

내가 끼어들며 조수석에서 운전석으로 몸을 기울인다.

선글라스를 올리고 가장 자신 있는 미소를 보인다. 눈 깜짝할 새 대리엔 프리먼의 가면을 썼다. 그 가면이 있어 고맙다고 생각할 줄은 꿈에도 몰랐다.

"안녕하세요. 대리엔입니다. 혹시 저 아세요? 〈스타필드〉?"

경비원이 양쪽 눈썹을 추켜세운다. 좋아, 빙고.

"여기 친구가 일하는데 이 동네에 잠깐 들렀거든요. 들어가서 친구를 만날 수 있을까요? 부탁합니다."

경비원이 고개를 끄덕이기 시작한다. 그러나 이내 눈썹을 다시 내리고 말한다.

"영국 왕자라도 관심 없습니다. 친구한테 예쁜 트럭이나 빼라고 해요. 못 들어갑니다."

"되게 무례하네."

내가 투덜댄다. 세이지가 무슨 말인가 작게 중얼거리더니 트럭을 뒤로 뺀다. 경비원은 의기양양하게 자리에 앉아 창문을 닫는다. 힘이 빠진다.

"퇴근까지 기다려야지, 뭐."

"아니야."

"왜? 몇 시간 안 남았잖아?"

"엘이 집에 가려면 무조건 걔 새엄마와 같이 가야 돼. 경비원도 안 된다는데 캐서린이라고 우리를 들여보내줄 것 같아?"

세이지가 트럭을 서서히 멈추고 천천히 기어를 넣는

다. 엔진이 검은 연기를 토해낸다.

"그럼 뭘 어떻게 하게?"

세이지가 눈을 가늘게 뜬다.

"오늘, 우리는 싸운다."

그러면서 가속 페달을 세게 밟는다. 타이어 고무가 바닥과 마찰하며 '끼이익' 소리를 내고 트럭은 덜컹거리며 속도를 낸다. 안전벨트를 꽉 쥔다. 이제는 내가 스턴트에 익숙하겠다고 생각할 거다. 죽음의 공포를 느끼지 않으리라 생각할 것이다. 틀렸다. 세이지가 트럭을 길 한쪽으로 대고 안전 바 옆의 빈 공간을 간신히 통과한다. 경비원이 창문을 활짝 열고 새빨개진 얼굴로 우리를 부르지만 세이지는 오디오 '재생' 버튼을 누르고 볼륨을 최대로 높인다.

스피커에서는 〈스타필드〉 주제가가 전장의 나팔 소리처럼 울려 퍼진다.

엘
Elle Wittimer

컨트리클럽은 벌써부터 찜통이다. 캐서린은 오늘 아침 6시부터 나를 침대에서 끌고 나와 다락방 청소를 시켰다. 〈스타필드〉 DVD 전집, 카민도어 조각상, 어릴 때 아빠에게 선물 받은 발신기 장난감, 포스터, 엽서, 수집품(진짜 구하기 힘든 페즈 디스펜서도 있었다)을 다 정리해야 했다. 그 다음에는 나를 차에 태우고 컨트리클럽으로 와서 매니저와 대화를 나눴다. 5시간이 지난 지금, 나는 땀으로 얼룩진 초록색 셔츠와 카키색 바지를 입고 카페 테라스에 갇혀 있다. 지루해서 죽을 지경이다. 전에도 이 일이 싫었고 지금도 싫다. 하지만 이제 싸움을 포기했다.

카페에서는 컨트리클럽 골프장이 내려다보인다. 왼쪽에는 수영장이 있고, 오른쪽으로는 잔디를 짧게 깎은 골프장 언덕이 수십 킬로미터 펼쳐져 있다. 아침 내내 시간과 돈이 남아도는 중년 골퍼들에게 차를 날랐다. 하지만 손님은 또 있었다. 클로이와 친구들이 구석 자리에 앉아 큰소리로 떠드는 중이다. 들으라고 하는 얘기가 아니면 저렇게 목소리가 클 수는 없다. 제임스는 클로이의 바로 옆자리에 앉았다. 하지만 제임스에게 딱 달라붙어 있던 작년(제임스가 나를 좋아하는 척 연기했던 그때 말이다)과 달리 오늘은 제임스를 쳐다보지도 않는다. 이제 자기와는 급이 맞지 않는다고 생각한 건가. 캘도 지정석에 앉아 있지만 한 번도 입을 열지 않았다.

오늘 아침 청소를 하고 있을 때였다. 캐서린의 눈을 피해 캘이 내게 다가오더니 무언가를 내밀었다.

"다락방 트렁크에서 드레스랑 같이 찾았어. 네가…… 네가 쓴 거니?"

시간이 흘러 종이는 누렇게 변색되었지만 100년이 지났어도 기억할 수 있었다. 울 만큼 울었다고 생각했지만 눈물이 다시 차올랐다. 고개를 끄덕이며 종이를 받아들었다.

"이건…… 이건 소설이야. 팬픽. 아빠에게 써서 보여드리곤 했어."

눈물을 깜빡이고 코를 훌쩍였다.

"어디서 찾았다고 했지?"

"트렁크에서. 엄청나게 많더라. 전부 다 보관하셨나 봐."

"전부 다?"

종이를 다시 내려다봤다.

"고마워, 캘."

캘이 그럴 필요 없다는 듯 수줍게 웃었다.

"내가 이거라도 해야지"

하지만 지금 캘은 말이 없다. 클로이의 목소리만 나팔

소리처럼 테라스에 울려 퍼진다.

"대리엔은 정말 환상적이었어."

클로이가 찬양을 한다.

"착하기는 또 얼마나 착한지. 실제로 보니까 훨씬 섹시했어. 옆에 있으면 비교되겠더라, 제임스."

클로이가 장난스럽게 제임스의 무릎을 친다.

"너희도 다 같이 갔으면 좋았을 텐데. 진짜 재미있었어."

"표는 어디서 났어?"

제임스가 묻는다.

"샀지."

"너한테 그런 취미 있는지 몰랐어."

쌍둥이의 오른팔인 에린이 말한다.

"너희 언니 그런 거 좋아한다고 욕했잖아."

어제 사진은 밤새 인터넷에 쫙 퍼졌다. 인기 영화배우와 밤하늘 드레스를 입은 일반인 소녀가 코스프레 무도회에서 춤을 추는 사진에 "대리엔 프리먼, 백마 탄 왕자님?"이라는 헤드라인이 붙었다. 그들은 소녀를 기커렐라(괴짜를 뜻하는 'geek'과 신데렐라를 합성한 말—옮긴이)라 불렀다. 귀에 쏙쏙 들어온다는 점은 인정해야겠다. 내가 대리엔 프리먼과 있는 사진에 모두가 놀랐을 거라 생각하겠지? 하지만 사진 속의 여자는 가면을 쓰고 있다. 그리고 놀랍게도 클로이는 오늘 아침 빨간색으로 염색을 하고 내려왔다. 내 머리카락과 똑같은 색이다.

클로이의 유튜브 채널은 밤새 팔로워가 1만 명이 늘었다. 조회 수는 급증했다. 클로이는 초광속으로 무존재에서 인터넷 스타가 됐다. 두 사람이 '해피 엔딩'을 맞을 수 있게 대리엔이 클로이를 만나러 와야 한다는 인터넷 청원까지 생겼다. 클로이 본인이 시작했다고 해도 나는 놀라지 않을 것이다. 솔직히 뭐가 더 웃긴지 모르겠다. 클로이가 내 행세를 하는 것? 아니면 엑셀시콘의 내가 유명해진 것? 인터넷 세계에서만 통하는 얘기겠지만 나는 '대리엔 프리먼과 춤을 춘 소녀'가 됐다.

　클로이가 손사래를 친다.

　"의붓언니지. 그리고 걔가 이상한 건 내 잘못이 아니야. 말이 나왔으니까 하는 말인데…… 엘!"

　클로이가 나를 돌아보며 외친다.

　"엘! 라떼 한 잔 더!"

　한숨을 쉬며 책장을 접는다.

　"휘핑크림 얹어, 말아?"

　카운터 아래 냉장고에서 우유를 꺼내며 묻는다.

　"꼭 얘기 해야 알아? 우유 말고 두유로 해."

　음료를 만들어 가져다준다. 귀하신 몸이라 직접 가지러 오지도 않는다.

　"하지만 급하게 나와야 했어."

　클로이가 고맙다는 말도 없이 컵을 받아 든다.

　"내 이름을 알려줄 시간도 없었다니까! 이제 다른 여자

애들이 다 나인 척 하고 있어. 봐봐."

클로이가 휴대폰을 내밀고 해시태그가 달린 사진들을 손으로 휙휙 넘긴다.

"짝퉁들."

"그 여자가 구두를 잃어버렸다며."

내가 말한다. 클로이가 나를 째려보지만 신경 쓰지 않는다. 이제는 잃을 것도 없다. 전부 다 포기했다.

"진짜 주인공이 구두를 갖고 있지 않을까?"

"구두 잃어버렸다는 말은 없었잖아."

끝을 보라색으로 염색한 또 다른 금발 친구가 말한다.

"클로이, 그거야! 네가……."

"난 다른 구두를 잃어버렸어."

클로이가 이를 악물고 말한다. 이어서 커피를 한 모금 마시더니 구역질을 하며 뱉는다.

"으엑, 저지방이랬잖아. 두유 말고!"

클로이가 내 쪽으로 컵을 민다. 테두리 너머로 음료가 쏟아져 내 앞치마와 초록색 폴로셔츠를 적신다. 뜨겁다. 화상을 입을 정도로 뜨겁다. 내가 비명을 지르며 뒤로 펄쩍 뛰자 라떼가 바닥에 쏟아진다.

"어머."

클로이가 비웃고는 나를 무시하고 고개를 홱 돌린다.

"내가 말했듯이 구두를 잃어버려서 방법이 없어."

다른 테이블에서 냅킨을 한 움큼 뽑아 커피를 닦는다.

제임스도 냅킨 몇 장을 꺼내고 의자에서 일어나 나를 돕는다. 클로이가 뒤를 돌아본다.

"제임스, 안 그래도 돼. 그건 쟤 일이야."

"알지만……."

제임스가 갑자기 고개를 갸웃한다.

"저거…… 천둥 소리야?"

"천둥은 무슨. 바깥 날씨가 저렇게 화창한데."

클로이가 눈을 굴린다. 그 사이 나는 커피를 다 치운다.

"됐다. 그만 일어나자."

클로이가 가방에서 골프채를 꺼내 손으로 돌리며 골프장으로 향한다. 클로이가 매니큐어 칠한 손으로 따라오라 손짓하자 다들 뒤를 따른다. 나도 한숨과 함께 클로이의 골프 가방을 어깨에 메고 경사진 잔디밭을 걷는다. 캐디인 필이 하필 오늘 아파서 결근했다. 매니저는 내가 카페 계산대를 비워도 신경 쓰지 않는다. 캐서린 딸이 캐디를 필요로 한다면 그래도 된다.

클로이가 잔디에 공을 놓고 햇빛에 눈을 찡그리며 먼 거리를 바라본다. 골프채를 뒤로 젖혔다가 스윙을 한다. 하늘 높이 곡선을 그린 공이 500미터 거리의 모래구덩이에 떨어진다.

"이런."

클로이가 노래하듯 말한다.

"엘, 공 좀 가져다줄래?"

천둥 소리가 점점 커진다. 하지만 하늘은 구름 한 점 없이 맑다. 카민도어도 같은 하늘을 보고 있을까? 가슴이 욱신거린다. 그게 나랑 무슨 상관이라고.

클로이가 "엘!"이라고 소리를 지른다. 뒤따라 출발하지만 이제는 소리가 너무 크게 들린다. 분명 어디서 들은 소리다. 저음으로 우르릉거리는 게 용 같다. 아니면…… 안돼. 말도 안 돼.

저녁 시간 전에 스프링클러를 작동하던 정원사 한 명이 옆으로 몸을 날린다. 주차장 쪽 덤불에서 주황색과 노란색으로 칠한 트럭이 하늘을 나는 거대한 호박처럼 날아오른다. 땅으로 떨어지며 깨끗한 잔디밭에 움푹 파인 자국을 만든 트럭이 잔디를 꺾으며 우리에게 다가온다. 밝은 초록색 펜더는 입 안 가득 잎사귀와 나뭇가지를 머금으며 웃고 있다. 열린 창문 너머 스피커를 통해 음악 소리가 크게 들린다. 〈스타필드〉 주제가다.

"저게 뭐야?"

클로이가 경악한다.

제임스가 눈을 깜빡인다.

"푸드트럭 아니야?"

캘이 활짝 웃는다.

"매직펌킨이야."

트럭이 우리 앞에 급정거를 한다. 나뭇잎 낀 와이퍼가 앞 유리 위를 움직이고 세이지가 운전석에서 포효한다.

"죽인다!"

내가 골프 가방을 떨어뜨리고 세이지에게 달려가 끌어안는다.

"미안해! 캐서린이 휴대폰을 압수해서 연락할 수가 없었어…… 정말 미안해. 미안, 미안해."

세이지도 나를 껴안는다. 내가 속한 세계의 냄새가 난다. 호박 프리터와 하루 묵은 코코넛 오일.

"나도 보고 싶었어! 내가 누구 태우고 왔는지 못 믿을 걸."

"히치하이커 태우지 말랬지."

내 말에 세이지가 어깨를 으쓱한다.

"나 새사람 되려고 노력하고 있……."

바로 그때 조수석에서 검은 머리의 젊은 남자가 땅바닥에 입을 맞출 기세로 떨어진다. 그가 얼른 일어나 트럭에 몸을 기댄다. 얼굴이 조금 창백하지만 다들 단번에 그를 알아본다.

클로이의 금발 친구가 감탄한다.

"세상에……."

"저 사람……."

제임스가 말한다.

클로이는 눈이 휘둥그레져서 똑바로 선다.

"대리엔!"

자기 이름을 부르는 소리에 대리엔 프리먼이 어깨를 펴고 고갯짓으로 인사를 한다. 미묘하게 달라진 표정(연습한 것처럼 입술을 일자로 다물고 눈썹을 움직이지 않는다)이 무도회 때 같다. 가면을 쓴 얼굴이다.

대리엔이 나를 돌아본다.

"엘……."

"대리엔!"

클로이가 다시 그의 이름을 부르며 골프 클럽을 떨어뜨리고 달려간다.

"정말이네!"

그러고는 친구들을 둘러보며 '내가 뭐랬어'라는 듯한 표정으로 함박웃음을 짓는다.

"제임스…… 제임스, 촬영해야지!"

클로이가 팔을 때리며 재촉하자 제임스가 휴대폰을 꺼낸다. 클로이는 머리카락을 뒤로 넘기고 대리엔에게 달려간다.

"대리엔! 나를 찾아올 줄 몰랐어요! 청원 때문이에요? 내가 청원을 시작했거든요……."

"쟤 말이 사실이었다니 믿을 수 없어."

에린이 제임스에게 속삭이고 제임스도 충격을 받아 고개를 끄덕인다. 친구들은 정말 말문이 막혔다. 살다 살다 이런 경우는 또 처음이다. 그러지 말라고 하는데도 심장이 부풀어오르고, 기대하지 말라고 하는데도 심장이 빠르게 뛴다. 대리엔이 여기 왜 왔는지 모르겠다. 자기와 춤춘 사람이 클로이가 아니라는 걸 알 텐데. 하지만 클로이의 매력에 빠진 거겠지. 누군들 안 그러겠어?

"너무 늦었지. 나는…… 그냥 정식으로 사과하려고 왔어."

대리엔이 말한다. 클로이가 놀란 척한다.

"사과? 왜요? 여기는 어떻게 온 거예요?"

그러면서 몸을 기울여 대리엔의 팔을 만진다. 클로이의 애교는 숨을 쉬는 것만큼 자연스럽게 나온다. 그래. 어차피 그는 내가 아닌 클로이를 원한다. 다른 세계라면 모를까. 하지만 여기서는…… 내가 아니다.

하지만 대리엔이 고개를 옆으로 기울이고 나를 돌아본다. 가면이 조금씩 벗겨지며 익숙한 얼굴이 보이기 시작한다. 그가 나를 보고 웃는다.

"엘에게 돌려줄 게 있어서 왔어."

"엘?"

클로이가 앵무새처럼 말한다.

대리엔이 별빛으로 만든 구두를 들어 올린다.

"어때, 아블레나?"

그가 구두를 내민다. 아블레나. 지금까지 나를 그렇게 부른 사람은 한 명뿐이었다. 한 명밖에 없었다. 심장이 풍선처럼 부풀어 목구멍을 막는다.

카민도어. 클로이와 친구들이 보고 있다. 나를 사랑하는 연기를 했던 제임스와 자신을 사랑하는 법을 배운 캘이 보고 있다. 내 본모습이 괜찮다고 가르쳐준 세이지가

보고 있다. 그 앞에서 나는 작업화(윽, 컨트리클럽 규정이
다)를 벗고 한쪽 발을 내민다. 무릎을 꿇은 대리엔이 조심
스럽게 내 뒤꿈치를 잡고 우리 엄마의 별빛 구두를 신겨
준다.

대리엔

Darien Freeman

엘이 나를 내려다본다. 대충 땋은 붉은 머리가 어깨 아래로 쏟아지고 있다. 엘은 네모난 검은 안경을 올리고 망설이며 다가온다. 내가 자기를 놀린다고 생각하는 걸까? 뺨에 주근깨가 옅게 흩뿌려져 있다. 전에도 알아보기는 했다. 하지만 주근깨를 별자리처럼 하나하나 연결하고 싶다. 천천히 붉어지고 있는 피부에 별빛 하늘이 보인다. 빛나고 있다.

엘. 아마라 공주가 아니다. 컨벤션에서 내 코를 부러뜨린 여자도 아니다(지금도 그녀 잘못이라고 확신한다). 믿지 못할 낯선 사람이 아니다. 엘과 만나는 순간(가면이나 무대의상 같은 허울 없이 서로를 마주하는 순간 말이다)을 어떻게 상상했는지 모르겠다. 그녀의 생김새를 머릿속에 어떻게 그렸는지도 모르겠다. 어떤 모습을 상상했을까? 어떤 사람이라고 생각했을까? 아무것도 기억나지 않는다.

내가 상상할 수 있는 엘은 여기 있는 한 사람이기 때문이다. 이 엘이 유일한 가능성이다. 완벽하다는 말은 아니다. 최고의 미녀라는 말도 아니다. 하지만 눈빛이 마주친

순간, 엘은 이 세계에서 가장 소중한 사람이 됐다. 프로스페로선의 전망대에서 평생을 함께 보내고 싶을 그런 사람이다.

엘이 긴장한 듯 입을 꾹 다문다. 청바지에 젖은 잔디의 물기가 스며들고 뒤에서 로니가 "물러서시죠."라고 말하는 소리가 어렴풋이 들리지만 일어나고 싶지 않다. 이 순간 시간이 멈췄으면 좋겠다. 나는 잠자코 기다린다. 엘이 나를 용서할 수 있을까? 카민도어인 나, 배우인 나, 인간인 나…… 반은 대리엔 프리먼이고 반은 카민도어인 나를.

마침내 거의 들리지 않을 만큼 조용한 목소리로 엘이 말을 한다(그럴 필요는 없었지만 나는 입술을 바라보며 입모양을 읽고 있었다). 그녀에게 들을 수 있다고는 상상도 못한 바로 그 말을.

"이맘때 전망대가 근사하다고 들었어, 카민도어."

엘
Elle Wittimer

잠시 동안 대리엔은 대답을 하지 않는다. 그러다 웃음을 터뜨린다. 깊고 부드러운 웃음소리가 크리미한 무스로 감싼 벨벳 케이크 같다. 마침내 그가 대답한다. 내가 바랐던, 내가 원했던 대답이다. 내 심장은 점점 부풀어 올라 우주로 날아간다.

"메트론 남쪽에서만."

그는 대리엔 프리먼처럼 보이지 않는다. 검은 머리가 곱슬거리고 살짝 끼는 〈스타필드〉 티셔츠와 물 빠진 청바지를 입고 낡은 캔버스화를 신은 평범한 남자다. 제대로 된 제복을 입으면 카민도어를 연기할 수 있는 사람, 그러면서도 쇼핑몰에서 흔히 만날 수 있는 사람처럼 보인다.

턱에는 카민도어에게 없는 상처가 있고, 뺨 근처에 퍼지고 있는 보라색 멍은…… 아, 맞다. 그건 내 탓이지. 대리엔이 한쪽 눈에 뭐가 들어간 것처럼 손등으로 눈을 문지른다. 눈물인가? 세상에, 울고 있는 거야?

"나를 싫어한다고 생각했어."

대리엔이 일어나며 말했다.

"마지막 문자는 내가 보낸 게 아니야. 말하자면 길지만 내가 쓰지 않았어. 하지만 네게 솔직히 말하지도 않았지. 무서워서 그랬어. 내가 누구인지 말하면 네가 나를 싫어할 거라 생각해서."

"이 바보야!"

내가 그의 목을 감싸 안는다. 대리엔이 나를 안고 머리카락에 얼굴을 묻는다.

"울지 마, 너 때문에 나도 울 것 같잖아."

"안 울어."

목이 멘 목소리다. 확실히 울고 있었다.

"미리 말해두자면 내가 늘 이렇게 잘생기지는 않았을 거야. 내게 반한 이유가 단지 죽여주는 복근 때문이라면……."

내가 그의 배를 만진다.

"에어브러시 메이크업 했다는 거 우리 둘 다 알잖아."

"어떻게 감히 그런 말을. 내가 하려던 말은 지금처럼 잘생기지는 않았을 거라고."

"그럼 다행이네. 나는 매력적인 겉모습에 빠진 게 아니니까."

대리엔이 망설인다.

"그럼 나를 용서하는 거야? 거짓말도? 내가……."

그의 입술을 손가락으로 막는다. 좋은 질문이다. 어떻게 대답할지는 모르겠다. 하지만 나는 우리의 왈츠를 기

억한다. 나를 보호해주러 왔던 것을 기억한다. 그래서 나
는······

"용서할 수 있어. 만약······."

"만약?"

"만약 나를 '아블레나'라고 다시 불러준다면."

대리엔이 내 손을 잡고 가까이 다가온다. 너무 가까워
서 뼈가 녹아내릴 것만 같다. 그에게서는 매직펌킨과 상
쾌한 데오도란트, 그리고 시나몬 냄새가 난다. 기억에 새
기고 싶은 향기다. 내 옷에 뿌리고 싶다. 그의 눈빛을 원
한다. 내가 밤하늘에 마지막 남은 별인 것처럼, 해질녘에
처음 본 별인 것처럼 보는 그 눈빛은 가슴에 각인되어 있
다. 키가 크지만 코를 통해 뇌가 보일 정도로 크지는 않
다. 자신감 없지만 용감하고 정말······ 대리엔답다.

진짜 대리엔이다.

"아······."

그가 한 음절씩 발음하며 내 턱을 만진다.

"블레······."

내 얼굴을 들어 올리고 두 개의 초신성이 충돌하기 직
전처럼 천천히 다가온다.

"······나."

그리고 이 불가능한 세계에서 그의 입술이 내 입술을
찾는다.

"됐다."

제임스가 뒤쪽에서 말한다.

"또…… 업로드 완료!"

"업로드 했다고?"

클로이의 목소리는 비명에 가깝다.

"안 돼…… 안 돼, 내려! 당장 지워!"

"저기, 실례합니다."

정장을 입은 덩치 큰 남자(대리엔의 보디가드?)가 클로이의 어깨에 거인 같은 손을 올린다.

"진정하시죠."

나와 눈이 마주치자 그가 몰래 엄지손가락을 들어 보인다.

대리엔이 천천히 내게서 몸을 떼고 웃는다. 나도 웃음을 멈출 수 없다. 서로에게서 눈을 뗄 수 없었다. 전 세계가 녹스의 공격을 받고 있더라도 우리는 까맣게 몰랐을 것이다.

"네가 나를 '아블렌'이라고 부른 순간부터 이렇게 하고 싶었어."

"네가 그 말이 무슨 뜻인지 알아서 좋다."

〈헬로 아메리카〉를 떠올리며 농담을 한다.

"그런데 내가 대머리면 어쩌려고 그랬어? 내가 어떻게 생겼는지 몰랐잖아."

"공유했다."

캘이 자기 휴대폰을 보며 말한다. 세이지가 어깨 너머

로 화면을 보고 고개를 끄덕인다.

"좋아. 트위터, 텀블러…… 해시태그 달까?"

"완료."

"그만 해! 웃기지도 않아!"

클로이가 외친다.

"네가 제일 나빠! 어떻게 네가 나한테 그래? 너희 다!"

대리엔이 키득키득 웃는다.

"너는 '레벨거너' 배후자잖아. 그게 더 끔찍하지."

내가 코를 찡그린다.

"정말로?"

"그럼, 너는 내 적이야."

"그러니까 정신 바짝 차리고 있어."

대리엔이 놀란 시늉을 한다.

"나 때문에 평론가의 신뢰도가 깎이면 안 될 텐데!"

입술이 맞닿은 채로 내가 미소 짓는다.

"그럼 다시 키스해줘. 다음 글에 그 장면을 제대로 지적하려면 확인하고 싶으니까."

"그건 얼마든지 할 수 있지, 공주님."

그리고 내게 다시 키스한다. 가능한 세계의 결말을 장식하는 키스가 아니다. 오히려 그 반대다. 가능한 세계를 만드는 그런 키스였다.

엘
Elle Wittimer

8개월 후

깜짝 놀라서 차창 밖을 내다본다.

"괴물들이다."

팬들을 보며 혼잣말을 한다. 레드카펫을 여유롭게 밟는 내 모습을 상상했지만, 이 사람들 앞에서는 불가능하다. 드레스는 문제가 아니었다. 학교 댄스파티 때도 매직 펌킨에서 똑바로 내리지 못한 나였다. 그런 나보고 지금 검은 SUV 뒷좌석에서 자연스럽게 내리라고? 하!

세이지와 캘도 자기 자리에서 창문을 내다본다. 둘은 손을 잡고 있다. 그날 컨트리클럽에서 다시 만난 후로 손을 놓은 적이 없었다. 빠른 시일 내에 손을 놓을 것 같지도 않다. 두 사람은 대학도 같은 도시로 간다. 뉴욕은 넓고 대학도 많지만 어쨌든 같은 도시에 있지 않나. 세이지는 오늘 밤 시사회를 맞아 의상을 직접 디자인했다. 세이지는 세련된 바지 정장(스타윙 무늬가 은은하게 찍혀 있다)을, 캘은 치맛단이 블랙 네뷸러처럼 소용돌이치는 우아한

진보라색 드레스를 입었다.

"이렇게 많은 사람은 처음 봐…… 야, 이 개새끼가!"

세이지가 인상을 쓰며 갈색 닥스훈트를 바지 정장에서 밀어낸다.

"이 옷은 고급이라고! 한 번만 더 나한테 뛰어들면 가죽을 벗겨서 모자로 만들어 쓸 거야!"

프랭코가 꼬리를 흔들며 '멍' 하고 짖는다. 프랭코를 안아 들고 턱 아래를 쓰다듬는다.

"쉿, 세이지 누나는 진심이 아니야."

"진심이 아니기는!"

"네 털 색깔은 쟤 옷 색깔하고 안 어울려."

프랭코의 뒤에 대고 속삭인다.

"모자가 될 일은 절대 없을 거야."

프랭코가 다시 짖고 신이 나서 혀를 한쪽으로 늘어뜨린다. 세이지가 인상을 쓰면서도 웃는다. 겉으로는 무섭게 굴지만 사실 세이지도 프랭코에게 정이 들고 있었다.

엑셀시콘 이후로 캐서린은…… 글쎄, 여전히 캐서린이다. 자기 말에 사과하지 않았고 그런 기대도 없다. 나는 캐서린이 내게 보인 만큼만 캐서린을 존중하기로 했다. 즉, 존중하지 않는다는 말이다.

그래서 열여덟 번째 생일을 맞은 지난 9월 밤, 나는 짐을 싸서 집 앞에 공회전하며 서 있는 매직펌킨(이웃들의 분노를 샀다)에 올랐다. 쪽지도 남기지 않았다. 3학년을 마칠 때까지는 세이지 집에서 살았다. 밤이면 우리 집이 그리 웠다. 삐걱거리는 바닥과 녹슨 파이프 소리가 그리웠다. 물이 새는 지붕도 그리웠다. 하지만 눈을 감으면 나는 아 직 집에 있었다. 우리 부모님이 거실에서 왈츠를 추는 모 습이 보였다. 오븐에서는 아빠가 태운 로스트 냄새가 났 다. 내가 쓴 팬픽을 읽으며 아빠를 따라다니던 기억이 생 생했다. 전부 내 가슴 속에 자리하고 있었다. 집은 우리 부모님 소유물이었을지 몰라도, 엄마와 아빠는 집이 아니 었다. 두 분은 내 안에 존재했다. 내가 어디를 가든 우리 부모님은 나와 함께였다.

차가 천천히 극장 앞으로 이동한다. 밖에서는 수많은 사람이 플래카드를 흔들며 대리엔의 이름을 외친다. 왠지 〈헬로 아메리카〉에서 처음 본 관객들이 떠오른다.

미친 사람들을 볼 수 있게 프랭코를 안아 올린다.

"네 애인이랑 카펫에서 만나는 거야?"

세이지가 묻는다.

어깨를 으쓱한다.

"아마도."

"아마도?"

"내가 조금 바빴던 거 몰라?"

프랭코를 다시 내려놓고 머리를 쓰다듬는다.

"이사하려고 국토를 횡단하고 학교 오리엔테이션까지 했잖아. 대리엔도 영화 홍보로 정신없이 바빴고. 그래서 연락은 주로 매니저 게일하고만 했어."

장거리 연애는 쉽지 않았다. 시작하자마자 그 사실을 깨달았다. 우리의 영상은 어마어마한 조회 수를 기록했다. 하지만 곧 현실이 닥쳤고 대리엔은 영화 후 작업, 홍보, 〈시사이드 코브〉 다음 시즌 촬영을 하러 돌아갔다. 가끔 잡지에서 다른 여자들과 있는 사진을 보며(그냥 친구들이라는 거 안다) 내 안의 질투심을 억눌렀다. 너무 신경 쓰지 않으려고 했다. 어차피 나도 졸업반이라 SAT, 대학 입학 준비, 장학금 같은 일로 바빴다. 같이 놀아줄 세이지와 캘도 있었고, 한두 번은 파티에도 참석했다. 물론 컨트리 클럽 애들은 초대받지 않았다.

그래서 대리엔은 대리엔의 인생, 나는 내 인생을 살고 있어도 괜찮았다. 하지만 자기 전에는 꼭 인사를 해야 했다. 단 한 번도 잊지 않았다.

하지만 같은 서부에, 같은 도시로 오자 불안해진다. 대리엔이라는 사람보다 더 커버린 캐릭터 때문이다. 이 난리법석에 나도 끼고 싶은지 잘 모르겠다. 앞길이 창창한 내 인생에서 이 세계는 작은 부분을 차지할 뿐이었다. 중요하기는 하지만 비중이 크지는 않았다.

이 외줄타기를 얼마나 계속할 수 있을까? 가을이면 UCLA 영화과에 입학한다. 영화과 교수 하나가 내 블로그에 주목했고 내 〈스타필드〉 비평이 마음에 든다며 부족한 성적에도 나를 추천해줬다. 눈앞에 완전히 새로운 세상이 펼쳐지려 하고 있었다. 거기에 유명한 남자친구까지 필요한 걸까?

긴장해서 다리를 떨고 있을 때, 차가 목적지에 도착한다. 유령의 집에 있는 섬광 전구처럼 카메라 플래시가 번쩍번쩍 거린다. 레드카펫이 기나긴 복도처럼 느껴진다. 숨이 막힌다. 마침내 차가 멈춰 서고 운전기사가 말한다.

"자, 숙녀분들. 다 왔습니다."

세이지가 캘이 기대에 찬 눈으로 나를 본다.

"질문 하나 할게."

세이지가 말한다.

"이제는 대리엔 발연기를 욕할 수 없는 거야?"

"내가 언제 연기 못 한다고 했어?"

세이지가 한쪽 눈썹을 치켜들자 내 얼굴에서 웃음기가 사라진다.

"말하기만 해, 알았지?"

세이지 얼굴에 대고 손가락을 찌른다.

"입술에 지퍼 채웠습니다."

세이지가 씩 웃는다.

"먼저 가시죠, 기커렐라."

한숨이 나온다. 버즈피드 기사 하나로 평생 가는 별명이 생기고 말았다. 프랭코를 안지 않은 손으로 손잡이를 쥔다. 숨을 들이마시고, 숨을 내쉬고. 전 세계가 지켜보고 있다. 어디선가 캐서린과 클로이도 거대한 TV로 보고 있을 것이다. 아니면 새로 산 마운트플레전트 콘도의 손백색 거실에 앉아 이번에는 누구 인생을 비참하게 만들지 물색하고 있을지도 모르겠다.

할 수 있어, 엘. 혼자 코스프레 무도회도 갔잖아. 레드카펫은 아무것도 아니야. 내면의 아마라 공주에 빙의해 카메라 플래시가 미친 듯이 터지는 바깥으로 문을 연다. 차에서 내려 인도에 오르다 살짝 휘청이고 프랭코를 품에 꽉 안는다. 프랭코는 풋볼이고 극장 문이 골대라고 생각하자. 저기까지만 가면 된다.

미소를 짓는 것처럼 보이려 입술을 당겨 치아를 드러내고 레드카펫을 밟는다. 세이지가 내민 8센티미터 하이힐이 아니라 닥터마틴 워커를 신어서 천만다행이다. 안 그랬으면 레드카펫에서 코가 깨졌을지도 모른다.

"이름이 어떻게 되죠, 아가씨?"

파파라치가 묻는다.

"누구랑 같이 왔어요?"

또 다른 사람이 질문한다.

"봐, 저기! 그 대회 우승자야!"

다른 누군가 외치며 손가락질을 한다. 키가 크고 피부색이 짙은 소녀가 레드카펫을 걷고 있다(오래 전 엑셀시콘에서 1등을 탔던 그 소녀). 모두 불길에 달려드는 나방처럼 그녀에게 달려간다. 눈을 감고 심호흡을 한다. 부담감이 너무 크다. 어떻게 대리엔은 이런 생활을 1년 365일하는 거지? 프랭코를 옆구리에 더 단단히 끼고 속삭인다.

"다들 연예인에 미쳤다, 그치? 가자, 매점에서 핫도그 사줄게. 매점이 있다면 말이지."

뒤에서 캘이 숨을 헉 들이마시며 세이지의 팔을 붙잡는다.

"세상에, 제시카 스톤이야!"

그러고는 레드카펫 저편에서 팬이 내민 〈스타필드〉 포스터에 사인을 하는 흑발의 미녀를 가리킨다.

"제시카 정말 좋아하는데…… 너만큼은 아니지만."

"에이, 더 좋아해도 나는 괜찮아."

세이지가 대답한다.

"셋이 같으면 되지. 야, 엘. 옆에 대리엔이야?"

말문이 막힌다. 정말 대리엔이다. 몇 주 전 대리엔은 내 고등학교 졸업식에 참석했다(선글라스를 끼고 잠깐 왔다 갔다). 하지만 레드카펫에서 보니 몇 년 만에 처음 본 느낌이다. 자기 영역에 있는 모습이 평소보다 더 편안해보이고 매력적이다. 그는 제시카를 감싸 안고 뉴스 카메라를 보며 다정하게 얘기하고 있다. 모든 사람이 넋을 잃고 바라보며 그를 부른다. 순간 내 존재가 너무도 작게 느껴진다.

"가서 인사하자."

세이지가 말한다. 하지만 내가 가지 못하게 붙잡자 세이지가 나를 이상한 눈으로 본다.

"왜?"

"그냥…… 바쁘잖아. 됐어. 나중에 찾아가면 돼."

"지금 저기 있는데?"

세이지는 얼굴을 찡그리며 고집을 부린다.

"엘이 가기 싫다면 가지 마."

캘이 말한다.

"정말 바빠 보이네."

"자기가 뭐……."

내가 말을 자른다.

"쉿. 우리가 공식적인 사이는 아니잖아. 기자들한테
는."

세이지가 언짢은 표정을 짓지만 금세 다른 데로 정신이
팔린다.

"우와, 저거 캘빈 뭐시기 아니야?"

그러고는 캘의 팔짱을 끼고 레드카펫으로 향한다. 가
슴이 답답해서 침을 삼키고 프랭코를 내려다본다.

"너라도 오늘 밤 내 파트너가 돼줄 거지, 프랭코?"

"벌써 다른 남자를 찾는 거야?"

시끌벅적한 군중 뒤에서 부드러운 목소리가 들린다.
내가 고개를 든다. 대리엔이다. 그가 주머니에 손을 넣고
몇 발짝 거리에 서 있다. 수트가 피부처럼 온몸의 굴곡을
정확히 감싸 안는다. 작년 여름에 비해 근육이 빠졌고
〈시사이드〉 새 시즌을 위해 머리를 조금 길렀다. 대리엔

이 검은 눈썹 하나를 올린다. 저 표정을 얼마나 잘 소화하는지 보다 보면 짜증이 난다.

귀 끝이 뜨거워진다.

"얘가 누구보다 연기를 더 잘해서 말이야."

"아야."

"나랑도 완벽하게 잘 어울리고."

그러면서 드레스 자락을 펼친다. 세이지에게 대리엔의 카민도어 코트와 똑같은 색으로 드레스를 부탁했다. 코르셋 선을 따라 황동 단추를 달고, 금으로 된 웅덩이를 달려 온 것처럼 아랫단에 글리터를 뿌렸다. 프랭코에게도 같은 색 조끼를 입혔다. 배 부분이 맞지 않아 터질 것 같다. 대리엔의 입 꼬리가 올라간다.

"그 파란색 틀린 거 알지."

그의 눈을 올려다본다.

"글쎄, 새 영화에 나오는 카민도어는 충분히 잘 소화한다던데."

대리엔이 웃는다. 비밀이라고는 없는 환하고 당당한 웃음이다.

"너 정말 예쁘다."

나도 웃어 보인다. 여기서 대화하는 게 뭐라고 이렇게 떨릴까? 외줄에서 떨어질까 두려워 균형을 잡는 기분이다.

"너는…… 본인이 잘 알겠네. 내가 굳이 자만심을 키워 줄 필요는 없지. 진짜 못 봐주겠다. 딱 그렇게 생겼어. 새벽 2시까지 잠 못 잔 사람 같아."

"사실 4시 반이야. 그리고 너 거짓말할 때 코 찡긋하는 거 알지?"

대리엔이 자기 코를 만지며 내게 천천히 다가온다. 내가 코를 찡그리며 시선을 피한다.

"나도 4시 반쯤 잤어."

대리엔이 어깨를 힘없이 늘어뜨린다.

"어제 너무 늦게 문자해서 미안해."

"난 괜찮아! 정말이야. 네가 은하계를 구하느라 바쁜 거 알고……."

그러면서 제시카 쪽을 가리킨다. 내 말뜻을 이해하고 대리엔이 나를 뚫어져라 쳐다본다.

"한동안 정신없이 바쁠……."

"바로 그거야."

대리엔이 말을 자른다.

"그래서 묻고 싶은……."

한 기자가 그의 이름을 부르며 묻는다.

"누구예요?"

"사귀는 사이입니까?"

"어디서 데려온 아가씨죠, 대리엔?"

"작년 여름 그 소녀인가요?"

또 다른 사람이 끼어들고, 다른 기자도 거든다. 파파라치인가? 봐서는 다 똑같이 생겼다. 뭐, 여기서는 블로그도 신문과 동급으로 쳐주니까. 전부 그렇다. 트위터, 인스타그램, 텀블러, 스냅챗이 초광속보다도 빠르게 사진을 퍼뜨린다. 소문이 돌기 전에 싹을 빨리 잘라내야 한다.

"우리는 그냥 친……."

내가 말하려는데 대리엔이 다가와 주머니에서 손을 뺀다. 그가 내 손을 잡고 깍지를 낀다. 말이 목구멍에 턱 걸린다. 대리엔이 내 쪽으로 고개를 돌리고 귓가에 입술을 댄다.

"빨리 대답해봐. 34편에서 녹스가 11지구를 침략했을 때, 카민도어와 아마라 공주는 어떻게 했지?"

내가 미간을 찡그린다.

"둘이…… 힘을 합쳤나?"

대리엔이 진지하게 고개를 끄덕인다.

"엘, 나와 힘을 합칠래? 우리 둘이 함께라면 녹스를 물리칠 수 있어."

말없이 그를 바라본다. 카메라는 계속해서 플래시를 번쩍인다. 프랭코는 풍차처럼 꼬리를 돌리며 컹컹 짖는다.

"엘?"

그러고 싶은 걸까? 정말로 원하는 거야? 반대를 상상해본다. 대리엔이 없는 세계를. 잘 자라는 문자, 장난스러운 말들, 내게만 보여주는 비밀스러운 미소(한쪽 입 꼬리가 더 올라가는 상냥한 미소다)가 없는 세계를 상상한다. 그리고 문득 깨닫는다. 그 세계에서 살고 싶지는 않다. 그건 불가능한 세계가 아니다. 불가능하지 않다면 이 세계에 무슨 의미가 있겠는가?

"하지만…… 영화 홍보는 어쩌고?"

내가 말을 더듬는다.

"마케팅은? 상대 배우랑 짜고 데이트하는 척……."

대리엔이 손가락으로 내 말을 막고 입을 맞춘다.

"나는 너를 원해, 아블레나. 뭐가 됐든 너와 도전하고 싶어. 네가 내 부조종사가 돼줘. 영화 보기 전에 대답 부탁해. 네가 영화를 싫어할 수도 있으니까."

그걸 두려워하는 것도 대리엔답다. 그렇게 순진한 사람이다. 그와 이마를 맞댄다. 파파라치가 사진을 계속 찍어대는 통에 눈앞에 별밖에 보이지 않는다.

"네가 카민도어를 망치면."

내가 웃으며 속삭인다. 남들은 비난이 아니라 달콤한 말을 속삭인다고 생각할 것이다.

"내 블로그에서 네 인생을 생지옥으로 만들어줄 거야."

아래에서 프랭코가 혀를 내밀고 기대에 찬 눈으로 나와 대리엔을 번갈아 본다.

"진심이야, 아블레나?"

"약속의 맹세를 할게, 아블렌."

대리엔이 더 가까이 고개를 숙인다. 사람들이 다 보고 있는데도, 카메라가 앞에 있는데도, 간식을 보관하는 주머니에 프랭코가 코를 박고 있는데도 그가 내게 키스를

한다. 사방에서 최고의 우주선 프로스페로의 추진기처럼
카메라 플래시가 번쩍이며 이 불가능한 세계에서 멀리 떨
어진 우주로 내 심장을 쏘아 올린다.

스타필드, 별에 불을 붙이다

〈스타필드〉처럼 빛나는 유산을 남긴 작품은 기대감은 높을 수밖에 없다. 첫 방송으로부터 수십 년이 흘렀지만 〈스타필드〉는 여전히 〈스타트렉〉, 〈스타워즈〉 같은 대형 프랜차이즈에 뒤지지 않고 〈파이어플라이〉, 〈배틀스타 갤럭티카〉와도 어깨를 나란히 한다. 팬덤 규모는 작지만 팬들은 열정적이었다. 우리 스타거너들은 카민도어를 어디까지든 따라갈 것이라 믿었다. 설령 블랙 네뷸러 안이라 해도.

이 영화를 보러 가며 우리가 그와 같은 미지의 세계로 가고 있다고 생각했다. 과거에 대한 향수는 최신식 렌즈 플레어 효과나 예술적으로 흔들리는 카메라 각도와는 경쟁할 수 없다. 그래서 실망할 각오를 하고 기대를 낮췄다. 내 카민도어를 스크린에서 볼 수 없다는 사실을 받아들였다. 내 생각이 틀리지는 않았다. 하지만 뜻밖의 선물도 있었다.

영화는 알 수 없는 세력이 페더레이션 우주선인 '프로스페로'를 공격하는 것으로 시작한다. TV 드라마를 본 사람이라면 다음 상황을 알 것이다. 마음의 준비를 하고 기도한다. 블랙 네뷸러가 열리며 우리도 그 안에 함께 빨려 들어간다.

그 장면은 관객들에게, 특히 팬들에게 엄청난 두려움을 선사한다. 우주의 운명이 위기에 빠진 것이다. 그때 그가 함교에 나타난다. 페더레이션 왕자 카민도어. 광이 나는 검은 부츠를 신고 가죽 끈에 페더레이션의 상징을 매단 그는 원조보다 조금 더 푸른색 제복을 입고 있다. 눈에 보이는 모습을 차치한다 해도 대리엔 프리먼이 연기하는 카민도어도 조금은 다르다. 스스로 판단해야 할 때 조금 더 망설이고, 조금 더 자신을 믿지 않는다. 그 부분에서만큼은 원조 카민도어를 그리워해야 했다. 그 카민도어는 모든 일에 자신감이 넘쳤기 때문이다.

하지만 대리엔 프리먼은 페더레이션 왕자에게 데이비드 싱이 보여주지 않은 깊이를 더했다. 팬들은 카민도어의 인간적인 면을 알고 사랑한다. 프리먼은 그처럼 완벽하지 않은 카민도어를 선보였다. 프리먼의 카민도어는 더 젊고 무모하다. 용기와 자신감은 조금 부족하다. 그럼에도 여전히 카민도어다. 늘 생각을 하고, 더 나은 사람이 되려고 끊임없이 노력한다. 앞으로 성장할 여지가 있을지도 모른다. 하지만 나는 그 이유로 원작의 카민도어를 사랑했다. 그의 이상주의가 좋았다. 타고난 능력을 넘어 더 큰 사람이 될 수 있다는 믿음을 사랑했다. 침착하고 바른말을 아끼지 않는 제시카 스톤의 아마라 공주, 재치 넘치는 캘빈 롤프의 유시를 옆에 두고 프로스페로 선의 선장은 아주 유쾌한 우주선을 조종한다.

영화의 모든 것이 완벽하지는 않다. 도입부의 내레이션은 감정 없이 밋밋하고(특히 내용을 이미 아는 스타거너들에게), 클리프행어 엔딩에 만족하지 않는 관객도 있을 것이다. 하지만 그런 단점들에도 불구하고 이번 리부트 영화는 우리 모두가 사랑했던 TV 드라마의 핵심 메시지를 포착해낸다. 자신을 믿고 곁에 좋은 친구를 몇 명 둔다면 무엇이든 할 수 있다는 것. 누구든 될 수 있다는 것. 마지막으로 이렇게 외쳐보자.

"별을 보라. 조준하라. 불을 붙이라."

〈스타필드〉는 이번 주말 전국 개봉한다. 속편은 내년 여름 촬영에 돌입할 예정이다.

GEEKERELLA

기커렐라

1판 1쇄 인쇄 2017년 12월 20일
1판 1쇄 발행 2018년 01월 03일

지은이 애슐리 포스턴
옮긴이 유혜인
펴낸이 김병은
펴낸곳 (주)프롬북스

등록번호 제313-2007-000021호
등록일자 2007.2.1.

주소 서울특별시 강서구 마곡중앙로 161-8 두산더랜드파크 A동 722호
문의 02-6989-8335
팩스 02-6989-8336
전자우편 edit@frombooks.co.kr

ISBN 979-11-88167-11-1 03850
정가 14,800원